历史真相探索文学
这本书里所讲的故事都曾真实地在历史上发生过

九曲流沙 (上)

杜建辉　著

河南大学出版社
·郑州·

图书在版编目(CIP)数据

九曲流沙/杜建辉著.—郑州:河南大学出版社,2013.1
ISBN 978-7-5649-1133-1

Ⅰ.①九… Ⅱ.①杜… Ⅲ.①纪实文学—中国—当代 Ⅳ.①I25

中国版本图书馆 CIP 数据核字(2013)第 025169 号

责任编辑　王四朋　陈　巧
责任校对　陈康迪　申从芳
封面设计　陈盛杰

出版发行　河南大学出版社
地址:郑州市郑东新区商务外环中华大厦 2401 号　邮编:450046
电话:0371-86059712(高等教育出版分社)
0371-86059713(营销部)　网址:www.hupress.com
排　版　郑州市今日文教印制有限公司
印　刷　河南省瑞光印务股份有限公司
版　次　2013 年 2 月第 1 版　印　次　2013 年 2 月第 1 次印刷
开　本　787mm×1092mm　1/16　印　张　47
字　数　744 千字　定　价　72.00 元(上、下)

(本书如有印装质量问题,请与河南大学出版社营销部联系调换)

目　录

引　子 ………………………………… 1
第 一 章 ………………………………… 1
第 二 章 ………………………………… 21
第 三 章 ………………………………… 41
第 四 章 ………………………………… 59
第 五 章 ………………………………… 79
第 六 章 ………………………………… 97
第 七 章 ………………………………… 117
第 八 章 ………………………………… 135
第 九 章 ………………………………… 153
第 十 章 ………………………………… 177
第十一章 ………………………………… 201
第十二章 ………………………………… 221
第十三章 ………………………………… 245
第十四章 ………………………………… 269
第十五章 ………………………………… 293
第十六章 ………………………………… 317
第十七章 ………………………………… 347

引　子

  1906年4月1日,京汉铁路正式通车。
  这天一大早,兴高采烈的郑州人成群结队,扶老携幼,留着长辫的汉子用独轮车推着小脚女人,络绎不绝地涌出了郑州古城西门,去看一种叫做"燃气火车"的玩意儿。这对至多见过马拉牛拽平板大车的乡亲们来说无疑是件新鲜事,他们无论如何也弄不明白,难道说烧火吹气就能让这大车跑起来么?
  此时,大清新政已行有年,私塾换榜成了学堂,衙署改建成了洋楼模样,大门出入的官吏中,偶尔也能见上一两个留洋回来穿西装的学生,象征着仿奉西法的诚意。官员家的亲兵长随脱下了灰色的短衣灯笼裤,换上了黑色的巡警制服;官员出巡,军乐取代了锣鼓;过去前行衙役们挎着腰刀,扛着"回避"、"肃静"的导牌,现在换成了扛着洋枪的巡警;就连私下里给官员送礼,夏冬两季的"冰敬"、"炭敬",夫人的"妆敬",孩子的"文敬"等,也都换成了美元、英镑,改革的面子工程确也鼓捣得热热闹闹。
  午时,众人纷纷翘首伸脖向北望去,远处跳起一个豆大的黑点,在地平线上摇晃着,头上拖着一根粗粗的黑辫,跨在两根明晃晃的铁轨上奔驰而来。片刻,传来一阵强似一阵的隆隆声,脚下的大地开始震颤,黑点快速变大,渐渐地靠近人群,突然"呜"的一声厉吼,做出一副生气状,从屁股下面喷出两股白烟。人们正欲仔细看时,那怪物裹挟着震耳欲聋的轰鸣声,瞬间冲到了人们眼前。众人屏住呼吸,张大嘴巴,惊悚地愣在了那里,只有几个反应快的人,像受惊的兔子般一下子跑出去三五百米。
  历史只是在偶然间把西方工业文明带进了中国人的命运,西器西俗西学西人纷至沓来,然而,他们来的的确不是时候。

20世纪初的大清帝国,已是步履蹒跚,积弱糜烂,精神萎靡,走到了任人宰割、朝不保夕的境地,空气中飘荡着革命的气息。军队对外逢战必败,几乎是望风而逃;国内政治贪腐,道德沦丧,经济凋敝,民不聊生。大臣官吏们平时对忠君爱国讲得有鼻子有眼,对升官发财、构陷整人、溜须拍马之类的勾当嗅觉灵敏,身手敏捷,厚黑之术玩得一套一套,但到了内政外交、打仗御敌的关键时刻,却一门不通,一无所用。更让人瞠目结舌的是,竟有封疆大吏总督级人物使出了驱女人上阵脱裤子抵御洋枪洋炮的馊主意,那场面把洋人看得目瞪口呆,惊骇莫名。

　　自鸦片战争到帝国末年,大清王朝共与22个工业化国家签订了411个不平等条约,割让国土150多万平方千米,赔款数额更是一个天文数字。所有条约多是租界驻兵、关税法权、势力范围等诸如此类的内容,基本上把中国瓜分完毕了。但相比这些蜂拥而来的西洋、东洋人的殖民掠夺,大清王朝内部权力、权威的双重危机显得更为致命。

　　大清朝封建专制权力权威的源头出自一套儒学的天命传说,这一文化的特征是把整个世界分为天、地、神、人等不同的界面,每个界面有差序等级。在人的层次里,万物本乎天,人本乎祖,芸芸众生从哪儿来到哪儿去都要听从上天的安排,因此,信仰苍天变成了百姓们安身立命的根本。那么,如何才能了解天意呢?于是,就有了一种被称之为巫的职业,专门解释天意。从巫到儒,逐渐发展成了"儒"的阶层。如果说人类社会是由统治者和探索者两种矛盾对立的人物,以他们各自不同的方式推动历史发展的话,那么中国古往今来也纠结着两种人:一类是秦皇汉武、明宗清祖式的人物,一类是专门为统治者阐释合法性的儒生。人类社会中矛盾对立的人物有可能把历史推向前进,至少会有不少思想流传下来,而中国纠结着的两种人则只能在治乱循环的老路上打转转,一不小心就会倒退回去。因为中国的帝王将相们无论用什么样的手段上台,儒生们总能把他们的荒唐残忍解释为天意,附会成大泽龙蛇、真命天子,描画成盖世英雄、神人天助。正是他们的一唱一和推动了历史的车轮,使中国走到了苟延残喘的清朝末年。

　　清朝是我国五千年历史上最具萨满文明特色,也是最没落的朝代。大清王朝最大的罪恶就是夺走了华夏民族自由的梦想,皇上千方百计地把道统与统治合二为一,思想禁锢登峰造极,人民生活在窒息之中,无论谁说啥写啥,大清皇族总会从狭隘的民族立场出发,望文生义,牵强附会,捕风捉影,大行文字狱,官场、民间只要有点思想,会说实话的人几被斩尽杀绝,作为一个国家凝聚基础的文化精神感情也被摧残殆尽,整个社会真正成了冷漠的一盘散沙。只有自由的理想才能激发现代文明的发展,德国哲学家黑格尔曾经说过:中国落后的原因是中国人内在精神的黑暗,理性和自由的阳光还没有升起,人还没有摆脱原始的、自然的愚昧状态。

当然,黑格尔对中国的其他评价或许有失公允,结论也不一定准确,但对大清王朝疯狂地钳制国人思想,使之成为中国落后的根本原因的结论,无疑是十分恰当和中肯的,得到了中外史学界多数学者的认同。

在外丧权辱国,内则民怨沸腾,大清仰仗的那套祖宗之法、天理学说再也不灵之时,朝廷这才想起效法洋人搞宪政改革,本指望通过改革一方面强化暴力镇压,一方面把释放民意的力量导入议会这个蓄水池里。遗憾的是,时已晚矣,国人再也不相信大清君权神授、真命天子的歪理邪说了,此时改革如同不合时宜地放出一头鹿,非但没有使得局面好转,反而乱上加乱,一发不可收拾。正如清史总撰缪荃孙所言:国家因兵败而图强,因图强而变政,因变政而招乱,因招乱而亡国。

大清王朝的基本矛盾是,其自身的结构、体制无法过渡到现代国家,国家主权从属于君主,它只能复制历史上一再重复的王朝模式,在体制内无法产生文明进步的力量,使之能够发生脱胎换骨的变化。而此时的大清国无论是否实行新政,都如同进到了一个四处堆满火药的隧道,进退不得,不巧的是,身后还跟着一批决心前赴后继的凿壁取光者,其结果可想而知。

1911年10月9日中午,武汉革命党人在俄租界机关房内为起义装配炸弹,不慎将纸烟火硝飘到炸药上,引起爆炸,惊动租界军警前来搜查,暴露了革命党人的起义计划。租界警方立即通知了大清国巡警,即刻侦骑四出,抓捕杀害了彭楚藩等三人,激起了新军义愤,这才决心破釜沉舟,背水一战。

翌日晚7时,新军工兵第八营打响了辛亥首义第一枪,迅速动员了武汉新军大部分官兵参加了战斗,接着湖南、江西、安徽、东南西南各省纷纷宣布独立。自1644年清兵入关建立起来的世界人口最多的帝国,真的是被人不经意间落下的那么一点点火星给点燃了,几个月后中国历史上最后一个封建王朝便轰然坍塌。

很不幸,由于举事仓促,历史颠倒了这场革命的顺序,使这场伟大的革命变成了一段鬼打墙,最终演变成了一个悖论。

仓促到来的革命,使大清王朝、革命党人和袁世凯北洋集团都有些措手不及。

大清朝廷满族亲贵此时内部分化,势单力薄,革命到来之初便惊慌失措,左右失控,进退失据,顾头不顾脚地请出两年多前驱逐的汉族官僚袁世凯出来支撑危局。

思想应当走在行动之前,革命党人本应在革过中国旧思想的命后,再行社会革命,毕竟当时中国百分之九十的人口是农民,即便是资本家也是刚刚穿上西服的地主,思维定势尚未跨入民主共和阶段。匆忙间武昌首义不期而遇,革命的诸多思想理念还没有规划清楚,一时取得共识更是难上加难。尽管孙中山、康有为、梁启超、严复、章太炎等众多先行者在民族主义、合群自强、实现民族平等、建立中华大民族等概念上取得一些共识,但对这次革命应承担的反清反帝双重任务,现代国家观念、主权观念,国家建立的理性原则以及人民的责任和动员的方法等都还没有一个清醒的认识。未及发动群众便走到了风口浪尖,手忙脚乱,对内对外应对失措,盲目地选择了诸如联袁倒清的战略决策,提出"排满等于革命"等目光短浅的口号,致使力量分散,风潮过后再也无力推动革命进一步发展,只得拱手把权力让给了袁世凯北洋集团。

袁世凯北洋集团是在满清贵族统治阶层缝隙中生发的一派政治势力,该集团由汉族官僚实力派组成,以编练的北洋新军为后盾,以封建伦理思想、封建人身依附关系为纽带,掌控着直隶、河南、山东、苏北等北方数省的军警、路矿、外交、财政大权,革命之前就是清朝统治阶层内部一股举足轻重的力量。

袁世凯,字慰庭,号容庵,河南项城人,故又称袁项城。出身官僚地主家庭,其叔祖父袁甲三,早年靠办团练镇压捻军起家,官至大清漕运总督。袁世凯自幼过继给叔父袁庆宝为嗣子,袁庆宝时任江南盐巡道,带着袁世凯先后在济南、南京读书。不久,袁庆宝去世,袁世凯又随袁甲三的儿子,时任刑部侍郎的袁保恒来到了北京,帮袁保恒打理关系,理财办事。日子一久,便深谙了清末官场习俗,为以后的发迹打下了基础。谁知没过多久,袁保恒也去世了,袁世凯只得回到家乡参加乡试,可惜屡屡落榜,一气之下决心重觅一条新的升官之路,投靠了淮军吴长庆,搭上了淮军关系,走上了一条以武谋仕的道路。

甲午战争后,朝廷编练新军,袁世凯受荐接收定武军十营,在天津小站仿照德军建制"新建陆军",用中国封建的忠义仁孝思想培养掌握现代军事技能的军队,并陆续提拔网罗了徐世昌、段祺瑞、冯国璋、曹锟、段芝贵、张勋、王占元等干员作为爪牙,结成北洋集团,发展成了清朝末年一支令人生畏的力量。

袁世凯及北洋集团主要成员大多出身社会下层,既非满族亲贵,有血缘特权的基础,又没有正牌科举功名的资质台阶,照理讲,这帮人在大清官场发展空间十分有限,可袁世凯恰恰具有逢迎四面、钩挂八方的本领,见什么人下什么菜,上哪座山唱哪段歌。他在攀爬官场的过程中,依附着以李鸿章为头头儿的汉族官僚集团和以奕劻为主的满清权贵,还和西太后的亲信荣禄有着非同一般的关系,1908年、1909年还两次密遣心腹分别与黄兴和孙中山联系,商议结盟事宜,具有非同一般的政治投机能力。他们既没有科举成名的忠君伦理根底,又没有满清亲贵的地位顾虑,身段灵活,面目多样,参与过维新,告发过帝党,鼓吹过立宪,屠杀过拳民,拥护过共和,镇压过革命军。

辛亥革命爆发后,袁世凯及北洋集团更是把这套学冠东西的投机能力发挥得淋漓尽致,搅动着整个局势云谲波诡,风生水起。

大清王朝是墙倒众人推,气数已尽了。革命党人虽说热血沸腾,可毕竟毛手毛脚,心机不沉。袁世凯心里清楚,三方之中自己出头反对任何一方都不会有好下场,只能静观待变,择机顺势而为,借势双方,两面玩牌,挟革命之势讹诈朝廷,逼其让利交权;再挟北洋军力震慑革命党人,迫其让步妥协,一来二往,五马三枪,终于使双方让位让权,袁世凯自然成了各方盼望的"苍生霖雨、群仰明公",被拥戴为中国的华盛顿。

遗憾的是,大多数国人都看走了眼。袁世凯北洋集团根本无法完成埋葬旧时代的任务,他们走上历史舞台只是想代替满族人当皇帝。

1912年2月12日,大清皇帝下诏退位:

"……将统治权归诸全国,定为共和立宪国体,近慰海内厌乱望治之心,远协古贤人天下为公之义。"

1912年2月13日,袁世凯通电全国,声明赞成共和:

"共和为最良政体,清帝既明诏辞位,永不使君主政体再行于中国。"

1912年2月14日,孙中山在南京临时参议会宣布辞去临时大总统职位。次日下午,在总统府举行庆贺南北统一共和成立礼,孙中山发表演说:

"清帝退位,南北统一,袁公慰庭为国民之友,盖于民国成立事业功绩极大。

今日参议院选举总统,若袁公当选,余深信必能巩固民国。"

南京临时国民政府教育部不失时机地颁行了中华民国国歌:

东亚开化中华早,揖美追欧旧邦新造,

飘扬五色旗国荣光,锦绣山河普照,

我同胞鼓舞文明,世界和平永保。

……

一个让人民贫困、堕落、愚笨的时代结束了,历史翻开了荡气回肠的共和新页。

英国《泰晤士报》驻北京记者莫理循报道：

1912年3月10日下午3时，中华民国第二任临时大总统就职仪式在北京石大人胡同前清外交部公署举行。"袁世凯入场，像鸭子一样摇摇晃晃地走向主席台。他体态臃肿且有病容，身穿元帅服，但领口松开，肥胖的脖子耷拉在领口上，帽子偏大，神态紧张，表情很不自然。"

袁世凯西南站定后，宣读誓词如下："世凯深愿竭其能力，发扬共和之精神，涤荡专制之瑕秽，谨守宪法，依国民之愿望，祈达国家于安全强固之域，俾五大民族同臻乐利。"

第一章

1912年3月10日,傍晚。

郏县县衙一角,监狱死囚牢房。

"胡球怼①!"一个近乎干号似的沙哑声音大声道,"没有监督和制衡,谁说得再好也没用。中国历史这场大戏,不论谁出场,唱得多在板,锣鼓响器演奏得再动听,旌旗彩衣舞动得再精彩,一番打斗嬉闹之后,最后还得轮回到'天不变,道亦不变'的老路上——要的就是换汤不换药的老把戏。一旦重排历史老戏,谁先共和革命准先杀谁的头。"

这番话混合着浓重的血腥汗臭,顺着下坡门道扑面而来,让刚刚走到门口的润儿不由自主地打起了寒战,"杀头"这样的字眼和眼前的场景让刚才还有些兴奋的心情瞬间变成了一阵阵惊悚。

二十多天前,三叔牛惠友被县令"请"去议事,据说三叔代表的是辛亥起义的义军,谁知一去便没了音讯。父亲牛惠群在县衙守候多日,老是跟衙门里的人搭不上话,一直没打听到三叔的确切下落。

前几天,县衙门前贴出告示,说中华民国新任临时大总统袁世凯将于新历三月十日就职,届时大赦天下,豁免钱粮,颁行新政云云。这天一早,父亲领着润儿赶到了县衙门前守候,果真见大牢开门放人,平日横行乡里的地棍强梁,奸占拐骗的混混,放养土鸡流娼的鸨母以及正杂钱粮的欠债逃丁等几乎释放一空。县衙门前的小广场上,释放的囚徒及亲属或燃放鞭炮,或跪拜拈香,或抬匾送旗,称颂临时大总统大恩大德、赞共和得民心之声不绝于耳,很是热闹了一阵子。只是独独不见被县令"请"去议事的三叔等人。

这天,润儿跟父亲在县衙门前一直等到暮晚云暗,情急之下这才厚着老脸跪到一个刚刚出来的警官面前。

---

① 怼,豫西南一带地方方言,可做万能动词,此处是"说"的意思。

"这位大人,劳驾留步,俺弟弟牛惠友被陈县令'请'去议事已有二十多天,烦帮忙问问何时才能放人回家。"

那警官显然一怔,又反复打量着牛氏父子。片刻后,答非所问道:"这孩子是……几岁了?"

"过年就算扒上八岁了。"

"去买些吃的吧,待会儿让这孩子到县衙西街口等俺。"

那警官搁下这句话,匆匆进了县衙大门。

润儿很是为那警官选中自己兴奋不已,顿时有了大人的感觉。他从父亲手里接过一布包烧饼,蹦蹦跳跳地跟着那警官进了县衙偏门。进门沿着一条砖砌的甬道,七拐八拐,走到一个"猫头"①园门前。只见那"猫头"龇牙咧嘴怒目扬眉,上面还涂着黄、白、黑三色,显出一副生气吓人的模样。"猫头"下有一个正常门一半高的矮门,围着一圈粗壮皲裂的木门槛。

润儿只觉好玩,刚刚放慢步子,却被那警官一把拉进了一座类似祠堂的单檐屋子,那房屋横着三间通透,进深还不足正常房屋的半间房距。进门就是一张供桌,桌上坐着一个上身探前,满脸紫红,吹胡子瞪眼,一脸怒不可遏的汉子,穿一身藏青对襟短衣裤,一手扶刀一手叉腰。②

润儿觉得有些滑稽了,这与他平时所见气定神闲正襟危坐披红挂绿的各路神仙太不一样了,分明摆出的是骂人吵架的姿态,倒是他身边那头非牛非马、顶角披甲的神兽,似是一副深思熟虑的样子。③

润儿正疑惑间,那警官从供桌上取下一个装有竹签的铁筒,示意润儿用力摇了一摇,"噼噼啪啪"一连掉落到地上三四根签子,警官俯身捡起递给润儿,指指那"猫头"小门,又拍了拍他的背。润儿一手掂着烧饼布包,一手抓着竹签,蹦蹦跳跳地向那矮矮的小门跑去。

"他们不能这样对待革命功臣!他们不能这样杀掉革命功臣!"一个尖厉声

---

① "猫头"实为狴犴的头像,相传是龙王四子,狮身虎头,青面獠牙,狰狞可怖。相传将此像修在死囚牢房门上有震慑犯罪的作用。

② 此为皋陶塑像,相传皋陶为中国监狱的创始人,典籍有"皋陶作刑"的记载,也有"皋陶造狱,画地为牢"的传说,自西汉开始各地监狱尊皋陶为狱神,故建庙设像以示崇敬。

③ 相传狱神皋陶养有一头神兽獬豸,善辨是非曲直,皋陶坐堂屡屡请神兽参加审判,因其赏罚分明,同被后世尊为狱神。

调声嘶力竭地喊了一句。

"恁说革命,人家认定恁是犯上作乱;恁说自己是功臣,人家说恁是土匪强盗,有说理的地方吗?!"还是那个沙哑的声调反驳道。

润儿不知所措地站在门口,有些恐惧,又有些因自己的恐惧感到的羞涩,他生性敏感,胆小木讷,尤其是在陌生环境里,脑子一片空白,往往连句话都说不出来。他泪汪汪地看到那警官若无其事地在狱神庙前踱着方步,有些恨自己了,整天在县衙门外守候不就是为了见到三叔吗?他慌忙揩去腮边的泪,向"猫头"下的小门走去。

"恁也不能完全怪人家,天边几个闪电恁就以为天快亮了,咋没想到电闪雷鸣以后,这天比以前更黑暗哩?"

随着一阵"吱呀呀"的响声,那扇笨重又满是血腥污秽的红门缓缓地摇了上去,一股让人窒息的浊气顺着一条窄窄的通道涌了上来。通道是用砖砌的两米多长、一米宽的斜坡,两边悬挂着拴缚囚犯的铁链,尽头是半潜式的死囚牢房,牢房有门无窗,进门便是一片黑暗。

润儿刚想抽泣却被眼前的黑暗镇住了,他不知道走下去会碰到什么,刚才还在争论的牢房,瞬间变得寂静异常。他试探着向前迈了两步,想喊一声给自己壮壮胆,又感到口干舌燥发不出声。

他鼓足勇气又迈出了一步,一脚踏空,整个身子向黑暗摔了过去,恰在这时耳边响起了一阵哗啦啦的铁链声,一只粗壮有力的大手在他将要倒地的一刹那把他托了起来。

"一定是三叔!"他从惊魂中转过身来,努力让眼睛适应周围的黑暗,看到眼前的人瘦得出奇,不知是刀伤还是枪伤,半边脸血紫肿胀,整个脸扭曲得不成比例,右眼只剩下乌青的一条缝,头发已被血污凝成血痂,垂掩在一边脸上,只有那直挺挺的鼻子依稀还能找到牛家祖传的模样。

"这是三叔?"润儿战栗着,眼前的人与记忆中叔叔的容貌怎么也对不上号。

三叔在他心目中是一个超过任何人的完美形象,他做梦都盼望着成为像三叔一样的人。他胆战心惊地向四周望去,昏暗中有一圈神色各异的目光在盯着自己,隔过人群他看到只有灶火间大小的牢房里硬是塞进十几个人,除了门口台阶几乎插脚的地方都难找,横七竖八的囚犯全都伤残在身,个个披枷带锁,人人血肉模糊。

润儿"哇"的一声号哭了起来,三叔拖着哗啦啦的铁链一把把他揽在了怀里,什么也没说,只是紧紧地抱着他。

润儿渐渐地闻到了跟父亲身上一样熟悉的味道,慢慢地镇静了下来。

"带了几个饼?"

"门口……让……带进了十一个。"

"正好一人一个。"三叔转身把那兜饼递给后边的人,润儿这才看见在三叔背上缝着一个大大的壹字狱号。

突然,有人把润儿手里的竹签夺了过去,手忙脚乱地凑近门口昏暗的光线,喊道:"啊……神赐阴卦,啊……阴卦啊!还是阴卦!"

整个牢房静得出奇,仿佛每个囚犯都屏住了呼吸,空气都凝固了。

门口传来一阵"呜——呜——"的哭声,低沉压抑又带些绝望的声音由小渐大,片刻后变成凄厉的干号,在死寂的囚室回荡着。

随着一阵哗啦啦的铁链响,一个蓬头垢面、满是血污的人扑倒在三叔面前:"大哥,大哥,最后机会……咱们有机会活下去啊,只要恁让他们几个杆子交出武器,收编……集中收编,他们不会杀咱们的……恁可是有文化的人,老天爷给咱们的生命就这一回……俺们弟兄的生命也就在恁一念之间。"

润儿看到一个留着披肩长发、鼻子特别宽扁的男子,半掩着泪光模糊的眼睛,满脸惊恐失措,一手撑着地面,一手抹着鼻涕和泪水,痛心疾首地嚷嚷着。

润儿又"哇"的一声大哭起来。

一会儿,"呸"一口血水吐在了那人的长发上,黑暗中又传来那沙哑的声音:"信球①!恁也不想想陈世成、沈二皮这俩老儿谋划几个月时间,费尽心思诱捕了咱们,早就认定俺们是大逆谋反之辈,威胁到他们的官位比杀他爹娘都闹心,为了对付俺们,他们把北洋正牌军队叫来驻守县城,恁以为这些七孙②是来遛弯呀?还煽乎弟兄相信大赦收编的鬼话,白日做梦吧!"

润儿战战兢兢小声抽泣着,瞪大眼睛看着四周。

接着,一个更低沉的声音说:"恨只恨咱们兄弟糊涂的多,清楚的少,轻信了这帮狗官共和一家的话,没想到这帮七孙比大清官府还阴毒,现在服软乞命只

---

① 豫西南一带地方方言,白痴、傻瓜的意思。
② 豫西南一带地方方言,骂人的话。

能多死一些兄弟,如若信了他们的鬼话,咱们去了地府,人世连个给咱添坟的都没了。"

"怹个鸭子屎①,光想着收编招安,起跟儿②俺就看怹不是来从义的,出事前牛大哥说谈判得选个进退两利的地方,怹非要进县城鬼摆③,被人家一网打尽,还丢了一个兄弟,整个事都是怹给办日龙④哩。"

"扁鼻"扬头狠狠地向后撸了一把额前的长发,两眼熠熠闪着凶光,转身坐在了通道的台阶上,用一种恨恨的口气说:"怹们都是井里的癞头蛤蟆,看的是巴掌大的天。俺是不忍心看着牛大哥这样名望乡里的人尸首分家,还落个土匪草寇的恶名……"话说一半他突然又双手抱头哭号了起来。

这回润儿没有跟着哭,他隐隐感到了三叔他们面临的危险处境。

"俺也不愿意走到今天,更不愿看着弟兄们跟俺走到今天。"三叔突然哽咽着说,"我自幼折节向学,熟读圣贤,正心修身,也曾立志忠君爱国,后来发现世人越是忠君爱国,这个国家就越是懦弱落后,越无法像其他国家那样实现向现代民族国家的转型。苦闷犹豫后,我改信了天下为公,致力共和革命,数年奔波呼号,结拜四方义士豪杰,多次谋定举事都被清朝爪牙跟踪抓捕,幸得各路志士以身相护得以活至今日。去岁武昌起义,当局虚于应付,捕杀真心革命的志士豪杰,以后又推出'拥护共和不独立',致使南北罢兵后清朝衙门原封未动,只改了称谓。他们誓言共和反对的只是满人皇帝,夺得权位后行的还是皇上专制那一套,演的还是改朝换代的闹剧,赶走了皇帝却没能改变皇权制度,专制仍然是官府统治的灵魂。无奈我等只好呼号民治,倡兴民权,监督权贵,预防他们再走专制之路。不料为当局所忌,把我等设计逮捕诬为杆匪,自诱至此惨加拷问,思前想后唯有赴死一途最能独承其事,累及诸位豪杰我实于心难安……"

三叔的话还没说完,那沙哑嗓子又高声道:"大哥,怹搁不住⑤揪心,俺琢磨,咱们这回一块上道的人中间真正杀过人、绑过票的就俺一个,怹们一伸手俺就看出来这其中没一个是真正的杆匪。俺虽说是匪,但是官府绑架俺多敲诈钱财

---

① 豫西南一带地方方言,指能力低下不会办事的人。
② 地方方言,刚开始的意思。
③ 地方方言,炫耀、出风头的意思。
④ 地方方言,办坏、搞砸的意思。
⑤ 地方方言,不值得、犯不上、没必要的意思。

把俺逼上梁山的,杀人放火、绑票勒索、劫掠民女、敲诈良民,这哪一样不是官府教会杆匪的?就说这次下大牢,俺原想已经罢兵共和了,这辈子招安收编总能摘掉土匪的帽子,往下子孙后代能过个安稳日子。谁知这帮摇身变成共和的老儿比咱们黑多了,不光无德无道,仁义礼智样样不沾,挂羊头卖狗肉,阴一手阳一手,他们做下恁多无道无良勾当都不怕,咱们怕啥?老天爷不睁眼,阎王爷还不睁眼?!"

"身体发肤,受之父母,不敢毁伤,孝之始也。俺不能就这么走了,俺颜家还没有后呢。"那个"塌鼻"听过两人的话后哭得更厉害了。

三叔从身后接过烧饼布兜,顺手递给了面前的"塌鼻",说:"恁说的只是《孝经》的前一句话,后一句是'立身行道,扬名后世,以显父母,孝之终也'。人活着是为了尽忠尽孝,若不能立身行道、扬名后世,活着也失去了意义,所以咱们中国人从来是宁认埋骨也不愿埋名。"

这时,一盏明晃晃的提灯在矮门外摇了摇,随着"吱呀呀"的开门声,一个人厉声喊道:"到时辰了!"

润儿突然想起临来时父亲的交代,急忙抱着三叔悄声问道:"俺还能不能再来看恁?"

牛惠友一怔,悄声道:"当然能再来……回去告诉恁爹,凡到家的亲戚一定先让回去……俺名下的财产都由他做主,账要算精细,亏本生意不能干……既要防着势力大的多占,也不能让势力小的空着走……族谱以后再修,俺的家产算不清就千万不要再来了。"

血缘关系真的很奇怪,三叔一边说一边不时捏润儿几下,润儿便从三叔那双颤抖的手上品味出了他的嘱托。

润儿一直在流泪,只是说不清是因为恐惧还是义愤。他顾不上多想,扑倒在地,规规矩矩地向黑暗中的三叔磕了个头,转身出了虎牢。

当晚。

县衙前街西繁酒楼。

郏县前清县令、现任县长陈世成,原县衙师爷沈洪顺与刚刚派驻县城的北洋陆军第六镇二十三标统吴云峰,及驻汝陆军十三营统领余耀庭在经过半天的争吵后,勉强敲定下来袁世凯临时大总统就职庆典活动的议程安排。根据汴省的电报通告,民国临时大总统就职庆典活动应在北京正式就职仪式三天后举行,至于从即日起全县张灯结彩、挂旗燃焰,慰问驻军的牛羊银饷数量,以及从郑州邀请当红名艺金牡丹戏班在演武厅连台九天等诸多事项都没有分歧。争议的事项有两条:一是在庆典活动之前是不是要把牛惠友等杆匪砍头示众;二是新驻进县城的部队什么时候撤离县城。

县长陈世成,赐同进士出身,籍贯江西抚州,是庚子皇上、太后西狩回京,宣布实行新政后首批外放的地方官,此前候补多年,到任时已近四十岁了。他个子不高,身板单薄,皮肤白皙,无论穿官服还是便装,多少都显得有些晃荡,大头小脸,额顶稀疏灰黄的头发齐齐地披到耳根,几乎没有眉毛,一双大而略显外凸的眼睛始终阴冷阴冷的,再加上细挺尖鼻,薄唇小嘴,整个面容阴鸷木讷,像是丧失了喜怒哀乐的功能。

这天,他穿了一身黑色对襟立领新式制服,面对着一桌七碟八碗的大餐和余耀庭等几个狼吞虎咽的军官,几乎没动一筷子。

他主张对牛惠友等人暂缓行刑,公开的理由是利用他们做诱饵,从长计议筹划一个斩草除根的办法,在找到万全之策前不宜鲁莽从事,以免激化矛盾。其实内心里还是不愿意在局势不明朗的情况下让自己的双手先沾上血。而对新驻部队,他主张应在正式庆典活动之前撤回汝州,对于这项要求能摆上桌面的理由还真说不出口。

俗话说兵行有定,匪来无方,而当前的局面是兵来无方,匪行有定,短短几天时间驻军抢劫伤人报案已发生六起,死两人、伤四人,反而是辖区内各路义军土匪自南北罢兵后从未发生过抢劫掠财之事。这批北洋陆军每晚酒足饭饱之后总要借巡查土匪之名,挨家挨户索要助剿杆匪银饷,踹开门后见啥拿啥,稍有不从就拳脚相向。几天前在城北错杀两个早起进城卖菜的老农,致使全城皆恐罢市两天,最后还是陈世成出面给双方送了不少银子,这才使驻军每晚的巡查打劫活动稍有收敛。

纵兵抢劫是封建人身依附掌兵方策之一,早在春秋战国时期就被列为带兵用兵的秘诀,无论是官军还是土匪,无不将此策作为统兵手段。远的不说,就以清末曾国藩、李鸿章办湘淮军始,此策就是维系属下效力的法宝。让陈世成想不通的是,用这种方法在大清朝仅限于攻城略地的一种奖励办法,对于已是朝廷统治下的地方和安分守己的良民绝少发生这类情况。眼下改朝换代大局已定,共和的招牌也挂出来了,堂堂政府属下正规陆军竟然公然抢劫,兵不如匪,实在有失体统,难怪百姓父诏其子,兄勉其弟,妇劝其夫,一窝蜂地要起杆为寇。

陈世成望着眼前正在狼吞虎咽的吴、余两位,忽然有种很绝望的心情,叹道:"天下百姓只要不是走投无路,谁也不会铤而走险。"他知道对他们说什么都没用,你可以唤醒一个沉睡的人,但绝唤醒不了一个假装睡着的人。可毕竟曾是朝廷命官,如何维持一方安宁他还是心知肚明的。

"自南北议和罢兵共和以来,敝地小县虽对真共和与假共和有不少讥讽,但总的局面尚能相安无事,值此多事之秋,当以安收人心为上,宽人容非为准,'能攻心则反侧自消,不审势则宽严皆误',风潮中事似不易操之过急,用法之面亦不易网之过宽……"

"恁这是什么意思?俺们来恁县剿匪不欢迎?!"相貌黝黑、小眼宽鼻大嘴巴、一脸横肉的余统领一边自顾酌酒,一边朝同桌同人笑起来。

"欢迎,欢迎,你们一来显得杆匪安静多了。"

"那不叫安静,那是吓尿了!畏俺们军威望风地遁,哈哈哈。"吴标统也是个粗人,根本听不出陈世成双关语的意思。不过他看上去比余耀庭要精细些,脸没恁黑,只是尖头宽腮,脑后还拖着一根粗壮的大辫子。笑毕,他兴奋地脱下外罩军服,露出咖啡色的丝绵坎肩,用手将粗辫向背后猛地一甩,反问道,"你知道大清皇上为什么逊位吗?"

"看来用人用坏了,"陈世成心想,"这局面难以收拾了。"他怔怔地望着两位喝得面红耳赤的军官,一种深沉的绝望涌上心头。没等其他人回答,吴标统自问自答道:"没让俺们弟兄当王爷!要是皇上赐给俺们黄马褂,乱党叛贼、杆匪流寇绝不会有这局面。"说罢豪放地大笑起来。

陈世成知道,眼下重要的是不能轻启战端、妄开杀戒,对这些民间组织或武装力量他还专门进行过研究。民间力量之所以能够长期存在是中国文化、社会结构矛盾运动的结果。中国社会结构除了上层庙堂阶层和底层乡族社会外,还有介于两者之间的江湖社会,江湖既包括了传统四民士农工商中的一部分,又涵盖了底层三教九流及庙堂相联系的一部分,江湖上的不同层次又都处于绅民、官民、中央、地方以及不同地区之间错综复杂的矛盾网络之中。中国虽然属大一统的皇权专制体制,但直接的统治权只延伸到县一级,县治以下和不同行业中有着江湖大片的发展空间,再加上社会不同层次信仰传统文化儒佛道的价值侧重点不同,更为江湖上帮会社团的生存提供了理论基础,居庙堂的以忠为主,乡土宗族以孝为先,居江湖则以义为尊。传统文化的多元性使不同层次的人都能找到自己的价值观,自然也能为自己的行为规范、道德标准等找到思想依托,甚至能为相反的行为模式和矛盾双方提供思想资源。

从经济环境上看,因为长期以来中国产权制度模糊不清,既有一定的中央集权经济基础,又有相对独立的乡绅宗族的小农经济环境,形成了幅员辽阔、成分复杂、难以统控的多元经济状况,这一切都为民间组织和武装势力的实际存在创造了条件。

这些民间组织和武装势力在不同的历史时期发挥着不同的作用,社会各界对他们的态度也不一样,官府称之为"土匪"、"流寇",民间叫他们"刀客"或"侠士",而他们多自称"义军"、"民团",辛亥革命爆发后统称为"民军"。

中原一带民间组织和武装势力的发展大致可以分为三个阶段:宋朝及宋朝以前,民间组织或武装势力的成分基本上都是农民,与官、商、工界限分明,组织形式多是以宗亲氏族或地域作为拉帮结派的纽带,以"王侯将相宁有种乎"为动员纲领,流动作战、攻城略地、占山为王,一旦失败便销声匿迹;到了宋朝末年,金兵南侵,促使官方与民间武装势力联合起来,或干脆合为一家,形成了民间组织的江湖;明清两代,尤其是清朝,民间组织进一步与江湖四民和农村宗社融合,形成一种长期存在,带有一定自治性质的组织。

常态化的民间组织从特征上看,首先,参加民间组织的身份变了,"出门为军,入门为民","集中为军,分散为民",成了一种半职业性亦兵亦民的武装组织,或结寨自保,或结伙掠劫,丰年为农,荒年为匪。官府对这些民间组织的态度也不断变化,一般来讲只要不犯上作乱,官府多也睁只眼闭只眼,即便做些出格事也是采取又打又拉、时打时拉的办法。清朝末年,清朝政府为镇压类似太平军这样的大股造反势力,甚至鼓励发展保护地方的团练武装。其次,民间组织与江湖阶层结合开始从事大量经济活动,如放贷聚赌,设卡开捐,挑盐贩运等等,使民间组织有了一定的经济保障,从完全靠抢劫绑票、敲诈勒索活动转变到了半公开的多种经营活动。再者,民间组织为了长期生存扎根地方,创新光大了一套绿林文化、江湖规矩,包括价值观念、行为规范、信仰禁忌、盟约纪律等,如《十不抢》《八赏规》《八斩条》以及内部组织结构、外部合作办法等,久而久之自然就有了整套绿林的生活方式,使这些半武装半民间的势力堂而皇之地成为一种职业。

随着民间组织半公开化、亦民亦兵的变化,参加这些组织的不仅有乡族、宗族、行业的普通民众,还有不少乡绅巨贾、望族大户,特别是兵荒马乱的岁月,他们为了保护自己和宗亲、朋友的生命财产,有时整村、整族、整行业参加了组团自保的行列;由于这些组织有结伙做生意的优势,使得参与其间的一部分人,把这种行为视为一种"投资",亦武亦商成为不少民间武装多由富人掌权的原因;还有一些人平时好逸恶劳,只想通过参加民间组织浑水摸鱼,招安发财,纯属于职业混混,这部分人少,但能量大,许多民间武装力量最终堕落为专司烧杀抢掠的杆匪,皆是这些人为首的结果。

由于各个民间组织的目的、成分不同,行为也分好几个层次:有的专司保寨保民,并不与官府作对,更不会干绑票剪径之事;有的专以官府为打击目标,不绑票,不剪径,一门心思跟官府对着干;还有的既和官府作对,又兼营绑票剪径勾当,甚至勾结地痞残害乡间,无恶不作。当然各种民间组织都处于一个动态变化中,很难就一个时期的行为界定他们的性质。

"虽说中国历朝历代皆行外儒内法,可杀人之事大面上总要有说得过去的理由。"陈世成如是想,现在不分青红皂白任由北洋陆军出兵胡来,引发的连锁反应实在难以预料。

陈世成良久才回过神来,面前吴、余两人上身已脱得只剩下了白丝绸衬衫,开始吆五喝六地猜起枚了。他斜视一下左右,示意坐在对面的师爷沈洪顺出来圆场。

沈洪顺早有准备,见县长示意,慌忙抹了把油乎乎的大嘴巴,起身端起酒壶,"哗哗"地倒满一碗,冲着吴、余两位举过头顶左右拜过,亮着嗓门大声道:"在下沈洪顺有礼,先喝为敬了!"言过,一饮而尽。

师爷沈洪顺和陈世成很是不同。这天,他穿一身黑丝棉长衫,外套一件暗红绸棉马甲,整个身子撑得满满的,异常圆润的身材上搁着一个圆圆的脑袋,几乎是嵌在两肩之间,头上顶着又细又短的辫子。他皮肤黑粗,一脸赘肉,尽管貌不惊人,但表情却十分丰富,凡见到上司或女人,他的双眼就眯成一条缝,嘴巴弯成朝上的月牙形,托起硕大的鼻子,一张嘴就是死人也能说得心动;如若见到下属或苦力老农、市井闲杂人等，眼睛自然便成了斗鸡眼，鼻子嘴巴也会做出咬牙切齿的样子左右歪到一边。由于他人前人后两个样，对上对下两张皮，于是就有了"沈二皮"的名号，久而久之，人们渐渐忘记了他的大名沈洪顺，里里外外都叫他沈二皮了。

沈二皮是本地人，早年家境富裕，家里出巨资让他拜师学幕，几年下来为师认为他才不如志，并不看好他的师爷前程，勉强荐到衙门。岂料清末地方一直不平静，做师爷的不再需要谋划文章之类的功夫，靠的全是贿赂收买、上下勾连、贪赃枉法、陷害良善的路数。沈二皮对此无师自通，以眼毒善断、能上下结交扬名业内，不几年就做到了大席刑名师爷。陈世成初来时其余钱谷、挂号、书启、征收等幕友都已换人，唯独刑名幕友仍由沈二皮留聘。

中国幕友、师爷，又叫客、舍人、门生、故吏，起自春秋战国时期，直到清代才真正成为社会治理的重要环节。清代各级衙门实行"长官负责制"，一般县级衙门只有知县、县丞、主簿、典史等几个职位入朝廷命官序列，大量办事行政差使都要知县个人出资聘请。一般县官除了雇佣长随、家丁用以办差跑腿外，师爷幕友是知县聘用有明确职责范围的助理，分刑名、钱谷、挂号、书启、征收等几个职位，不食国家俸禄，由知县等幕主发薪，对幕主负责，代官出治。

清代末年各级衙门实际皆由幕友操控，天长日久，幕友之间引朋唤类，拉帮结派，上下串通，实际形成了"官转幕不转"的地方势力。

沈二皮是当时汝、鲁、宝、郑一带出了名的"二衙门"。

沈二皮完全清楚陈世成的心思，身为朝廷命官，改朝换代后无疑就是兔子的尾巴——日子长不了，混一天少三响，不出事不惹事平安走人是陈世成在位追求的最终目标，杀人、剿匪之类易惹是非、易背恶名的事，他是千方百计要推到下一任身上的，如此就与地头蛇沈二皮的打算大相径庭了。

沈二皮这些天精神特别好，大清朝灭亡那是爹死娘嫁人——与自己挨不着边的事。自1911年武昌起义以后，沈二皮就在琢磨自己的前程利益在哪儿。今年1月，南方北伐奋勇队占领南阳，曾有人来秘密联络过他，当然他虚与支应，未敢妄动。

不久前，袁世凯的侄公子袁克成路过汝州，专门召见汝鲁宝郑一府四县的知县和刑名师爷，当面把知县改任为县长，师爷改任为县巡警局长。这让与会人员感动得热泪盈眶，尚有几人扑地便拜，山呼着八千八百岁。袁公子除了勉励众人忠于职守外,还密嘱几位师爷要认清形势,弹压住地方,待局势稍定后,一定会论功行赏云云。

从汝州回来后,沈二皮一直反复回味着袁侄公子的话,越想越觉得英明!

"把住滑,不能任由局势滑下去,合议已经达成,总统很快就职,革命已算成功,稳定就是光复,今后谁能站稳地盘、稳定局势,天下就是谁的。"

是呀!革命也好,造反也罢,到头来天还是天,地还是地,不过是朝廷换成了民国,官场的本质并没有变。共和也好,立宪也罢,究竟共和立宪长啥样,不就是谁办谁说了算吗?他突然发现革命就像撞大运,地面上越不平静,他的权利边界就越大,好处就越多。所以不能让它平静了,真要平静下来,谁还把刑名师爷当回事?!

陈世成胆小怕事,动不动就摆出一副朝廷命官的样子,这个信球!不能让他这么太太平平地走人。

想到这儿,他对着两个醉眼迷离的长官悄声道:"俺给恁亮几曲助助兴吧?"不等他人回应,他便吆喝开了,"一股雄,一股雄,一股股雄兵入京城呀,哼哈呀……"

"好!"吴云峰、余耀庭两人击案叫好。

陈世成忽地站起身,挥手制止住沈二皮,沉下脸道:"还是把庆典议程安排完吧,那些人……"

沈二皮急忙接过话,说:"对对对,俺们抓的那十几个杆首……唉,也怪俺们无能,查实有命案的不多,县长大人的意思是先暂缓处斩。"

"查证的结果是不能定罪为杆匪,"陈世成有意顿了顿,补充道,"更谈不上杆首。"

余耀庭摇摇晃晃站起身,笑眯眯地挤出一脸疙瘩肉,凑近陈世成抑扬顿挫道:"不能定罪……为杆匪杀掉后……能定罪为杆匪吗?谈不上……杆首不谈……杆匪就按杆匪处斩!"

他显然已经喝多舌头大了,说话有点不清楚,不过比划的杀人动作却是十分有力。一番指手画脚后,他瞪着眼试图在陈世成脸上寻找出哪怕一丝表情的变化,审视良久竟毫无发现,只好转身对着沈二皮大叫:"你说你抓了罪犯……咋又无能……查实有命案……不多县长大人……先暂缓处斩?你啥意思?你不是说杀……掉这些人是时局的需……要吗?"

沈二皮眼看着余耀庭要把他们背后谋划的事都捅出来，慌忙抓了一把花生塞进他嘴里，扭头望了一眼一脸木然的陈世成，干笑两声，故意反问道："咦——他咋会知道咱们搜集恁多牛惠友的文案呢？怪呀！"

其实沈二皮很清楚，要把大清的衙门变成共和革命的官府，最重要的是把真正的共和革命者打成土匪，如同指鹿为马，只有清除了世间所有的马，鹿不用指自然就会变成马。抓捕的这批人中有大清末年就从事反清的志士，只要这些人还在，像沈二皮这班师爷想摇身变成革命者继续掌权，显然是不可能的。因此，清除掉这些人便是自己"革命"的前提条件。

十几年了，从安排眼线，到每一份线报，都是他一手操办的，其中内情他无不熟记在心，这事可以说已成了他前半辈子的最大目标，怎么能轻易松手呢？

是从哪年开始的呢？对，光绪己亥年（西历1899年）。

这一年，郏县历史上出了第一个留洋的学生，这原本是件荣耀乡里的事，但是朝廷很敏锐地发现这个叫牛惠友的留洋学生似乎头上有个反骨，故而一纸圣旨责令县衙刑名师爷暗中查访，一旦发现有任何反清举动，迅即抓捕到案。从此，牛惠友这个留洋学生便成了立案追捕的目标。

线报最早通报牛惠友情况比较笼统，报指牛惠友是本县月桂镇牛氏惠字辈人，牛氏惠字辈兄弟四人，其行三，家族在当地属中等偏下家境，以船工兼做耕种为营生。牛氏祖上在明万历年间曾出过赐同进士，以后再没有读书人。传到惠字辈，牛惠友自幼颖悟好学，识解不凡，且求其论理，放言不羁。其人相貌虽不出众，却胸有致远之气。弱冠应童试，入邑痒，光绪己亥年考取公费生留日。

牛惠友留日一去四年，倒没听说有什么反常举止，第一次返乡是1903年春末夏初。

是年，大清朝廷与比利时国铁路合股公司借款，开修开封至洛阳的铁路，而河南民间商学各界涵儒民族主义之风，纷纷倡议收回路权，由民间自办，如不能达到此目的，则应争取民间自组公司，承揽展修洛阳至潼关路段，于是省内各校学生纷纷回本县劝募股本，一时声势风起云涌。

在此之前，也就是光绪廿六年（西历1900年），直隶拳乱，七月联军入京，孝钦后及德宗西狩幸陕西。翌年自西安回銮，驻跸开封，为迎太后、皇上回京，朝廷专设了西安至开封再达顺德的电线，史称"庚乱回銮线"，一种利用电磁原理传递信息的新方式开始接入到了河南。在传递外面世界很精彩的同时,这项新技术带给国人的多是国是日非、四境全面告急等如噩梦般的消息。随之而来的副产品是西学及各种主义、思潮的悄然传播。孝钦后和德宗似乎知道如此下去凶多吉少,于是重新祭起"新政"旗号,宣布变法。

当然,此一时彼一时,同是变法,操盘人变了,变法的目的和效果皆已面目全非。朝廷不但把戊戌年间变法定位为"乱法",还把此时的变法定为"新政"。可惜此时变法的时机已逝,国势今非昔比,人心也似覆水难收了。

新政推行到河南,官府设带有垄断性质的豫泉官银钱局,开始官办银行,禁小钱铺滥出银票,规范了金融环境和秩序;体制上设巡道,将各级衙门长官的亲兵、家丁、长随、跟班统统纳入编制内管理;军事上编练了新军,新建了第二十九混成旅;出版第一份刊物《河南官报》,开天辟地有了第一份体制内外共享的现代化媒体。也就在这一年,那些远渡重洋来到河南的洋人,以信阳美国传教士李立生为首,筹集白银一百五十六两二钱五分,在鸡公山上买一块山地,搞起了集资盖房。

这一年,恰好陈世成后补升任知县来到郏县,初来乍到,立足未稳,迎面碰上的就是学生请愿、商绅上书,言比利时人在豫修铁路,个人工资比豫人高15倍,工程师和管理人员拿的饷银比道牧县令薪饷还多,此等便宜为何让比人独占?纷纷要求收回路权,参股民办。

就在陈世成一筹莫展之际,独独收到一份建言,申明此事万万不可行,提出理由是:根据西洋项目工程规划建设承办制度,项目采用定额定量定时定标准质量的管理办法,比人拿豫人15倍的工资,但个人劳动生产率是豫人的25倍。也就是说,在定额资本条件下,比利时人还有利润,而豫人则无法完成定时定量定质量标准的工程,这已被平汉线多次转包给豫人的分理项目所证实。故而,即便是真心爱国的人,如不了解事实,也会用爱国热情办误国之事,当务之急是找到一个能够促进本地经济发展的有效途径。

看过这份上书,陈世成诧异之余便让沈二皮通知全县知名商绅会谈一次,请上书的牛惠友把国外的工程项目情况作一通报,省得大家不明真相,草率从事。

是日,陈世成率衙门一干人及全县有头有脸的商人士绅,济济一堂聚于衙前街繁楼茶社。果见牛惠友穿一身白色制服和一双黑白相间的皮鞋,跳上演奏台,他个子不高,瘦脸大眼挺鼻,尽管两眼密布着血丝,奔波、失眠、劳累使他看起来精神不佳,但整个人还是充满了一股青春的英姿。

牛惠友自从接到通知后,对讲哪些很是费了一番心思。他知道有些话坐在下面的人根本听不懂,但还是要说出来。他上台略顿片刻,整理一下思路,挥出右拳,便滔滔不绝地讲开了:

"咱们大清国为啥走到了今天这样亡国灭种的地步?朝廷祭行'新政',地方究竟行什么'新政'才能保国昌种?"

一开场,下面众多绅士便大吃一惊,平时大伙思考问题从来没有超过一县地方范围,怎么此人出国几年竟操起朝廷的心了?

"这个题目是当朝太后下诏让士农工商各行各业建言的课题。"

牛惠友扫了一眼会场,接着道:"太后下旨朝廷文武及各省大员,参酌中西政要,各抒己见,上奏建言,然则近三年时间这些大员们所奏变法政见,尽是枝尾末节,隔靴搔痒,诸如废科举,兴学堂,善内政,变军事,革司法,除旧弊云云,其实根本没有讲到我大清百病缠身的根源。合朝大员世受国恩,皆思谋个人得失利害,无一人敢直言病灶所在,岂不悲乎!我大清国当前最大的难题是如何转型为现代民族国家,尽管你可以说出无数个东西方国家的不同之处,但现代民族国家实现的条件和标准是一样的。从我大清国的实际情况看,当务之急是满汉同心,兴民族主义。以往国家积贫积弱,屡战屡败的原因皆在于此。"

讲到此,他想起多年以来民族的深重苦难,奇耻大辱,鼻子一酸差点落泪,咬了咬牙将泪强忍了回去。

"外患日棘,举步维艰,宵旰忧勤,百业待举。以鄙人观之,既行'新政',必内外统筹,官民兼顾,细算因果损益得失,审慎先后缓急之序,务要有一牵纲提领总目才行,可惜,'新政'三年,东一竹竿西一棍棒,慌不择路,杂乱无章,终没把兴民族主义、视满汉一体为总纲目的,如何能转危为安?"

至此,全场纷纷交头接耳,场面渐渐活跃了起来。

"民族主义不能仅仅停留在口头上,首先需要一个论证过程,使满汉民众在平等公道之中合为一体,相亲明理,分权让利,治有本末,功有缓解,如此方为根本之策。眼下,朝廷内外新政喊声震耳欲聋,过场走得锣鼓喧天,只是无人在最当紧要害处用一丁实功。说一句实话,文武满朝装聋作哑,视而不见,坑上欺下,炉火纯青,能不叹乎!"

他顿了顿,扫了一眼台下,见不少后排的人纷纷往前挤,并不时传出一两句喝彩声。

"吾辈生于村野,学于东洋,虽无一职在身,却有参政之任,国家兴亡匹夫有责,故观天下大局,忧国族江河日下之势,食不甘味,夜不能眠,筹谋保国救亡三策以供商榷。"说罢将一份上书递给了陈世成,转身跳下讲台,快步出了大门。

原来这次牛惠友回乡,在家半月余,前几日,探友访亲提发锥骨,逢人便讲家国被列强瓜分的恐怖,当朝割地赔款,财尽民困的危机及应对之策。后几日,干脆把自己关在屋内激情挥毫,写了保国保种的请愿万言书,誊清两份,原打算亲到县城,等逢告期,请愿上书。恰逢知县陈世成请他与全县商绅聚谈,正好利用这个机会将写好的请愿书递了上去。

当即,陈世成、沈二皮宣布散会,匆匆返回衙门,进到退思堂细研上书条陈,惊出一身冷汗,见上书如是写道:

"戊戌年间,康、梁等人以倡言变法之名,行乱法之实,变法以托改制为基,用人以功名绅士为依,民生以官办之商为主,其主要理据仍未脱易经儒教格式,杂以大乘佛教和西政之法,这套路数从鸦片之战始,翻来覆去,新汤陈药,毫无取胜的把握。如以商制夷,以民制夷,师夷长技以制夷,再到以夷制夷,再三维新自强,终不免每战必败,丧权辱国!亡国之耻,灭种之难,势如羔羊入虎群,盲兔闯鹰窝,只想让羊兔练习跑,断乎没有生存图强希望。思当今世界各列强之民族主义、达尔文主义,逼我中华各族势必要进化挤进虎鹰之林。值此绝地再生之时,吾朝上下必要痛下决心,革弊兴新,脱胎换骨,除此,实无他途良策能保国救族。有鉴于此,吾顿首剖心建言三策:

"之一,变法当以参酌西学新思想、新精神为先,实现君民共治为目的。新思想是为平等意识,所谓'合君民为一体,通上下为一心'是也;新精神即是朝气起于民,活力竞于众是也;当今之世,列强觊觎,强权即理,我族恃以存世者唯四万万民众耳,若四方民众再无生气,再无团结,再无共同意志,再无奋起精神,欲立于豺狼当道强权猖獗之世,真乃南柯一梦。

"之二,用人当以具新学识新气象为主,用人乃立国之本,用什么人自是国家形体之所系,民族兴衰之根本。学识本无东西之分,唯有新旧之别。思想学识,无论新学旧识,东西源流,当以开启民智、繁荣工商、进步社会、维新制度为其存废之根据。学识思想如唯为统治之工具,与国家与民族进步又有何用?用人更当如此,新思想新学识合于世界潮流,能推动社会进步自当优先。用人新气象昌在所用之人不唯一族一姓之命是从,当以族群团结、公平正义、忠于国家为首务。以往蓄用人才只选忠于一族一姓或拔擢上司之人,罕见服务社会、融合族群之才。如今,再不启用学贯中西、锐意革新之士,更新官府积习面貌,保国保种断难为继。官员只知回报有恩于己之人,则必上不忠君,下不恤民,只图小集团之利,迟早会招致祸患。

"之三,经济民生当以劝民兴业,藏富于民为本。官办自强运动自兴至今已历卅余载,虽办不少实业,然与富国强兵初衷渐行渐远,不唯不及列强后尘,国内亦是民贫财尽。倡导民族主义,重在实行民族经济,让民自兴业,轻赋薄徭让利于民,民有获利机会后生爱国之情,如此民富才能国强。"

……

陈世成把上书推给站在一旁的沈二皮,其实沈二皮早已看完,见陈县长把上书推到了自己面前,便暗自斜睨着陈世成的神色,一连说了四五个"扯球蛋"。他暗自盘算着此事的利害关系,道:"此书处置可严可宽,从严讲能上十恶,从宽看自可毁迹放人。牛惠友是全县有名的儒生,考取公费留学第一名,只是性情抗上不羁,急于公益且有反骨,恐怕迟早……眼下时局又……全县士商民心……与大人虔诚名誉……"

沈二皮看不出陈世成的表情变化,不知道他的想法,这话就不知道该往哪儿说了。陈世成拿到上书后,连午饭都没顾上用,一直在推敲上书条陈,双眉紧蹙一言未发,想必此事非同小可,自己不在其位不谋其政,千万不能替他拿主意、担责任,可话该怎么说还真让沈二皮做了难。

其实,陈世成对上书也是摸不清来头,没一个成熟的意见,反复掂量不出一个万全之策。上任前陈世成曾在京城江西会馆候过一段时间,从他在京城的所见所闻所学所识推测,大清这艘船今后怎么走实在是件让人吃不准的事,"新政"到底能新到什么程度?底线在哪儿?还真说不清楚。再说这上书有没有来头?上面有没有人支持?对自己的仕途有何影响?如何处理才能有利无弊?想来想去只有采取模糊处理的办法,推敲再三确定采用三策:

策一,派人连夜将上书送给汝州知州,上书是否转呈省城,县里不表态度,不提建议,如知州认为事体重大,当然应由知州派警抓捕,如知州认为无碍,尽可压下没有下文,无论什么情况与己没有太多责任。

策二,对于上书人既不抓也不放,派人盯紧看牢保护好,都说跑了和尚跑不了庙,如果连和尚都不让跑岂不更好?!

策三,对内对外不表态度,自己更不能再与上书人见面,也不能留任何文案记录。

想到此,陈世成让沈二皮马上动身将上书建言封好送到汝州州府,并按此模糊三策略抓紧安排。

谁知天算不如人算,当天夜里,衙门里马夫无意间走漏了风声,传到牛惠友耳里,促其连夜缒城出逃,遁往日本。

好在汝州知府对此上书建言根本没心思看,也没当回事,既不上报,也不询问,如同石沉大海,没了音讯。

不过通过此事,陈、沈二人看到了牛惠友在全县的影响,只此一面之识,俩人都心照不宣,只要牛惠友在,这地方就不可能由他们说了算。

沈二皮忐忑不安地望着自己的上司。

陈世成也对着一桌杯盘狼藉和东倒西歪的吴、余二位军官,心烦意乱地扫了一眼沈二皮,意识到今天什么事情也谈不下去了,便挥手示意让警卫们把吴、余二人扶了出去。

"走?"沈二皮一脸媚态跑到陈世成身边问。

陈世成一副不屑的神色,起身出了门。相比今天的饭局,对牛弹琴显然是一种幸福,也许牛叫会跑调,但绝不会跑这么歪乎,他心想。

街风过后,脚下旋起黄色的鞭炮碎屑,空气中弥漫着淡淡的火药味和焚香味道。陈世成抬眼望去,街道两边挂满了五色国旗,只是家家户户大门紧闭,一片死寂。他回味着吴、余二人的话,只有半句话说出了经典——大清厦倾的主要原因是用人用坏了。由此类推,由用坏了的这帮人办民国能办好吗? 想到此,他不由自主地打了一阵寒战。

登上县衙的石台阶后,陈世成转身对跟在身后的沈二皮说:"你去叫丁二来,我在大堂等你们。"

望着沈二皮圆滚滚的身躯摇着碎步向县衙寅宾馆跑去,陈世成突然感到一阵身心疲惫。现在就告老返乡吗? 如是想着,走进了衙门大堂。

上海《申报》1912年4月29日讯：

　　河南洛阳一带，万山重叠，在满清时已成匪薮，其著名之首领如王天纵、张黑子、董万川、李红毛等不下数十人，竭全省巡防之力，仅得相持。自去岁武汉起义，所有兵队，皆调驻武胜关一带，而省城防护，无暇顾及。后王天纵来归，唯共和风潮紧急，时河南以地处冲衢，压于北方军队势力之下，故宣布共和为最后。一般急进党派，愤桑梓之邦，不得挤文明之域，遂密遣党员，赴汝洛一带，运动土匪起事，以期因之而收效者，共收有三四千人。乃方在进行，适值共和宣布，南北解兵，所收之兵队，遂无所归属，彼辈本不知共和为何物，唯假名民军，以实行其抢掠主义，又无人为之筹饷安插，因是而大肆其抢劫。汝州、鲁山、宝丰、郏邑、伊阳、嵩、宜、永、叶一带，迭遭匪劫，十室九空，年轻妇女之被掳者，不下千数百人，到处焚掠，所过荡然，汝城至今被围，途中行人断绝。总统得电后，遂一力主剿，汴省发兵一标，由许赴汝，并饬驻洛之北洋军队，酌拨一标，由白杨一带进攻，以收腹背夹攻之效。且命其侄公子袁克成为全军总司令，以便震慑调度。现得鲁山来函云，已在彼处开战，想经此大兵涤荡，不难即日敕（剿）平矣。

第二章

丁二和牛惠友同是月桂镇人，不过丁家是镇里大户，大清朝年间，丁家一连几辈都在镇里当保长，传到丁二这一辈正赶上清末保甲制度改自治公所，丁二二十岁就从保长的岗位转任当上了自治公所主任。上面的人叫他丁主任，下面的百姓都喊他丁二爷。

丁二小个微胖，慈眉善目逢人就笑，常常因为笑意太重，使人找不到他眼睛的位置，小鼻子小嘴，面色很是红润。丁二当主任自然仪表乡里，穿着总和地保巡警相一致，只是头上戴的始终是顶黑绸红边瓜皮帽。丁二家境富裕，很小的时候就订了娃娃亲，不到二十岁就当上了爹，生有一个儿子，此后，再没见他家添丁进口。

丁二对独子格外器重，取名叫狗儿。说也怪，丁家狗儿没一点像父亲的地方，方头大脸，黑胖黑胖的，眼里的眸子生来就有点上翻，一对眼眉隔得太远，以至于正眼看人都得扭头，短鼻大嘴还有两边的招风大耳，致使脸上所有部件都很醒目。尤其是狗儿的性情，也许丁二这辈笑得太多了，传到狗儿一辈，人们从来没见他笑过，镇里都说狗儿只是丁二老婆一个人的"杰作"，断无丁二一点"贡献"，不然怎么寻不到丁二任何"痕迹"呢？二爷听到这话照例是笑笑了事，心疼狗儿的心劲非但没减，反而与时益增，到哪儿都带着狗儿。不过父子俩有一点特别相像，就是揣摩别人心思，十有八九都能猜出人家在想啥，至少能猜出他们的目的是啥。

自从接受了沈二皮交代监视牛惠友的任务后，有几年时间，丁二认为是小题大做，并不以为然。自1903年牛惠友回乡在县衙前街繁楼茶社讲了那番话后，他才嗅出了牛家老三身上不一样的味道。

不久，牛惠友返日后，县刑师爷沈二皮专门来月桂镇一趟，阴沉着脸再三交代丁二，对牛惠友出国要掌握动向，回乡要查实行踪，参加什么组织，结交什么人，说什么话，办什么事一律及时据实线报。临出门，他才换上一副笑眯眯的神态对丁二说，县里正在考虑筹备县自治会主任人选，你选上选不上都没啥，最好给狗儿铺条路。

从那以后,丁二便把这份额外的线人任务当做头等大事。

1903年,牛惠友再次赴日继续完成学业;1905年,留日河南同学会集体加入了孙中山的同盟会;1906年,孙中山亲自出面到河南同学会讲话,动员大家做好组织发展工作,此后不久,在河南同学会的基础上,成立了河南同盟会分部,分部根据同盟会统一部署,制订计划用三年时间开展宣传发动工作,创办了《河南》《豫报》等刊物,并通过各种渠道向国内投放;1908年,河南同盟会分部决定由宣传发动工作为主转入革命行动阶段,派杜潜等人回国组织同盟会开封分部,设秘密机关于开封南关中州公学,逐级发展了一批青年学生入会。

恰好这一年,曾任云贵总督,后充军机大臣的著名立宪派大将林绍年外放河南新抚,又遇上是年11月清德宗光绪、孝钦显太后慈禧相序傧天;这期间,清朝在河南的管制相对宽松,同盟会得到较快的发展。

年底,清廷又宣布开放郑州为商埠。

牛惠友也就是这一年再次返回国内。

清朝末年,如河南巡抚林绍年这样的满清重臣是较有个性的大员之一,也是体制内立宪派代表性人物之一。据说林绍年等人在光绪登基之初就密议过立宪之事,提出的主要观点有:民主是西洋各国富国强兵的主要原因之一。综观世界各民主国家,凡作出重大决策,"必由国主付上议院议之,所谓谋及卿士也;付下议院议之,所谓谋及庶众也",这样可以保证事事合乎民情而后决然行之,这是国家兴废成败的关键。我大清国之所以总是处在战和两不利的地位,追根溯源是因为国内政治违反民意,各国见我上下不合,便借机欺负吾国,这是中国积贫积弱被动挨打的总根源。放眼世界"诸国日起争雄,自人视之,虽有中外之分,自天视之,殆无彼此之意",故而应放弃"中国特殊论",把自己视为世界格局中一员,虚心进行适应时代要求的经济和政治改革,说白了就是"非立宪不足以救亡,请即预定政体以系人心"。遗憾的是,如此中肯的建议朝廷没有同意。

林绍年督豫期间注重兴办近代教育,甚至还设立了女子师范学堂,成立了咨议局等,可惜时间不长被清朝任命的另一极端保守的豫抚宝芬和齐耀琳所代替。

1908年,同盟会决定将工作重心转到实施革命行动后,提出了"驱逐鞑虏,恢复中华,建立民国,平均地权"的纲领。

然而,出乎意料的是,这一纲领并没有把革命引向高潮,反而使主张变革的各派围绕这一纲领的争论进入了高潮。

党外康有为、梁启超再次联合,宣布告别共和转向立宪,提出了"欲维新吾国,当维新吾民"的主张,认为中国当务之急是"新民",争人权,其次是发展资本主义经济。

即便是同盟会内部对如何实现这个纲领,依靠什么力量,采用什么方法达到纲领目标,也是纷争不断。单就同盟会河南分部内而言,有人主张用暗杀的办法,鼓吹采用无政府主义方式;有人主张走上层路线,集中力量在新军、学校中发展组织,以和促变,由量变促质变;有人主张走下层路线,重点联络民间的反清力量,如"仁义会"、"红枪会"、"白枪会"、"绿枪会"等,以革命的方式推翻满人统治。

如此这般,争吵了几年,同盟会河南分部最终于1911年春在开封集议,决定采用以下促上的方针,联络会党、绿林、军队,将全省划区为甲、乙、丙、丁四部,派人分片包干,各专其责,做好起义准备。

1911年夏,丁二报告牛惠友的行踪活动如下:"自回国便改名换姓,不事生产,认定天下必乱,遂留心军事学识,利用在汴城、卫辉等地讲学之机,广交师生,联络各方志士。旋又赴直隶、入燕赵、走秦陇,览中原形胜,查战史遗迹,访民间贤达,论道江山沉浮。自去年秋天始,藏匿于八百里伏牛万山杂丛间,走村串户,唆教良善小民结帮聚会,与山里杆匪办有奇事一桩,即在匪寨内设立学堂,牛惠友携师范生借此授课明理,教匪众识字文化,介绍西学概论,致杆匪势力日增,精神倍涨,似为谋事预备力量云云。"

至此,丁二已经完全确认,如若牛惠友等人真能谋事成功,他这个经由几代相传的自治公所的主任肯定是做不牢稳了。

辛亥十月武昌首义,同盟会河南分部部分人员南下参与,随着战局发展,急需策动河南独立响应。经河南同盟分会反复商议,先是派人潜回汴城,动员新军起义,选定的工作目标是河南新军混成旅协统应龙翔,应龙翔与武昌起义首领黎元洪有戚谊关系,原以为是很有把握的事,却忽略了河南新军混成旅是袁世凯革职回归故里后,北洋将士随从者甚众,大部分充实到混成旅这一特殊条件。应龙翔犹豫再三未敢起事,不久,便被当时豫抚宝芬诱捕,致使同盟会动员新军起事的计划流产。

在这种情况下,汴垣同盟分会决定自己动手,共举张钟端为河南民军司令,计谋于辛亥年十一月三日起义光复省城,不料又被混入同盟分会内的密探告密,于起义当晚,被新任巡抚齐耀琳派重兵围捕,被污以土匪杀11人,硬是将起事压了下去。

同盟会一计不成再施一计,由武汉中州会馆出面,组织招募革命军中豫籍官兵,黎元洪派员钦点两千余人,成立国民革命军河南旅,任命马云卿为标统,季雨霖助之,与湖北奋勇军一起北伐,斩清军总兵谢宝胜,占南阳,并从南阳派员联络汝、邓、宝、鲁一带义军,策应地方独立。

眼看大势将去,已握有大清实权的袁世凯深知河南地处冲衢,绾中原联六省,万不能让其轻易反帜,决定采用师爷王锡彤等人建言搞出一个拥护共和不独立的方案,把河南作为稳定北方半壁江山的关键一环,摆出来一副势在必得的架势,一方面任命其表兄张镇芳督豫,一方面函令侄公子袁克成领兵南下镇豫。

张镇芳、袁克成来豫的主要使命无非是稳定河南各级衙门官府,督促他们"附表固位"弹压地方,同时抓紧搜刮税银,要求豫省每月比其他地方多"助饷"五十万两,以弥补在豫的北洋军饷。

张、袁二人到豫大致分工后,袁克成便匆匆赶到南阳,针对河南境内共和风潮和同盟会动员各路义军的情况,与当地衙门官绅密议了一个分门别类处置民团义军的方案,当时报称"宛南"方案,其基本原则是:凡受激进党运动,或有激进党密遣党员操纵,或持有激进党类似激进主张的民军义军等一律按土匪定名论罪;凡不知共和为何物,占山占地为王,或专司抢劫、烧杀、绑票无所归属的民间武装,或同意招安的杆匪流寇,一律由北洋军按民军收编。

不巧的是,方案出台,南北解兵,此事本已失去了再办的意义,然袁克成似乎认定与共和派终有一战,决计按已定方案行事。为此他还顺道到汝、鲁、邓、宝一带逐县定下了剿灭招安的对象,将汝牧辖区四县所有响应武昌起义的义军、民军统统划入了剿办范围。

计定后,袁克成即专电北京,要求在临时大总统就职颁行大赦令之际,专门预留了不赦免的条款,同时下令,敦促各县不要顾及罢兵议和条款,抓紧排兵布阵做好剿杀准备。

袁克成走后,汝牧温令对外只讲收编大赦,剿杀原则秘而不宣,甚至助饷助枪让一些义军维持地方,表面上让各路义军点名造册准备收编,暗地里则派兵将各路义军围了起来。

1912年春节刚过,北洋陆军第六镇二十九协进驻汝、鲁、宝、郏,分派吴云峰部与原驻汝陆军十三营一起开进了郏县县城。按照原定计划,次日,便以郏县民国政府县长陈世成的名义,打着共商组建民团、制建巡防的幌子,邀请全县七大杆义军进城到县文庙议事。时间定于阴历正月十六,要求各杆至少应来三人,杆首务必到场。

1912年元宵节。

郏县文庙学堂。

为了把这出戏演得更加逼真,沈二皮特意把丁二和自己的跟班亲随刘继祖叫到文庙,现场密谋了两场序幕。

郏县文庙,又称孔庙、宣王庙,位于郏县东南文前街。相传是唐代孔子后裔迁到郏县后,逐渐发展成当地望族,族人及相邻为祭祖捐资建立祭学兼备的大庙。在漫长的历史中,文庙虽迭遭战火毁损,然而总的趋势还是不断增建扩大,到了清末,已是占地七十余亩,建成了左学右庙、拥有七十多间房的建筑群。

这天,时逢元宵庙会,文前街和庙前广场热闹非凡,人头攒动。沈二皮带领一干人等过了神道,绕过大殿,围着文庙转了一圈,最后拐进了东侧院的耳房。

"咋样?这出戏咱就取名叫'变脸',套句时髦的词,就叫'变脸'方案,办成办不成就看恁俩的变脸功夫了。"沈二皮很是兴奋,为自己的安排得意不已。

丁二眯起眼睛,堆出一副笑脸,附和道:"俺补充一点,变脸太快恐要引起牛家老三的怀疑,俺这个角色两个人演为宜,俺和狗儿一块演,上阵还需父子兵呀。"

"他行?"

"中,中,中。"丁二想起儿子干的那些事自是满脸溢彩,赞不绝口,"不瞒恁们说,俺家狗儿演这角色还真是有点大材小用。"

丁家狗儿的确是几辈人都少见的孬孩。

别看丁家狗儿才十一二岁的年龄,着实已经气跑过三个塾师。最后一个钱姓塾师是周围十里八乡出了名的好脾气,教了大半辈子书,没听说打过谁家的孩子，教书更是没说的，《百家姓》《三字经》《四书》《五经》，张口就来，出口成章。就是年纪大，腿脚不方便，尤其是每次"出恭"必要扶着东西才能蹲下，于是钱塾师来后，先在厕所竖了根木桩。

不知是早几辈的造化，狗儿似乎天生就跟文化有仇，钱塾师来到丁家琢磨着如何因材施教，把这个眼白多、黑珠少的学生教好时，狗儿却早早发现了钱塾师"出恭"的秘密。就在钱塾师埋下木桩的第二天，狗儿悄悄地用锯齐根把那木桩锯成藕断丝连状，顺手用土抹得严丝合缝。

半天没过，钱老先生如厕，解衣，扶桩，一蹲，结结实实地坐了一屁股屎。屁股墩如此之重，使钱老先生很长时间站不起来，喊人又不应，一个时辰才爬出来，提上裤子就回家了，连"腊肉"都没要。从此再没人敢教狗儿了。

当爹的虽然知道这事办的有点缺德，私下里却很为儿子的"才华"称奇。狗儿不读书，丁家也只得由他去。至此狗儿更加疯长，一天到晚在镇上见鸡撵鸡，见狗追狗，到哪儿都是鸡飞狗跳。虽说家里吃穿不愁，可他偏偏喜欢在外边逮鸟捕鱼，或是掰个玉米挖几窝红薯，没完没了地弄些吃的放嘴里。左邻右舍谁见谁烦，背后又在他的小名后加了绰号叫"狗葛意"①。

"嗯？"沈二皮扭头瞅了下刘继祖。

刘继祖穿一身黑色巡警制服，手里端着大檐帽，听见沈二皮"嗯"的一声，慌忙双腿一并，收腹挺胸，大声答道："恁放心，演不好提头见恁。"

沈二皮好像早就料到刘继祖会这么回答，跳起身抽手就是一耳光，打得刘继祖一个趔趄差点摔倒在地。

"俺要恁的头有个球用？！俺要的是牛惠友和杆匪的头！"

刘继祖是沈二皮的跟班，自幼父母双亡，靠街坊邻居施舍活了下来。他十一二岁便当上了沈二皮的跟班，沈给他取名叫"记住"。跟班开始干的只是提鞋倒水之类的杂活，他别的没学会，察言观色、刁钻圆滑深得沈二皮的真传。

1902年大清国开始司法改革，分离行政、司法权，把程序法引入各类案件的侦办审理过程，以后又模仿着西方国家建立了近代警察制度。这项改革延伸到

---

① 地方方言，狗都讨厌的意思。

县一级时已到1905年,由于新制度增加了办案程序和难度,缺编少额的现象随之凸显,于是四乡地保、官府大户的亲兵跟班家丁纷纷安排进了局子当警察。沈二皮便把刘记住正式改名为刘继祖,让他顺理成章地穿戴上了黑色警服和那顶平添了不少神气的大檐帽。

虽说刘继祖早年时运不济,要饭跟班混到了成人,长大后却出落得人高马大,一表人才,他额宽脸润,浓眉大眼,长鼻薄唇,面色还挺白皙,谁也想不到是从小在街面上靠吃百家饭厮混的人。美中不足的地方是脖子有点歪,且双眼无论看到什么都是一副阴冷肃杀的样子。

他没念过书,从小要饭受气的经历成了他最早的启蒙,让他失去了内心许多美好的东西,从骨子里仇恨一切,跟沈二皮摸爬滚打十几年,好像吃透了一个道理,把看到的人和事都往坏处想,人世就是人整人的世界,要想不被别人整,就要整治人,而要整治人就要有权力。在很长一段时间,他害怕有权的人,越是害怕就越要忠顺,把对这些人的仇恨都乔装打扮成对他们的谄媚,外表上表现的特别忠,尤其对主子沈二皮,警队的人都按教程行新式举手礼,而他一直按旧式主仆磕头方式行礼。

他跟班多年,知道沈二皮之所以有权,主要依仗一样比权力更管用的东西——术。他亲眼见过沈二皮在不动声色间,如同变戏法一样把人给弄死了。一个三堂会审无罪的壮汉在将要释放的前一天晚上,被同屋的囚犯将手、脚用枷锁住,一个晚上竟活活被跳蚤、臭虫之类的吸血虫咬死了。诸如此类的事情他见得太多了,也因此对沈二皮产生了一种莫名的恐惧,怕得不敢正眼相见,甚至连沈二皮身上的那种特殊味道,或听到他那特有的轻柔步声都能惊出一身冷汗。这种建立在恐怖之上的忠诚十分有效,迫使他拼命追求权力,希冀着有朝一日成为沈二皮一样的人物。向上爬自然成了他全部生活的意义所在。

刘继祖连嘴角的血都没顾上抹一把,再次挺胸答道:"是!俺的头没球用,俺一定把他们的头献给您!"

"那就发请柬吧。"

议事请帖发到各路义军后,各路义军便请出牛惠友共商应对之策,谁知争来争去没个结果,多数义军首领不愿意与官府再打交道,理由很简单,黄鼠狼和鸡没有共同的议题,没法议事。牛惠友又单独收到了元宵节在全县各界人士集会上演讲的邀请,时间恰好安排在集中议事的前一天。牛惠友思量再三,决定单独前往。一来可以探探南北罢兵后政权的共和诚意,二来也可利用演讲的机会,扩大共和的影响。

各路义军当然不愿见牛惠友只身赴会,便派出一些人自愿随同前往,所议之事皆委托牛惠友定夺。

临行之前,牛惠友向各路义军建议:鉴于共和初创,不亲见官府倒行逆施,绝不轻易兴兵起杆,各路义军应统一采取拒编、拒战、拒缴械的方针,避免与官府发生冲突,尤其要严防官府随意抓人捕人,各个击破。有鉴于此,各路义军应在圣祖庙设立联络机构,保持对官府的压力。

最后,各路义军首领共同约定,签署了五条纪律:第一,不准拉票,不准借银;第二,不准劫路,不准奸淫;第三,不准报私仇,随意杀人伤人;第四,只收枪支;第五,只许打富济贫,不准欺压平民、小商人,买卖公平。

1912年元宵节。

郏县文庙。

头一天晚上,丁二父子请人从四郊拉来了五六大车地痞土棍,足足躺满了两间大屋,眼看着庙前街的人越聚越多,主持人已经宣布演讲了,可这帮只会吃饭的七孙还都在酣睡。丁二大步来到文庙西院的教室,扒窗户一看,顿时来了火气,找来一根粗棍,"噼里啪啦"一阵乱打,总算把地痞土棍们叫了起来。转身来到西院耳房,进门见狗儿睡得正酣。他刚把木棍举过头顶,却又轻轻地放了下来,出屋端了碗凉水,吞一口,含一会儿,猛地喷到狗儿脸上,趁他迷迷糊糊坐起身,急忙给他套上棉衣裤,提上了鞋。

"哎呀,祖宗呀,戏快收场了,恁们夜黑①排练的……"

"真个咯嗒蛋②。"

狗儿迷瞪片刻,嘟囔着提好裤子,大步出门,接过装有卤羊蹄的篮子,转圈给院里地痞土棍们每人发了两只,毕,把剩下的全都揣进自己怀里,一招手领着一干人进了文庙圣域门。

---

① 地方方言,昨天晚上的意思。
② 地方方言,指说话啰唆的人。

刚进门就听到一阵热烈的掌声。

"推翻清朝的意义是什么呢?"

狗儿抬头见大殿前,一个穿一身白色立领制服的人大声问道。

狗儿一愣,晃了晃脑袋,这还用说?推翻清朝不就是换个皇上,剪了个辫子吗?!这些人太傻,真是愚不可及呀!他如是想。

"满清入我中华二百多年,阉割四万万同胞之梦想,一味采用民族压迫、民族歧视的做法,厉行诛心政治,用权术行专制,用暴力护己短,招致民族民智愚钝、弱贫累年,轻启外衅且逢战必败,致使国家到了亡国亡种的境地!看当今世界,优胜劣汰,满清政府不思国家民族大义,唯以一族一姓私利为谋,计算损益得失,已经成为国外列强瓜分肢解我中华的总根所在,大清不除,亡国亡种噩运终难幸免。推翻清朝的意义在于给了中华民族一个解除危亡、自新变兴的机会。"

狗儿跳上后排一个学生的长凳,看到台前坐了三四百名学堂学童,学童后面坐满了大人,殿前石台上除了一个穿白色制服讲演的男子外,还有六七个穿黑色警服的人站在一旁,为首的正是父亲说的那个歪脖魁梧穿制服的警长。

狗儿大口嚼着卤羊蹄,边啃边在上面撒些辣椒面,咬上几口便张嘴"哈哈"流一番口水。太傻太傻!这些穷鬼一天连顿面条都喝不上,竟然心里装着国家兴旺、民族复兴!愚不可及呀。

"推翻清朝的目的是什么呢?办共和!现在南北和议在清皇退位一事上已无分歧。所议的是共和怎么办?推翻清帝后,关键在于改造我们自己。此次,我同胞能万众一心,流血牺牲推翻清廷,不唯图一朝一世之功,欲毕此次革命之全功,必不使几千年封建专制再死灰复燃。而今南北罢兵,猝议共和,若筹一劳永逸、举国永安之策,实为我亿万同胞之万幸。我虽布衣,无意借革命图权位,只是坚信共和乃众人之事,所顾虑者是万一有人怀抱野心,弄兵权复帝制,效拿破仑故事者再现,使此次负载我中华民族子孙后代永脱封建专制的革命若昙花一现,不但辜负了千百辛亥志士的流血牺牲,更有愧于时代赐予吾辈的伟大机遇,有愧于子孙万代,故我辈思患预防,蒿目忧心,夜不能寐,食不甘味。为此决心以开民智,选议会,行舆论,报刊行监督之责,护佑国家民族走向共和,若这些用之无效,当有以血止血之法,必期虎冠者有所慑,蛆存者凛然退,保障民国之前途一片光明。"

食不甘味?那是没吃上俺的羊蹄!狗儿又从怀里掏出一个羊蹄大嚼开来。

此时,狗儿身后的人开始寻衅骚动了,狗儿慌忙咽下嘴里的肉,抹了一把油乎乎的嘴,带头呼号起来。

"砍倒五色旗!"后面稀稀拉拉传来几声附和,"砍倒五色旗!"

"打倒老秃驴!"

"共和不独立!"后面嘈杂的声音更大了。

谁知坐在前排的学童也喊起了口号:"拥护共和!""光复河山!""反对专制!"

狗儿见场面混乱,便从怀里掏出吃剩的羊骨头奋力向台上扔去,他这么一带头,后面众多流氓土棍也纷纷把手里的东西扔了出去,一时羊骨横飞,全场大乱。

但见殿前石台上那歪脖警长大声喊叫着弹压,片刻拔出腰间的短筒手枪,一拉三晃,朝天上"嘡"地就是一枪,人群像炸了锅一般四处逃散。

这边,狗儿们似乎并不害怕,纷纷抓起周围的砖头瓦片向石台上投掷,有两个装瘸腿的地痞还把手里的拐杖呼呼地扔过去,说来也巧,有一根木棍正好击中那歪脖警长的左额,"砰"的一声,鲜血飞溅,只见他顾不上自己的伤痛,以身护着那演讲人退进了大殿。

狗儿扬头大笑几声,把两个指头往嘴里一插,呼哨一声,众土棍地痞瞬间跑得无影无踪。

翌日。

郏县文庙大殿。

元宵节刚过,全县各乡镇自治公所主任便被召到文庙大殿前,众人都听说要开会议事,可左等右等不见召集人。正在大伙东拉西扯,相互猜测局势之时,牛惠友带着一干人进了大门,头缠绷带的刘继祖和眯缝着眼、满脸堆笑的丁二,一左一右把他们引进了文奎楼院,顷刻间便听到一声清脆的枪响,接着便是一阵打骂叫喊的骚乱声。丁二一溜小碎步从文奎楼院跑到大殿前,欣喜地瞪大双眼,伸出两手食指轮番在嘴上"嘘嘘"地比划着,悄声对不知所措的众人道:"散场,散场,且听下回分解吧!"

夜半。

县衙门前。

沈二皮远远地见刘继祖提着灯笼，引领着丁二拐进了县衙前广场，慌忙走下台阶拱手抱拳迎了上去。

"劳驾，劳驾，知道谁连夜把恁叫来吗？"

"陈县长？"

"知道为啥事吗？"

"牛惠友？"

"县长大人不忍在他任上再招惹是非，对处斩文庙抓捕的牛惠友等人还下不了决心，想问问恁……"

丁二眯缝着眼摇摇头。

"怎讲？"

丁二放慢步子悄声道："上次袁克成在汝州召开一府四县牧令会，陈世成是参加的，弹压地方，招安剿匪的决策他比咱们都清楚，他不同意处斩牛惠友等人，也只能采取个'拖'字，以拖观其变。然则汝州府牧已按原定步骤派北洋陆军进驻到位，北洋陆军在一天势必要祸害一天，对县长大人的乌纱帽来讲，他们的存在比土匪的影响还大，他实际已到拖无可拖之地，如箭已上弦不得不发，只有杀了人、剿完匪北洋陆军才能离境，县长大人才能坐稳马鞍桥。"

"这么说他要问——"沈二皮很亲热地拉住丁二的手问。

丁二又眯起眼睛摇摇头，从牙缝里挤出两个字："善后。"

沈二皮重重地在自己的额头上拍了一掌，恍然大悟道："嘿呀——怪不得这老儿总让咱们唱黑脸，他躲到幕后唱白脸，他想全身而退……"

他的话还没说完，便被丁二捂住了嘴巴，二人四下一看，不约而同地跨上了县衙大门的台阶。

县衙大堂内。

县衙大堂还保留着清朝衙门大堂的模样，进门左右放着几把靠背椅，正对门放着一张笨重的红木大案和一把带扶手的太师椅，案上放着已经很久没人动过的文房四宝，案两边的烛台此时已换成了防风的煤油灯，案后屏风画了一幅很粗糙的山正、水清、日明山水图，喻意着"清正廉明"。屏风两边原有一排插放刀枪矛戟的地方，现已摆放上了清一色的"汉阳造"快枪，一边四杆。大堂的屏风上面还悬着一块横匾,贴有"天下为公"四个大字。

陈世成伏案翻阅着审讯文案,听到有人进来,头也没抬,问道:"那个愿意归降的人姓什么?"

沈二皮一怔,急忙示意刘继祖先出门候着,匆匆走近案台,提笔在纸上写了个"颜"字,递给了陈世成。

"据他讲,县城内各杆流匪皆不足虑,别看人多枪多,为首的没有什么思路抱负,多是想发财娶老婆的村野匹夫。唯有一人与牛惠友交往很深,叫官大哥,不能掉以轻心,此人在江湖上早暴大名,像是天生长着跟官府作对的反骨。"

陈世成抬头用疑问的眼光盯着沈二皮,沈二皮急忙哈腰挤出一脸笑褶,灯光下显出一脸明晃晃的浮油。

"官大哥原来家境不错,祖上传下良田二百余亩,每年割麦都要让出几十亩麦地给村里有灾有难的人家。凡是到他家地里拾麦穗的人,他不但中午管饭,临走还送捆麦子。平时,他在村口专门修了几间房子,用以收留周围落难逃荒的人,一天三次送饭,与官大哥家吃的相同,有的难民甚至还在那里生了孩子。收留的人多了,自然四处流落的人就少了,地方很是清静,据说方圆数里路不拾遗,夜不闭户,连只鸡都没丢过,有着一呼百应的规模。"

他说的"官大哥"叫白朗,小名六儿,字明心,是汝、宝、鲁、郑一带有名的善人。此人祖父名真,父名嵩山,一向扶贫济困,耕读传家,到得白朗一辈传下不少家业,在当地称得上富裕人家。

白朗幼年入私塾,通文理,稍长即赶车贩盐,往来鲁、郑、宝、南之间。

白朗矮个儿,黑红方脸,大眼浓眉,高鼻厚唇,平时言语不多,声洪且亮,自幼生得健壮机敏,遇到不平之事常常结舌,无理论处只能用拳头说话。白朗出道在江湖结帮赶车,往往勇当险重,又好为他人排忧解难,待人肝胆相照,处事行侠仗义,江湖人传官府不公,就找官大哥,故而,很早就有"官大哥"的美名。

清朝末年官吏贪腐,世道黑暗,白家几经厄劫,祖上家业被敲诈殆尽,几致忍无可忍的地步。牛惠友回国后慕名前去,策动反清,吃住白家多日,直到被捕前仍住白家筹划与南阳义军联络之事。

"这么说这位'官大哥'谋划已久,早有结帮举事之心了?"陈世成放下手中的卷宗,冷冷地盯着沈二皮。"如果杀了牛惠友等人,不正好给了他们一个上梁山的口实?!"

沈二皮一时陷入两难问答,说是,此前为什么不报?说不是,又推翻了刚才自己的一番话,无疑等于自己扇了自己一巴掌。他支支吾吾用求助的目光斜了一眼丁二。

丁二自然明白其中的含义,不慌不忙地迈上一步,说:"县长大人,俺看这位官大哥并非真有反叛官府之心,他好打抱不平行侠仗义,可能图的只是名声,他散财济困行善赈荒,也许只是为了自身平安。有两点足以证明他没有野心:一者,他富者济贫,而非济贫杀富;二者,他富贵图安,并非贪图富贵,目前虽然当上了义军杆首,只要不相逼太紧,相信无碍。再说了,现今有北洋陆军大兵压境,想必他不会不识时务。"

陈世成仍旧忧心忡忡,从案后站起身,踱步,自言自语道:"但愿如此,只是万一激起民变,又到哪里找一条逼他下梁山的路呢?"

沈二皮再次拿起案上那张纸,急切道:"此人答应帮咱们咬住'官大哥',敬酒不吃吃罚酒,万一因杀牛惠友引起民变,正好给了咱们扫荡地方的机会,可让此人查实情况,一鼓作气除去隐患。"

"靠得住吗?"陈世成不冷不热地问了一句。

"祸福两级天地之别,大人如此恩惠,他不会不懂,再说咱们握有他卖友欺主的证据,放出去他也活不成,只能死心塌地听咱们的,就像玩杂耍的猴子,能耐再大也挣脱不了咱们攥的铁链。"

"他有这个能耐吗?"

沈二皮一愣,脱口而出:"这世道用十个好人整治一个无赖不容易,可用一个无赖整治十个好人就容易多了。除此之外,俺还留有第二手。"

说着他双手一拍,刘继祖从大门外闪了进来。但见他进门后大步来到案前,扑地一跪,给陈世成、沈二皮行过叩头大礼。起身见他在文庙被木棍击中的左脸留有不大的疤痕,只是眼皮失去了闭合功能,始终是一种龇裂的状态,稍一激动就会时不时翻几下白眼,无论他做出多么恭敬的姿容,那只不争气的左眼都会显示一副不屑一顾的神情。

陈世成提起煤油灯对着刘继祖照了照,未及问话,沈二皮便抢上一步介绍道:"他已经从监狱里掌握了'官大哥'家地址和直系亲属的确切情报,自当先行一步,无论抓到抓不到'官大哥'本人,只要能把他一家老小拍在手里,俺不信他不下梁山。"

陈世成依旧是面无表情地点点头。

"事已至此,就暂且按你们设想的办吧。"

说罢,他挥手示意刘继祖退下,之后浑身散了架似的瘫倒在太师椅上,用瘦得如同鸡爪般的手在大脑门上慢条斯理地搔了起来。

片刻后,陈世成突然坐直问道:"处决人犯的安保措施是否已经办妥?出兵剿匪,匪踪可已查实?"

沈二皮望了一眼在一旁眯着眼睛赔笑的丁二,先重重地咳嗽了一声,上前道:"这两件事俺已作了合二为一的安排,行刑时北洋陆军分两路出南北两门待命。同时,俺已安排县巡警局到城西十里铺安下坐探,一旦发现杆匪胆敢劫囚,北洋陆军南北两路自会向西分进合击。"沈二皮比划着做了一个包抄的手势,"如若杆匪毫无动静,说明他们正龟缩在高祖庙一带,陆军两部仍按原定计划分头进剿,如此可收两全其美之效。"

"上了一次当,他们还会再进圈套?!"陈世成心想但没有说出来,沉思片刻道:"事不密必坏事,你等……"

"知县……不,县长大人放心,直到现在全城只有这个大堂里的人和吴、余两位协统管带知道,牢里那几个死鬼的亲属今天还在县牢门口等放人呢!"沈二皮低着头小声道。

陈世成心想:"老天爷真是瞎眼,给了这几个没人性的动物一副人样,人的良心怎么一丁点儿都没长到他身上?!"想到此不觉得长叹一声,"既然人要走了,就让他们家人临走前分别见见吧。"

"每家一个?"

"以不走漏风声为原则,能见几个就见几个。"陈世成再次缩依在太师椅上,五个手指轮流敲击着太师椅的扶手,发出一阵"嘟嘟嘟"的响声。

丁二和沈二皮进退两难,尴尬地相互看看,良久才听到陈世成又自言自语地冒了半句:"这局面……"

"县长大人多虑了,咱们县原本杆匪就成不了气候,加上大兵压境,匪众皆望风而逃,作鸟兽散,用不了几天便会一鼓荡平,决不会死灰复燃。再说新朝已立,气象更始……"

陈世成眼也不抬挥手制止住沈二皮眉飞色舞的激昂演说，顾自叹了口气。

丁二见状，上前一步说："如若以历史前鉴看，改朝换代前后总要乱上几年，甚或久乱不定也未可知，不过此次更新与以往不同，前朝势力已无回天之力，所虑者是革命军内部南北理念不同，所要共和制式也不一样，罢兵议和只是形势所迫，至于今后能否真正和平实在难以预料，凡事预则立，不预则废。"他看到陈世成瞪大眼睛盯着他那张嘴，故意顿了顿，接道，"有些事还是早作打算好。"

陈世成轻轻点了点头。

当天深夜。

县城南车马店。

润儿一进大车店又止不住放声大哭起来，父亲牛惠群一把把他夹在腋下，哆嗦着用另一只手捂在他嘴上，大步向黑黢黢的二进院大门走去。

大车店蜗居在县城南门一条僻街路边，是个有二进的老院，临街大门是座三间宽的门楼，可过四马高车，一侧还修了门房。进大院便是两排对脸的牲口棚，中间有专门停放大车的空地。一条甬道穿过院子通向二进门的四合院，四合院专门用来住人，整个院子高出地面尺余，照例是三面通铺客房，一面是茶房、厨房。

牛惠群挟着润儿，推开一间大屋的门，轻轻地把他放在通铺上。

大车店的住房都是通铺，进门砌着一堵挡风墙，从挡风墙到山墙是通铺，铺前有一条窄窄的过道，一个木格小窗对着过道中间。挡风墙上放着一盏豆大火苗的油灯，摇晃着屋里几个巨大的黑影。

润儿抽泣着爬起身，借着昏昏的亮光，见屋内除了父亲外，母亲牛陈氏和同族的两个叔叔牛惠师、牛惠达不知什么时候也来了。亲人相见，润儿更觉得委屈，渐渐又由低声抽泣变成了号啕大哭。

"他们……要杀……杀三叔……啦，他……"

空空的屋子，回荡着润儿的哭声，空气中飘荡着伤感，几个大人竟无一人回答。

润儿看了父亲一眼，像似又看到了虎头牢里的三叔，他有点弄不清自己身在何处了，悲愤交加又有些错觉，他扑了上去，上气不接下气地抽噎道："怎不……能走……怎不……走呀！"

几天工夫，儿子眼里的父亲就像变了个人。牛家人个子都不高，父亲属于中等偏矮那种小个儿,不到四十岁就有些驼背了,这些天像是更矬了。父亲脑后散乱的长辫子松松地绕过胸前搭在左肩上,往日有些迟钝的神态此时变得惊恐愁惘,一直莫名地瞪着眼睛,额上扬起两道深深的横纹,细长的鼻子,薄薄的嘴唇,嘴边刻着两条深长的纹路。父亲穿一身黑色棉袄裤,腰间和裤腿扎着近乎黑色的白粗布条,脚上穿一双吓人的大棉鞋,也是黑色,鞋里塞着团团麻草,鞋面开缝处的棉花纷争外翻,使那双鞋看上去与父亲的身高很不成比例。

润儿想起镇上人都叫父亲"老不吭",平日里每次听到别人当面或背后这么叫心里就有一种快快长大的冲动,他知道父亲其实是最能委屈自己的人,无论多么艰难困苦他只是不愿意说出来,望上一眼便能感受到父亲心里那种层波叠浪的心境。

蹲在门口的四叔惠达忽然冲到过道,连带的风让油灯也随着摇动起来,只听他恨声道:"俺早就知道这帮七孙请惠友哥去是黄鼠狼给鸡拜年,镇这儿①说啥都晚了,只剩下法场劫人这一条华容道了。"嚷罢见众人不语,他大喊一声,"说话呀!"

惠师抹下腮边的泪,起身把润儿抱到铺边,蹲下身望着不住抽泣的润儿,轻声道:"别哭,三叔给恁说啥了吗?"

润儿摇摇头。

"啥也没说?"

"他说让……来的亲戚……赶快回去,他名下……的财产有俺爹做主分配,势力大的要防着多分,没有势力的也不能让他们……空手回去,算……不清账千……万不要……来。"他重复了一遍三叔的话。

惠师抬头望了望大家,继续推敲道:"这件事官府蓄谋已久,从贴出新任临时大总统命令看,大赦一切罪犯,无论轻罪重罪,已发觉未发觉,已结案未结案,皆免除之,唯独留下人命案及强盗不予赦免。今天公布的另一条命令里,对所有从前施行之法律,除与民国国体相抵触的外,余均照常使用。这就是说,当前官府断案仍按大清刑律,可强盗在大清刑律里是个大箩筐的罪名,说谁是强盗或不是强盗,根本不需百姓诉讼,完全由官府说了算,由此推之惠友他们肯定凶多吉少。"

---

① 地方方言,表示现在、眼下的意思。

"扯球恁远弄啥？恁说说镇这儿该咋办吧？"

牛惠达不耐烦地打断哥哥的话，顺手从牛惠群怀里掏出一把白里泛青的玉石嘴烟袋锅，撮满烟丝，对着油灯猛吸一口，引来一阵剧烈的咳嗽，他不得不把那烟锅还给大哥。

牛惠师和牛惠达是亲兄弟，但两人的外表性情大不一样。牛惠师从小跟着堂弟牛惠友一块折节向学，几乎没有多少社会经验，再加上他生性就智而性缓，慧而气和，从来都是一副不紧不慢的样子。他长得也是一副书生样，白白净净，修长身材，戴一副宽边眼镜，透过镜片可见那双眼睛始终流露着安详稳重的神色，细长的鼻梁总有些架不住眼镜的危机，使他不得不时地用手向上托一托。也许是他常读书养成的习惯，总是穿一身很整洁的深蓝色洋布制服。

牛惠友考取公派留日后，牛惠师考取了新政期间在开封创办的河南司法专科学校，毕业后回县小学当了教书先生。

牛惠达好像生来就跟哥哥有些过不去，兄弟俩尽管容貌鼻子眼相像，可弟弟长得偏要大一号，即便是个头也比哥哥高半头，且膀大腰圆，他性情敏捷沉毅，动作刚劲灵活，说话快人快语，直来直去。他早年跟两位哥哥读过几年私塾，以后发现走南闯北、行船贩运比读书更有些豪迈的感觉，于是十三四岁便缀学出去闯荡，江湖上认识不少豪杰侠士，牛惠友与各路义军联系多半是他搭上的关系。

"按照大清刑律处斩囚犯至少……"

牛惠师开口刚说半句，润儿突然想起来什么，抹了把泪，大声说："三叔的意思是让到家的亲戚赶快走，算不清账千万别来。"

"恁咋知道三叔是这意思？"

润儿深吸口气，努力让自己平静地说："他在说这两句话时捏了我几下。"

"恁可记清了？"牛惠达上前一步，抓住润儿摇了摇。

"历来法场捞人如同虎口夺食，算不清账还会把救人的人搭进去。"润儿的母亲牛陈氏望着灯火，轻声道，"原想只要官府开个价，咱们……看来他们还是要演四面埋伏这出戏。"

一阵沉默后，牛陈氏继续道："原本没打算起杆，只是为南阳北伐军做些准备，购置几杆枪，可曾想新朝未立，就急着杀人立威，一旦他们站稳脚跟，没准儿真会复辟帝制呢！看来是不得不上梁山了，把白大哥送来的银子拿回去吧，以后就得用枪和他们说话了。"

"大嫂……"牛惠达带头跪在了通铺过道上。

牛惠群朝牛陈氏身旁挪了挪,哽咽道:"俺真想替三弟去死……"

"赶快动身吧,"牛陈氏两眼充溢着泪,语气却很坚定,"再晚白大哥他们就有危险了。"

牛惠达很不情愿地把装银子的布包斜系在腰间,又拎起一捆粗粗的麻绳,走到牛陈氏面前。

"记住把润儿带出来的话一五一十地告诉白大哥。"牛陈氏说罢摆手示意他赶快走,转身已是泪流满面。

自由者,权利之表征也。凡人所以为人者有两大要件:一曰生命,二曰权利。二者缺一,时乃非人。故自由者,亦精神界之生命也。文明国民每不惜掷多少形质界之生命,以易此精神界之生命,为其重也。

——梁启超《十种德性相反相成义》

第三章

牛家祖上是明朝初年从闽浙一带千里迢迢迁到河南戍屯的"垛集①军户"，到郏县后，正赶上洪武皇上推行均田政策，均分屯垦田地，于是落地生根繁衍了下来。明万历年间牛家出了个赐同进士出身的牛道源，入翰林，后回乡扩建牛家祠堂，继编族谱，一口气排出了"师道耀祖庭，勤学振嗣成，孝廉恭谦义，运永惠紫宗"计二十辈的序字，指望着牛家后代枝繁叶茂大红大紫。谁知牛家祠堂修好不久，天下大势日渐糜烂，东北操阿尔泰语系的满族崛起，入主华夏，建立大清朝，用一种被时人称之为"铁杆庄稼"的旗饷制度取代了明朝屯戍军户制。

大清旗饷制度规定，凡满族男丁世代为兵，集中屯驻，实行不准与汉人通婚，不准从事生产学艺活动等"五不准"制度，所有满人一生不仅吃穿不愁，生老病死、婚丧嫁娶都由国家供养，即便犯法杀人也不受地方官府依法处置，皆由旗内按满族传统规矩办理，实际上把满族原始八旗制转化成了类似种族职业兵制度，形成了一个特权族群阶层。大清皇上本想通过这些制度安排保证同族同宗千秋万代枝叶茂盛，不曾想反倒加速了满族的堕落。

牛家经此劫难，土地充公，人丁折其大半，挨至雍乾年间有两代还险些断了香火，只得再次拾起祖上传承的技艺，迁到了月桂镇，从事以航运业为主的江湖生涯，运永辈时总算有了兴旺的起色，立下遗嘱，永、惠两辈不得分家，以《学记》至成为序起名。果真传至牛家惠字辈先后有叔伯兄弟五人，分别叫惠志、惠群、惠师、惠友、惠达。不幸惠志英年早殇，惠群顺理成章地成了牛家惠字辈的长子。

牛家转行从事航运杂役业时，航运一律官营，牛家兄弟只能做些与航运相关的辅助行当，跑旱路，贩山货，修船挖河，以后又扩大经营，做些相马造车、修桥盖房、绘图预算等营生。

---

① "垛集"，原指军伍缺额时抑配民户补充军伍的一种办法，明初朝廷曾下《垛集令》，规定民三户为单位，其中一户出军丁称正户，其余为帖户，正军死，帖户补充。以后军民分籍，当军之家皆入军籍，随军屯戍，分驻指定卫所，父死子继，世代为兵，称军户，属都督府掌统，不受地方行政官吏管束，身份地位都与民户不同。

走南闯北的江湖,一靠手艺,二靠名声。牛家生意素以尊信重义为本,交往能为对方考虑,且遇人急难倾其所有鼎力相助,如此积年累月,不光传下了家业,更重要的是传下了好名声。牛氏持家一向以朴素勤奋,本分谦和,吃点小亏为安处世待人。先天不足的是祖辈相传,无论男女皆讷言少语,峭直寡合,并且至今在与人交谈中还有个别字眼儿留着祖地印记。当地人见面问"吃吧啦?"牛家人则说"夹吧啦?"当地人说"夜黑儿",他们会说"夜到";当地人说"扯淡",他们说"扯空",即便骂人,牛家人也像说悄悄话一样,轻轻地"稀那——"一句。

牛家惠字辈四个兄弟年龄相差不大,早年长辈请来道长、塾师到家给几个幼童看相、猜字,见了惠群便认定他安分守己可以承业立户,见惠师、惠友也说颖悟好学,将来定能光耀门庭。至于最小的惠达,道长、塾师两人琢磨了半天,都摇头说吃不准。

恰好那天惠达刚会走路,说话还只能一个字一个字地蹦,家人抱进门后,他踽跚地围着一地的二十四孝图片、算盘、笔墨、刀斧、筐篮之类的测趣道具转悠了两圈,最后摇摇晃晃走近道长、塾师,两人大喜,慌忙俯下身去,谁知他竟"呸"的一声吐了两人一脸,扭头去撵家里的大黄狗了。

众人尴尬之余,那黄狗很是受宠若惊,摇了几下尾巴就地打起滚来。

这下可把惠达逗乐了,他直挺挺地扑倒在地向那狗滚了过去。

黄狗猛然一愣,或许从来没见过如此友好的动作,慌忙起身,跳出两步,"汪汪汪"地叫了起来。

惠达哪能忍下这口气,也手脚并用追着那狗"呸呸呸"地吐起了口水。

道长、塾师临走时说,这孩子聪以知善,明以察伪,就是心地太善,性情刚直,其命深不可测。

十余年后,果如道长、塾师所言,惠群勤俭持家,业有所积,惠师、惠友学有所成,名噪庠序,就连惠达行走江湖也是小有名气。

牛惠友出国那年,哥哥牛惠群在邻县承揽下一陈姓药商大户绘图盖房的大活,一干就是半年多,吃住都在陈家院内。

陈家有一位二十五六岁的老姑娘尚未婚嫁,成了陈家的一块心病,要说那姑娘长得也俊,高挑个儿,瓜子脸,一头乌发衬得容貌格外白嫩,细眉大眼,小嘴厚唇,鼻子虽然小点儿却很板正。

姑娘不光人长得好看，出落也大方，见谁都嫣然一笑，漾出两个浅浅的酒窝。尤让人心动的是其性情爽朗、自信乐观，还好看书识字，心灵手巧，总是把世界看得很好，把人也往好处想，是十里八乡出了名的靓姐，可偏偏落得个嫁不出去的命。

为啥？那时候相亲根本不看人啥样，先是隔着门帘瞅瞅闺中人那双脚，脚小，挑帘子进门，脚大一切免谈。尽管陈家人这些年三番五次托人说媒，但凡媒婆到家一望姑娘那双大脚立马就会走人。只因陈家姑娘小时候活泼淘气，耐不住缠脚的痛苦，哭闹终日，家人不忍，当家陈掌柜又常年在外采买药材，一年难得回来几趟，姑娘裹脚之事便放了下来，一月推一月，一年推一年，到了出阁的年龄，姑娘长出一双大脚穿男人的鞋都嫌小。

俗话说，"女大不能留，留了就成愁"，谁家有姑娘嫁不出去也是件很失面子的事。这年陈家盖房，陈掌柜推掉外面的生意，下决心在一年内好歹要给姑娘说个婆家。先是请了一位叫"月月有鱼"的知名媒婆，亲自操作此事，那媒婆也真敬业，磨破嘴、跑细腿，总算说下一家婆家，同意收姑娘做偏房。那家人家也不要陪嫁，下的聘礼却是一把利斧。媒婆说了，姑娘嫁过去哪怕一辈子坐床上由婆家负责养着，只要能穿上鞋就行。媒婆撂下双红色锦绒三寸皮底鞋，由人抬着出门了。

陈家人拿着鞋照姑娘的脚一比，顿时哭声一片，若要穿上那鞋，三个脚指头是无论如何要砍掉的。哭是哭，人还是要嫁的，谁敢说过了这个村还有下个店呢。陈掌柜狠了狠心，让女眷统统到后院回避，叫来两个伙计，用一根粗布勒住那姑娘的嘴，五花大绑捆在椅子上，把脚牢牢固定在一块红树根砧板上，陈掌柜颤颤地斜着在姑娘脚背二分之一处画了一道红线，标明砍下去的部分。

一切准备就绪，众人都屏住了呼吸，空气似乎都在颤抖，只有那姑娘在拼命挣扎，声嘶力竭却只能发出呜呜的怪叫。

陈掌柜脱下长衫，抹一把老泪，拎起利斧，走了过去，用斧子在姑娘脚背上比划一番，狠狠心举起利斧……

"东家且慢，"牛惠群疾步上前，对那姑娘说，"做正房，可中？"

他望见那姑娘近乎乞求地点了点头，便拱手作揖行礼对陈掌柜道："俺和你家姑娘是佳偶天成，月老牵的红线，该走啥礼俺一样不少，只要她不嫌俺，俺就娶她做正房。"

陈掌柜瞪大眼,半张着嘴对着牛惠群审视一番,"咣当"一声丢下斧子,转身去了后院。

顿时,满院充溢着花香,众人欢声笑语三下五除二给姑娘放了绑。

姑娘站起身吐出一口带血的口水,眼睛直勾勾地冲牛惠群一笑,说:"有个条件,去——逮只癞蛤蟆放到鞋盒里给媒婆退回去,就说本姑娘现在已是牛陈氏了。"

"中!"牛惠群挺挺胸,很有使命感地点点头,掂起鞋盒出了门。

没几天全镇人都知道牛惠群娶回家个媳妇!"真是'老不吭'呀,啥时间定的亲,请没请媒婆,也没见他送啥彩礼,事先一点口风都没有,莫非学会了时髦的自由恋爱?这种便宜事咋就专挑上他了呢?"

好奇的议论没几天,接着一个骇人的信息传开了——"老不吭"娶的是个大脚女妖,跟男人一般大的脚,走起路呼呼地摇风,一脚能把"老不吭"从床上踹到当院。类似的演绎一天不到就传遍了全镇,大部分人连面都没见就一口咬定牛家媳妇准是个"不祥之物",不然哪来这么大的女人脚呢?牛惠群新婚蜜月没过就飘落了一街的诧异和猜测。

一天傍晚,牛陈氏故意摆出一副局势危重的样子,眨眨眼说:"唉——恁这儿人真不摩登,连大脚女人都没见过,走!跟俺出门遛遛弯,让他们瞧瞧。"

说罢,她特意蹬双男人大号木屐,拉着牛惠群"呱嗒嗒呱嗒嗒"地在街面上扭了几个来回,晃得满镇人莫不张嘴诧异,几家商铺甚至还提前吹灯关了门。私下都暗忖道:"这世道真的要变啊!"

原本牛陈氏嫁过来之前,牛惠志就体弱多病,一年多后就撒手西行了。行二的牛惠群又是众人公认的好脾性,不光外人叫他"老不吭",就是牛家人对他能不能撑住牛家的门面也多持怀疑态度。牛陈氏的到来对奠定牛惠群"掌门"地位无疑有着非同小可的意义。不久,牛陈氏就做了两件骇俗的事,让牛家人上上下下都服了气。

一件事是牛陈氏女扮男装与丈夫牛惠群一起搭船到江南苏州买回来一架洋人的机器——日本产脚踏织布机,新式织布机可以同时使用进口机纱和本地纱,混合织出的布纹理均匀,布面平实,经穿耐用,保暖性强,在价格上虽高于土布,但大大低于进口的布,很适合本地市场需求。特别是新织机出布率高,一台机器比旧式织机六台效率还高,机纱为经,土纱为纬,同等数量的棉花在这台机器上能多织近三分之一的布。更让镇里人生气的是,那台机器配套一块硕大的脚踏板,俨然专为牛陈氏这样的大脚定制的,换上别家女人的小脚根本就踩不住,还动不动就掉链子。

有了这台机器,牛陈氏在家里开起了作坊,利用棉花出口日本价高,而从南方进口印度机纱价低的机遇,坐家收棉换布,还动员了牛氏家族惠师、惠达等一帮同门兄弟从事收棉进纱、抛光、染色、贩运销售的营生。如此一来二往,一年多时间便盖起了一座三进的新院子,修起了牛氏祠堂,还为其他宗族亲戚找了一条挣钱的门路。很快,不光牛家,全镇都知道了牛家大脚媳妇的厉害。

另一件事是大清颁行"新政"后,牛陈氏托人到汴梁省城把1902年朝廷颁布的《劝诫缠足令》用大号油光纸给抄了回来,贴在镇正街井边的告示碑上,还专门在碑后撑了把油布大伞,怕是雨淋风吹那告示掉了字。

有了大清朝廷的劝诫令,牛陈氏自然觉得她那双大脚有了理论根据,走起路来踏实多了。平时她有空没空都要抽时间到井边坐一会儿,跷着大脚宣讲当朝太后懿旨,那上面讲的道理她全有切身体会,不用看,讲得既生动又透彻。

镇上人原有到井边纳凉的习惯,自打张贴告示后,无论大人小孩再也没人去井边了,男人、女人都有些羞愧,都说"老不吭"有福气,咋会找个恁有眼光的女人呢?!

俗话说,瓜无滚圆,家无十全。千好万好,牛家有一件事很是纠结,就是牛陈氏嫁到牛家三四年一直没见"有喜",甚至连点迹象都没有。尽管亲友上下没人敢说到当面,可背后免不了有些唠叨。

"不孝有三,无后为大。"掌门老大没有男孩这还了得!媳妇再好,不能造人,岂不是职责出了偏差!

这一发现很让镇里一些小脚女人开心,人们不再嘲讽牛陈氏的大脚了,而是认真地讨论起大脚与"有喜"之间的关系了。据说有人在南阳方城,亲眼见教会里大脚洋女人热衷收养弃婴,由此推测大脚女人准是在"有喜"问题上碰到了困难,不然为啥要收养没人要的孩子呢?这又和镇里大脚女人不见喜有了某种必然联系,于是乎,人们的兴趣更浓了,带着这个问题,不少人进城专门请教了几位能识文断字的人,隐隐约约地发现洋人也在忙着研究这个问题,有个叫赫胥黎的洋人,为此写了本叫《进化论与伦理学》,后由严复翻译成《天演论》的书,专门研究人是从哪儿来的,人走路与生育进化有什么关系。说明洋人在生儿育女方面有不少难度,不仅碰到了难题,显然这难题还挺严峻,不然研究人人都能无师自通的事干啥?!

这么一想许多人的心理便平衡了,老天公平呀!脚再大,再能干,积攒的钱财传给谁呀?!

每次听到这般议论,牛惠群便惶惶不可终日地往家跑,进门见媳妇正在织布机前操劳,再见媳妇抬头展颜一笑,他的烦恼立马会一扫而光。

惠志的去世,让惠群更加清楚地认识到后继有人的重要性。这天,惠群又心神不宁地进了门,凄凄惶惶地站到媳妇跟前。

"当家的,"牛陈氏用眼斜勾着丈夫。"恁说这世上啥事最难办?"

"当然是撒了种子不出苗了。"牛惠群这么想,但没敢吭,一缕虔诚而又期待的眼光从媳妇眼里落到了她的腹部。

"这有啥难!"牛陈氏从丈夫的眼神里捕捉到了他的心思,转身进屋拎出一袋铜钱,"嗵"的一声扔在了丈夫的脚下。

"想快就把恁哥惠志的孩儿先抱过来,办个过继宴席;想慢就再找个二房,二房不中就再说三房,总会有人比俺强。"

牛惠群又把眼光移到了媳妇的眼里,顾自羞赧地先红了脸,喃喃道:"这个世界上没人能比你强……"

"男人——最难办的事是没有办成事的信心。"牛陈氏"扑哧"一笑,扭身干活去了。

惠志去世,儿子过继给惠群的事几乎没费什么口舌,全家人都认为是顺理成章的事。

家人商议先把孩子抱回来,至于过继仪式以后再补,主要觉得这孩子失去父母太可怜。按照当地风俗,家有直系长辈去世,儿女总要在家里石磨上拴几天,怕的是亡灵在阴间思念儿女心切,一时想不开执意要带走儿女,拴到石磨上是要告诉西行的亲人:一来石磨恁重没有必要再搬了;二来是请亲人放心,儿女留在阳世吃穿不愁。惠志去世后,他儿子不满周岁在石磨上拴了九天,哭闹得一家人没一个不落泪的,也许是这孩子懂事透气早,也许是他走了魂,至此后再没见他哭闹过,却总是一副提心吊胆的样子,这让牛家上下很不放心,所以惠群早一天抱走,全家也早一天心安。

当天,惠群就把孩子抱回家了。

入夜。
牛惠群家。
牛陈氏特意给孩子烧了锅热水洗澡,孩子从木桶里掇出来,还没擦拭干净,惠群便喜滋滋地抱在怀里上了床,脸贴脸地睡下了。
"看把恁美的,以后这孩子就叫润儿好了。"
"航运的运?"
"杜甫作《春夜喜雨》里有航运吗?!'随风潜入夜,润物细无声'的润。"
惠群愣怔良久,望着牛陈氏,忽然会心地笑了,双手把润儿举过头顶,说:"润儿,这名取得可心。"
润儿"嘿嘿嘿"地笑了。

清晨。
高祖庙义军驻地。
从县城出来奔波一夜的牛惠达赶到了高祖庙,却被告知白朗与参军韩长孝、娄心诚及医师王有才已于昨晚回宝丰老家了。他未敢多留,草草扒了几口饭,叫上两个巡风①纵马向宝丰赶去。

清晨。
路上。
雾霭缭绕着丛丛树杈,暮冬的积雪块块垒垒堆在原野上。
踏着晨曦,白朗与参军韩长孝、娄心诚,医师王有才一行四人扮作商贩,推两辆独轮车,半夜工夫就从郑县赶到了宝丰。
韩长孝、王有才吃力地把车停下,就地一躺,大呼不能走了,必须重新订个规矩。原来从高祖庙出发前,四人商议两人推一车,划拳行令分配搭档,四人中白朗、娄心诚是贩盐推车出身,推车毫不费力;韩长孝、王有才则只见过别人推车,自己从来没上过手。独轮小车即便空车也要一番平衡的功夫,更不要说道

---

① 义军行话,指侦查员、情报人员等。

路崎岖,车上还装着柴火、山货,可行令结果偏偏把韩长孝、王有才两人搭配成了一组,两人一路摇晃一路走,没出五里就是一身大汗,闪腰岔气,肩手都磨出了水泡。而白朗、娄心诚两人捏块盐疙瘩丢嘴里就能多跑二十里路,看着王有才、韩长孝俩人的扭捏样,二人时急时缓,引逗出不少洋相,散落一路笑声。

"好,歇会儿重新调整编组,恁俩坐车俺俩推。"白朗大步走到韩长孝、王有才中间躺了下来。

自从牛惠友等人被诱捕后,白朗便把各路义军集中到了高祖庙,以后又陆续接纳了见风使舵前来碰杆①的义军十一杆,当地人称义军十七杆。碰杆主要讨论两个问题:一是要不要起杆②? 二是起杆以后怎么趟③?

一部分人认为:辛亥光复赶走了皇帝,但没有端掉朝廷,袁氏当道徒有共和虚名,各地衙门专制暴虐依旧,更甚者是官府诱杀光复义士豪杰,明里一套暗里一套,穿新鞋走老路,嘴上吆喝誓赞共和,私下里只求"权势"两字,眼下官府已在排兵布阵,进剿只是时间早晚的问题,聚义起杆正当其时,再晚恐要吃亏。

反对马上起杆的人虽少,理由却很充分,认为目前起兵天时地利人和条件尚不具备,更重要的是"出师无名",草率起兵得不到群众理解,势必使自己陷入不仁不义的田地。

至于起杆以后如何"趟"分歧就更大了。历史上民间起义从生存模式上讲,无非只有两种:一种是流动作战为主,哪儿易生存就到哪儿去,大致从西汉末年赤眉绿林开始,到明末李自成的农民义军,流动作战一直是义军的主要生存方式;另一种是在一个较易生存的地方长期经营为主,外线作战与经营根据地相结合,周边流动作战为辅。这种模式只是宋明以后才有,通过一个地方的长期经营发展,再跳到外线作战。

当然,两种模式各有利弊。碰杆议事中倾向后一种模式的人居多,他们的论据是,汝、宝、郑、鲁一带从地形上南依伏牛,北瞻嵩箕,两山一川,有利于义军分散隐蔽和四出外线作战,战藏两便,不利于官军合围包剿和大部队作战;只有白朗等少数人认为,固守家乡经营会给乡亲们带来灾难,违背了起兵的初衷。

---

① 义军行话,合兵聚会的意思,在这里意指召开会议。
② 义军行话,造反、起义的意思。
③ 义军行话,多层含义,此处是怎么办的意思。

如此这般,争来争去,十几天时间也没个结果,最后各方勉强接受了暂不起兵,又不散伙,起杆避战,藏器待机的决定。同时,在碰杆会议上还强调了抓紧把可能暴露或已经暴露身份的人员家属尽快转移安置,避免不必要的损失。

碰杆会后,各路分头回乡,白朗等人送走大伙,这才连夜赶回宝丰。

王有才扭头看了一眼白朗,见他胡茬已接到了鬓角,两眼尽是血丝,原来的圆胖脸也成了颧骨棱角分明的长脸,人一倒地便拉起了风箱般的鼾声。

白朗身材矮小,常年走南闯北的生活,练就了他灵敏快捷的身手和一身层层叠叠的肌肉,尤其是那大手大脚粗壮异常,在众人眼里白朗始终是通达、乐观、自信的模样。他的眼睛不大,充满了专注和坦诚,高鼻梁,厚嘴唇,肤色黑红发亮,显得健壮沉稳,白朗与人交往言语不多,似乎总是在听别人的愿望和诉求,很少谈自己。他通常一年四季都穿一身黑色对襟短衣裤,腰里扎着白粗布腰带,脚穿黑布圆口鞋,如若他走进一般盐贩苦工堆里,就是熟人也难把他找出来。

白朗之所以受到各路义军的拥护,主要是他急人所急的大哥风范,对人对事公平厚道,说到做到,严于律己,从来不多吃多占,行军打仗与一般义军士兵同甘共苦,再加上白朗有文化,态度谦和有礼,与人友善,起杆之前就是脚底板上绑大锣,走到哪儿响到哪儿的江湖大哥。

王有才比白朗大一岁,这年刚好四十岁,身材瘦高,体形单薄,性情笃厚耿介,有些孤傲,倜傥不群。他白皮肤,长脸,要说脸上鼻子眼哪样长得好,还真难找,但搭配起来很是端庄。穿身浅灰粗布长衫,带着瓜皮帽,骨子里透着一股传统的贤士气质。

王有才祖上为豫省名士,主讲过多地书院,传到有才一辈似对四书五经了无兴趣,向往医治众生、救死扶伤,立志要当个郎中。家人无奈只得给他一笔钱由他去。自此王有才游学四方,遍访天下名贤,拜师求医。三年前,他路经白朗家,见白朗行侠仗义,解困济贫,与己趣味相投,便和白朗结为挚友,吃住在了一起,靠所学的技艺助他一臂之力,从此相随至今。

王有才知道,在碰杆会上白朗之所以一言不发,皆因大家争得面红耳赤的问题都不在他忧虑的范围,牛惠友被捕前一直住在白朗家,多次讲过庚子年直隶拳乱的经验教训,认为义和团起事于国于民于己都是个灾难。

义和团原本也是一股民间组织,保境安民并无大碍,但自打出"扶清灭洋"

的旗号后,受民间狭隘排外情绪影响,愣是给自己赋予了根本无法实现的历史使命。于是只得搬出历史上各种封建迷信人物,诸如孙悟空、猪八戒、樊梨花、观世音等,作为动员群众的依据,希望借助于这些天花乱坠的传说增强自身实力。结果在大清朝内部的帝后之争中成了保守派打击维新派的工具,迎合了朝廷内部最愚昧、最落后、最无知、最守旧一派的利益需求,对内惨杀了几十万群众,打击了维新派力量;对外招致八国联军入侵,误国害民,惨烈空前,大清王朝几乎国将不国。皇上太后刚刚跑出北京便下旨剿灭义和团,认定义和团是启端之由,把招致联军入京的责任全推到义和团身上,非痛加铲除誓不罢休,义和团成了各国各方捕杀的替罪羊。究其原因最主要的是义和团成分实际是以一种落后封建势力为主的大杂烩,特别是其中的首领,靠的全是封建迷信妖魔鬼怪那一套忽悠欺骗群众,使民间原来一些正义的诉求变成了排斥文明杀戮良善的暴行,用爱国救亡的民族主义口号,干了不少亲痛仇快之事,差点把国家引上亡国灭种的地步,以致这场灾祸所造成的影响至今还看不到尽头。

"让俺猜猜恁在想啥?"王有才望着东方像红飘带一样的彩云,渐渐抛散开来,"如果说起不起杆是时间问题,恁掂量的一定是什么时间起杆。当然怎么趟,只是打法,恁恐怕会思谋趟到哪儿去,对不对?"

白朗原打算利用这会儿时间打个盹,经王有才这么一点拨,顿时睡意全无。虽然王有才没有完全猜准他的顾虑,但确实点到了他这些天苦思冥想拿不定主意的问题。

牛惠友曾给他交代过起杆条件,最重要的是顺应局势,把握队伍,选准目标,其次才是怎么趟,到哪儿去,用什么方法动员等细节问题。牛惠友之所以下这么大工夫去做民间组织和武装势力的工作,就是要把被官府称之为杆匪的队伍演绎成追求公平生活的力量,改造和体现出某种理想和道德,用新的面貌改变"土匪"的概念,起杆毕竟是关系千万人性命和声誉的大事,不能不慎之又慎。

可反过来白朗又觉得碰杆会上多数人的主张有道理,官府已把谈判代表抓了,再忍下去刀就架到脖子上了,还在顾虑条件不成熟,这算不算失去了做人的勇气?他想起牛惠友说过的一句话,选择只能按正确或错误去选择,而不应计较后果,如果处处计较后果,那么世界就没有了对错,只剩下堕落。想到此,他觉得有股正气在胸中激荡,必须承担起自己甘愿承担的道义,尽管条件不具备,尽管有可能会失败,总比忍气吞声有意义,有勇气的失败有时比成功更惊心动魄,更有成就。大概人生只有经过多种艰难挫折,甚至流血牺牲,才能无悔和精彩。

白朗拍了拍手,叫起娄心诚、韩长孝,借着熹微的晨光盯着两人,问:"再想想,起杆前还有啥事没安排?"

娄心诚比白朗小四五岁,经历与白朗大致相同,只是幼年读私塾时间短,粗通文字。早些年他在江湖贩盐结识了白朗,交往至今已有十余年光景。他中等个,身材微胖,肤色如同脚下的黄土黑黄厚重。他长着一头微黄茂密的头发,容貌俊朗,圆胖脸上嵌着一双喜庆的大眼睛,一泓无尘。他穿一身宽大黑粗布斜扣短袄,束腰扎腿,举止粗狂,性情慷慨,有豪侠风,又不失智静之气,以遇事沉稳谋划周全深得白朗器重。

韩长孝是义军中少有的文化人,自幼聪颖异常,少年时中清禀生,兴新学后曾考中省立师范,原本是卓然天赋的文人,可偏偏爱上了练武,求学之余不忘拜师学艺,什么行义拳、八卦掌,什么三节棍、六节鞭他都练过,举手投足都有不一般的气势,一招一式都显得轻松优雅。他高个儿,瘦脸,红白肤色,眼神沉静,经常穿件洗得发白的灰棉长衫,挽出白洋布袖口。几年前白朗把韩长孝请到家乡教书,文武俱长,不光孩子们喜欢,就连白朗也常常跑去跟他比划一番,久而久之,俩人就成了莫逆之交。辛亥年间韩长孝又跟白朗一起起杆,在义军中被称为"先生",无论是文传武道,还是相互之间的磕磕碰碰,通常都会请他到场,评点对错,论说是非,凡是经他处理过的事,众人多是心服口服。

"既然箭在弦上不得不发,俺看不如主动出击,先进城去摸摸新来驻军的情况,寻找战机先下手为强。"娄心诚见白朗若有所思地点点头,继续道,"俺就不信他们能一直待在城里……"

白朗没等他说完,接道:"这事就交给恁,回去恁就进城。"

韩长孝站起身四下环顾一圈,坐下后说:"情报网架设已经派出十几个小组,广州、上海、武汉、开封和不少州府作了安排,不放心的是通联效果不尽如人意,当务之急需招募有电报专门技能的人员,有这方面人员咱们就可以利用四通八达的电报局进行联络。"

"好,这事交给恁,恁马上到南方走一趟,搞出个办法来。另外,架设情报网站主要向南,叫他们有长期打算,注意跟南方革命党加紧联络,请他们派人来。"

白朗交代完,转身用询问的目光看着王有才。

王有才是少数几个不赞成马上起杆的人,但他从来不说反对的话,仿佛早就看透了这一切都是命中注定。

"牛先生曾多次讲过义和团的事,俺所担心的是……"

"内部的事俺来做。这可不是轻易能办到的事,十年树木,百年树人,咱们只能在现有的条件下起杆,若要等到万事俱备,只怕是换不来东风了。"

白朗站起身,招呼一行人重新上路。

白朗心里很清楚,历史上凡是社会底层起义也好,造反也罢,能够有好结局的少之又少,继续旧式的造反模式根本没有出路,成功的唯一希望就在于他是否能创造一个新的"杆匪"概念,建立一支完全不同的队伍,要做到这一点很大程度取决于对传统杆匪的改造,或者用什么理念来武装他们,这无疑是白朗最大的心病。

当然,普遍的贫困和巨大的贫富差距是各地民间组织起杆的根本原因,然而贫困和贫富差距造成的无知愚昧及意识狭隘,又决定了他们的落后保守性,参加起杆队伍的多数人,仅仅为了解决眼前的生存铤而走险,他们中间有着地域性、血缘宗亲性、季节性等多层复杂的特点和特征,不可能有共和革命等改造社会的目标,许多人只是盯着眼前利益,一旦获得了生存下去的财富,再趟下去的动力很快就会衰退,即便是外部威胁解除或天灾已消,这部分人就有可能卷起铺盖回家。尽管如此,这部分人可塑性还比较强,改造起来也比较容易。

义军中最难管理的是地方豪强或宗亲氏族掌握的势力,他们整建制地参加义军,内部结构严密,组织健全,目的明确,就是要保住自身的利益,或进一步争取更大利益。这些豪强势力有相当一部分都是两边下注,把原有的民间组织一分为二,分别参加义军和投靠官军,有组织有纪律,还带来不少装备,维系他们的除了利益基础外,多以封建的人身依附关系为纽带,以"替天行道"及各种封建迷信思想为理论基础,平时训练也多以气功武术为主,作战前通常会有一定的仪式,如吞服朱砂、硝石,掺和写成的符箓之类的东西。这部分人改造起来相对比较困难。

义军中大约只有一成左右的人具有一定的抱负,他们有江湖闯荡的经历,有一定的文化和经济条件,能量较大,在义军的发展中起着举足轻重的作用。这部分人又可分为两类:一类生性好打抱不平,从自身经历中感受到社会的不公平,接触过新思想新观念,参加义军并不单单局限于个人家族利益,有一定的社会理想目标;另一类同样不满于社会现实,但参加义军并不在乎社会是否得到改造,争取只是个人或小团体的地位和利益,从一开始就抱定"要当官就起杆"、"要想富杀财主"的目的,仅仅把参加义军当做实现个人目的的阶梯,能够接受改造的微乎其微。

宝丰大刘庄,白朗家。

白朗家的院子不大,却很典雅,进门是一照壁,甬道从两边绕过照壁又合成一段宽宽的鹅卵石中道,中道通向上下各三间的正房小楼,楼前还有出檐回廊,小楼前后各种着几棵高大的槐树,时逢早春,刚刚吐芽的槐树飘散一院清香,两边是各有四间的厢房,青砖小瓦,花木隔窗,使整个院子都显得清逸宁静。

白朗一行前脚到家,牛惠达带着巡风跟着就进了院子。

相见之后,白朗也暗暗吃惊,他还未来得及见过母亲,便被牛惠达拉到门外,把官府决计在临时大总统就职庆典活动前杀掉诱捕的牛惠友等人以及北洋陆军可能要同时围剿高祖庙的计划匆匆地禀报一番。

白朗略一沉思,交代一句:"马不卸鞍,咱们一会儿就回去。"说罢转身进了家。

这边,白朗妻子邢素贞已把娄心诚等人让进了当门①,领出二女儿白婷,三女儿白让,儿子白淑湘,拜见过客人,一边张罗着起火烙饼,一边把白朗母亲请了出来与众人相见。

"中,中。"白朗母亲拉着每个人的手端详一番,顾自一人笑着喃喃道。

白母时年六十八岁,耳聪目明,身体硬朗,小脚但不用扶杖。白母年轻时见过世面,心地善良,性格豁达,话说得也在理。

"自古都是官说官有理,民说民有理,恁们起杆为百姓讨公道,合天理人情,俺最大的指望就是恁们不祸害百姓。至于俺们一家老小,收拾收拾要饭去都中。这也给恁们提个醒,娘和一家人都是要饭的,可不敢干坑百姓的事。"

白朗跪下道:"孩儿不孝,让娘这么大年纪还去要饭。"

"咦——恁看六儿多糊涂,"白母拉起白朗端详一番,在头上拍打几下,"娘越是年纪大越想出去遛遛弯,见见世面,要不是恁们起杆娘哪有恁好的福气。"

---

① 地方方言,指客厅。

韩长孝解下腰间的布包双手捧了过去。

"恁多银子?!"白母用手托了几下,又递还给他,"使不住,使不住,恁们谁见过提溜着银子要饭的?"

白朗接过银子也说:"这兵荒马乱的,谁还敢带银子出门?!"

"这一家老的老,小的小,没个大人推车真不中,俺跟大娘一起去要饭。"王有才慢条斯理地说了一句。

"搁不住,搁不住,"白母爽朗地笑笑说,"要饭不同郎中瞧病,郎中是人家看恁的脸,要饭就得看人家的脸,俺咋忍心让恁干这没面子的事,不中,不中。"

王有才自嘲道:"要饭俺不如恁,可俺会推车呀!夜黑一路都是俺推来着。"

"真是?"白母扭头问白朗。

王有才慌忙斜跨一步,狠狠地踩了白朗一脚,白朗连声道:"是,是,是,可是——"

"恁看六儿多不懂事。"白母嗔怪了一句,故意黑下脸乜了白朗一眼,"哪能让郎中干这出力活儿?"

"来家前就已经说好让俺陪大娘去要饭。"王有才故意摆出一副强壮有力的样子,"白朗贤弟说让俺先用车推推他试试,这一路下来都是俺推着白贤弟,说俺推车的本事连他们这样的老把式都没见过,随大娘出去非俺莫属了。"

"可真?看恁这身子骨可不像是推车的把式。"白母拉着王有才问。

周围几个人都哈哈笑了起来。

白朗丢了个眼色,示意王有才来到屋外,拱手一拜,道:"大恩不言谢!"

两人不约而同地想到了这场大戏可能的结局,只想在落幕之前演得尽量壮丽多彩、有滋有味而已,看透了这一点两人显得格外冷静。

"'士不可不弘毅,以天下为己任',恁率部起杆,愚兄帮不上多少忙,家眷托付之事,没有比俺更合适的,没有颜料俺不会开染坊。恁跟俺既然兄弟相称,今生若无机会再见,死后埋到一个坑里也中。"

"那好,晌午①饭后咱们分道扬镳,天黑前,恁务必将家人带出宝丰县。记住,以后逃荒路上只要听说俺们向南,恁们一定向北,俺们向西恁们就向东,不见俺本人不要回家。"

---

① 地方方言,指中午。

白朗低头强忍着眼眶里的泪水,再次拱手一拜。

当晚。

大刘村外。

天际落下一片稀疏的月光,村庄隐藏在森森的树阴之中,显出一块巨大的黑影。偶尔能听到一两声犬吠,此外,四周没有一点声息。

大路边,刘继祖把马缰绳扔给身后的亲兵,逐个审视着正在整理装备的巡警。

"记住,村中十字街正东路北第三个院子,记住了吗?"他悄声问。

在此之前,他已经绕着村子转过一圈,确认只有这一条路通向五里外的官道,思量再三决定采取快进快出的办法,抓捕白朗一家,并对如何破门抓捕,分几个小组,由哪些人负责,如何捆绑带出等等,一一做了安排。他知道此事非同小可,沈二皮会彻夜等他的消息,不得不对这次行动特别上心。

"上马!"他压低声音喊了一句,之后大步走到卫队前大喊一声,"出击!"

马队像旋风般向那片黑影驰去,纷乱的马蹄犹如急促的鼓点震撼着大地,不一会儿开始传点火把,一个、两个、三个……很快就形成一条火龙冲进寂静的村庄,最后聚集到一个点上。

刘继祖哼着小曲,接过亲兵递过来的缰绳,翻上马鞍摇摇晃晃地向村子走去。

刘继祖刚到村口就碰上返回报信的巡警,报告说那院子已是人去屋空,惊得刘继祖差点摔下马。他倒吸一口冷气,用力抖几把缰绳,策马冲到那院门前,下马踢门,抢过一支火把,逐房照一遍,果见院子打扫得干干净净,各个房间也收拾得规规整整,就是没有一个人影。他跳着脚大叫几声,至于喊的啥连自己也不清楚,抢上几步从一个巡警手里抓过火把塞进了花木隔窗。

> 他——不是死人,因为他有目的地生活着;他——不是活人,他本身是死寂的;他——没有死亡,因为他在死亡中产生思想;他——没有生命,因为他不生长,也感觉不到自己。
>
> ——布鲁诺

第四章

午时。

县城西门外杀人场。

或许天底下再难找到比这儿更适合杀人的地方了。

一块数十丈长宽的整体沉积岩石，突兀地嵌在出县城西门不远的大道旁，那巨石东西南三面拖带着泥沙缓缓崛起，长长的坡面上铺满了绿茵野草，出地面数丈高的顶部是一个四方形的大平面，十几丈长宽，如有工匠打磨过一般平整光洁。巨石北面是数丈高的峭壁，壁下乱树丛花绵延数里，最后没入西南来的青河。青河自城南绕来，在城西五里铺穿过大道，兜着这片起伏的林地，流到城北汇入了护城河。五里铺青河上早年有座不大的三孔拱形桥，青石垒砌，狮兽环应，模样别致高雅。桥两边各修了一座飞檐翘角的客亭，常常用来张贴处决囚犯的告示。古时候杀人，一般要提前三天用站笼将囚犯拉到五里铺示众，宣告十恶不赦的理由，借以震慑百姓。

古人选在此处行刑至少有几条独到的好处：其一，那巨石生就三面低一面高，如同天外飘降而来，体大罕见，庄重岸然，既奇又威，隐隐有着一种天道莫测的神奇，此处杀人自然含着某种天意，可以省去许多解释；其二，以往历朝杀人，秋决为多，或节庆前后，有的朝例干脆把杀人立威作为节庆内容的一部分，所以杀人总要选在人多喜庆节假庙会期间，而此处场面宏阔，商民倾城而出，加十里八乡的百姓也能容纳；其三，此处场面虽大，安全保卫工作却十分便当，只要在县城西门和五里铺桥头设下盘查，四周尽是难遁之地，劫囚之事从来没成过；其四，大概也是最重要的原因，此处离城东城隍庙远，待决人犯即使撕破喉咙喊冤叫屈，想必城隍老爷照例是听不见的，每年城隍爷出巡查屈问冤也断然不会涉水西行，他老人家倒也落得个心静。

所以，百姓们都说这块巨石是"老天爷放到尘世的砧板"。

此地行刑始于何时已经无人知晓了，总之，自有县志记载处决人犯就已经在这儿了，千百年来这儿处决了多少人犯谁也说不清楚，只是那巨石上留下的遗迹能让任何心智健全的人毛骨悚然。那巨石原本应是灰白色的,积年累月雨淋日晒,周围都变成了灰黑色,只有昂向天外、状似船头的北面凹壁处依稀还裸露着灰白的岩面。概因每次杀人,刽子手们总要把人犯推到北面峭崖边上,手起刀落,人犯头颅滚落崖下,血柱便会跟着那人头喷流在岩壁上,次数多了,在那高高的岩面上密密匝匝淋撒下道道血痕,那血痕显然和其他地方的黑色岩面不同,热血经过雨淋风吹渐渐地渗进岩体,以致整个北面岩壁都变成了撼人心魄的暗红色。

岩下,人称"游魂坑",沃土黑红,树茂林密,花丛锦绣,四季疯长,与其他地方土地贫瘠、枯残破败相比,别有一番天国的景致。

对这块巨石,先辈们开始给它取了一个很乐观的名字——"好汉台",据说宋朝一位被贬到该县做县令的京官提出此名意义含混,是非难辨,容易成为人们心神向往之地,且流里流气,隐隐含有某种暗示或激励的用意,力主改名为"托梦台",以示惩恶扬善,昭显天道正气。

从此,宋元明清便也沿继着叫了下来。

袁大临时总统刚刚就职两天,各地的庆典还在紧锣密鼓地筹办之中,提前处斩罪犯,显然增加了不少立威喜庆的气氛。

这天清晨,月光尚未褪尽,晨曦已经降临,荷枪实弹的巡警便骑马穿梭在县城的大街小巷中,一边奔驰一边大喊:"排炮喽,排炮喽——"

伴着马蹄敲击青石板的脆响,县城里不少人穿红戴绿,呼朋唤友,一路喧嚣着向县城西门拥去。

无论杀谁,一些国人都是热情的看客,天长日久便生成了一种看热闹的文化,也难怪,中国传统文化忠孝仁义那一套只是一种很狭隘的学说,主要用来调整规范君臣、家族、血缘、乡谊及利害相连人的关系,超出了这些范围,人们就没了处理人与人关系的伦理依据。特别是传统社会中一些明哲保身的行为规范,使人们关心的范围只是与自己相关圈子里的人,缺少普世的对人、对生命的尊重和悲悯,更不会去分辨是非对错、青红皂白,毕竟他们看待事物的伦理原则本身就有缺陷,某些缺陷甚至大到足以颠倒黑白的地步,一向没有责怪设陷使绊无赖的传统,而是只会嘲讽落井绊倒的无辜。有了这一亲亲疏疏的道德伦理立场,多数人无论如何是要站在强势或权力一边的。看客守秩冷酷的另一面就是对强势权力的热捧。当然,历朝历代的官府十分懂得这部分人的心理,从来不放过任何机会把这种杀人场景搞得既恐怖又热闹,民众看到的不光是对囚犯的处罚还有暴力的万能威力,既有震慑作用,又能让人们学会顺从。

县城南车马店。

城外传来"隆隆"的排炮声。

润儿忽然从通铺上坐了起来,不知是梦境还是现实,让他惊出了一身冷汗。他不知道自己昏睡了几天,满腔袋只是没完没了地重复着虎头牢的场景。他惊慌失措地环顾左右,通铺上已空无一人。

他突然想起自己还有个模模糊糊的约定,便顾不上惊恐,跳下通铺向门外冲去。

他一直记不清自己是否真的看到了杀人的场景,当他挤进喧闹的人群时,好像人头已经落地,然而他的意识里仍然有把明晃晃的大刀在空中划了一个半圆的弧线呼啸直下,自己又分明见到了一团血雾,随之便是一股浓重的血腥味扑面而来。他清楚地记得这一切,刹那间骇人的恐怖像潮水般漫过身心,他努力咬紧牙关,浑身还是战栗不止,周围一片喧哗。他的意识一度出现了缓慢的幻影,感到了三叔用他那大而有力的手托他走出虎头牢门,眼前一片晃动的光影,他分不清这光影是那杀人的一幕,还是突然来了一片耀眼的阳光,身边的叫好声、呐喊声也变得十分遥远,只有自己的心跳声充盈在耳边。一阵眩晕后,他渐渐又回到了真切的世界,待到看清眼前场景时却又被更加骇人的一幕惊呆了:在一排尸首分家的残躯尽头竟有一具屹立不倒的身躯直直地跪在那里。

"三叔——"他情不自禁地大喊起来,他认出了三叔那身白衣制服上面遗留的大块大块的血污。这时,一只手紧紧地捂住了他的嘴上,他感到眼前一阵阵发黑,周围的喧闹再次忽远忽近。他头重脚轻,看到惨白的阳光在摩肩接踵的人群上边罩着一道紫红色的光环,随着人群不停地攒动着。

他脑子开始空白,下意识地扒开捂在自己嘴上的手,现实的感觉仿佛都离他而去了,他没有了恐惧、愤怒、伤悲,有的只是四肢发软,心如止水,他跪在了地上。

许多年以后,他才知道这种短时间的无意识是被医学称之为醒觉昏迷症的生理现象,是人本能地保护自身精神免受外部强烈刺激的反应,至于这种原始反应为何而来目前还是个谜。

这种短时间丧失意识知觉的反映,对死去的人可能是幸事,对继续活着的人却是更大、更长久的不幸,短时间的意识丧失并不能减少或忘却那些强烈刺激的恐惧和痛苦,它只是将这些感受暂时麻痹包裹起来,随着意识的逐渐恢复,延续下来的痛更易浸彻入骨,柔肠万断,弥久如初。

他低头看到母亲牛陈氏的大脚,恍惚中感到母亲把他紧紧地揽在怀里。他抬起头见母亲始终盯着那高高的悬崖边的尸体,脸颊边挂着清澈的泪珠。别看母亲平日里风风火火,其实连杀鸡都不敢看,此时怎么会有如此大的定力让她目不转睛地看着这一切呢?

"佛祖千眼,普度众生,善有善报,大慈大悲。"他听到娘一直在喃喃低声诉说。

周围的喧哗声渐渐回到了耳边,他又开始惊悚战栗。那崖边,一个身穿黑色对襟衣裤、头缠黑布、足蹬黑色皂靴的刽子手,提刀抱拳从岩石上走了下来。那人高高的个子,长脸,络腮胡,色如重枣,眼大得出奇,一副肃杀的神色,摆出浑身的威风。他边走边向围观的民众作揖,挽在手里的大刀仍似水洗一般晃荡着白光。

清朝末年,朝廷明令禁止斩首的行刑方式,衙门里的刽子手大多失业返乡了,这次官府特意安排重启斩首方式行刑,无非是要增加处决人犯的震慑恐吓效用,请回的刽子手仿佛有了重见天日的荣幸,干起活来格外卖力。

"咦——这人可好,可勤欠①。"站在润儿旁边一位年纪较大的女人指指刽子手称赞道。

一男人接腔道:"他长得可有点二夹板②。"

那女人又接过话说:"人不可貌相,海水不可斗量。他可不是二夹板的人,别看他跟切西瓜一样砍了十个人头,弄个毛毛虫搁到他跟儿个③,他浑身一准直发抖。"

"那是,老天爷不定安排谁吃哪一路……"

耳边一男一女,一问一答地扯着闲话。

润儿的泪滚滚而下,完全成为没有意识的反应,他只是不再哭喊了。

片刻,胆战心惊的恐怖慢慢变成了一种愤恨,像火一样瞬间充满了心胸,望

---

① 地方方言,勤快、勤奋的意思。
② 地方方言,样子莽撞的意思。
③ 地方方言,面前、眼前的意思。

着那刽子手不紧不慢地抱拳走了过来,他突然冒出难以克制扑过去撕抓一番的念头,又思量着自己肯定不是那个提刀大汉的对手,顿时有些沮丧,转念一想趁他不防用头猛顶他的腹部,没准可以把他掀翻!于是润儿开始计算着刽子手与自己之间的距离,又仔细打量一番脚下的路况,想着用几步冲上去,距那人三步远的地方奋力跳起,像他见过的牛或羊,用头拼将过去。

突然母亲猛地把他拉到胸前,双手合十,闭目念道:"善恶随人作,祸福自己招。"

润儿直直地看着刽子手学着戏子的台步,每迈一步总要在空中略微停那么一下,还刻意晃悠着膀子,俨然真有些权威的样子。

刽子手努力在人群中寻找似曾相识的熟人,不管平时认不认识,打不打招呼,此时他照例会抱拳欠欠身子,仿佛拾起了丢失多年的威风。润儿抹了把泪,扬头看去,见刽子手那双吓人的大眼翻向着无际渺茫的虚空,神态是如此怪诞,他依然愤恨不已,只是忽然觉得不值得跟他拼命了。

傍晚。

县城西,杀人场。

欲坠的夕阳抛下最后一抹余晖,早春残雪消融,和风微醺,护城河畔杀人场周围四溢出一片港汊纵横的泽国,映照出一泓金灿灿的闪光,远处几株删繁就简椿春树轻轻地托起缕缕暮霭,连接着天地的尽头。四野一片寂静,偶尔可以听见暮鸦督促同伴归巢"呱呱"的呼喊声。

杀人台路边站着两个百无聊赖的巡警,上午还风光无限的刽子手这时裹着一件灰布棉衫,姑堆①在那块巨大岩石的一角。奇怪的是,此时他们的腰间和头上都缠着醒目的白布,那刽子手巨大突出的眼睛周围居然泛起一圈潮红,装出一副自家孩子刚掉进井里的悲哀神情。

大概是申时将近,那刽子手紧了一番白布腰带,向等待认尸的几个家属摆摆手,按序先叫牛惠群一家进了场子。润儿拉着牛车,看着父母先向刽子手交过银子,把包裹三叔尸首的草席抱上了牛车。

牛车走过五里铺的河桥,润儿仍然昏昏沉沉,头脑里一片空白,回头望去,

---

① 地方方言,表示蹲的意思。

暮色深重中那高仰的巨石只剩下一团混沌巨大的黑影,黑影背后竟是一群不知名的鸟忽隐忽现地飞在天际,留下几声长鸣回绕在苍茫云间,悠长而又孤寂。

老人都说,人死如灯灭。润儿不相信,黑暗中能无数次地想起三叔,他那眼神,他揽住自己时微微战栗的怀抱,甚至他的体温也一直能让人感受。还有他那些话、那些动作已经成了无法复制的往事,却能在认识他的人心中留下刻骨铭心的记忆,他却飘向了另一个世界,开始了另一段生活。想到这里,润儿的眼里积满了泪水,三叔怎能舍得这一切,独自去一个完全不熟悉的地方呢?他就像一个永远在寻找什么的孩子,一生都在留学、流浪,在躲避着屈辱、捕杀,在近乎绝望中编织着自己的梦想和故事,只是这段演义刚刚启幕,他就不得不抱憾而去,留给亲人的只有生生的分离。

那一晚润儿一家走得很慢,谁也没说话,怕惊醒西行的亲人,一直到东方破晓,鸡叫头遍才回到月桂镇。

润儿昏昏沉沉爬上床时突然想到虎头牢里关了十一个人,怎么只斩了十个人呢?

翌日,全国各地纷纷举行袁大临时总统就职庆典活动,驻郏县的北洋陆军六镇二十三标和汝府十三营终于在鞭炮声中出城剿匪了。这两支刚刚剪掉辫子的队伍显得格外精神,踏着西洋乐曲的节奏,分别从县城南、北两门进发,一边兜剿,一边游山玩水,到哪儿都是先鸣枪,后派粮派款,鸡飞狗跳,处处扑空,然而,北洋陆军却乐此不疲。出郏县到宝丰,再转到鲁山,月余才满载而归,分别回到临汝和禹县。他们没见到杆匪,转得倒也开心,还缴获了不少"敌产",使不少官兵解决了"个人婚娶大事"。

谁知他们刚走,所到之处的商绅百姓便成群结队地上诉到了省城,哭诉这帮正规陆军比杆匪黑得多!土匪只是敲诈,他们基本上属于明抢;土匪绑票还明码标价钱到人归,他们绑人榨完钱财,人也不知了去向。真是匪来如梳,兵来如篦,官来如剃。于是,社会各界舆论哗然,纷纷谴责兵不如匪。无奈之下,汴省政府只得下令陆军十三营余耀庭部重新整饬戎行,回访所过之处,务必剿出几个真杆匪堵堵众人之口。

余耀庭也不含糊,脑袋一拍,决定仍沿着上次剿匪的老路,再篦它一遍,不信偌大的山逮不住几只兔子。

1912年4月23日(农历三月初七)晨,余耀庭率北洋陆军十三营自宝、郏、汝、鲁交界的仝庄渡过汝河,直扑高祖庙,而此时白朗早就率领已聚集的各路义军经任寨、岳寨,撤至青云岭、张沟一带。

上次十三营来,在高祖庙驻过几天,村民对他们的德行早已心知肚明,尽管很不情愿,高祖庙的绅民还是决定迎接十三营官兵,寨门大开,摆出了贺桌、礼品,一干有头有脸的绅士分列在寨门两旁,焚香洒水等着十三营的到来。

谁知余耀庭部早已认定寨内有匪,离寨一里许先是用炮炸开了寨墙,大队人马排列着战斗队形冲进寨内,但见只有欢迎的百姓,不见一匪一兵,未闻一枪一炮。斗志昂扬的十三营顿觉不够面子,一口咬定寨里有人"通匪",恼羞成怒大开杀戒,挨门挨户砸门搜查,见男人开门就是一枪,见女人在家就往床上抱,一时间全寨枪声大作,火光冲天,家家户户哭喊震天,不足半天工夫,有名有姓的村民被杀286人,劫掠财物无数,全寨如同火焚地震过一般,只剩下一片断壁残垣。

4月29日,余耀庭又率十三营突然悄悄地包围了任寨,传话进去要任寨开门交出土匪若干名。任寨派人前往军营解释,白朗杆匪根本没进寨子,从寨外三里绕道西去,别说交出土匪若干名,就是一名也没有。

余耀庭一拍脑袋吼道:"恁以为俺傻?!杆匪不进寨他吃啥?"

任寨乡亲有鉴高祖庙的教训,闭门拒纳,这下可惹恼了余军上下,一声号令,全营按照德式战阵操典向任寨发动了强攻,半日寨破,开始了疯狂屠杀,男女老幼一共被杀一千余人,杀绝32户。

1912年5月初。

山冈小道。

牛惠达扮作樵夫领着白朗一行四人,爬上了南祖师庙西侧的山冈,指着一条南北向的洼地,说:"打十三营俺看就选在这儿。"

众人看过纷纷摇头,七嘴八舌议论开了。

"此处离大路足有四五里,恁咋能把余耀庭引到这儿?"

"这片地形分明就是个口袋,俺打赌只要他不喝晕,就绝不会往这块绝地里钻。"

娄心诚掀起衣襟擦把脸,眸子里透出不少欣喜,叹道:"从地形上看,能在这里打埋伏肯定是天上给咱们烧过高香,不过洼地视野开阔,地势平坦,不利于咱们的大刀长矛,倒有利于北洋陆军的快枪火炮,地形固然是成败的要素,多数情况下武器优劣才是成败的关键。"

牛惠达把扁担往地上一插,蹲下身顺手拢了棵星星草咬在了嘴里,看样子并不急于对大家的疑问进行答辩。

自从起杆后,白朗力主采取避战的办法,带着队伍东躲西藏,对义军进行筛选训练。从大处看,时机不够成熟,敌强我弱,容易遭受不必要的损失;从小处讲,队伍的人员素质和武器装备实在太差,说是义军十七路,可快枪加起来还不足三十条,多数人使用的还是大刀长矛、鸟枪土炮。更让人不放心的是,起杆前大部分人都是农民矿工,许多人连枪都没见过,一些基本的战术动作都不会,逼得他们一边跑一边训练队伍一些基本常识。

躲过第一次兜剿后,白朗原打算先筹款置办些新式装备,可偏偏十三营又杀了回来,烧杀抢掠无恶不作,真正到了是可忍,孰不可忍的地步,众人议定无论如何也要打上一仗讨还血债,即便是鱼死也要争取网破。

议定后白朗即派牛惠达等人察看地形,制订方案,今天来是对派出四人各自的方案进行评估,牛惠达的方案是评估的最后一家。

白朗见大伙酝酿得差不多了,走近牛惠达说:"把恁的打算说说吧。"

牛惠达站起身,吐掉嘴里苦涩的星星草,说:"这儿离大路是有些远,怎么把余耀庭引过来呢?俺打算诱他上钩,采取边撤边丢弃些刀枪、箱笼、包裹、金银首饰之类东西的办法,利用余部贪利轻敌的特点让他上钩。当然这一带平坦开阔,有利于余部的新式装备,所以咱们不能在这儿拼装备,这儿与大路之间有条不大的小河,河上有座石桥,俺打算在石桥附近埋设炸药,逼余部下水,待其半渡时可用鸟枪土炮击之,如此余部势必东躲西藏,武器弹药定受损失。即使没有受损的,可待余部进入洼地后,咱们四面鼓噪,使其草木皆兵,消耗其弹药,然后再动用咱们的快枪击之,余部必败无疑。"说完他又拔了棵星星草含在了嘴里。

白朗看看大伙,问:"可中?"

"这回俺才知道余耀庭为啥恨恁,看来他真要走麦城了。"

"他恨俺?"牛惠达有些不解,"这七孙,恐怕连俺是谁都不知道。"

"傻瓜都恨聪明人嘛!余耀庭能不恨恁?"

娄心诚一句话把大家逗乐了。

"中。"白朗环视左右。"这几天大伙到附近村寨借些道具回来，五日后由惠达前去引诱余耀庭，娄心诚部在河边接应，其余跟俺就埋伏这儿，咱们力争首战必胜，至少要把他的气势打下去，同时通告附近百姓都出去躲躲，等咱们打跑余耀庭后再回来。"

1912年5月12日，白朗率刚刚起杆的义军，在南祖师庙洼地打伏击，击毙北洋陆军十三营三十余人，缴获快枪一百余杆。余耀庭恼羞成怒，搬来救兵一连烧了大刘、张庄、夏庄等十余个村庄，接着率两百余人集结进驻到交通要道大营镇。当晚，白朗率起杆的义军将大营镇四面围定，奇袭成功，大营镇杀声震天，火光四起。

此时余部已成惊弓之鸟，放火烧镇撤出寨子，一路狂奔向汝州逃窜，半路又被伏击的义军掩杀，兵将折半，枪械又丢一百多杆，灰头土脸逃回临汝。此后余耀庭部再也无心出战，最多派兵到四乡抓些老实巴交的农民回城枪毙邀功，一直未敢再与白朗义军交手。

战后，白朗义军则在祖师庙请戏班连台演了三天大戏，以示庆贺。

月桂镇，牛慧群家。

润儿回到家一连六七天高烧不退，每天只能勉强吃些汤药流食，昏昏沉沉的梦里一日数次惊吓哭泣，到了第八天他被额头上一阵刺痛唤醒了。

"丢不了，丢不了，两针下去就唤回来了，这孩子以后一定命大。"

润儿睁眼一看，见一个三十岁左右，穿身大红大紫绸缎衣裤的女人正喜眉喜眼地盯着自己笑。她一手攥着野蒜苗揉碎的菜团，一手拿着一把小针，正往自己头上扎。

母亲在一旁用手托着润儿的头，专注地看着自己。润儿模模糊糊地记起眼前这个略显妖艳的女人是镇里有名的接生、招魂巫婆，孤身一人住着一处临街的宅院，姓宋，没名，周围群众都叫她宋巫婆。宋巫婆一向伶牙俐齿能说会道，上哪山唱哪儿歌，从不怯场。巫婆长得喜庆，生来细皮嫩肉，乌发白肤，大眼睛双眼皮，小嘴疙瘩鼻，下巴颏活像人的脚跟。别看她那两下子没多少技术含量，可那张能把死人说活的好嘴，弥补了不少技术缺陷，平日来请她的人可是不少，常年都有人推车来拉,到谁家少不了吃香喝辣,只是寻不下婆家。

见润儿醒来,宋巫婆把手里的针扎进野蒜苗团里拧了几下:"听大姑的话,再扎上几针魂都稳住了。"说着就又在润儿前额斜着扎了一针,这时润儿才发现自己的两鬓和额头都有涓涓的血流,心想,这大概就是传说中的放血降热的疗法。

润儿忍着疼痛听那人又跟母亲说了会儿话,很不情愿地出了门。

送走巫婆,母亲回来用额头贴着润儿的额头试试体温。"好点啦,"母亲叹口气,"以后可不能这样吓娘了。"

"招魂?"润儿隐约感到大人应当是有魂魄的,人死灵魂兴许还在。回想几天前的情景,真有一种恍如隔世的感觉,这一切都是真的吗?

"俺想去三叔坟上看看。"润儿低着头,下床,在自己腰间缠根麻绳,望了一眼不知所措的母亲,轻飘飘地出了门。

润儿家乡月桂镇是汝、郏、宝、鲁一带出了名的大镇,位于汝、兰两河交汇、郏襄两县接壤处。镇子坐北朝南,依山环河,镇西北连绵着群山,东南是一望无际的平原。汝河自西而来一路湍急,流过七川八湾,到月桂镇又转了个弓形的半圆,像是要喘息片刻一般突然变得舒缓开阔,慢慢流淌到镇东,恰遇兰河从西北匆匆赶到,两河汇流一处滔滔东去。

不知什么时间人们给这个地方起了一个很动听的名字——月桂镇,似乎因这条河如同新月而得名。大凡中原地区的河流东西走向的居多,而眼前的汝河、兰河则是汇流入沙河,再入淮河,不仅在河南省内贯通了汝、漯、信地区十余个县市,而且出省后转道向南直通苏皖,远下沪杭,属于中原地区少有的西南走向的河流。

历史上汝、兰两河水量充沛,一直有"黄金水道"之说,月桂镇恰好是在这条水路的起点上,益显出地理位置的弥足珍贵。月桂镇通航的历史可上溯到大宋年间,明朝还专门修有官道,贯通汴梁南襄。南来北往的货物或由航运转陆路,或由官道进码头,皆汇集于此。镇中码头有通石碑载有明万历年间月桂镇的盛况,记此处"日进船只多达百艘,骡马大车千乘,航通苏鲁,旱达襄汉,络绎不绝",镇上"喧歌终日,入夜泊船蜿蜒数里,桅灯繁星,宛如闹市"。

月桂古镇河如弯弓街似弦,沿河青石码头从镇西一直铺排到镇东,镇东修了一个高高的寨门,寨门连山接河,底为青石上砌城砖,扼在通往镇子的唯一入口,有万夫莫开之固。镇内沿街货行客栈,镖局酒肆鳞次栉比,通连到后山崖下。早些年镇上船工、马夫、代理代办,行号验收、保管、交易一类渡口公务,官道邮传以及装卸货物,代喂牲口,代购草料,代传信息和保障水旱两路安全的镖行硬汉计有千人之多,繁华时拖家带口人口曾达万余。

月桂镇不光人口多,而且姓杂,既有明朝初年外迁进来江浙一带的"垛集军户",也有山西洪洞大槐树过来的农民,本地人只占五分之一左右。更由于月桂镇靠山吃山,靠河吃河,大量劳力从事物流交易等非农营生,相比周围村镇,月桂人均土地占有量仅有其他地方人均占有量的二分之一。大约在清乾隆年间,汝河、沙河由于河道多年失疏,沙石淤积,河床增高,再加上上游水量减少,月桂镇开始成为夏秋两季通行的季节航运码头,不得已朝廷改修了官道,汴南大路取道郏县县城通过,镇上生计日渐危难,大量航运工人改行陆地贩运;修船捕鱼改行成了工铁造车,盖房织布;甚至补锅铜碗,说书卖唱,像他们祖先那样,或沿着官道,或顺着航路外出谋生就食,天南海北闯荡开了。从那时候开始,镇上人口逐渐下降,到润儿出生的20世纪初,人口已经下降到了四千人,原来的货行货栈只剩下了全盛昌和同心恒两家,航运业务也只有木材、山货等屈指可数的几样笨重商品可以择时顺流而下,大宗商品都改走陆路了。

月桂凋落了,只是大镇的遗风还在,也许因为人多地少,也许因为这些外来户祖传的梦想和灵气,月桂镇一直保持着重义轻财、质朴谦恭、志存高远和折节向学的码头文化,涵养着先辈的习俗,从月桂镇走出了一代代冒险闯荡、担当道义的俊伟魁杰。河水陪伴着岁月,流淌在月桂镇人生生不息的日子里,不论是兵祸连年的乱世,还是国泰民安的升平,镇里车来船往不知搭载走了多少辛勤的汗水和苦涩的血泪,留下的依旧是挺生代出、向学传志的期盼。

润儿出了寨门,翻过镇后的山冈,眼前一片面东的冈坡便是牛家祖坟地,三叔的新坟孤零零地立在冈坡一侧。润儿越走近越感到有种直通人心的痛,这痛使他过早地看到了人生的尽头,生命迟早要飘落进这片夺魂摄魄的坟茔,那一座座斑驳沧桑的石碑,聚集着世世代代的灵魂,绵延不断而又聚散匆匆,无尽的岁月里他们用生命演绎出无数心酸而又亲切的故事。走进这里,处处可见先祖们最在乎的还是"雁过留声,人过留名"的声誉,他们太操心身后留给后世的名声,只想独担着道义的传承。润儿知道,这些祖先里只有三叔的故事是那么惨烈,那么震撼,那么不甘,那么无奈。三叔是真心想搞清世间黑白的一代人,可这在是非颠倒的世道里,又是多么艰难和危险。他环顾着这片聚合着流年历史的坟地,三叔的坟只占着最不起眼的一角,孤苦伶仃独酌着天地间的风风雨雨。

脚下有枯叶,有新绿,咯吱咯吱踏上去给人一种不真实的感觉。春风渐起,大地泛绿,周围飘溢着泥土的清香,抬头望去,黑云块块滚过头顶压向远山,可偏偏又在那山边留出一线亮亮的空间,让一缕苍茫的阳光洒在跌宕起伏的山峦间。

这次劫难之前,润儿几乎想不起来三叔的模样,见的次数屈指可数,可又时常能感到他的存在。童年记忆就像一段遥远的梦,深邃得无法觅到它的起点,能够找到的就是那断断续续的画面,就像这空中的黑云,谁也说不清它们的来路。

润儿在三叔坟前磕了几个头,他开始为自己泪流不止羞愧了。山风呼呼地吹着,山上站着几颗苍郁的老树,山下一望无际如茵的新绿,他环顾一周抹去腮边的泪,对着三叔的坟轻声道:"以后俺不再哭了,恁瞅着吧。"说罢向山下跑去。

近代河南的教育改革起步较早,1903年,大清朝廷仿照日本的教育制度颁行学堂章程,章程规定兴办学堂定制为大学堂、高中、中学、小学和蒙学堂。1904年,汝州中学堂成立,郏县县立小学开办,月桂镇相应地组建了简易识字班。1905年,清朝正式取消科举制,使众多学子积半生之学,一夜之间成了毫无用处的废物,于是纷纷转行,挤进了教师队伍,仍堂而皇之地主持着换了牌子的学堂。

润儿发蒙学的《三字经》《百家姓》之类的蒙小课文,此时大多成了说不清来龙去脉的记忆碎片,印象最深的是那黎姓老师哆嗦着嘴,用戒尺狠打自己手掌的情景。润儿从小性格懦弱,个子又小,家里家外讷言慎行,处处谦让,常常是同窗戏谑和老师惩戒的对象。每次挨打,润儿都委屈地想不起如何申辩,那老师瘦瘦的脸上浮着一层烟油,肤色蜡黄,稀疏的头发很认真地梳到脑后,盘绕垂成一根细细的小辫,除了两鬓已经霜白外,老师的不少眉毛和胡髯竟也疯长成了白色,白的还格外醒目。他两眼小而圆,充满了血丝,每次惩戒学生,那黄褐色的眸里甚至还有些诧异的神色,薄薄的嘴唇一直在微微颤抖,但这并不妨碍他用尽全力惩戒弟子,总要打到学子哭喊为止,因为他始终信奉"打是亲,骂是爱,不打不骂不成妖怪"的祖训,认定没有棍棒不成材,打骂学生时充满了使命感。

碰到这种情况,润儿就十分悲惨了,他总也做不出呼天抢地的哭相,这很让老师生气,他打了几下却不见眼前的弟子哭喊,便很认真地盯着润儿研究了一番,拉着手又用力打将起来,直到打累了,还会自言自语道:"至理名言,高师没法出高徒呀!至理名言!"然后就晃着脑后的小辫子走人。

不过润儿清楚地记得有两次挨打根本就与自己没关系,却稀里糊涂地当了替罪羊。

蒙学堂满共三年,镇自治公所主任丁二的少爷狗儿竟留了四级,最后只得退学改在家里读私塾,虽然离开了学堂,可仇恨知识的种子却在他心里发了芽,有事没事就到学堂演几场恶作剧。这天,他领着几个小混混先到井边牛饮了一通凉水,又跑到蒙学堂小院墙边比谁尿得高。尿毕,又回到井边喝水,接着又来试比高,如此往返了三五回,逼着润儿在墙边掏洞。墙洞刚刚掏通,恰遇老师从墙外路过,见状,大怒,狗儿们一哄而散。老师把全班弟子叫到一起,伸出双手查找嫌犯,独独见润儿两手是泥,不由分说地痛打了一番。

记得那天润儿眼泪汪汪地回到了家,委屈地进门就哭,母亲一边给他洗手,一边悄声道:"别哭了,恁三叔小时候上学也是经常受欺负,可他从来没给家人说过,男孩要坚强。"

1909年,县小学升格为高小,月桂镇的蒙学堂顺理成章地升格到了初小。为了显示初小的样子,镇上不得已聘请了一位在省城读过师范的先生来教学,谁知没几天新来的先生就和丁二主任闹僵了,丁二指定授课的四书五经老师不会讲,老师讲的新知识丁二主任也听不懂。先生一气之下卷起铺盖走了,丁二正好就坡下驴,又把一个塾师请了回来。为请塾师,丁二特意安排狗儿雇了辆专门拉喜的骡马大车,塾师坐车上,狗儿提着脚凳跟在后面,进镇还放了挂百头的响鞭,热热闹闹地迎进了初小的大门。

初小设在文庙,庙里除正殿外,两边各有三间厢房。正殿面阔三间,进深两间,正中坐着文圣孔夫子。两边的厢房一边用以教书,一边是塾师住宿食膳,庙后侧院住着专门给塾师做饭的厨子。庙院不大,甬道两边排列着几通石碑,记载着镇里修庙的初衷和来由以及历朝历代修建庙堂功德施主的姓名,几株高大的松柏整整齐齐地站在两边,使得整个院子平添了不少肃穆和庄重。

一番隆重的欢迎仪式后,丁二父子把塾师让进厢房,打水洗脸毕,见那塾师很细心地抚平后脑的乱发,顺手把小辫规规矩矩地放在了脑袋正后面,掏出烟袋锅,划火,"滋"的一声,挺胸伸脖把烟深吸进了肚里,久久地屏住呼吸,良久,才丝丝缕缕地从口鼻里吐出些淡淡的烟气。

一会儿,他晃着大脑袋对丁主任、狗儿、厨子等人说:"俺早就说过,教书不易多讲,重在让弟子读经,熟读经典融会贯通,自然悟在其中。"

他磕掉烟锅里的灰,又装满一锅,深吸几口,鼓腮瞪眼片刻后,慢慢地又从鼻孔里冒出些烟来。"俺早就说过西学白话,格致数理,那东西做事管用,教子、做人不中,不适合咱大清。不!不适合咱民国自立之需要,自古以来咱们华夏一族靠啥?'忠孝'二字呀!西学白话那套东西教出来的学童不知忠孝为何物!争当个人主义,开口闭口公民啦,权利啦,富国强兵岂不成了黄粱美梦!"塾师开始愤愤然了,瞪着小而圆的眼睛,嘴角颤抖,还抖出一缕泡沫,尖声道,"不知忠孝禽兽不如,非我族类呀!"

"那是,那是,"丁二满脸堆笑,"这些年孩子们不学四书五经是情势所迫,不得已呀。也怪,俺这犬子八年结不了蒙童学业,生就是对新学一点兴趣都没有,专意攻学忠孝立身,仁义处世,恁看就让他跟恁再学几年吧,只要他坐这儿,保恁上课没人敢逃学。"

塾师起身,望了一眼比自己还高的狗儿,问:"人之初,性本善,何解?"

狗儿一时语塞,涨红着脸,用那白多黑少的望天眼翻了翻塾师,黑下脸道:"人之出……门,谁兴煽……谁!"

塾师愣怔良久,诧异道:"恁这公子太……太有才了,俺教不了呀,再教就误人子弟啦,有才,有才呀!"

"那是么,恁教不了他,可以让他当帮手,助教么,恁说打谁,让他帮恁打,再说这年头地面不安静,恁……"

丁二爷忙不迭地给塾师说好话,还眯起他那根本看不到眼珠的眼睛,连哄带吓让塾师脊背直冒冷汗,只得点头答应。

中国的传统教育模式是否有利于我们民族的长远进步?这是一个至今仍然争论不休的话题。从总体效果上看,西方教育是让孩子养成怀疑和批判的能力,而中国的教育是为了培养能尽忠孝义务的接班人。

中国的传统私塾教育,是以科举考试为目的带徒式的体制,所读经书也是以儒学为主的一套天理学说。儒学是中国农业文明的结晶,天是儒学最古老的哲学概念之一，也是人间至高无上的崇拜对象。据说古时"绝地天通"后，老百姓便不能直接通晓天意了，由巫阶层代天解惑。有巫便有了中国最早的教育，教育的初衷就是培养儒生，儒是最早的巫师，早期的儒生解释天的概念并没有喜怒哀乐的色彩，只有到了孔子辈，"天理"的解释才开始系统化、理论化。

"万物本于天，人本乎祖"，"有天地然后有万物，有万物然后有男女，有男女然后有夫妇，有夫妇然后有父子，有父子然后有君臣，有君臣然后有上下，有上下然后礼仪有所措"。孔子在天的概念里加入了"礼"的概念，用"礼"连接天人关系。礼的内容有哪些呢？主要是三纲五常，其中最核心的是忠孝两个概念。"孝"是人类社会走出野蛮状态，文明对待血缘长辈的一种自然情感，儒家借助人类这一原始情感，承天道而制礼，用礼升华"孝道"，又把孝与国家政治连续起来，解释出一套忠君爱国、等级尊卑的"孔孟之道"，以此为基础，论述出完整的统治学说和伦理道德。

到了宋明，孔孟之道被程朱等人认定为"天理"，那么怎样才能明天理呢？格物致知，通过探究万物获得其中的"理"，从而达到"存天理、灭人欲"，进一步把孔孟之道根植到了民族精神之中，作为立身的标准，无论事亲、事君，服从顺从，逆来顺受便是立身之本。经过这次改头换面的修补，孔孟之道的这套看似浅显粗陋的礼制秩序，又搀扶着中国历史蹒蹒跚跚走到了晚清。

晚清，西学东渐，汹涌而来，国人看到洋人描述世界的方法远远不止"经、史、子、集"那块窄窄的框架，无论是政治、经济，还是社会、历史，洋人的看法根本不是以"天理"为标准估定的，所持理论的依据就是实证和逻辑，而不是"天理"和圣人之说。这让中国的士大夫们郁闷不已。双方看问题根本没有共同的标准，话不投机半句多，更让人气愤的是，无论是洋人的商品和枪炮，还是学术思想，文化服饰与天朝上国的相比，无不有着明显的优势，国人渐渐地发现，对中国冲击最大的，不是洋人的坚船利炮，不是琳琅满目的商品，首当其冲的便是国人赖以安身立命的"天理"，尤其是"天"的概念，其中的牵强附会和自相矛盾连稍有常识的国人都感到了荒唐。洋人自哥伦布发现新大陆后，发现地球是圆的，而不像中国人猜想的地是一块方形的平板，天只是环绕地球的大气层，更不是先祖们论述结论中所认定的天圆地方，天是个会思考、有感情、能明辨是非、会呼风唤雨的万能概念，人们攀天求贵的所谓"天人合一"，只不过是一种一厢情愿的臆想，由人类原始感情延伸推理出的那套圣王天道完全是一种政治需要,以"天理"为基础的整个教育科举制度自然成了误国误民的一大弊端。

当然,这些道理润儿一时还弄不明白,他只是本能地感到塾师教授的东西越来越不合时宜了。当时,他和几个同窗挤在门口听那塾师数落着新学的大逆不道,把丁二父子拍成了学子楷模,实在气愤不过,转身到对面厢房拿起自己的识字课本跑回了家。

这是辛亥年夏天的事。润儿休学两个月后武昌首义爆发,革命风潮席卷全国,全县的小学都停了课,直到现在也没恢复。

农家小院。

众多义军参谋人员围坐在一张简易的木桌旁,听牛惠达的培训讲座。

"北洋陆军团级作战单位通常的行军顺序是马队、炮队、步队,遇有情况,按照操典章程,首先炮队进入阵地进行轰击,掩护步队集结,马队分左右两翼进行包剿,待步队集结完毕,再以步兵为核心发动正面攻势。北洋陆军这套作战模式基本是照搬德国陆军的作训操典,是一种拼实力的战法。对于咱们来讲,采用同样办法根本没出路,只能避开正面作战,打破他们的作战规则,才能生存下去,这就需要咱们从成军体制上进行改革。"讲到这儿,牛惠达看到外边进来一军士到白朗耳边嘀咕了几句,白朗向他使个眼色出了房间。

牛惠达对大院内的参谋人员匆匆说了句"休息一下",便也匆匆跟着来到了门外。

原来,当天一早,一队巡逻义军在城外二十里铺发现十几个巡警正在追赶一男子,义军见巡警人数不多,离城又远,便出手把他救了下来,未曾想该男子问啥都不说,只要求面见白朗,义军无奈只得把他押了回来。

白朗领着牛惠达、娄心诚来到门外,只见那男子中等个儿,二十多岁,肤色细白,长发瘦脸,平眉大眼,只是眼神有些诡谲,最显眼的地方是那宽扁鼻子上似乎少了块肉,衬得嘴和下巴又尖又小。他穿一身灰夹长衫,下摆前后挽在腰带上,脚蹬黑色皂靴,显得利落又干练。

他大步进前拱手一拜:"各位老大在上,俺冒死前来求见江湖人称'官大哥'的白朗,烦请各位老大速去禀报,在下颜潜修有要事相告。"

白朗未动声色,娄心诚跨上一步说:"俺就是白朗,啥事尽管相告。"

"去球吧,"那人走近娄心诚上下打量一番。"都说白朗'官大哥'身材不高,气宇俊朗,面如银盘,眉如远山,目似流星,恁这模样与江湖相传的官大哥天地之别,准是……"

牛惠达拉了白朗一把,哈哈一笑,跨前一步,笑笑问:"恁看俺像吗?"

"这还差不多。"颜潜修略一打量,趋前凑近牛惠达的耳边道,"事不宜迟,此事关系俺身家性命,俺不得不慎之又慎!经俺多方打探,今天夜里郏县县令,不,县长陈世成已被免官,要逃回江西老家,打算出南门绕道许昌官道,随行只有家眷数人,此官今年春节后杀害牛惠友先生及十位弟兄,俺是气愤不过给他下了黑贴,不想招致鹰犬疑心,定要追杀俺,幸好碰上义军才得以脱身,难道能让此官跑了不成?"

"好,"牛惠达环顾左右道,"恁可以先留在大旗棚①歇息,有什么事俺们自会问恁,这件事就交给俺了。"

"有仇不报非君子,"颜潜修后退一步拱手抱拳,又道,"如若情报有误甘愿受惩。"

说完,他转身大步出了院门。

---

① 大旗棚为义军内部机构设置,是义军的最高指挥机构。

天津《大公报》1913年8月21日载：

开封获匪阎作霖，搜出带有黄兴致白永亟即白狼一信，补记如下。

敬启者，自足下倡义鄂豫之间，所至风靡，豪客景从，志士响应。将来扫清中原，殄灭元凶，足下之丰功伟烈，可以不朽于后世。现在东南各省均已宣布独立，江西战胜袁军，五次告捷，苏军在徐州与袁军酣战，亦获胜利。现北有蒙警，赣又合力，进攻袁军，以大兵分道南来，内地空虚，乘虚直捣，必获优胜。足下占领鄂豫之间，相机进攻，可以窥取豫州，若能多毁铁路，使彼进路阻碍，为功实非浅鲜。抑有进者，此次兴师，专为讨袁，以谋吾民之幸福，苏下饷械，两无接济，刍粮所出，不能不稍取与民间，然必义不首取，师出以律，无伤地方恶感，使人人晓然于吾辈之举动，实有吊民伐罪之意。则士民乐服，响从者众，而大局可以挽回矣。现有阎润苍、夏焕三二君，进谒台端，希于接见，俾资进行。临风向望，不尽欲言，此请勋安。

江苏讨袁军总司令黄兴启
七月二十日

第五章

夏夜。

官道大路边。

万籁俱寂,天上银河如贯,熠熠发光,稀疏的月光映照出一条白白的大道,路两旁的老树悄无声息地舞动着身影,周围一片寂静。

牛惠达独自一人站在路中间,双手在后背摇绕着火绳,只听得纷乱的马蹄和车轮声由远及近奔驰而来,他计算着距离,200米……100米……50米……

待他看清楚来的正是官车后,突然从背后抛出火绳,点燃了另一只手举起的火把,"轰"的一声在半空中燃起团火球,惊起两辆马车原地转起圈来。

"别开枪!"随着喊声,从前面马车上跳下一个年轻人,举起一块白绸布:"别开枪!"

牛惠达借着火把见一高个清癯的年轻人走进跟前。

"俺是陈世成的儿子陈静存,这两辆车上没有陈世成,只有他的家眷,好汉要抓要杀可以把俺带走,恳请放走俺的家人。"说着跪地便拜。

牛惠达摇了一下火把,路两旁"呼呼啦啦"跳出数十个持枪的义军,把那两辆马车团团围了起来。

"果然是个鬼官,竟能防住里外的算计。"牛惠达想,举手把手里的火把扔给一个义军兵士,大步走到两辆马车前查看一遍,当真全是女眷。

"陈世成呢?"牛惠达感到两手都是汗。

"父亲昨天傍晚已扮作小贩出了城,现在走到哪儿俺不清楚。"

"两军交战不斩来使,何况又是家眷,俺们绝不为难你们,只是想问恁老子为官这么多年难道不愿做一个了结吗?"

"父亲临走时说,他是大清朝廷命官,谨守朝廷法度,绝无半点出格行为,只是时局仓促,民国初建,各项法度规程杂乱无章,但他绝没有下令杀人,个中滋味神人尽知。好汉如若放过家眷,他愿将多年俸禄所积购快枪五十支赞助义军,以资补过,这是凭条,三日后可按上面地址去取。"那年轻人把一信札双手奉给牛惠达。

牛惠达撕开信封借着火把看一遍,挥手示意让兵士隐去,给两辆马车放行。

那年轻人跪地一拜,起身跳上马车,扬鞭催马而去。

1912年,白朗义军与前来围剿的北洋陆军相互攻取,各有胜负,大体维持了一个不战不和的局面,而草创的民国局势又由于南北双方理念不同再次点燃战火,史称"二次革命"。

1912年入夏以后,天真且又有些浪漫的同盟会满腔热情地把工作重心转向到议会选举和政党政治方面。8月,同盟会总部向全国各地的分支机构下发征询意见函,要求各地同盟会组织务必促成与当地统一共和党、国民公党、国民共进会、共和实进会等多个党团合并组党事宜;9月22日同盟会河南支部改组,联合上述政党社团成立了国民党河南支部。

按照同盟会总部设想的共和路线图,下一步国民党的主要工作就是在临时约法的框架范围内,争取议会选举的多数,占据国会多数席位后,再制定宪法,实行内阁制,使国民党能顺理成章地成为执政党,从而实现国民党治国理政的宿愿。

可惜,国民党的这些想法太过幼稚和天真,对于有几千年专制传统的大国而言,要走上民主宪政有着太多的难言之隐,多数国人还沉迷于打天下坐天下的棋局里,盼望着新的权威横空出世,在众人眼里,辛亥年的革命只是暴风雨来前的毛毛细雨,恐怕只是惨烈大剧的序幕。

其实北洋政府早就看出来,无论是内阁制还是总统制,手中的权力都会受到限制,因此必须从根本入手解决权力不足的问题。

经反复酝酿后,1912年12月,直隶总督冯国璋、豫督张镇芳联名密电各省都督反对实行内阁制,但对实行什么样的总统制也语焉不详,同时提出新修宪法应由冯国璋等人委托北京法制局、法学会和指定的各省代表来完成,这些代表需由各省都督委派,否则制宪无效。这就是说与国会没一点关系了,言外之意,连国会都可以不要了。

总统制、内阁制,照理说都是民主政治,共和政体的形式之一。内阁制政体又称议会制,特点是政府首脑的权力来自议会的支持,取得议会多数席位就可以上台执政,选举中失去多数席位,连同内阁必须辞职。议会制下政府首脑往往由取得议会多数席位的政党领袖担任,权力普遍较大,议会自然成了国家权力中心。国家总统只是仪式虚尊的象征性职务,不享有实际的行政权力。内阁制的好处是行政权、立法权联系密切,内阁成员从议会中产生,效率高且选举比较节俭。弊端是议会多数的变化容易带来政局的不稳,这种不稳定又包括两个方面:一是议会多数席位的变化势必引起政府改组、议会解散的危机,容易造成政党冲突;二是容易造成某个政党长期执政,形成操纵立法、行政的局面。

总统制即国家元首,政府首脑总揽组阁、行政等权力,政府官员一般不兼任议员,向总统负责。总统选举与议会选举分别进行,国会中的多数党不一定是执政党,内阁较稳定,总统也无权解散议会。总统制的好处是议会可以有效制衡总统,避免总统任期过长,内阁任期稳定更便于趋向专业化,有鲜明的三权分立制度;缺陷是容易引起行政立法的纷争,会影响行政效率,且每次选举耗资也大。

显然国民党从开始就看错了形势,误判了对手,总以为既然公布了共和,接受了临时约法,那么剩下来的南北之争只能是内阁制与总统制之争,是权力之争,而不是政体之争,没有看清对方的胃口早已超出了《临时约法》的原则范围,要的是共和总统旗号的皇上朝廷大权,是三权合一的权力。因此,冯国璋、张镇芳的密电传出去后,社会舆论一片哗然。

1913年1月,国民党河南支部所办《自由报》发表《反对反宪法之冯国璋、张镇芳》的评论,声讨张镇芳"破坏约法"、"蔑视国会"、妄图"复辟帝制"的倒行逆施。而此时,豫都张镇芳早已认定双方迟早会南辕北辙撕破脸皮,与其虚情假意不如先下手为强。于是当即派军警抓了《自由报》主编、国民党河南支部总务主任贾英。此举立即引起了国民党及众多团体的抗议,认为如此荒唐的做法违反了《临时约法》,要求放人。豫都张镇芳根本没把约法放眼里,他要推翻的正是临时约法。面对抗议民众的激行丝毫不为所动,没两天,心里一烦干脆封了报社。

1月26日,《自由报》刊登《张镇芳罪大恶极》的文章后,被迫停刊。

这还不算,小肚鸡肠的张镇芳开始动用军警宪特各种力量大范围地摸排国民党组织和人员情况,即使同情南方主张的人也统统列入了黑名单。

就在《自由报》停刊的同一天,全国临时参议会在南京成立,行使立法权,经过三读程序通过了《临时约法》。如果细读这个约法就不难看出,约法不但给议会以较高的地位,也给了总统相当多的行政实权,只是按照民主制度的惯例,提出了对总统的限制条款。如此,就与袁世凯的要求相去甚远,无疑超出了北洋一方可接受的底线。

当时,无论是袁世凯,还是整个北洋派系,都没有多少现代政治常识,篡夺政权后已经丧失了任何进步的动力,只有靠倒退才有理由把持政权,用的还是前清官场那一套,两眼只盯着权力,处理难题的办法主要依赖实力,实在无法实力解决的,只好使用江湖黑道手段。北洋政府对《临时约法》本没打算接受,只是迫于当时舆论的压力,不得已才与参议院和责任内阁在形式上进行周旋,表面还在赞成共和,暗中策划的则是尽快恢复专制秩序,他们缺的只是一个契机。

1913年3月20日,国民党议会党团召集人宋教仁在沪遭受暗杀,即便到了这个时候,国民党仍有一派主张妥协退让,包括被害的宋教仁在内,还对袁世凯抱有幻想,指望着能在法制范围内解决。

5月初,袁世凯召开秘密会议为内战进行军事部署,部队开始包围湖北,大批北洋陆军再次集结到河南中部。6月,下令免去江西、广东、安徽三省国民党人的都督职务,二次革命就此爆发。

此时,豫督张镇芳已从政治等多个方面做好了围剿国民党的准备。7月,国民党原江西都督李烈钧刚刚宣布"独立",张镇芳马上宣布国民党在河南的分支机构为"半反逆机关部",发布取缔公告,实行全省戒严,大肆捕杀国民党及革命党人,在短短两个多月里就残杀革命党和青年志士三千多人,其中绝大多数是留洋和受过近代教育的学校教员、新闻出版界记者和商界的技术骨干等,由于杀人过多,使得不少工厂、学校、报刊社被迫停工、停课、关门。为方便对革命党人的快捕快判,张镇芳自我任命为督查观察使兼军法课课长,将杀人权力下放到各县,任命各县县长一律兼军法课课员,准其在查获"匪徒"后,不需上报,可依照军法从重速决。

"二次革命"国民党在河南遭受的残杀为全国之最,从清末以后,河南积累的现代知识、思想和人才在此次劫难中基本上被戮杀殆尽,惨痛的影响以至于几十年后仍未恢复元气。

早在1912年年底,韩长孝便通过各种渠道与南方国民党取得了联系,先后派出两批人员前去联络,但都被袁军发现捕杀。翌年5月,黄兴又派阎子固到白朗部联络,要谋划配合行动,不巧行事不密,阎再被捕杀。直到是年8月,孙中山直接派沈参谋找到白朗部才算真正接上了头,以后黄兴又陆续派来了徐昂、刘天乐、于庆华等人,并得到白朗的信任,在义军大旗棚组建了参谋处,谋划决策,深得器重。

自1913年7月"二次革命"爆发后,白朗义军内部便在战略取向上发生了争论:牛惠达等多数人主张应利用北洋陆军南下对付南方革命党之际,掉头向北,奔袭设防不严的省会汴京,采取围魏救赵的策略,响应和配合"二次革命";义军中少数人,包括孙中山派来的沈参谋等人,则力主南下信阳,入湖湘,从正面配合"二次革命"。这样,容易造成较大声势,吸引更多北洋军队实力,缓解南方诸省的压力。不利之处是京汉铁路两侧北洋军队已经大军云集,豫鄂皖遍布了北洋陆军的主力,正面打过去应当全是硬碰硬的恶仗,这对实力不足,只能以流动、击虚为主要作战方式的义军而言,无疑是扬短避长,凶多吉少。

此时,白朗已对沈参谋等人言听计从,全然把义军作为全国棋盘上一枚过河小卒,明知胜算不大,还是定下了南下攻略的计划。

自1913年7月初白朗率部打开紫荆关,攻占淅川县城,9月兵分两路进入湖北,采用收买的办法,里应外合拿下枣阳,在枣阳对各路义军进行了整编,正式打出"中华民国抚汉讨袁军司令部大都督"的旗号,大旗棚改称司令部,内设参谋处,主要由孙中山派来的沈参谋、徐昂等人主持,负责义军战略发展方向及作战方案制订;侦探处主要负责招收和输送裁汰的新军官兵,采购枪弹、药品、服装等,重点还是对整个形势的评估和对北洋各部的动向侦查上,分别在北京、上海、广州、南京、武汉、郑州、南昌、开封、洛阳、九江、江阴、驻马店、信阳等地设置了侦探站,每站配备一至四人,共派出76人,以诊所、律师事务所、茶馆为掩护,开展工作。同时对各队义军进行充实整训,除大旗棚外,将原来杂乱的各杆组编成十七路,再加上司令部卫队和炮队、骑兵队,共有人员3400多人。

是年11月,陕西陆军二师二旅旅长马玉贵率部加入了白朗义军,使白朗义军的装备得以改善,人员得到补充。白朗义军经过在枣阳的短期休整后,分路攻取南阳、信阳,入安徽、战湖北,接连打了几个硬仗。

然而,国民党的"二次革命"仅仅持续了两个多月,到是年9月已呈土崩之势。袁世凯乘机打出中央领导下政令统一的旗号,不仅得到了国内民众的支持,还得到外国人的赞助。

革命党人有的被屠杀,有的偃旗息鼓,孙中山、黄兴等中坚力量先后流亡日

第五章

本,与国民党有些关系的国会议员被收缴议员证书、徽章;国民党籍议员被公开拘捕杀害;在各地为官的国民党大员纷纷被解职,只有少数投奔袁世凯麾下得以幸免;国民党组织也被解散,机构被查封,党员作鸟兽散。自此,议会已无法开会,共和政治彻底瓦解,袁世凯也乘机卸下拥戴民主共和的假面具,公开了专制独裁的真面目。

"二次革命"的失败使白朗义军与苏赣义军汇合的计划彻底落空,局势急转直下,使这支不大的部队成了唯一还在抵抗的力量。

有鉴于此,袁世凯狠了狠心,以贻误军机的罪名撤换了豫督张镇芳,下令陆军总长段祺瑞兼署河南都督,调集豫、皖、鄂、苏、赣五省军队,约六万人,进行会剿,一时间段祺瑞、王占元、张勋、冯国璋等六路北洋精锐开始向信阳合围。

北洋陆军原本没把这支小小的义军放在眼里,会剿前制订方案中把剿灭白朗所部的作战地域规划在豫皖鄂边境地区,并针对义军流动性大的特点,采用曾国藩围歼捻军以线止流、四面合围、步步为营的战法。先定点,以点连线,以线包围,配合精锐重兵跟进兜剿的布局,如此泰山压顶之势,对一支名不见经传的义军来说根本不会有还手之力。

然而让人大跌眼镜的是,双方交手几仗下来,北洋军反被打得魂飞魄散,连丢数城。白朗义军利用皖豫、豫鄂边起伏的丘陵山峦的地形,忽东忽西,指南打北,时分时合,时聚时散,整整三个月时间,北洋精锐疲于奔命,输多胜少,几次围歼都没奏效。

在此期间,北洋陆军动用所有的新式武器和战法,北洋三师从鄂省省会南湖调来刚刚组建的飞艇队,该队两艘山田式飞艇在对南方诸省作战中都没舍得用,此次用以剿灭白朗义军,这是中国战争史上首次使用空中作战武器。这些飞艇是1910年从日本购进,为此还专门在南湖盖了宏大的系留基地。据日方介绍,该类飞艇由日本飞行泰斗田猪三郎发明,气囊形似鸡蛋,充气两千立方,两边各置发动机一台,分别是120马力和150马力。艇上可坐多人,飞行甚速,主要用以空中对地作战和侦察。北洋三师见围剿白朗久不见效,特向段祺瑞总长打报告要求拨款,购办了瓦斯原料和各种投掷炸弹、电石炸弹等,并以中央政府名义向德国聘请了飞行专家康斯旦台英氏,特别配备两百名精壮士兵为之护卫。飞艇队从武汉出征时还专门拨出火车专列,携带一支西洋乐队,一路轰轰烈烈来到信阳。

康氏到信阳后,特意安排了一场空中投掷炸弹的演习,让各路围剿白朗的北洋将领大开了眼界,众俱欢喜,携之升空为先导,分路向白朗义军杀将过来。

义军对突如其来又如此巨大轰鸣作响的玩意儿很是诧异,自天而降投放的毒气弹也着实厉害,不见伤不流血人就没气了,并且死前捶胸顿足、痛苦莫名。几次战役都打到关键时刻,飞艇便晃晃悠悠地乱炸一气,不但解了北洋军的燃眉之急,还一直追着义军屁股扔炸弹,使义军受了不少的损失。

不料好景不长,义军便发现这玩意跟纸糊的差不多,它之所以能上天皆因里面充了一种比空气还轻的气体,并不像城墙一样厚实。于是,飞艇再来时,义军便和上面的人对打了起来,尽管上面扔的炸弹厉害,架不住下面的人多,"乒乒乓乓"一阵乱枪,飞艇参战不足一个月便被义军击伤坠毁。官军见状大骇,不仅失去了空中侦探的优势,士气也大受挫折,义军则乘势突围回到了河南。

1914年3月初。

南阳,老河口,河边小茶馆。

颜潜修瘦瘦的脸上滚下了几颗豆大的汗珠,扁鼻涨得通红。小茶馆门窗紧闭,屋里除了两张茶桌、几把椅子外,什么都没有。

他斜眼看了一眼站在门旁的两个大汉,十分后悔又答应来见面。自从打入义军卧底以后,他已经给沈二皮提供过白朗义军内部组织、管理方面的多份情报,包括黄兴与白朗的联络渠道,义军在汴、洛、新及临汝、扶沟、滑县、信阳等地联络站的情况及运动军队,联络绿林,组织反袁力量的人员名单和重点策反对象情报,甚至在开封《民主报》馆查获黄兴致白朗密函一案都有他的功劳。每次提供情报后他都要求再不干了,每次沈二皮也都答应了,按理说应该放过他了,可沈二皮还是像牛虻一样叮着他不放。

"二次革命"失败后,孙中山派人指示白朗义军重返豫鄂陕边区,再由豫鄂陕边入川建立基地,厚增实力,静观待变。但由于北洋军队重兵封锁了豫陕边入川的通道,义军不得已突围,重新占领了南阳老河口,把几万北洋追兵甩在了豫鄂交界的地方。

南阳位于豫陕鄂交界处,西连川陕,北接伏牛,可东可西,回旋的余地大增。义军下一步如何行动自然成了北洋军排兵布阵首先要弄明白的前提,也正是在这节骨眼上颜潜修迟迟没有信息,沈二皮只得冒险找上了门。

站在门后的一个大汉抱着膀子走了过来,那汉子一身樵夫装扮,黑色短衣裤,扎着高高的绑腿,面色黑黄,一脸横肉,斜着眼问道:"你说白朗还没拿定主意?"

"这是俺的猜测,白朗在豫鄂边界绕了几圈,能出来已是慌不择路,真不知道下步棋咋走呢。"颜潜修又望了望那人。

沈二皮急忙点头哈腰地站起身,小心凑近那汉子悄声道:"这些动向性情报兴许过一个时辰就会一钱不值,他知道的话不会不说。"

另一略瘦的人递给颜潜修一支洋烟,还掏出盒洋火儿给他点上。

颜潜修哆嗦着试吸了一口,双手抱拳问道:"两位长官是……"

"两位是开封警备戒严司令处的高警长、郑警官。"

颜潜修马上感觉到了自身的价值,再次抱拳举过头顶,自我介绍道:"兄弟颜潜修,是白朗前队侦探副官。"

"中啦,中啦,别鬼摆啦,恁那些家底人家都知道。"沈二皮一边呵斥着颜潜修,一边弯腰对高、郑两人赔着笑脸。

略瘦的高警长双手抱拳还过礼,说了句黑话:"兄弟俺也趟过将①,和尚不亲帽亲,说吧,开个价也行。"

颜潜修斜勾了一眼在一旁的沈二皮道:"借光找个方便的地方,谈价不能伤和气。"

高警长心领神会,斜睨一眼大门示意沈二皮出去。

"先压一千两舍命钱,然后一个月三百两。"颜潜修见高警长转身取出纸笔,马上改口又说,"慢,慢,提供特别重大情报一次再加五千两。"

高警长略一迟疑,马上挤出一些笑容,说:"一家人何必分这么清呢?事成兄弟一块儿荣华富贵,办差办砸咱兄弟也是挖一个坑埋俩人。狮子大张口就难为兄弟我了,不如改成重赏,如何?"不等颜潜修表态,又接着道,"有个条件,不知你能否答应?这次回去你得带着俺这个兄弟。"

他指了指门口站的郑警官。

"这事俺早就思谋好了,要说义军队里私跑几天往家捎东西也不少见,往回带人也有,只是恁这兄弟不是俺那一片儿的人,一开口人家就会起疑,要去只能

---

① 土匪行话,干过这一行的意思。

装哑巴,还得保证不能说梦话。"颜潜修胸有成竹地说,"不如这样,让门口沈警长、刘警长跟俺回去,他俩是俺们那片儿的人,遇事也有人商量,可中?"

高警长回头望了望,见郑警官点点头。"好吧,把沈二皮叫进来。"

沈二皮进屋听说让他跟颜潜修一块儿返回义军,吓得差点坐地上,不知怎的满脑袋都是各种吸血小虫爬上囚徒耳、鼻、口、眼的恐怖景象,坐立不安直打寒战,抬头望望高警长的嘴一张一合,说了些啥他全然听不进去了,"不行,一定要找一个尽快脱身的办法。"想到此,他便急不可耐地打断高警官的话,说:"咱们还是先把情报传递渠道定下来吧,过去的老办法不能再用了,改用人力吧。"

过去北洋陆军的报警系统和侦查渠道多依靠各地的电信部门,以后发现义军打下一个地方后,首先占领的就是电信局,开始是编排许多似是而非、捕风捉影的假情报到处乱发,几个游勇就报数千之众,搞得草木皆兵、人心惶惶。以后还编制各种暗号、指示,发往各地指挥义军作战,使电信部门防不胜防,一筹莫展。北洋陆军只得重新启用人力情资和人力传递情报的传统方式。

沈二皮建议改用这一方法,既可以随时从义军脱身,又能为自己立功留下机会。

高警长思来想去,也确实没有更好的办法,只得点头应允,说:"好吧,俺们二人扮作货郎就跟在你们后面,不会超过三十里。"

1914年春节前,二叔牛惠师来信,说润儿休学已有两年时间,再休下去就会失去上学的机会,希望节后能送汝州读书,由他照顾。

收信后,牛陈氏一口气给润儿做了三身棉、夹、单灰色长衫,纳定了几双鞋,刚过春节就催着牛惠群送润儿去考汝州高小。

据校志载,汝州高小始办于光绪三十年(1904)冬,由当时州牧城步桥筹款创办,校址设在城东北秀才书院,初始录取学生40名,学费、伙食、奖励全用公费。及至辛亥民国军费大增,学生一应开支渐渐改为自费。民国以后,私塾式微,学校生源大增,汝州高小招生也增至3个班,每班50人。高小坚持着清朝末年教育改革后的学制,开设课程有讲经、修身、国文、算学、理化(格致)、博物、历史、地理、体操、唱歌、图画、手工等。学校采取住校全日制,学生半年回家一次。招收对象是汝府及属四个县上过蒙学初小的学生,由于各县初小教学质量的差异,高小还专设了预科制。入校考试一次,达不到升入高小水平的学生可以先上预科,预科分半年班、一年班两种,毕业考试达不到初小毕业水平的学生一概不准再升高小。当时,汝州高小有教职工40名,大部分是清末毕业具有近代知识的师范毕业生,带动整个学校的风气文明开放,教学质量在全省也位列前茅。

从月桂镇到汝州正好是半天行船半天陆路,牛惠群父子直到天擦黑才赶到汝州城下。远远望去,润儿见二叔穿着黑马褂、黑长衫和一双圆头棉鞋,耳朵、鼻子、嘴都冻得通红,春风抚起了一头长发,正焦虑地站在路边瞭望。惠师跟父亲是叔伯兄弟,但长得却很神似,都是小个儿、瘦脸、大眼、高鼻梁、薄嘴唇,只是惠师略显胖些。

相见后,惠群和惠师眼里都微微闪动着泪花,相视很久没说一句话。

惠师在汝州初中教书,县高小的教员不少都观摩过他的授课,润儿来后,二叔先请高小两位老师测试了润儿的识字能力等功底,都认为还是先上半年预科为好。

父亲拿出所有的盘缠,放在润儿的枕边,第二天天不亮便独自回月桂镇去了。

半年后。

汝州秀才书院。

升高小考试那天,几百人聚集在秀才书院高小门口,高小大门是座六阶高台雕梁黄瓦,出厦明柱的建筑,两边有八字影壁,对应着路南高大的照壁,大门与照壁之间是东西大街,自然形成了一个不小的广场。

考试开始,汝州县长亲自点册,由礼房人员逐个喊名,学生依次行弟子礼,老师则代表民国县政府送墨盒、毛笔等考试用具,并领进大门。

秀才书院是座四进大院,过屏风沿着甬道进院,东边是预科教室、西边是一年级教室,院内翠柏数株,绿满窗棂。院两边各有一个园门,过园门两边各有一个小院,分别是校长、庶务、教师宿舍和办公的房舍。二进院中间原是文昌阁,现改为二年级教室,阁前有两株高大的松柏,挺拔茂盛,阁两侧各有砖瓦房数间为学生寝室。三进院宽敞空阔,东西两边配房都是学生寝室,中间为学生操场,正北九间瓦房为学校荣誉室,室前月台满池丛生着丁香花,而院四周则是绒线花树。四进院仍旧是部分教室和宿舍,其间还专门辟出几间房用以汝州的古迹存放。

润儿以预科前三的成绩考上了高小,安顿住下后,牛惠师特意在府衙街聚味楼定了个台子和六样小菜,一来祝贺润儿取得前三成绩,二来也为专程赶来的牛惠群饯行。三人坐下后,牛惠师取下布包拿出一个深蓝色的毛毯轻轻放在了桌上。

"这是三弟惠友在日本求学时获奖所得,没舍得用,托人捎给俺,俺实在用它不起。"他哽咽着没再说下去。

润儿看到父亲脸上微微颤动几下,一滴大大的浊泪从眼角静静地滚了下来。

牛惠师与惠友自幼结伴上学,但二人许多政见却不同。惠师性情宽容达观,理性缜密,兴趣多在学术方面,平时话不多,总体有着与君主立宪派大致相同的观点。他反对学生过多地参政闹风潮,认为学生不应成为只会破旧的革命者,更应成为建设之才。年轻人也不应把革命过于理想,人生目标定的过于远大,不能指望着通过一次革命就能从根底处掀翻专制政权,建立共和制度。若如此很可能欲速不达,流血牺牲后政权仍不免再次落入专制的泥潭。

他与人争论常以法国为例,法国大革命的起因就是人们向往自由、平等、博爱,可革命却带来了自相残杀的后果,从人们提起君主就如芒刺在喉,短短十几年却又争先恐后要把皇冠戴到拿破仑一世头上。中国何尝不是如此,辛亥革命本来就是要推翻独裁专制,可人们偏偏希望中国能出个华盛顿式的人物带领国家走向共和,硬是把一个只会谋权肥私的人物推上台,当了临时大总统,使无数先烈的流血牺牲变成了彻头彻尾的幻想。

由此可见,一个国家不可能在一个旧思想基础上建立起一个新的共和制度体系,在多数民众没有共和意识的情况下,先把旧秩序破坏掉,谁也保证不了不出现一个更专制的政府。华盛顿没有称帝,除了他个人因素外,其主要条件是当时美国没有常备军,不可能形成一个较稳定的利益集团,这和中国传统政治阶层固化,利益集团操纵局面的传统有很大不同。

中国究竟是否需要一个权威过渡,还是直接跳入民主?是先确立共和国体,还是先虚君立宪?诸如此类的问题国人大多弄不清楚,但无论如何,必须用和平手段解决政治、经济、文化、民族等诸多问题,培育国人的公民意识,使新一代能够成为新民,鼓荡起新思想抛弃专制根基,才能使国家民族跟上世界文明民主的潮流。

很不幸,他与三弟的政治主张虽有不同,却同样看到了理想破灭的结局。

1906年大清朝颁布仿行立宪上谕后,牛惠师曾同立宪派一样志得意满,欢欣鼓舞,领着同学们走上街头大唱《欢迎立宪歌》,表达"和平立宪都无苦,立宪在君主","纷纷革命颈流血,无非蛮动力"的期盼。然而此时,大清已经失去了改革的最佳时期,权威流失殆尽,更要命的是整个体制病入膏肓,凡官无不买晋,凡事无不贿成,朝堂上下无论好人坏人皆被视为恶极,任何举措无论好事坏事,无不被视坏透。玩到最后,大清皇帝只相信皇亲贵戚,把已经放弃的部分权力再次收回,选择了不断加大满清亲贵权力、靠暴力维持权力的老路:一方面派出大批亲贵子弟出国学习军事,回国上任抓军警诸权;另一方面口头誓言维新实行宪政,却又搞出了个亲贵为主的责任内阁。如此一来,虽宣布变法,在政治、官制、军事、教育、财政等诸多领域尝试更始新政,在实质性放权简政方面又毫不退让,致使各项新政纷纷流于形式,以破产而告终,大清王朝已经丧失了靠自身变革图存的能力。

辛亥革命重新燃起了立宪派的希望,牛惠师也曾奔走呼号、挺身而出,到头来落得比晚清更不堪的后果。内忧外患加剧,战火灾难不断,新旧思想碰撞,豪强争斗蜂起,一派乱世之象。立宪派的诉求无人问津,不少人还遭受残酷镇压,就连大清"新政"的成果也面临着倒退和清算的局面,前豫督张镇芳甚至提议恢复科举制!

中国历史就是这么荒谬,无数人舍生忘死、肩挑背扛刚刚把历史车轮推进一步,喘息未定又撞到了滚滚开来的倒车。

牛惠友和他的战友们承担了革命带来的巨大的牺牲,和任何时代一样,最高贵的人都是他们那个时代悲剧的承担者,他们虽然达到了将满族皇帝赶下台的有限目的,可眼下的时局距离立宪共和却是更加遥不可及。仓促草创的民国有着比大清还要堕落的趋势,以往依靠忠孝维系的旧秩序已经土崩瓦解,新的秩序依然还在云里雾里,革命唤醒人们自立自强的精神重又被淹没在一片血海之中,在旧思想的汪洋大海上根本无法建立一个新国家。更让人沮丧的是,眼前大局的走势只剩下再次坠入专制体制的一条小路,路径锁定泯灭了立宪派最后一丝希望,时局在人们各种猜测的去向中落入了最不如意的结局,想来怎不让人绝望?!

牛惠师原本指望的那一点点文明进步也荡然无存了,立宪、共和、革命,仿佛一切都幻灭了,如同那塑金威武的神像,一场大雨过后只剩下一团泥胎和乱麻。

牛惠群收拾起毛毯,小心翼翼地把它交给润儿,轻声对惠师道:"润儿拜托恁了,学不求成,能写自己名字,看懂秤盘星就中。"

"人从识字忧患始,哥的心思俺懂。"牛惠师无奈应道。

三人一直坐到饭馆打烊,饥肠辘辘,看着桌上的饭菜,谁也没动一下筷子。

络绎不绝的讨饭队伍朝着开封进发,唯有王有才推着白母,领着白朗一家人向相反的豫东走去。

1914年开春,河南大旱,豫中数十县去冬无雪,一春无雨,二麦无望,赤地千里,市面粮价飞涨,饥情四起。汴洛、京汉铁路沿线逃荒要饭的人群络绎不绝,饿殍载途,大批饥民扶老携幼拥向城镇,可城镇又能给他们什么呢?每天清晨各个城镇都有抬出来饿毙的尸体。

白朗家人离乡讨饭已近一年,开始王有才还自恃有一套问诊行医的手艺,在独轮车上挂着药篮和一副精铜"虎撑"①,一路讨饭一路行医,吃了上顿没下顿,勉强凑合着日子就这么一天天挨过来。不巧的是,随着饥荒来临,看病的人越来越少,要饭也越来越难了。雪上加霜的是所带的药也所剩无几,逼得白朗一家不得不以树皮野菜为主填饱肚子。

一个月前,王有才用最后的一点獾油,给一个还算富裕家的男孩治好烧伤的双手,那家主人咬咬牙,从面缸里挖出十几斤杂合面,用锅炒熟后给了王有才。就是这十几斤杂合面,加上不时讨到的谷糠麸皮,硬是让一家三个大人三个孩子撑了一个月。这一个月大部分时间全家都是一天一顿饭,勉强走十几里路。往哪儿去呢?大旱饥荒,漫无尽头,逃荒的队伍过后连野菜也难找到,一眼望去尽是无垠的赤地。

王有才推着独轮车,如果按天计他已经整整三天没进一口粮食了,早已是前肚皮贴上了后脊梁骨,两眼直发黑。不过从早晨开始他似乎没有了饥饿的感觉,能感觉到的就是头昏、出虚汗,视觉恍惚,意识模糊,不时还会有些幻觉。

自打讨饭以来,白朗家人最关心的自然是白朗义军的消息,道听途说喜忧接踵而至。先是听说白朗义军打得汝州北洋陆军十三营不敢出门,王有才一高兴,几天走到了周口,打算暂在周口住下,等消息。义军的消息没等来,却碰到

---

① 过去游医行医的标志,相传为名医孙思邈所制,取名虎撑。

自己的内弟,说自己的妻子在家病重,急需王有才回去诊治。王有才望着白大哥一家五口人,老的老小的小,一旦少了他这个推车的,恐怕饭都要不下去了。无奈,只能问了一番妻子的病情,开药六服让内弟回去。内弟一把鼻涕一把泪,跟了姐夫四五天见姐夫仍不动心,只好独自回去。

去年秋天,白朗义军攻入皖北,张镇芳被解职的消息传来时,王有才和白朗家人又碰上。白朗姐姐一家也在通许要饭,两家凑在一起,把所有积攒的馍、面和要饭路上挖的野菜搅和了一大锅,饱饱地吃了一顿。

谁知,没几天王有才便听说自己妻女因病和饥饿离开人世的消息,痛心之余,找了块新木给妻女立了牌位揣在胸前。白母知道后,几次拿棍子要把王有才赶回家,都被王有才给支应了过去。不过,丧妻失女一事对王有才的打击实在太重,几天时间人都变了形。

去冬,王有才使出浑身解数才让白朗家人活了下来,开春又碰上大旱,正在一筹莫展之际,又听说白朗义军杀回了河南,还有传闻说义军要攻打省城开封,王有才只得领着白朗家人向豫东讨饭去。

王有才推着小车,只觉得大地在轻轻地摇晃,自己也身不由己地左右摇摆,意念里,只想着走过眼前这片沙岗地,一步……两步……可又觉得怎么也走不过去,好不容易走到了意识中的目标,又发现目视所及的地方还是一片沙荒,没有一点绿色的沙荒。

白母已是瘦骨嶙峋,几天来,有时昏迷有时清醒,依王有才行医经验分析,大娘已是疾重难返,气若游丝了,如果再无良药,吃不上热饭,恐怕很难顶过今晚。

王有才一手推车,一手很熟练地把捆在车上的一把破伞转了转,让没有破的一边遮在白母脸上。恰在此时,他看见白母似乎想坐起来,两眼清澈致远,望着碧空。

王有才急忙停稳车,招呼后面的家人扶白母靠在行李卷上。

白母神情坦然而安详,嘴一直在坚定地唠叨着她的信念,声音很小,周围的人谁也听不清。白朗二女儿白婷婷趴在奶奶嘴边听了一阵,回头展颜一笑说:"奶奶说要下雨了,她说听到天边打雷了,天下人有救了。"

果真,当天晚上开始,豫东下了场透雨,大地换上了新绿,白母这位深明大义、怜贫惜苦、一生乐善、一生操劳的农家妇女却没能等到这一刻,她于1914年

4月由于贫病交加逝世于开封西南尉氏县。

当月,河南省督府向北京总统府呈文报奏:河南旱情已解,大批流民正在返乡。

月余后,王有才安顿好白朗一家也溘然长逝,去世前曾对白家人说,此生与白大哥不能相见,但能在九泉等他,百年之后望能埋在一个墓里。

召公、周公二相行政,号曰"共和"。

——《史记·周本纪》

共和者,我国治世之神髓,先哲之遗业也。

——孙中山《孙逸仙与白浪庵滔天之革命谈》

共和宣布亘一年,政象不加善,而泯棼反远过于其旧。于是国中忧深思远之士,渐有疑共和之不吾适者。而外人旁观拟议,方且目笑存之,谓共和之在我国不过一时幻想。

——梁启超《宪法之三大精神》

第六章

1914年3月,白朗抚汉军在南阳紫荆关驻军三天,召开军事会议研究决定今后的去向。此前白部已经探知由郧县入川的古道已被北洋军重兵把守,沈参谋、徐昂等人建议取道陕甘,绕行入川,落实孙中山提出的到四川建立根据地,静待局变的主张。义军内部再次出现反对意见,认为此去劳师远行,后有追兵,前有险阻,一路的世风民情、驻军守兵的情况全然不知,各种军备物资无从保障,入川后也无接应,势必落为流寇境地,犯了兵家大忌,建议分兵引开北洋主力,乘河南地方保甲制度尚未铺开,让义军分散隐蔽在八百里伏牛山区,静以待变,同样可以落实孙中山的指示原则。

会议争吵两天仍没结果,白朗最后拍板决定:不愿意绕道入川的可以留豫活动;愿意去的重新整编,将抚汉军改名为公民讨袁军,编为前、中、后三军四十三队,同时劝说一部分义军回了原籍。

傍晚。

紫荆关城外。

乍暖还寒,远山上残留着雪线,山下则已有了新绿。

关城大道边竖着一排排拴马桩,沈二皮穿着义军对襟蓝洋布马甲号衣,圆胖的身躯把那显然有些小的号服撑得处处裂口,露出白白的棉绒。他提着饮马的皮袋,望了望城门大道,故意大声喊了声:"哑巴,领完草料记着烧锅呀。"说罢便慢悠悠地向井边走去。

沈二皮盘算着,至迟两三天自己就能离开这支让他吃不下饭、睡不着觉的队伍,堂堂巡警局长,前清名震一方的师爷来这儿扮装马夫,吃的用的跟牲口差不多,实在太委屈自己了。好在这苦日子就要熬到头了,白朗杆匪显然到了"一着不慎满盘皆输"的关口。

一个月前,白朗率部跳出北洋大军的包围圈,将淅川县城团团围定,却迟迟没有认真攻城。沈二皮多方打听才弄明白,白朗义军攻城一般不使用强攻的办法,多是事先派细作进城,或扮作逃难灾民,于攻城前三四天,甚至半月前便入城查清驻军、衙署、监狱等目标的人员装备、部署情况,再与总部通报,认为有把握又划算的情况下再行攻城,并且攻城方案冷静缜密,常常是先制造内乱,后偷袭、奔袭,出其不意里应外合,以最小的代价拿下城池,进城时间一般一至两天,主要任务是收缴枪炮弹药,开监放人,筹款当然也算一项,通常采取"五要五不要"的原则,即向做官的、充衙门差使的、大商巨户、吃租人、放债人要,对苦力人、帮工人、残废人、参加革命者、讨袁者一概不取。白朗率部虽包围淅川,但对城内情况了解十分有限,困了几天也没找到机会,便乘着大雾,急转四十里调头攻占了紫荆关。

紫荆关历来就是"一江贯南北,鸡鸣闻三省"的兵家要地,扼丹江源头,西接秦川,南通鄂渚。史材记载,丹江自战国时期就已通航,入汉江,汇长江可达荆襄杭,是我国最早的南北通道。唐宋时期在此建关,明清年间渐进黄金时代,船舳弥津,商贾云集,成为周围七省的物流基地。

白朗义军放弃淅川,猛攻紫荆关,激战终日,才破城进关,为的是在这里定下战略行动方向,过去白朗义军搭建情报网络,多是面向东南和河南省内,这也预示着部队的进取方向,这一点沈二皮看得也很清楚。从军中一些将士的意愿看,多数人也希望能打回河南老家,分散隐蔽,毕竟路熟驾轻,加上白朗自从湖北回到南阳后,执意要整顿部队,清除军中"害群之马",更使队中一些人怨声载道。所以从军心和部队条件看,大概只能向东。

自白朗起杆以来,虽然多次颁发布告制定纪律,义军队伍中仍有一些人匪性难改。起杆之初,白朗一亲信部下因掠人之妻被白朗枪毙,震慑各路义军,在一段时间内,遵令、守纪,一度较好,然而不久前,部队打下老河口,一支进城较晚的队伍因收缴过少,绑架多个挪威籍教士,造成医生费兰德被杀,教士沙士受伤的严重后果。因此,白朗在率部打下紫荆关后,在研究决定今后战略方向的同时,整顿清除了一批违纪官兵,并张贴出布告,重申了义军的政治目的和纪律。

昨天,颜潜修将布告带给沈二皮一张,沈展开见:

中原抚汉军大都督白,为布告事

照得我国自改革以来,神奸主政,民气不扬。虽托名共和,实厉行专制。本都督辍耕而太息者久之!用是纠合豪杰为民请命。惟起事之初,无地可据,无饷可资,无军械可恃,东驰西突,为地方累,此亦时势之无可如何,当亦尔商民人等所共知共谅者也。往岁大军过境,未尝过于伤害,尔商兵等输助义饷,似亦粗知大义,本都督深为嘉慰。……嗣后本军过境,尔商民等但能箪壶迎师,不抗不逃,本大都督亦予以一律保护,决不烧杀,仰即周知。此布。

沈二皮琢磨良久,也没从中找到白朗杆匪下一步的动向,只得狠狠心等了下去,待有了确切消息再走。

城外大道边,连排着四五家大车店,家家住满了义军的队伍。沈二皮逐个看了一遍,未见什么动静,走到尽头正好撞见前队几个兵丁在备马收拾行装。

"恁晚还出去打野食?"沈二皮心中暗喜,一边向井旁走,一边故意用调侃的口气问。

"回家。"一兵丁脱口而出。

"回哪家?出去先探探路,咋走还不知道呢。"一位像似小头目的人故意岔开话,接了一句。

沈二皮也不多问,匆匆从井里打了袋水,屁颠屁颠地回到自己的马房,先给自己槽里的马加满料,转身回屋便收拾起行装。

"咯吱"一声,门开了一条缝,颜潜修裹挟一阵冷气进了屋问:"人呢?"

"大队往哪儿走?什么时候开拔?"沈二皮头都不抬地问。

"回家。"颜潜修脱下帽子"啪啪"地摔了几下,"还是先让刘继祖回去捎个信吧,咱俩再等等。"

"军中无戏言呐!"沈二皮突然转身盯着颜潜修,兴奋得两眼放光,"弄错方向咱俩可要掉脑袋的!"

"俺也是怕不保险,觉得让刘继祖先去通报一声为好。"颜潜修知道让沈二皮相信自己的确不容易,只能欲擒故纵提出让刘继祖先走,其实他早就料到沈二皮是一天也留不住了。

"不中,事关排兵布阵的大局,俺必须亲自跑一趟,今晚就赶回淅川县城,见省城那两位警长。"

"恁也不必这么着急,再等等不迟。"颜潜修有意漫不经心地说,接着站起身,道,"其他地方人生地不熟,到哪都是瞎子摸象,只有回家进到八百里伏牛山,别说后面有五省六万追兵,就是再加六万恐怕都吃不定这帮杆了。"说罢,他把帽子扣头上出了门,心想:"对付这号无赖只能用无赖手段。"

颜潜修料定,沈二皮会亲自送回去这个情报,只要他今夜把这个假信带给等在淅川的郑、高两人,明天北洋主力就会向东北转移,后天再让刘继祖把白朗义军西走陕甘的准确消息带回去,他沈二皮就是有一百张嘴也难说清楚。到时让他吃不了兜着走,保住保不住小命不敢说,至少是衙门里再也别想混了。

想到此,他信步登上城楼,躲在暗处目送沈二皮骑马向南阳驰去。

入夜。

县城,丁二家新宅。

丁二眯缝着眼笑盈盈地搀扶着郏县新上任的县长袁时熙拐进了二门里的小院。小院里除了一间耳房,只有三间正房,房里摆放着桌椅烟榻,桌上早已备下烟、茶、坚果之类的物品。对门的墙上挂着一幅写意山水,画上,一条崎岖的山道通向崖边草庵,庵旁有一零落的老松在凛冽中苦苦挣扎,上空悬着横云半月,画两边对联上书:寒月雪山风似刀,断崖孤怀一峰挺。

丁二扶着袁县长到上位坐下,递烟、点火、倒茶、拳背,这么一套做完才凑近袁县长耳边道:"恁么抬举俺,真乃再生父母,滴水之恩,俺必定会涌泉相报,这点意思聊表心意,不知——"

他故意话说半截,顺手撩起盖着托盘的红绸布,只见上面放着黄白分明、亮灿灿的四根金条,四锭官银元宝。

酒足饭饱,还不住打嗝的袁县长溜了一眼,心里不禁"咯噔"一下,没想到丁二出手还真够意思,只是脸上一点表情都没有。

"成立县保甲分局,咱们也是蹚着往前走,自治公所这些玩意儿对西洋人管用,到咱们民国它就不好使了,眼下局势动荡,民不聊生,俺想来想去还是咱们老祖宗传下来的保甲制管用。"袁县长顾左右而言他。

"那是,那是。"

"现在袁大总统已经明确停止自治,汴省还没正式行文,改革事体重大,咱们不能等,先按大清朝条例把保甲制办起来再说,可以边办边改嘛!"

原来 1914 年 2 月,袁世凯以各地方自治机构"良莠不齐,平时把持税捐,干涉诉讼,妨碍行政"为由,下令停止地方自治,至于下一步地方自治采用何种形式一时还语焉不详。

地方官府对清末的地方自治其实早已怨声载道。现在上面明令取消,下面更乐见其成,纷纷穿上老鞋走回头路。河南地方官府便以杆匪蜂起,地方骚然为由,重拾大清的坠绪,率先在豫西豫南推行保甲制。各地纷纷恢复了保甲制度,不久督府正式颁文改行全省。

西方地方自治制度与观念,早在道咸年间就已传入中国,直至甲午战败后,朝廷及地方大员才认真考虑研判这一概念。从西方民族国家形成过程看,现代国家的塑造大体都经历过国家与社会关系重新调整的阶段。政府通过地方自治的形式实现了国家与地方精英的合作,大量吸纳地方社会的财税资源,最终走上了现代化。

而中国的传统治理模式在小农经济和闭关锁国的条件下,尚能弥缝补置勉强维持,一旦国家要向现代民主国家转型,需要延伸国家权力,动员整个社会的资源,培养国民公德的感情,参政之能力,这种局面无论如何是再也维持不下去了。于是不少学者,包括朝中大臣多次呼吁,朝廷终于光绪三十二年(1906)下诏立宪,将地方自治体制位列"立宪之根本"的大端,又于光绪三十四年(1908)颁布的预备立宪逐年应办事宜中,规定了地方自治分期进行的程序。

河南于立宪元年(1909)选举了咨议局,将原咨议局筹备处改组为"自治筹备处",负责起草拟定颁发地方自治实施条例,同时成立了地方自治研究部训练各州县绅士和学员,办理各地自治事宜。根据清廷宣示的立宪步骤、地方自治分为两级:厅州县之自治为上级自治,城镇乡之自治为下级自治。具体实施是下级先行,上级次之,光绪三十四年,朝廷先颁发了城镇乡地方自治章程。河南遵章将下级自治施行期限定为宣统元年(1909)至宣统四年(1913)。章程规定,府州县官署在地为城,其余镇村屯集人口满五万以上者为镇,不足五万者为乡。全省共厘定1132个自治区域,其中城区107个,镇区57个,乡区968个。章程明确的自治范围有学务、卫生、道路、农工商务、慈善事业、公共营业及筹备自治经费等。自治机构城镇设议事会及董事会,乡设议事会及公董,均直选产生,当选的条件是年满25岁,在当地住满3年,并年纳正税或地方公益捐两元以上的男子,均有选举权和被选举权。城镇议事会员以20名为定额,每增五千人可多增一个议员名额;乡议会员名额在6至18名之间,视人口多少而定,议员不支薪水,任期两年,每年阶选半数,议事会每季召开一次会议,职责在议决本镇乡应兴等事宜,限制规约,筹办自治经费、选举议员及城镇乡间诉讼、调解等事宜。

城镇董事会设总董一人,董事一至三人,乡设乡董一人,乡佐一人,选举产生后,由地方长官核准任命,其职责就是执行议事会议决事项和地方官府委任办理的事务,并负责筹备议事会及议事之责。

河南的府州县上级自治机构大体也于宣统二年(1910)展开,同年11月大体办竣。

清末地方自治民气发皇,流涨潮高,一时大有兴利除弊之气,自治建树贡献并不多见,反而在选举运作间引发种种矛盾,导致风潮迭起,成为清末民乱的根源之一。

清末地方自治为什么没搞成?各地情况不尽相同,但失败原因大体一样,就是朝廷虚情,地方和百姓假意,都想通过自治捞取好处,根本不识自治的根本之义。

朝廷同意地方自治,又恐失去地方的统驭权力,从开始制度安排上就斤斤于官治与自治"相依相成",保留了官府解散各级自治机关的大权,在具体章程上还增添了"自治区域虽多,而一一就我准绳,不至自为风气;自治职员虽众,而一一纳之就物,不至紊乱纪纲"。在监管防范内容,把主动权操之于手,有利则图,有责则推;地方和百姓也都不愿意多付出任何负担,民智未开是一方面,地方官府经费困难也是实情。据豫巡抚宝棻估计,全省创办自治机构、培训自治人员及调查选举、开办各项费用至少要耗银120万两,而省藩库罗掘俱穷,连省城设立的自治筹备处所需八万余两银子都拿不出来。因此只得让各地自筹办理,如此一来更为地方豪强假自治之名扩张权力提供了方便,使得地方自治会的议员和职员多数为劣监刁生、土棍流氓所占。这些人根本不谙自治章程,也不懂自治本理,假公威欺私人,巧名目肥自己,鱼肉地方的伎俩玩得娴熟,与地方官府衙役吏差朋比为奸,把通行各国的自治制度搞成怨声载道,流弊靡穷,有自治之名,无自治之实的闹剧,即便是辛亥革命晚几年发生,地方自治也是难以为继的。

保甲制度原是中国传统的民间自卫组织,也是不少朝代管控社会的主要手段。大清朝的保甲制已发展得十分完善,一般州县城乡,户有门牌,家里男丁数量,出注所往,入注所来,一日一行都在保甲的监控之中,户口迁徙还要重新换给新牌。十家立牌,立一牌头;十牌为甲,设一甲长;十甲为保,举一保正,牌头、甲长、保正皆有士民公选,德高辈长,识字者担任,主要职责是遇盗贼奸宄杆匪一类的事件,邻里告牌长,牌长转保正,保正报官府,直申到州县;如知情不报或故意藏匿,左邻右舍及牌头、甲长、保正,视其情节,俱治连坐之罪。

　　长期以来,保甲制度发挥了弹压地方,征收赋税差徭,办理乡团等公共事务的作用,地方绅士也借机扩充自身权力,应对官府需索,建立了劝学所、巡警局、公款局等单位,成为半官方机构,成立了车马局、差徭局等专门服务各级衙门的机构。这些机构的局长,名义是地方绅士公推产生,实由县府委任,他们既有一定的经济基础和名望,又有官府的背后支持,自然成了垄断乡里的地方势力。州县局所和基层的保甲组织构成了绅士阶层,是把持地方局面的主要工具和形式,县署更张无论换谁来,裁撤书役,分科办事,到头来还是要依靠这些人,即便是时局变动,地方仍旧能换汤不换药,由传统士绅宰制。

　　丁二一家原本在县里并没有多少影响,只是在牛惠友一案办理过程中声名鹊起,前任县长陈世成离任时专门给袁时熙交代"此人诚实可信,堪担大任"。袁上任后,有几件棘手难缠的案子,受丁二指点迷津拖了下来,受益匪浅,便与丁二如胶似漆地粘在了一起。正好,半月前上面有意推行保甲制,袁县长便亲自出面疏通关系,让丁二如愿以偿地当上了县保甲分局的局长。今天上午召开了分局成立大会,忙乎了一天,晚上丁二专门在家设宴答谢县长袁时熙,备下重礼还了这个人情。

　　丁二见袁县长张着大嘴打了个哈欠,知已生去意,又见他对桌上金银并没有拒纳的意思,知道此事已经八九不离十了,接着挥手示意让狗儿出来拜见,那狗儿穿一身黑色宽大的巡警制服,进门先行举手礼,接着将帽子一甩,跪地又连磕了三个响头。

　　丁二便急忙道:"此乃犬子,跟俺一样识字不多,心眼里就知道'忠孝'二字。"说着示意狗儿向前站了站,接着道,"来来来,让袁大人看看能不能给大人跟班呀?"

　　袁时熙眨眨眼,见狗儿板着脸,没什么表情,问道:"他穿这身衣服不是巡警局的吗?"

　　丁二又眯起眼,嬉笑道:"恁也知道咱县巡警局属于官商合营,几个董事手把的很紧,愣是不让俺入股,这孩子也没个奔头,俗话说,人往高处走,水往低处流,总是让孩子端上衙门的饭碗才放心呀。"

袁时熙刚想开口,却一连打了几个呛嗝。

丁二见状,忙转身让家人端碗醋让袁县长呷了一口,丢个颜色给狗儿,狗儿自然是慌忙跑到袁的背后布拉①开了。

袁时熙伸了伸脖子,顿感舒服多了,回头看看狗儿,道:"过几天到县署上班就是了。"

正说着,大门便被县署秘书撞开了,那秘书也顾不上什么礼节,径直跑到袁时熙耳边嘀咕了几句。袁时熙没等秘书说完"忽"地站起身。

"走,去看看。"

"出了什么大事?"丁二追上两步问袁时熙。

袁时熙跨出大门,边走边答道:"省城来了一队巡警,非要带走沈师爷,说他谎报军情贻误战机。"

说着几人大步流星赶到了县署,一进门便听见"噼里啪啦"皮带抽人的声音,还夹杂着高一声低一声哀求的喊叫,有人厉声骂道:

"你他奶奶!坑人也不是这么坑法。你这是想把俺们弟兄推火坑里呀!"

顺着声音望去,见两个膀大腰圆的警长正挥舞着皮带抽打在地上来回打滚的沈二皮。

再看沈二皮已满脸是血,杀猪般地哀号着。不远处还跪着穿一身白朗义军服装的刘继祖。

袁时熙、丁二等人慌忙抢前几步好歹拉开了那两位警长。

"息怒,息怒,大人息怒。"

"究竟为何?"

偏瘦点的高警长狠狠地又对着沈二皮踹了几脚,见有人来劝,猜是县长,收住手后自我介绍一番,接着说明原因。

"明明是白朗杆匪要出走陕甘,他回来报信非说杆匪会回师河南,还说这些是他打探确实的消息,结果北洋陆军在这边刚刚布阵完毕,那边白朗杆匪已经连克商南、商县和山阳县,使得一路追剿的大军措手不及,害得俺们弟兄丢了饭碗,还要戴罪立功,否则……"

郑警官在一旁补充道:"俺们此来是奉命带他回省城问个明白,现在看他早

---

① 地方方言,轻轻拍打的意思。

已让杆匪给策反了,想必县长大人不会……"

"差矣,差矣。"丁二跨前一步,抢过话道,"到杆匪队伍里刺探动向是恁们找上门的,沈师爷,不,沈局长放飞鸽在前,你们接手经营在后,说他早被杆匪策反恐怕仅是恁的猜测。再说查清匪情动向,本来就是件难题,即便有失误也不能一概推到沈局长头上,兵不厌诈,匪行无方,白朗杆匪更是神出鬼没没个定数,即便沈局长带来的是准确情报谁也不能保证它就不会生变。再说了,沈局长带回来的动向情报全仗二位研判定夺,没有二位的定夺他也报不上去不是?带他回省城对二位大人又有什么好处呢?"

丁二说完,用脚碰碰沈二皮,示意他赶快找机会脱身,先保住小命要紧。

高警长看了一眼郑警官,狠声道:"那也不能便宜了他。"

说罢从跪在一旁的刘继祖身上拔出手枪,"哗啦"一声顶上了火,千钧一发之际,狗儿突然上前抬高了高警长的手,听得"砰"的一声,子弹打在了县衙大门上,溅出一簇火花。

沈二皮见状一个骨碌爬起身,黑影一闪便出了县衙大门。

袁时熙也忙出来打圆场:"二位大人辛苦,辛苦,息怒息怒,丁局长赶快吩咐家人再弄几个菜,咱们给二位大人接风!"

白朗义军自1914年3月中旬从紫荆关出发西征,连陷数十城,横穿陕西入甘肃天水,先后在营盘口、礼泉、崔术镇、千阳路沟、洮州等地打了四五场硬仗,双方各有胜负。

此时,白朗义军经过两次整顿,无论是军容风纪、战略战术,还是武器装备、弹药经费,都有很大改善,各路义军也多改成了以骑兵为主,步炮协同的成军建制,在多省联军四面围攻中,仍能一路向西打到了岷洮。由于进入少数民族聚居区后,义军缺乏处理民族关系的经验,没有处理好民族关系,在一次双方协商中发生混战,白朗头部负伤,受下面兵士鼓动,义军决策机构草率从事,打了一场双方损失惨重的攻城作战,致使白朗义军元气大伤,不得不收兵于岷洮一隅,对下一步的行动再次陷入举棋不定的境地。

恰在此时,豫、川、甘、鄂、晋等省军队悄悄地从东北两个方向合围上来,而西南两边全是山高崖绝,人迹罕至,义军实际已经陷入绝境。

北洋陆军得知自白朗义军入陕后,调整了部署,一面组织豫鄂等省军队尾追;一面又令川、晋、陕、甘等多省军队堵截,还从全国调集了擅长流动作战的骑兵部队——毅军等跟踪围剿。

毅军是清末与湘、楚、淮军齐名的晚清劲旅之一。清同治元年,安徽巡抚唐训方裁撤临淮军,以三营归总兵宋庆勇节制,宋庆勇号毅巴图鲁,故宋部便称毅军,毅军以治军严谨著称,参与清末朝廷对内对外的多次战争,屡立战功。以后逐步发展成了以骑兵为主的作战部队。

当时,赵倜已出任毅军首领,奉命围剿白朗义军来到了信阳,立足未稳便被义军杀了个下马威,损兵折将近百人,赵倜还受了革职的处分,被留任豫南剿匪督办,率大队骑兵尾随追剿,一路赶到甘肃西部。

白朗义军在临潭召开了军事会议讨论战略行动方案,权衡入川和返豫的利弊,最终因多数骨干主张返豫,众意难违,白朗只得出其不意东征回豫。

白朗义军从3月17日从紫荆关西征,到6月28日再次进驻紫荆关,前后不足三个半月。白朗义军在紫荆关再次召开会议,第二次紫荆关会议是在全国各地革命派战略退却的大形势下召开的,原则上定下来了分头分散活动方案,将义军分五路分散到南阳、确山、泌阳、鲁山、栾川等地活动,图谋后举。

沈参谋等孙中山、黄兴派来的人员由白朗指定专人护送回南京、上海。

分兵以后,白朗、娄心诚率一千多人潜回鲁山,为吸引官军的注意力,娄心诚提议由他带一半人马打着白朗的旗号活动,让白朗等人腾出手来分头安排落脚的地方。由于这是件明知山有虎、偏向虎山行的冒险任务,义军中报名参加的大部分都是大旗棚的人,见状,白朗索性将大旗棚解散,人员全部充实到基层一线,身边只留下牛惠达、韩长孝等十几个人。

娄心诚支队与白朗分手第三天便被大队巡防营盯上了,先在锯齿岭、鹰嘴岩打了整整一天,次日又在韩庄打了一仗,娄心诚不幸阵亡。

白朗闻信后不顾左右劝阻,率队驰援,抢出娄的尸体,亲手捧土掩埋,大哭而去。娄心诚起杆之前就是白朗的心腹谋士,和孙中山派来的沈参谋一起襄助战略,甚至比沈参谋还多管了整个义军的内务和军纪,娄心诚的去世让白朗精神恍惚了好几天。

此时,豫西一带大军云集,赵倜率毅军等追剿部队也赶到了豫西,原豫鄂等省的数万大军分头布防到了各地。为统领各路各省军队,袁世凯特设了"大总统统帅办事处",由鄂军首领王占元在许昌任剿匪总司令,统领密密麻麻驻在各地的六万多的驻军。更不利的是,此时全省推行了比清朝保甲制还要严厉的联保清乡和五家联保连坐制度,汝、鲁、郏、宝一带每个村镇都建立起了由官府主持的地方武装组织,把整个豫西建成了一张大网。

傍晚。

山区,村外。

白朗把剩余的义军拉进山后,独自一人到村外林子里转了半天,前思后想。生存第一,减少不必要的牺牲放在首位,只得再次化整为零,分散落脚,队伍里只要能走的人,尽量到外省暂避风头,自己则必须留守在伏牛山区。

直到傍晚,白朗才把韩长孝、牛惠达及没走的各队队长、副队长叫到山口一座大石磨旁。二三十人围着石磨或蹲或站凑成了一个半圆。平时寡言少语的白朗一反常态,滔滔不绝地讲开了:"至今思项羽,不肯过江东。回河南俺原本是不同意的。既然已经回来了,桑梓之地是不能再燃战火啦,咱们不能做对不起父老的事。先把丑话说前面,队伍不在了纪律还在,无论今后什么处境,回去跟兄弟们讲清楚,谁也不能出卖弟兄,连累乡亲,俺要是发现谁做小人事,到地府里俺也绝不放过他。"

周围静得出奇,除了一两声鸟鸣,连落叶的声音都能听到。

夕阳落下了山冈,天地瞬间落入一片阴影之中,远山还在辉煌,眼前已是昏暗。

白朗低着头,声调平缓,蓄意却很惊心。

"咱们起杆,恁们中间不少人是从头跟俺干的,俺最大的愿望就是摘掉官府强加给咱们土匪的帽子,把队伍建成堂堂正正的中华民国革命军。大清朝不说了,外不能御侮,内不能安民,民弊丛生,官府竟贪,招致辛亥革命,好不容易推翻了清朝,结果却让袁世凯捞得了权位。辛亥年间,牛惠友等人联络天下义士组织中华民国豫南军政府,让俺出任鲁山代统领,筹饷办法、军容纪律一应行动都照南京临时政府颁布律条执行,不说有功至少无过,可这仍不为他们所容。袁世凯先让其表弟张镇芳督豫,又遣其侄公子袁克成谋与地方官府,诱杀牛惠友等十个兄弟。袁世凯任临时大总统后,河南的丁漕杂税厘捐为全国仅有,明借共和之名,暗行专制之弊,摧残民权,妄行递驰。封报社、杀志士、行党禁、享独裁,倒行逆施,路人皆知。咋办?天不给路,人做路,路若不平,众人踩,咱们

第六章

起杆就是要争个公理。从咱们起杆,官府派的说客就没断过,问俺们要个啥官,给多少银子答应收编,俺只提一个条件:只要他袁世凯改行共和,俺就不反对他。"

他顿了顿,扫了一眼众人,接着道:"虽说咱们多数人是农民和苦力,识文断字的没几个,但经过改造和整顿,咱们现在已经是正规的革命队伍,军容风纪比官军强多了,正因为咱们有这样的信念和精神,咱们才能以一省之民军对付赣、湘、鄂、皖、豫、陕、甘、晋八省之官军,人数超过咱们数十倍,到如今照样没占得什么便宜。跟咱们交过手的北洋战将王占元、段祺瑞、张勋、冯国璋、张敬尧、赵倜等,俺是哪一个都看不中。俺算了一下,咱们自起杆至今四年,纵横五省,攻城五十多座,杀伤俘敌不计其数。如今咱们是失败了,但是失败的英雄!"

白朗站起身独自围着大石磨转了一圈,用手捡起个磨面剩下的玉米渣丢进嘴里,又说道:"事到如今,俺琢磨有这么两件事给大伙交代。一件,自起杆俺给义军定下章程,不劫、不杀、不烧、不抢、不淫五条规矩,有人不听,王小丙在孙集抢个女人当老婆,被俺枪毙了;俺又定了五条:不准拉票,不准借银,不准劫路,不准奸淫,不准随便杀人、伤人;对富户、大户官宦人家也是,只收枪支,不能轻易杀人,打开粮仓咱们义军一半,灾民一半。与南方革命党联络上后,咱们变成了中华民国抚汉讨袁军,南下时又改为'建国讨袁第二军',现在咱们失败了,只是天时不济,不能忘咱们仍旧是追求民主共和的革命军!当然,树大招风难免泥沙俱下,进来的人也是鱼龙混杂。为此,俺专门安排整顿,两次惩办、清除出几百号人,这些人不能算咱们义军,以后也绝不来往。第二件,今年三月,咱们在老河口误害瑙成(挪威)教会医生费兰德,误伤沙士君一事,俺查了,不是咱们老架子干的,当时,俺就怀疑有混入队伍的奸细。此事俺在陕西陇州、甘肃秦州两次向内地会教士纳尔逊夫妇认错道歉,俺还专门发告示声明保护商民外人,只要见到教会门外挂拂尘和红布,各部均不得进入。部队打下乾州,瑞典人杨目胜送给咱们银子俺都没要。俺给纳尔逊夫妇解释,说老河口之事的确是混入咱们义军的奸细干的事,并非俺们兄弟本志,倡民教首先是不杀生、尊民愿,中外一视同仁。俺知道爱国就不能排外,并托纳尔逊捎话给费兰德家人,俺们愿意赔付银两,希望他们说个数。当时为了给纳尔逊小孩压惊,俺们还赠与他九两银子,还让纳尔逊给义军宣讲福音。再以后咱们到秦州,俺见美利坚国女教师珍也谈了老河口的事,当面道歉,她丢失的东西原物奉还,还赔付了银两,把咱们盖有印号的告示给她了一份,如遇再有打着白朗旗号的人图谋不轨,可以此告示警告,并直接告诉俺。"

白朗如释重负地叹了口气,接道:"今儿咱们失败了,现在不要找原因,找原因容易伤兄弟们的和气,等明儿咱们胜利了再找理由,'胜者王侯败者贼',官府愿意说啥写啥都行,那是他们的事,咱们不能轻看了自己,咱们是民国革命军,就是失败也比北洋官兵有品位。好了,不啰唆了,今黑地①弟兄们可以分散回家,能呆住就在家里呆,呆不住就出去投亲奔友,走得越远越好,如若连投亲奔友的门路都没有,十天后还到虎爬岭三山寨找俺。"

说罢,他挥挥手让大伙分头去准备,独自一人仍旧在那儿踱步。

夏日。

颜潜修家老宅。

颜潜修从义军潜回到家倒头睡了两天,梦里各种离奇古怪的事接踵而至,天南海北,也不知道自己究竟在哪儿,每次醒来都是一身大汗。他一直犹豫着见不见官府的人,自从把沈二皮、刘继祖差遣回去报信后,他就没再给官府联系。白朗布置各部分散隐蔽后,他也悄悄地溜回了家,他知道现在又到了他生死攸关的门口,祸福往往在一念之间,怎么办呢?

窗外爬满了一种无名的野藤,整个院子都是大叶子荒草。这个家已有四五年没住过人了,正房是一座三间通的大屋,破败成了白天有阳光,晚上见星星的陋室。

屋里除了一张"吱吱呀呀"的破床外,就是一个靠墙的供台,台上供着一位高祖的画像,天长地久陈旧得比灶王爷都黑,至于画像是哪一辈子的祖先他也说不清了,反正这处院子就是这位高祖挣下来的。屋内四墙全都黑黢黢的,西边还有口盛粮的大缸,缸口密密匝匝罩满了蛛网,其实这些蜘蛛尽是瞎忙,只因缸底有一个很大的六菱形缺口,捎带走了几乎有五分之一的缸体,缸里一粒粮食都没有,比地面还干净。地面上散乱着几根木条和一只草鞋。三角形的房顶好像还有几根椽子依稀能辨认出木材的颜色外,其余多已发霉变成黑色,还挂着不少富有弹性丝线,阴森森地摇曳着。

---

① 地方方言,夜晚的意思。

推开正房摇摇晃晃的大门,院里东西两边厢房早已垮塌,东厢房垮塌的最彻底,只剩下了一个矩形的土堆,上面杂草丛生;西厢房的残垣断壁横七竖八顽强地挺立着,一副风雨不倒的倔样,在厢房和正房之间,像是有个灶房,一个砌出来的长灶台上张着一大一小两个黑口。

院子四周的围墙上整整齐齐长满了开着豆样大小的野花,有白色,有黄色,艳艳的,随风摇晃着,站在墙边向外望去,周围二三十米都没有了人家,搬到别处去的乡邻连宅土都拉走了,留下一片坑坑洼洼,偶尔在荒草丛中可以看出昔日乡邻院落的遗迹。

乡亲们搬走是他"革命"前的事了。

颜家祖上要说也算安分,辈辈除了务农外还兼做些小生意。偏偏到了颜潜修兄弟这一辈不知出了啥邪,兄弟三人尽干些吃人家馍,还屙到人家磨眼里的事。颜家兄弟三人,老大潜诚胆大妄为,老二潜修阴毒刻薄,老三潜齐稍微好点,好逸恶劳,三人全都不干正经营生,赌的赌,嫖的嫖,都老大不小了,还没一个人成家。

颜家老大潜诚争强好胜,巧取豪夺,跟邻里打架,吃点小亏就把人家的房点了,那火烧着连片的草房顶,把大半个村子都烧了,正好烧到颜家老宅前风向转了,顺着风势火又吹了回去,把乡邻的院子烧成了灰烬,为这事颜潜诚吃官司被抓进了大牢。

清朝关进大牢实际等于判了死刑,清朝后期,平均每年经过正式审判程序判决死刑犯人也就三千多人,而不明不白死在大牢里的犯人,多达一万三千人,所以没等到秋后,颜潜修便听到哥哥惨死在牢里的消息。于是,他二话没说把家里能变卖的都变卖了,领着弟弟到处击鼓叫冤打官司,从县衙到汝州,再到汴梁,两年下来毫无成效。弟弟颜潜齐见告状告不出个名堂,抑郁成疾,竟在一天晚上独自夜游出去,流落他乡了。

正路无处申冤,颜潜修便转上了歪道,一咬牙,干脆跟一个叫程瞎子的人起杆当了趟将,干起了专跟官府做对的事。颜潜修生就心细如发,沉毅刻狠,机敏多谋,很快就把程瞎子给顶了,自己成了杆首,不过他仍旧隐姓埋名,打着程瞎子的旗号,吃里扒外,无恶不作。

一次月黑杀人,颜潜修仗着人多势众,冲锋在前,被对手一刀削去半个鼻子,要不是他机警跑得快,恐怕早就丢了小命,从此,留下了塌鼻的形象。虽说险象环生，终也保住了生命。

辛亥革命后，他听说革命十分吃香，便打起了革命的旗号，不过他明知道自己干的事跟革命一点关系都没有，故而千方百计往革命堆儿里钻，恰巧听说县府要找各路义军议事，便不请自到顶着革命的招牌来到了文庙，却被官府当成了真正的义军抓了个正着。颜潜修自知小命难保，一口咬定自己绝不是革命党，误入文庙纯属好奇，谁能放他一马，定能官升三级云云。在办理此案过程中，沈二皮发现此囚了得，便引为卧底，伏于死牢，策反牛惠友身边的人，以后又放鸽到白朗义军内部。

颜潜修也知道这些年自己干的尽是伤天害理的事，可不这么干又能到哪儿讨活路呢？都是他奶奶这个世道逼的！他愤愤地想。

颜潜修隔着长满野花的围墙向外望去，村子懒洋洋地凋敝着，没几个人影。片刻，他隐隐约约见到一位夫人领着个孩子，慢悠悠地沿着街面来回走，他顿时有了恶从胆边生的欲念，一种翻墙出去的冲动让他欲火难耐。突然他觉得内心深处有些恻隐之心，他不知道这是不是良心，实在有些荒唐，自打他投诉无路起，他就认定所有的道德伦理都是只管民不管官的歪说，扪心自问，自己向善改过是一点希望都没有了，在这个冷酷的世界里稍一心软只有死路一条，既然已经趟过水了，怎么还能指望两脚不沾泥呢？他转身回屋，从床下拉出一袋里三层外三层包裹着的皮包，掏出些银两，打算无论如何先弄个女人回来，不然这家哪有家的气氛呢？

正想间，他听到不远处传来一阵狗吠声，根据经验，这房子四周恐怕已经布满了伏兵，他不慌不忙地收拾起包裹静静地拉开了屋门。

"让闲杂人员都滚！"颜潜修见高、郑二人带着众多巡警围住了院子，"赶快滚！"他转身又进了屋。

高警长跟进屋，环顾一下四周，轻轻摇摇头说："要俺住到这儿，俺也会造反。"说完，转身向门外示意解除警戒，问，"回来两天了吧？咱们一向合作不孬，咋到节骨眼上又想躲着俺呢？"

颜潜修坐在床边没吭声，黑糊糊的大门和两扇破木隔窗齐刷刷地照进一缕阳光，细密密的微尘在阳光里轻轻漂浮着。

他琢磨着准备好一副诚恳可怜的表情后，抬起头来："沈警长，沈……"

"别提他啦！今年三月，他回来报送假情报，使围剿白朗的大军部署晚了两天,按律应当严办,还是县长等人念他往日并无大错,恳请我放他一马,去职贬为庶民了,现已逃之夭夭,谁也说不清去哪儿了。"

高警长两眼狠狠地盯着颜潜修,连脸皮上一丁点细小的变化都要琢磨一番。

颜潜修带着悲天悯人的表情,喃喃道:"这活真不是人干的,不是人干的呀!"

他站起身走到窗前,向外瞅了瞅,心想,白朗下一个集合的时间、地点是他最后一张牌,打出去就得能扣老底,时机还必须恰当。他把双眉摆出一个八字形,故意问:"听说大总统发了告示,取白朗首级者可获白银十万两,不知真假?"

高警长回头朝门外喊了一声,只见刘继祖掘了一个皮包丢在了颜潜修面前。"不会亏待你。"高警长急切道,"只要你说出白朗的藏身处,大军即刻可动,到时候……"

"一样落空!"颜潜修一副不屑的样子,凑到高警长跟前道,"白朗足智多谋,艺高胆大,大军围剿如同撒网逮泥鳅,再周全的方案也难免他跳出罗网。若要毕其功于此役,依俺看须组织若干精干小组,二三人一组,扮作义军,混入他们的队伍,相机行事,一旦认定了目标,要像蚂蟥一样不知不觉沾上去,选择时机将其猎杀了,如方法不当,失去此次机会以后也不会再来。"

说罢,他大致介绍了白朗下次集合的时间、地点、周围路径及适宜接近白朗的办法。还拿出了几张画像递给了高警长。

"好!"高警长将画像揣进了怀里,起身拱手行过礼,道,"此去兄弟亲自出马,若成功,兄弟绝不食言。"

1914年7月23日,白朗、韩长孝及部下六十多人被突袭的官军包围于三山寨。山寨北有悬崖,东南又有河水环绕,只有西南一路可通,此路蜿蜒险峻,有一两面都是悬崖,易守难攻。三山寨虽名为寨,其实只是一个二进门的院落,内有大小殿房三十六间,水井一口。

白朗率部在山上守了两天,打得官军尸横累累,到第三天夜里,义军布下疑阵,设计下山,刚刚绕过第一道包围圈,迎头碰上了蜂拥而至的各路官军,白朗不得不再次分兵,分头突围。

1914年7月26日清晨。

山间小路。

山间笼罩着雾霭,一支十几人的小队悄无声息地疾行在崎岖的小路上,突然,走在前面的牛惠达打了个手势,十几个人迅速没于路边的杂草丛中,牛惠达跑到队尾蹲了下来。

白朗、韩长孝也跟了过来。

"俺总觉得咱们身后有人盯着。"

空谷一片寂静,只有潺潺的流水响声。

"别疑神疑鬼了,恁还是头里走吧,俺来断后。"韩长孝站起身说。

"清晨雾大,恁带几个人前出一里,发现情况鸣枪为号。"白朗附和道。

牛惠达又侧耳听了片刻,轻轻点了点头带人走了。

陡峭的山道上静静地漂浮着一层薄雾,周围森林、峰峦、沟壑、崖壁忽隐忽现地变幻着。

"白大哥——白大哥——"

来路上,一前一后两个穿着义军军服的汉子搅动着淡淡的雾霭跑了过来。

"恁见过这俩人吗?"

"……"

韩长孝望着越来越近的两个义军,似乎有哪一点不对劲,噢,没穿靴子!原来白朗义军出击陕甘时发现甘南出产一种皮靴,质地柔软耐用,无论徒步还是骑马都很适宜,义军官兵或买或换或从敌军手中缴获,人人都换上了这种皮靴,而眼前这俩人穿着义军军服却没穿靴子!

"站住!"

而那俩人已经平端的手枪冲了过来。

韩长孝掏出手枪,一把把白朗推向了路边。刹那间三只手枪同时开了火,隐蔽在路边的义军,也一拥而上,一阵枪响,两个杀手横卧在了路边,韩长孝和白朗一死一伤。众人大惊,抬起白朗就走,没抬几步白朗便重伤而亡。官军派出的猎杀小组高、郑二位警长也当场断了气。

牛惠达等人听到身后枪响急忙回援,为时已晚,牛惠达在二个杀手身上搜出了三张白朗画像,一张很像自己,一张很像白朗,一张很像娄心诚。当时未及多想,率人将白朗、韩长孝的尸体抬到一处靠山面水的地方暂时掩埋,作下记号后匆忙离去。

两天后,分散义军中个别人走漏消息,白朗、韩长孝墓地被北洋陆军张治功部挖开,割取首级用油炸后,送往开封,一并悬于迎董门外。

当月,黄兴去美国,在轮船上接受美《太平洋商业广告人》杂志记者采访,他一本正经特别声明:本人直接奉孙中山先生之命,向美国转达他的意见,我们认为美国人民必须知道真相。袁世凯下令制造另一项谎言,说'白狼'与革命党勾结,掠夺残杀,为革命党谋利,'白狼'和我们可没有丝毫联系……

8月,袁世凯论功作赏,接连下令褒奖参战各部,提拔赵倜、刘镇华等一干将领。任命赵倜为河南督军,开始了赵倜主政河南八年的历程。

天地之性,人为贵。人之行,莫大于孝。

君子之事亲孝,故忠可移于君;事兄悌,故顺可移于长;居家理,故治可移于官。

——《孝经》

第七章

赵倜祖代为农，家世贫寒，到了其父子宜一辈，全家仅剩下了一亩三分坟地，根本养不活一家人。不过，穷则思变，其父子宜琢磨了一套赌博"押宝"的绝技，百战不殆，十里八乡凡是拉宝棚的对他莫不恭维备至，好吃好喝好招待，就是不让他下场子。赵子宜就是凭着这手技艺，居然给不甚懂事的儿子赵倜定下了个童养媳彭氏，只因彭父与子宜赌钱输得太多，只能把幼女许给了赵家。

赵倜原名金生，自幼聪明，似有致远之相，八岁便到一周姓人家开的药铺当学徒，周家遂给他改名赵倜，让他与周家子弟共读私塾。十二岁文理通顺便在药铺管账。以后，又到同族武科状元家代管租账，辗转被荐到大清毅军统领马玉昆帐下做了幕府。由于赵倜行事谦恭和蔼，多少还有些心计，很快被擢为管带。直隶拳乱后，毅军护驾有功，赵倜又被提任为统领。

1913年，国民党"二次革命"，白朗义军南下呼应，赵部被调湖北，采取穷追战术跟着义军转了几千里，其实打的硬仗屈指可数。打的硬仗少，损伤却很大，陇州路沟一战赵倜不慎坠涧，英勇了一回，幸亏在降落时受崖边树枝所牵才保住了生命，摔伤左股，自然成了晋升的本钱。最后如愿以偿被任为宏武将军，俾以主豫。

赵倜，体态雄壮魁梧，相貌端厚沉稳，生得浓眉大眼，高梁悬鼻，留有浓长的美髯，一脸"福将"之像。据说，镇压下白朗后，豫督段祺瑞内调进京，袁世凯在挑选豫督人选时，除了论军功用干部，在所有参战诸军中，只有赵倜的毅军始终跟在义军后面追击不懈，功苦俱在外，另外一个因素就是相中了赵倜的长相，如果有足够学知阅历，看清骨骼，明智取人，当然，以貌用人也有一定道理，可袁世凯没那般能耐，更没想到的是赵倜的相貌是刻意打理出来的，只用这点小聪明就把袁世凯蒙过去了，反而认为赵倜貌相驯顺，再加上又是同乡，便将中原重任交付给他。

袁世凯镇压国民党二次革命后，解散国会，废除省自治，独揽大权，收回省里任命官吏的权力,采取军民分治的办法,设巡按使管民政,派将军组织行署管军务,文官分卿、大夫、士三等,武官分将、校、尉三级,还让全国各省将军选派子弟一人到总统府任侍卫,实际搭建起了帝制的框架,缺的只是个名号了。

1915年新春伊始,北洋政府教育部颁布《提倡忠孝节义施行办法》,把历代帝制的内容纳入学校教育课程,还特别通知河南必须在小学坚持好"读经"的科目,保证该科目的时间,复辟帝制进入实施阶段。

河南教育界,在经过二次革命的镇压后,已经没有多少人敢谈民主、共和之类的话题了,然而暂行办法的实施仍然引起了中小学教师的反对,反应超乎预料的强烈。

新学期开课没几天,二叔牛惠师等一批教员便领着学生上街游行了,学潮还一度波及高小,出现了罢课罢教的局面。此案很快惊动了省府高官。

终于汝州府出面把初中、高小的学生、家长都集中到学校操场,刚刚上任的汝州县长亲自到校讲话了。

润儿看到一个穿黑色暗花丝绸对襟棉衣的胖子一脸愠色地走上台子,那人下宽、上尖、矩形面容,肤色黄黑,三角对眼,眸子里闪动狠狠的凶光。台子是用几张课桌临时搭建成的,走在上面"咚咚咚"地直响。上台后,他自己主持自己讲,"砰"的一拍桌子,整个操场都安静下来了。他先讲了一通忠孝立国、礼义廉耻、四维为本的大道理,用眼狠狠地勾了一圈站操场上的学生、家长,大声说:"辛亥革命,大清逊位,此事已经结束,别以为剪了辫子就能丢下传统,挂上五色旗可以忘了爹娘皇上!圣贤说天不变道不变,天变了吗?"

他瞪眼挑着额上的一排排很有秩序的皱纹,举起左手食指,指了指天说:"天还是天,地还是地!复始更新,只不过换了新的一天!天理如同日月星辰,啥时候都少不了。"

台下,一片夺魂摄魄的安静。

接着,他话题一转威胁道:"听说最近学校里不太平静,有些学生,特别是有些教书先生对读经有不少奇谈怪论。我在这里郑重申明,谁反对学生读经,就等于反对忠孝立国,反对中华民国,就不配做教师,也不配做学生,连做人都不够格!从今天起,谁再反对读经谁就不用再来学校啦!"

县长的话引发了下面家长、学生一阵如雷般的掌声,只是掌声里充满了恐怖和阿谀。

润儿在人群中挤来挤去寻找二叔,他找到并拉住二叔的手时感到他浑身都在发抖。

传统的中国社会,如同一个纵横交织的关系大网,无数条复杂的关系把每个人、每个家庭固定在这张网的结节处,连接和维系这张网的就是传统教育制度。传统教育制度不仅担负着科举和传承知识文明的职能,更重要的是维系忠孝立国的秩序。它用一种阶梯式应试考试在这张网的尽头留有一个小的、几乎让人难以透气的缝隙,让那些熬过十年寒窗的莘莘学子能科举入仕,使这极少人能改换门庭,挤进上层社会。而绝大多数人得到的只是三纲五常、宗法伦理、正心修身之类的学理观念,形成了一个被称为"仕"的阶层,他们一无所长,在社会上只能起着维护忠孝立国和等级差序格局的作用。

中国的传统教育为什么能够发挥如此独特的作用?它以家庭私塾教育为基点,给了传统社会大网每个点一个道德伦理的视角,依据每个节点与周围血亲远近关系,教育不同节点的弟子去判断是非对错,使之能自觉到自己所处的利益网络,按照自己视角的亲疏远近关系去"仁者爱人,爱有差等",把握亲亲爱人的边界,这套方法还详细规定了每个人包括吃饭穿衣乃至尽孝秩序的行为等等,超过了这个范围就有谋逆不孝的嫌疑。一旦沾上不孝,那就麻烦大了,"不爱其亲而爱他人,谓之悖德;不敬其亲,而敬他人者,谓之悖理",也就是说,任何超过私亲之爱的行为都是不允许的,这势必造成社会上的相互排斥,甚至争斗,那么谁来摆平这些纷争呢?这就用得上官府了,官府朝廷自然就成了共孝目标,官孝便有了政治含义,成为了"忠",本来忠孝不能两全的概念,儒家愣是通过先制造分崩离析、人人自卫的伦理,再把忠孝变成了合二为一的逻辑。中国的传统教育可谓是劳苦功高。

显然,中国传统教育主要目的是给宗法伦理社会披上一个漂亮的道德外衣,尽管这个亮丽的外衣下没有一视同仁的是非标准,有的只是宗法伦理的等级差序,只要用忠孝这把尺子去衡量,位高权重的人就会始终立在天理道德的制高点上,伦理道德自然成了他们操纵民意的工具。

辛亥革命给中国教育独立、人的自由开启了一线希望。人的本质很大意义上讲就是人的文化程度。人们盼望着能有一代人在独立教育中自由成长,便可成为民族永久的财富。可惜,仓促的时局却没能给人们这样的机遇。随着政局的变化,教育先是忽东忽西摇摆在中学与西学之间,接着又身不由己地卷进了政治的漩涡。

1914年1月,豫督张镇芳以开封教育会受国民党影响较深为由将其取缔,同时,大张旗鼓地成立了孔教研究会,并领衔上书恢复科举制度;1915年9月,河南将军赵倜与直、皖等十三省将军联名密奏,提请袁世凯即速称帝;12月袁世凯颁发接受帝制申令,正式登基做了皇帝,改元"洪宪"。晋封赵倜等各省将军为一等侯爵,赵倜除立即上表称臣外,还急如星火地通令全省各属学校停止教授有近代知识类的课程,修改中、小学课本,把标有"共和"字样和有关共和内容的课程一律删除。做完这些,他仍感不足以表示自己的忠心,不久,干脆宣布停课,关闭了学校。

1916年3月,袁世凯迫于形势撤销承认帝制案,废止"洪宪"年号,重新恢复到了四不像的国体,但教育"共和"的内容却没有恢复。不久,安徽督军张勋牵头在徐州召开包括河南督军代表在内的"十三省区联合会",目的是巩固与南方国民党势力抗衡的北洋集团,摆出一副强横耍夯的姿态,致电总统黎元洪,"提议于国会,照旧定孔教为国教,保存郡县学官及其学田祭田,设奉祭生,行跪拜礼,编入宪法,永不得再议"。

河南省的教育经张镇芳、赵倜两任主豫大员的折腾,元气大伤,受过现代知识教育的教师,或被杀、被抓,或辞职、除名,总数折损过半,教育经费更是少得可怜,以1915年为例,全省教育支出一共101万元。而当年,为筹备袁世凯称帝,北京财政部向全国发行公债,河南一次认交133万。

1916年,据北京教育部的报告,河南全省小学在校学生不到二十万,不足全省三千万人口的百分之一;当年全国小学生在校人数已达总人口数百分之二。前查清朝末年,河南教育无论是经费开支,还是改制后实行现代教育的在校人数,一直排在全国第五位。民国初年二次革命失败后,镇压和复辟使河南的教育一落千丈,倒退到了全国垫底水平,教育的损失成为河南省辛亥革命失败最大灾难。

由于袁世凯称帝,下令在各地恢复传统读经科目,汝州初中、高小先后辞职、辞退四名教师和十几个学生,二叔牛惠师也受到停课的处分,随着袁世凯称帝闹剧的收场,学校重又平静了下来。

在辞退教师中，润儿听过一位叫宋启程老师讲的科学课。宋老师教初中，受邀每月到高小讲课两次，由于科学课属讲座性质，授课都安排在晚自习时间。润儿去听课是二叔专门接去的，来听课的不光有学生，还有不少小学、高小的教师，济济一堂坐满了二进院的文昌阁。宋老师讲课通俗易懂、深入浅出，一开口便提出了时人普遍关心的问题：

"知道中国为什么落后吗？"文昌阁里众人顿时安静了下来。

"当然，回答这个问题非常困难，目前也没有一个公认的答案，以鄙人视之，中国落后的原因主要是因为中国没有科学。"

他说，西洋人也好，东洋人也好，之所以能打败我们大清朝，表面上他们靠的坚船利炮，更深层次比拼的则是制度优劣，无论是器物还是制度，在背后起作用的还是科学，即自然科学和社会科学，所以科学是决定民族强盛的根本原因之一。

润儿听到周围一片窃窃私语的嘈杂声。

什么是科学呢？他说，科学不但是一个现代的知识体系，它更多的是一种精神，一种理解，描述和改造世界的方法。

他说，为什么咱们中国没有科学呢？因为传统文化以儒家纲常名教为核心，以道家佛家为补充。使人们的求知活动无法脱离传统的伦理道德的框架，世世代代的读书人把求知作为修身的必要条件，其本意是对事物善恶的选择，其目的排列出来就是《大学》讲的八条目，格物致知，正心修身，齐家治国平天下。以后宋明理学把格物致知发展到了穷理，就是穷尽"天理"的意思，当然，增加了一些经世致用的含义，经世致用也不是科学，只是实用，无论是实用技术，还是实用制度，都不是科学。技术表现的是一种后果和操作程序，科学则对它的原因和原理感兴趣；技术强调遵守规则，科学却要探讨规则，或建立新的规则；技术可以避免与传统伦理道德和政治发生冲突，科学则有可能暴露这些传统伦理道德的来源和不合理的地方。科学有自己不受外界影响的独立标准，这是中国传统纲常伦理无法忍受的，所以说中国古往今来有着无数的发明创造，却很少有科学成果。

他举例说，中国人早就懂了冶铁术，却一直用木头造船，就是因为我们弄不清力学、流体力学的物理原理；中国人很早就制造了霹雳炮，也一直没有弄明白弹道计算和火药的化学反应原理；最令人敬重的是，我们的祖先是世界上最早仰望星空的民族,一代代中国人皓首不倦,用举世无双的执著,记载了几千年日月星辰的变化,中国历朝历代的皇帝还要任命钦天监之类的大臣,专门研究日食、月食等自然现象,毕竟天子知天是王朝合法性主要的依据。可是令人汗颜的是不光帝国的老黄历预测不准,时间一长,就连先后从阿拉伯人、印度人那里引进的多部历法也不管用。最后还是利玛窦、汤若望等西洋人,采用一种全新的日食、月食计算方法,准确地预测了日、月食出现的时间。以后,他们又相继传播了八大行星之说,地球构造学说,万有引力之说等一系列天文学、物理学知识,让一直深信天方地圆的中国人目瞪口呆。

那么西洋人何来科学呢？他接着道,西洋人有专门的科学家——为学而学的科学家,中国虽有众多的博士、进士、翰林,尽是为己或为皇上而学。西洋科学家求知皆以事实为基,以实验为稽,以推用为表,以验证为决,此前,绝不轻信已成之教,不管它是当今皇上讲的,还是前朝圣贤之言,可虚心不可有成见,如若他们的发现与真理不一致,也必有坚持真理的勇气,艰难其身、赴汤蹈火,也要整个明白,不是为了个人,而是为了人类,如此他们才会感到死而无悔。由此可见,科学技术的背后是道德力量的支撑。

他说,这就是科学精神,归纳起来就是:自由、理性、实证、逻辑、勇气、批判、求索。人类几千年历史证明,还没有其他的思维方法比理性逻辑、经验批判更有利于人类知识的进步。国家的强弱与一国科学家多少是成正比的,科学家才是民族强盛弥足珍贵的财富。

最后,他就如何使科学在中国扎下根,使中华民族成为科学的民族谈了两条出路:出路一,从现在起,从实行现代教育的小学入手,使学生懂得科学,增进知识,建立中国的科学界;出路二,向社会各界宣传科学,提倡科学,传播知识,鼓吹实业,审定名词,改革观念,促进社会科学的进步。

润儿记得,当时整个课堂群情激昂,议论纷纷。听完课后足足有一星期他都没有睡好觉,白天上课总是走神,一到晚上看见星星就激动不已,思来想去决心长大后成为一个天文学科的科学家,不但要计算出日食、月食,连刮风下雨也要算得清清楚楚,还要把农时公告出去。他很为自己的想法而自豪,情不自禁地会在人前神侃一番,为明志他还仿古韵作了七绝一首:

巡天有道天文通,日食月食计圭中。

月晕础润自有时,不必望天五谷丰。

宋老师被辞退返回老家开封那天,天刚麻麻亮,二叔便到高小把润儿叫了起来,两人匆匆赶到城北十里铺给宋老师饯行。

二叔跟宋老师相见,沉默良久,那种沉默是如此惊心动魄。晨曦中,二叔取出一罐酒和两个杯子,与宋老师相敬了三杯,再相望时二人已是冷泪满面了。

润儿把自己的拙诗奉给老师做临别礼物,宋老师看后哈哈一笑。

"有此弟子一人也算我师表有成。"他仔细打量了润儿一番,接道,"记住,不要跟在别人身后走,那只能走到别人家。无论今后干啥,首先要认清自己去的方向。我也送你四句话——追求向上、坚韧自强、自由人格、成人成功。"

他解释说,学习如同攀登,要有勇气把自己带到高山之巅、悬崖边上,也许你不会奋身一跃,越过山涧,获取功名,只要学会做人,提高品位同样也是成功。

他说,我只是个科学救国论者,也知道这条路在中国根本行不通,坚持走下去其实并不指望能成功,后尘可期自然也是慰藉。

他还问润儿的大名叫啥。

"牛润儿,只是小名。按祖谱计,他应当是紫字辈。"二叔代答一句。

"好,那就改名紫龙,当今天下浊水连天,润雨之势恐于事无补,相传九龙中唯紫龙内敛立中,最擅击浪排沙,镇邪避难,何不借此威名修身励志,做得一番事业?!"

二叔点了点头,转身对润儿说:"快谢恩师赐名。"

润儿上前深深鞠了一躬。

回到家后,颜潜修要干的第一件事就是找到失散多年的弟弟。他多方打听,费了九牛二虎之力,才在邻县乞丐群里找到失散五、六年的弟弟颜潜齐。此时的颜潜齐连自己的大名都忘了,只知道人们叫他"三儿"。原本就瘦削的身子看上去越发骨立形销,蓬乱的长发遮住了半个脸,满脸都是黑黢黢的油泥,只有在脖子下面才显露出两道白白的肤色。颜潜修找到他时,他裹着一床进出不少棉花、肮脏的被褥,上身赤裸的膀子,下身穿条宽大且四处漏风、三尺白布二尺黑布拼成的直筒裤,打着褶挂在腰间,独独那双躲闪在长发后的双眼让兄弟两人相互认出了对方。相见之后,二人抱头痛哭后,颜潜修一把扯下弟弟肩上的破被褥向上一甩,说:"走,跟哥回家,哥发大财了!"

颜潜修发财了！村里人开始并没多想，只是抱着好奇的心态看着颜家雇几十辆大车每天拉砖拉灰盖房子，车来车往，人吃马喂，好不热闹。一年以后，颜家宅院的围墙渐渐显现出让人瞠目结舌的规模时，村里百姓有些担忧了，眼瞅着围墙打到街面，大伙都以为不会再往前打了，毕竟沿街尚有四五户人家，其中一家还是颜潜修本家叔——一位年纪六旬的孤寡老人，颜潜修兄弟落难时，人家没少帮衬他们。谁知颜潜修十分热情地请这几家人喝了回酒，说啥事没有，就是离家长时间，没机会孝敬乡亲，不得叙叙旧不是？酒桌上他还一声一个叔地喊个不停，乘众人喝多之时，颜潜齐领着一班子打手仅用了一个时辰就把这几户人家的房拆了，第二天，颜府的围墙就打到了街面。

那些被请去喝酒的邻居街坊面对着一片瓦砾和一群如狼似虎的家丁，呼天抢地，捶胸顿足，只是不见了颜家兄弟的踪影，只得推举颜潜修叔叔为代表，好孬见见侄儿为大伙讨个活路。

闹腾了几天，颜家终于开门让他叔进去了。

"叔，恁咋有空来了？"颜潜修跑下台阶，堆出一副见到亲爹的表情，眸子里流露出不少喜庆，大喊道，"快，快，给俺叔搬座，就坐当院说话，这多敞亮呀，恁来是……"

老人头也不抬，说："俺来找恁婶呢。"

"俺婶？俺婶不是过世七八年了？您咋到俺这儿找她呢？"颜潜修一怔，两眼仍旧喜滋滋地瞅着叔叔。

"是呀，恁婶从小看恁兄弟几个长大，俺家一有啥好吃的自己不舍的吃，都要先给恁兄弟送来，天天串门到恁家，这不——死过这么多年连老房都搬到恁家串门了！还捎带着连街坊邻居都搬到恁家了！"

颜潜修听出来叔叔是变着法骂他们兄弟呢，突然变脸吐了老人一口说："怪不得早上俺听到老鸹叫了，原来恁来这儿找死呢！"说着直起腰，摸了摸他那被削剩下的扁鼻，又道，"好吧，颜家一个门，俺晚辈不跟恁一般见识，您不仁俺不能不义，总得给恁找个吃饭的地方。"

说着他挥了挥手："三儿，找根光滑的树可叉儿①，再掂个篮子，放咱叔自谋生路吧。"说罢转身回了屋。

---

① 地方方言，指干树枝。

就这样颜潜修把自己的亲叔赶出了门,其他街坊见状虽说恨得牙根痛,但见颜家财大气粗,也只能自认倒霉。

三四年光景,颜家已围占建起了近八十亩大院,陆陆续续雇佣家丁打手百余人,其中多是土匪、恶棍、二流子,专司护院保镖之职。颜府大院围墙高耸,在正门两侧和四角还修了几个圆圆的炮楼,炮楼是用双层砖砌,中间跺上米油和好的胶泥,坚固异常。院正面朱门铜铛,饰以神禽奇兽,富丽堂皇,比衙门还威武。院内还有一圈暗河,两丈宽,内布有各种暗器。过了暗河才是正院,院内奇花异木,回廊画柱,将大院又分成了几个小院。各个小院都采用不同的建筑风格,有哥特式的、有罗马式的,反正比葫芦画瓢,见有奇形怪状的建筑就比划着在院内盖上一座。

当然,小院尚未盖好,颜家兄弟便开始招亲活动。颜家相亲根本不用媒婆,很简单,无论是在镇街面上,还是汴南大道旁,也不论女子是否已经出嫁,看中了就抢。不分白天晚上,只要叫颜氏兄弟撞见,或立行云雨之事,或抢进大院小住几日,然后放人。当然,颜氏兄弟也不含糊,凡是抢来睡过的女人只要有孕,一律可以娶进为妾,没有身孕的一概不认。自从颜家盖院开始,每年总有几个怀有身孕的女人找上门来,三四年下来,兄弟两人竟各娶五六房夫人,更多的女孩慑于颜家恶势,只能忍气吞声,甚至还有些被强暴过怀有身孕的烈女子,宁愿掐死生下的孩子,也不进颜门。

由于颜家这种古往今来从未见过的娶亲方式,致使周围只要没有残疾,且九岁以上的女孩纷纷外逃他乡,就连汴南大道也是客少人稀,连女人的影都没了。

颜氏兄弟另一个特点就是敛财经营颇有长处,初始颜家开店,无论做啥生意一律大斗进小斗出,大秤进小秤出,闹得人们谁也不敢再进颜家的店门。以后颜氏兄弟见开店不利,便支摊聚赌,通知下去不准不来,来了只准输不准赢,谁输的快谁少受点皮肉之苦,赢钱的人不输光断难出门。如此几番下来,不光本村本镇,就是周围十里八乡家境稍好点的人都跑光了。接着颜家又推出了个更大胆的敛财举措,干脆雇人用犁耕地,耕到哪儿,哪儿就算颜家的地,半个月下来颜府周围大片大片的土地都改姓了颜。颜家还专门请官员、律师及一帮打手划界丈量打桩公证。周围的百姓愕然了,即便是跟颜家沾亲带故的人也害怕了,不少人敲锣打鼓吆喝着找地,一夜之间这地跑到哪儿啦?听说过大清入关有跑马圈地一说,谁见过用犁圈地的招数呢?颜家厉害呀!没人再叫他潜修了,背后皆呼颜直犁了。

不过颜家兄弟还是发愁。

不中!这么来钱太慢!好不容易撞上有钱有势的机遇,再不抓紧,眼看就快过去了啊!颜潜修一连几天都没个好脸,一直嘟嘟哝哝念叨来钱慢。

一天,颜潜修看到两个家丁从门口过,便发疯般地冲出去,劈头盖脸就是一顿痛打,直到打得手痛才住手。家丁们直纳闷,禁不住问了一句:"俺们犯啥错了,惹得东家恁发恁大火?"

"恁俩七孙还敢犟嘴!"他二话没说,又抄起一板凳儿就是一番乱抡,打的两个家丁哭爹叫娘爬着出了门。

"哥,没法跟他们玩了,恁做啥生意这帮穷光蛋都不来,真不识抬举,国民素质太差,值不当跟他们生气。"

颜潜齐拿着蒲扇进门就给哥扇了扇:"东街赌场还押着几个娘们呢,要不恁去瞅瞅?"

颜潜修斜勾了弟弟一眼:"还瞅啥?!那几个娘们俺都能喊她们姨了。"

正说间,门外报有客要见。颜氏兄弟对视一眼,颜潜齐急忙跑上敌楼查看了一番。片刻工夫就跑了回来,边跑还边从腰里掏出手枪,进门就说:"哥,球货还用草帽遮住半边脸,扒了他的皮俺也认识他的骨头——大清师爷沈二皮来了。"

颜潜修摸了摸他那被削成扁平状的鼻子,半天没吭。一会儿那些隐藏的想法渐渐清晰,阴沉着的脸忽地眉开眼笑了,自言自语道:"俺说这几天右眼咋使劲跳呢,像是有财要来,原来真有财神到了哎!去!开门有请!"

县城,丁二家新宅。

"哎呀,这回爹可知道共和是咋办的了。"丁二进家一边脱鞋,一边满面红光地对儿子狗儿说。

1918年6月底,河南众议员复选结果公布后,丁二长出一口气,从电信局一路颠颠地跑回到县城的新家。

去年,县城最大一家酱菜园老板范静斋听说丁二能攀上县长的关系,赌上重金聘请丁二当了一回"票腿",说白了这"票腿"就是专干拉票、拉关系的活。不过千万别误会,所谓拉票可不是简单地为酱菜园老板范静斋拉选票,而是专门为范的竞争对手拉反对票,这活可不是一般人能干得了的,没有黑白通吃的两下子还真干不了。酱菜园老板狠了狠心,把一座二进门的大院半价送给了丁二。

大院位于县东街中段,墙高三米多,门楼宽大,可以驰进骡马大车,进门是福禄寿喜大照壁。绕过照壁,一边是车马牲口的小院,一边是横排六间的灶火房和储藏室,中间是待客会客的六间正房。正房高六阶,青砖青瓦,青石基座,花格小窗,落地四扇大门。旁边辟出了二进院的小门,小门圆形,两边种着石榴树。二进院有一正两偏十六间房。丁二正房过世早,只留下狗儿一个孩子,早些年丁二又一连讨了两个偏房,不知什么原因一直没有给丁家再添一男半女。

河南议会机构始自光绪三十三年九月十三日,也就是 1907 年 10 月 19 日,当时,大清朝廷要求各省督抚在省会设立咨议局,河南便奉旨成立了咨议局筹办处。宣统元年九月一日(1909 年 10 月 14 日)省咨议局会议开幕,选举了议长、副议长和 19 名常驻议员,开天辟地正式成立了民意机构。只是这一机构时运不济,前后只开过两次会便碰上了辛亥革命。当然,咨议局并非革命对象,而是打着革命旗号的袁世凯于 1912 年初以河南咨议局"暗助南军"为名,令时任河南巡抚齐耀琳解散了议会。其实河南咨议局并没多少实际的反袁活动,只不过是同情要求独立的同盟会组织,对河南迟迟不宣布独立颇有微词,便被袁氏视为眼中钉定要驱散了事。

袁世凯就任临时大总统后,北京政府要求各省咨议局改组为临时省议会,河南省府这才想起还有咨议局这档子事,临时从全省各县旅汴人员中选充了一些人员,于 1913 年 4 月仓促成立了省议会。不久又根据北京公布的《省议会议员选举法》进行第一届议员选举工作,全省三千多万人中实际参加投票的不足 170 万,结果又是国民党河南支部获得超过半数的 83 席。可惜这届议会又是短命,只存在了一年零八天便被袁世凯下令解散,直到 1916 年底才得以复会。复会后议会物是人非,不少议员已惨遭杀害,七拼八凑仍没有议会的模样,只得再在缺额的州县增补复选,恰好郑县有一个补选名额,丁二便有幸成了酱菜园范老板争取增补名额的"票腿"。

"脚蹬大堂台子响",不少增补省议员根本不知道议会是弄啥事的,只以为当上议员是件光宗耀祖的大事。自打省府告示贴出来后,各地稍有点名气的乡绅富商都跃跃欲试,只是这次增补参选条件和选举人资格条件都很是刁钻。

第七章

大清国规定省咨议局选民资格,除了年龄、资产、办理学务、公益事务年限等条件外,还特别规定必须具有本国和外国初中及以上学历,或举、贡、生员以上出身者,或文官七品、武馆五品以上未被参革者等限制条件。民国规定的选民资格比照大清条例略有放宽,规定必须有五百元以上不动产,小学或以上学校毕业,或有纳税记录的人方可参选或有选举权。为了防止革命党候选人再次当选,这次选举还特别规定了军人、官员、学生、小学教员等不得有被选举权的条款,这么算下来实际剩下的只有乡绅、富商等很少人能够参加,参加人数大约只占总人口百分之五左右,选举被限定在了一个便于掌控的范围之内。实际上已经失去了它的民主内涵,只是徒有一个民主形式而已。

共和(Republic),或共和主义(Republicanism),对生活在清末的国人而言,可谓是如醉如梦,所歌所舞的一个追求,尽管人们热情高涨,然而对"共和"的确切含义多数人还是有意无意地陷入了误区。Republic 所代表的代议制政体,在中国传统词源中根本找不着对应的词语,第一个把"共和"一词介绍给国人的严复简单地把它翻译成为"数贤监国",这一概念出自《史记》,载周厉王被放逐后,周公、召公共同执政,史称"周召共和"。可悲的是,孙中山和当时的大多数革命派也都持有大致相同的理解,他们把数贤监国与君主一人治天下相对立,认为有没有君主就是共和的本质所在,至于是不是民选,权力能否得到监督制约,关心很少。

以后,革命派与立宪派就"共和"政体究竟应当行法美共和制,还是行英德君主立宪制,纷争不止,直到辛亥以后仍在法式内阁制和美式总统制之间犹豫不决,这种拿不定主意的模糊立场从"共和"逐渐退到了"数贤监国",就连清朝退位也被赞为"将统治权归诸全国,定位共和立宪国体,近慰海内厌乱望治之心,远携古圣人天下为公之义",把大清王朝与中国远古"三代禅位"亮节高风混为一谈,同时委命袁世凯组织临时共和政府,把权力拱手交给了北洋军阀。正是由于中国各派对"共和"观念和所持共和主义自身的缺陷,既无法建立起有效的共和秩序,也不可能真正实行多党政治,最终导致了辛亥革命的惨败。

价值观念上的差错,使中国的宪政议会制度,从开始的设计就偏离了共和民主的基本原则,容纳了过多的精英治国的涵义,1910年清朝下令在全国设立咨议局,在21个省1643名议员中,进、举、贡、生员占了总数的百分之八十,而参加选举登记的选民共有167万人,与当时全国绅士145万人数也大致相仿;辛亥革命后议员选举虽有大批新人当选,但乡绅富豪依然占有多数比例,特别是在北洋集团控制的北方十三省,各省议会基本上被富商绅士所把持。

丁二擦干脚,顺手从狗儿手里接过烟袋锅,凑着儿子点的火,把一锅烟丝全部烧尽,吞云吐雾一番后,把烟锅放在地面上敲了敲说:

"俺还以为'共和'、'选举'真能变个天呢,原来还是有权有势有钱人说了算。"丁二慢悠悠地跷着腿坐在了床上,"要看这范老板白白净净、斯斯文文,办事滴水不漏,有板有眼,不像心术不正的人,谁知道他能把人卖了,人家还得帮他数完钱才走,当爹的琢磨着够恁一辈子学呀。"

丁二所说的范老板大名范静斋,原籍江西上饶,祖上官豫留在了此地,后人多以经商为业。范家有祖传下来的酿制黄酒手艺。到了范静斋一辈造酒专以"花雕"、"女儿红"为仿造对象,出的酒与花雕放在一起让人品尝,无人能辨出真假,可堂而皇之地贴上了各种畅销的商标。范静斋自称其生意是真酒假牌,商而不奸。范家的酒专卖各地衙门的绍兴师爷,深受欢迎,暴得大名。以后生意做大,在县城开有静斋园系列门市,置房产多处,售酒、调料、酱菜、豆豉、山货干菜、茶等,早些年又生产了北方特色的红枣干酒、绿豆碧酒、黑豆补酒等销往南方数省。虽说作坊在县里,周围几个省都有他的销售门店,是县里出名的富商之一。

此次县里增补省议员报名的有十七八人之多,私下里经过一番明争暗斗后,三分之一的人主动退出了竞选,剩下的十一二个人是清一色的富商,人人摆出一副势在必得,互不相让的架势,争得满城风雨,自有一番热闹景象。见此情景,是舍马保车,还是舍车跳马,着实让县长袁时熙有些为难,反复掂量后,最终还是听从保甲局长丁二的建议,支持范静斋竞选。

有了县长撑腰,丁二便自荐为范氏竞选襄赞,果真不负众望,很快局面为之一震。与范氏竞争的候选人接二连三爆出丑闻,个个成了泥菩萨过河——自身难保的冤大头,如卖丝绸花布的商户缺尺少寸;卖饭的蒸笼里跑进去了死老鼠;铁器店门后不知咋的被巡警搜出了一捆刀枪!当然出现这些事都有巡警及时到场处理,避免了聚众争讼事件的发生。更不可思议的是,全县最大粮店"日进斗"商号老板的六岁孙子鬼使神差地喜欢上了跳河,幸亏丁二一行见义勇为及时赶到把落水儿童救了上来。当众人把吃着冰糖葫芦、欢天喜地的小孙子送回家时,"日进斗"老板号啕大哭,捶胸顿足表态再也不参加议员竞选了。

最后,剩下一家车马大店镖行物流的铁老板仗着人众财多愣是不愿意退出,没几天,便有一个乞丐真的暴毙在车马店的大炕上了,闻讯及时赶来一帮巡警,二话不说,先把车马店的门封了,满院子的青菜瓜果硬是不让运出门,害得一帮生意人哭爹叫娘,都想上吊跳井。无奈,正当巡警勘察详案准备上报之际,铁老板这才狠狠心宣布退出竞选。

大功告成,全县复选省议员候选对象只剩下了范静斋老板一人。范老板一高兴请来戏班在县衙门前一连演了三天大戏。

投票那天,监投人员现场办公,票箱就搁在照壁前,凡是符合参投条件的人只能把票投进唯一的票箱里,本人因故不能来的还可以委托他人投票,被委托人不识字的,概由官府派人代理。参投人投完票还可去县衙前街繁楼免费吃流水席,从早到晚,人来人往,桌上始终是热菜热酒,好不热闹。

不管怎么说,这场议员复选是县城有史以来影响最大,也是最热闹的一次。不过了解底细的人都知道,靠这种厚黑经,用权力操纵的选举,票越多其实罪恶越重。

丁二放下烟锅,从随身挎袋里拿出了一份房契和一串钥匙,凑近陶柱灯台,翻来覆去又仔细看了一遍,心想,这么敛财太便当了,看来今后就得走官商结合的路子,让人们摸不清你的大小头,就像蝙蝠,有鸟的飞翔能力,又实实在在是只哺乳动物。这辈子算是有面子面对列祖列宗了,还真没想到办"共和"能有如此好的发财机会呢,真是撞上了几辈都没有的大运呀!

他一激动,便在屋里踱起了方步,高曲一首花鼓水调:

……

只道是酒罢壮了英雄胆,

独上西楼,

借月光暗地里观看娇娘。

……

正在兴头,转念一想,置办偌大家业只能留给狗儿,便有些不放心了。

他从鼻孔重重地出了口气,问狗儿:"最近在县署干得还行吗?"

狗儿歪着头,斜睨一眼,没吭,用那很少的黑眼珠翻了翻父亲。

"咱们家已经进城了,不识字净让人家看不起!"说着丁二转身找出笔墨纸砚,写了男、女俩字,继问儿,"认识不?"

狗儿歪着头摇摇,嘟囔句啥谁也没听清。

"啪"的一声,丁二重重地把那俩字拍到桌上,怒道:"这俩字怎无论如何也得记住!县城可不像咱们乡下,捡个没人的旮旯都能屙屎,城里厕所门口都写着男女字样,恁不认这俩字,恁知道进哪个门?"

狗儿又轻声嘟哝了一句:"别说进错门了,俺特意进错门去找。嘿嘿,还叫那小娘们翻墙跑了!"

第七章

这几条罪案，本社同人当然直认不讳。但是追本溯源，本志同人本来无罪，只因为拥护那德莫克拉西（Democracy）和赛因斯（Science）两位先生，才犯了这几条滔天的大罪。要拥护那德先生，便不得不反对孔教、礼法、贞节、旧伦理、旧政治。要拥护那赛先生，便不得不反对旧艺术、旧宗教。要拥护德先生又拥护赛先生，便不得不反对国粹和旧文学。大家平心细想，本志除了拥护德、赛两先生之外，还有别项罪案没有呢？若是没有，请你们不用专门非难本志，要有气力、有胆量来反对德、赛两先生，才算是好汉，才算是根本的办法。

　　　　　　　　　　——陈独秀《本志罪案之答辩书》

第八章

颜府新宅。

颜潜修兄弟略一商议,便让家丁开了宅院大门,把沈二皮请了进来。

"沈师爷沈警长沈老兄,今儿咋有空光顾兄弟俺的寒舍?快快,先弄几个菜热壶酒来。"

沈二皮隔过颜潜修直接打量了一番站后面的颜潜齐,想不起来在哪儿见过此人,略微有些安心,过去得罪人多,使得他不得不处处提防着人。

相视之下颜潜齐也装作头次相见,平静的外表下遮掩不住内心的愤恨,涨红着脖子,皮笑肉不笑地赔下笑脸,不住地喃喃道:"稀客稀客,久仰久仰!"

沈二皮原本个子不高,眼下好像又比前两年矮了点,头似乎也大了些,师爷那种志得意满,把持招摇,满脸放光的神采,变成了黑黄、沮丧、飘萍无处的一脸鼠相。他摘下草帽,落飘出散乱的灰白长发,那双曾经熠熠传神的大眼此刻则流露出老鼠见猫样的贼光。他一边抬脚进门,一边脱着衣服,那身旧衣满是窟窿,是灰是黑已经看不出来了。进到当门已是赤条条的一丝不挂了,身上黑一块红一块,更显得污浊难看。

沈二皮用脚把衣帽踢成一堆,说:"烧了吧,虱子太多,实在没法穿了,俺还专门在裤裆底下剪个口,蛋都掉出去了,虱子一个没走。"

颜潜修捂着鼻子,让下人把沈二皮的脏衣服抱到门外,一把火点着烧了起来,只听得"噼噼啪啪"一阵乱响。"快快,把俺前天做的对襟黑丝绸新衣服拿来给俺哥换上。那身衣服俺穿上直觉得搁不住呢,咋也想不到天差仁兄光临寒舍,德佩其服呀。"

沈二皮双手在屁股上搓着泥球,漫不经心地说:"扯球蛋!还德佩其服!恁做的衣服俺能穿?"说着抬头看了看颜潜修,"给俺找身佣人的衣服得啦。"说着用手指了指站在一旁的佣人。

颜潜修乘机退后两步,故意用一种裁缝专业的眼光,上下审视了一番沈二皮上身长、下身短的光身子,还用手指放到眼前比划了几下,很认真地说:"合适！合适！上衣不用动，裤子打不老盖①下一剪，再握个边就行。"

沈二皮又轮番用双手在胸前搓着泥滚，沉思片刻点点头，"中，中"，抬腿跟佣人进了房间。

一会儿工夫，沈二皮挽着新衣长袖出来了，慨然道："裁下来的裤腿再接块白布，还可以给俺做条裤子。"他看了一眼刚摆上桌的酒菜，不请自便地坐了下来。

"人靠衣装马靠鞍呀，恁穿这一身衣服多精神！还是当年的师爷呀！"说着颜潜修示意弟弟在沈二皮另一侧坐了下来。

"扯球蛋！啥师爷？就连这名都随大清朝进历史的垃圾堆了！长话短说吧，这次来只因愚兄一竿子没撑住，落得今天的地步，江湖险恶，恁也清楚呀，俺是要饭的路都快走不下去了，求两位老弟给找个安身的去处，一日三餐粗茶淡饭就行，愚兄不会白吃恁们的饭。"说罢起身抱拳拱手过额顶，深深地鞠一躬。

"老哥可不敢呀！恁这是笑俺弟兄呀！再说啦，老哥恁还正当年啊，恁退出江湖，天下豪杰谁不惋惜呀，中原风雨谁人能收呀，恁得发挥余热呀！"颜潜修摸了摸扁鼻道。

"这人是一辈比一辈坏呀，"沈二皮琢磨着颜潜修的话，"劈柴棍还想榨出几斤油吗？"他只顾想着心事并没搭腔。

"俺早都替恁想好了，恁只要稍微抬抬手，四马高车，绫罗绸缎，恁想要啥有啥。"颜潜修很恭敬地起身给沈二皮倒上酒，十分亲切地斜睨着沈二皮。

沈二皮并不接话，抬头看了看颜氏兄弟，平静地说："前年冬天，愚兄要饭误入一条深山沟，绕来绕去咋也找不到出口，四面山重岭复，人迹罕至，两天没能走出谷口。第三天更不妙，从早到晚细雪飘飞，阴冷路滑，愚兄是一步一突鲁②又冻又饿，幸得一高僧路过，才把俺扛上君山寺安顿下来。救命之恩不能不问，只是高僧姓啥名啥，何地之人，那高僧闭口不谈，俺琢磨他准是遇到大悲大痛，伤心入骨到无可奈何处才出家为僧，借以忘忧遣愁，淡出江湖，可退出江湖，恩怨未了，尘心难去。"

沈二皮本想如实相告，但见颜家兄弟一个谄媚阴森，一个虎视眈眈，话说半截便又岔开了。"那高僧练就了一身轻功攀爬、隔纸碎砖、飞钱断杖几项绝技，

---

① 地方方言，指膝盖。
② 地方方言，下滑的意思。

俺在寺中闲住期间,多次与他交谈。他说出家人的宗旨是普度众生,四大皆空,凡生虽不能看透红尘,却同可以悟出入世的禅理,大致有这么几条:知人不可言尽,留些口德;责人不可苟尽,留些肚量;才能不可傲尽,留些涵养;锋芒不可露尽,留些内敛;功劳不可邀尽,留些谦让;道理不可争尽,留些容量;宠幸不可恃尽,留些后路;气势不必倚尽,留些厚道;富贵不可享尽,留些福泽;凡事不可做尽,留些余德。"说完满满自斟一杯,一饮而尽。

其实沈二皮在山上遇到的高僧就是牛惠达,双方相处一段时间,相互之间对双方的身份也猜出了八九不离十。

白朗牺牲后,牛惠达从杀手身上搜出的三张画像,反复琢磨分析,悟出此事一定与一个叫颜潜修的人诈降有关,曾拐弯抹角地询问过沈二皮多次,都被沈支吾了过去。

沈二皮十分清楚,高僧会对自己的底细暗查清楚,此处也非久留之地,害怕终有一天放鸽颜潜修之事暴露引来杀身之祸,遂下山躲了起来。虽然此事已经过了一年多,突然在十几天前,他发现有人盯上他了,具体是谁尚不清楚,思来想去这辈子最大的孽债还是放鸽颜潜修一事,无奈之下这才不得不求告颜氏兄弟,心想不管怎样,至少自己可以找一个安全栖身的地方。来了之后,见颜家兄弟另有所图,便把以实相告的念头打消了。

"太有道理了,高人哪!"

颜潜修略一沉思,接道:"俺听说,有僧入得清静之地,尘心仍旧,信修邪法,误入歧途,四大不皆空,照样普度不过去,终不免还是凡道轮回。更有人肉身未入佛门,心地已住正念清净境界,佛在心中,处黑为白,转染成净,皈依佛法,积聚善财,终可免后世之苦。恁看——"

"真是不怕人心坏,就怕有理论体系的坏心眼呀!"沈二皮望了一眼故作诚恳的颜潜修,说,"大道轮回,立地成佛,真正信佛的人首先是无我,把自己等同于尘埃一叶;其次是慈悲,要有普度众生的信念;再者是智慧,凡事不可以把自己的意念去要求别人;最后是自在,善有善报,恶有恶果,凡人尘世皆有自己把持。"

颜潜修沉思良久,仍旧不甚明白。

沈二皮转眼向门外望去，见院里回廊内有四五个少妇各领着自己的儿女在戏耍，天真和笑语很容易让人忘记世上还有卑鄙下流的另一面，他真想不明白，为啥这世上越坏、越狠的人，越能有钱有势妻妾满堂呢？

"咦？难道像沈二皮这号人还能学好吗？"颜潜修起身双手恭恭敬敬端起酒杯捧给沈二皮，说，"恁当师爷时管过恶棍土豪、师婆邪教、蛊毒害人、僧道尘化、义鸡剪绺、寓赌寓娼、越城犯夜、偷伐茔树、硫磺和硝、讹诈滋闹、叛逆灾伦、阴医僧道，诸如此类，一共八十多项刑律职责，俺只借恁举手之劳，保恁享不尽荣华富贵。"

"嗯？"

"报捐查籍，过去全县的地籍都是经恁手办得，那上面有恁的手迹呀，恁只管给俺造地籍就行呀！"

"可是地籍都在地主手里，再造一份有用么？"

"哪家的地籍不在地主手里呢？可谁也保不住家里不失火、不死人哪，保不住不典当、不抵押呀，天灾人祸，四难八灾，人的一生不定碰上啥事呀！再说了，就是出现两张一模一样的地籍，上面都是恁一个人的字，恁老不说谁知道哪个真哪个假呀，以后的事恁就不要操心了。"

沈二皮一阵惊恐，用一种诧异的眼光望着颜潜修，心想：不管中国的老天爷，还是西方人的上帝，看来都有粗心大意的时候呀，咋造出这么一个跟人一样的禽兽呢？眼前站着的究竟是人不是呢？如果是人的话，咋能想出这么个吃人不吐骨头的点子呢？如果不是人的话，那么他究竟是啥东西呢？

沈二皮哈哈一笑，接过酒杯，抬手将酒倒进嘴里，指了指院里玩耍的儿童，东拉西扯地问："几年不见恁真是艳福不浅，妻妾成群，儿女竞生呀。"

"恁是不知道呀，妻妾是讨不少，可她奶奶的都不会生男孩！恁看见跑的是一群，可儿子就两个，还他娘记不清俺在哪儿整的！就那个，那个，对，一个叫学礼，一个叫学林。"颜潜修瞪大双眼用手中的酒给沈二皮的空杯碰了一下，不管他啥反应，顾自仰脖灌进了肚里。"造地籍的事咱们就这么定吧？"

不几天，颜潜修便差遣颜潜齐架杆为匪，沿着大路向北，先是打家劫舍，劫路绑票，以后改为集中兵力攻城掠寨。当然，颜府只当窝主，暗地干些贩运销赃的勾当，并不直接出面。这股来历不明的杆匪一连打下程寨、固岗和下马坡等几个大庄,其中凡是被烧、被杀的富户,外逃的地主不约而同都在颜府当铺压有地籍,或打有借约,且中证、账簿、契证样样俱全。于是颜家良田连片地扩大开了,到1918年冬天已从山边连到县城。

1918年,牛紫龙以高小前五名的成绩考上汝州中学。

汝州中学是清末教育新政办起的名校,设在州府书院街一座饱经沧桑的三进门深宅大院,一进院迎面正堂为学生集中上大课的教室,两边厢房为学校办公和教师教案室;二进院分别为学生教室和宿舍;三进院为教工宿舍和学堂操场。

民国中学教学大体仍依清末中学课堂设置,开有算学,国文(包括策论、经义两门)、英文、历史、地理、物理(包括力学、水学、光学、电学、声学)、化学、博物、体操、修身等。

牛紫龙上中学最喜欢的功课就是策论,策论大体等于以后的议论文,就是让学生就一件事,或一个人,或某个观点,起承转合发表自己的意见,如物竞天择等,当时策论以《东莱博议》为范本,兼以介绍一些西方的逻辑学等知识;当然,策论的许多选题往往偏重读经传统课目,如以诗、书、礼、易、春秋中选取文句,加以解释和论述。

中学课程十分丰富,但生活十分艰苦。一日三餐,早饭熟黄豆,午饭杂面条,晚饭红薯馍。特别是学生宿舍,往往是一个大屋安排许多学生,屋内靠墙是一排通铺,铺前一排小桌,每人一盏陶台油灯,一晚自习下来人人都是两鼻孔黑烟,脸上也是黑乎乎的,并且坐着蚊子叮,躺下有臭虫。牛紫龙形容是上有飞艇,下有伏兵,上下夹攻,内外交困。不过,如此艰苦的条件倒也有一定的好处,许多富家子弟和本城内学生纷纷改为走读,或干脆退了学。但艰苦的条件反而激发了牛紫龙倔劲,使得他学习的兴致越来越浓。

牛紫龙发现,中学上课老师为提高教学质量,不光布置作业,还常用课堂提问的方法检验同学学习应用的效果,几乎各门功课的课堂提问都是从易到难,让学生回答也是从前到后点名起立回答。看清楚这一点,他下决心坐到了最后一排,强迫自己回答老师提出的最难的问题,果然收到了成效,入学第一学期,在新开设的七门功课中他有六门考了全班第一。

每天早上,大多数同学励志都要背诵《孟子·告子下》:

故天将降大任于斯人也,必先苦其心志,劳其筋骨,饿其体肤,空乏其身,行拂乱其所为,所以动心忍性,曾益其所不能。人恒过,然后能改。困于心,衡于虑,而后作。征于色,发于声,而后喻。入则无法家拂士,出则无敌国外患者,国恒亡。然后知生于忧患,而死于安乐也。

励志行为上也自有一套悬梁刺股的干劲,往往是通宵达旦守着油灯,结果天天筋疲力尽,昏昏沉沉,学习质量效果并不明显。

牛紫龙则有些不同,他觉得用功名利禄激励学习的方法显然有些缺陷,一旦功名不就,动力便会丧失。他时常想起宋启程老师的话,人生就是要把自己领到悬崖边上,努力的目的只是为去看大多数人看不到的风光。

牛紫龙自入校第一天起,便看到了照壁上的公告,两位同学王永祥和樊存诚,分别是学校二三年级童子军全能比赛的年级冠军,全校只有他俩人有资格穿童子军旗手那身白色的制服,或许从那天起,牛紫龙便暗下决心,一定要穿上旗手的白色制服。

当然,个人较劲是一回事,真要上场比试,就不容易了。

童子军教育由英国军人贝登堡将军1907年所创,清朝末年就介绍到了中国,并且成立了中华童子军协会,以后河南省成立了支会,并由省教育主管部门正式通令在全省各中小学校组织童子军。

童子军活动的目的旨在通过野外生活和军训,使学生能手脑并用,在锻炼体魄的同时,养成智、德、体、群、美综合素质。平时在校仿军事组织训练学习,每个学校成立一个团队,每年级为一营,每班为连,佩戴"智仁勇"三字徽章,采用三指敬礼方式。在校学生无论加不加入童子军都必须遵守童子军十二条守则。学校采用童子军教育模式,统一实行每天五点半起床,六点朝会升旗,听精神讲话;白天一天按正常作息时间上课学习,只在每天下午增加两个小时的术科和野外训练;下午六点半降旗,七点晚饭,晚饭后便是学生自习时间。

童子军综合能力比赛参加人员除了各门功课必须在班级前五位外,还增考军国民教育或童子军常识、器械操作、越野、游泳、搏击等五项课目。

牛紫龙第一次参加童子军年级比赛,在十五名选手中综合评分仅位于第十名,连参加全校选拔的资格都没有,离他心目中挑战的目标相去甚远,这让他很是沮丧。他咬咬牙,自罚自己断食三天,下决心务必在半年内夺得第一名。

1919年春节,牛紫龙没有回家,为学校春季开学后的各项比赛做准备,而此时一场翻天覆地的思想启蒙运动悄然拉开了帷幕。

辛亥革命推翻大清王朝,但并没有实现中国社会的现代转型。民国初年兵祸连年,递演争乱。1916年、1917年先后发生了袁世凯、张勋两次复辟帝制的闹剧,致使政治无序、经济低迷、腐败丛生、民怨四起,民国堕地仅仅几年,外债规模已超过大清百年以上。更不妙的是,恢复帝制虽然失败了,但各地雄杰酿乱的局面已经形成,丧祸频仍,直接造成民生凋敝,四海图穷,加上列强趁火打劫,外交无据,几年时间连失蒙、藏、辽地两万里,举国上下为之惊愕,共和幻想也随之破灭。

从1918年1月开始,中国知识界就什么是共和？中国还能不能走出共和困境展开了辩论。

一部分人认为,现实民国的乱象说明共和不如立宪,立宪又不如开明专制,因此走出困境的捷径就是废除共和恢复帝制。这部分人属于王权派,人数尽管不多,但占据着传统儒家伦理上的优势,应当说有不小的市场。

还有一部分人主张君主立宪,虚君共和,论据很简单,"吾国人民本无民主共和之念,全国士大夫皆无民主共和之学",硬要在条件不具备的情况下搞共和,岂有不乱之理。人贵有自知之明,虚君也好,实君也罢,把当前的乱象治住才是当务之急。他们以学界康有为等人为主,是垄断民国初年政治文化的骨干力量,其中多数人既反对袁世凯、张勋的复辟活动,又提倡尊孔崇儒,主张绅权,既想在公共领域保留共和体制,又希望在社会生活等方面保留儒家伦理,企图在继续把持权力的条件下,找一条既有民主共和,又有专制权威的新路。

1918年3月,陈独秀在《新青年》上发表《驳康有为共和平议》的评论,代表新一代知识分子左右开弓,对复辟帝制派和君主立宪派双双进行了批判,陈独秀的文章并没有在共和专制孰优孰劣,谁是谁非问题上去分析论述,而是跳出有道无道之间的相互指责,矛头直指中国专制制度的思想根源——传统文化和儒家伦理。他认为,民国初年共和失败,袁世凯复辟帝制只是恶果,而不是恶因,乃枝叶之罪,而非根本之恶。别尊卑重阶级,主张人治,反对民权之思想之学说,才是制造帝王之根本原因。如若不把此根本恶因铲除掉,则有因必有果,无数个袁世凯会接踵而生,所以他提出"我们要诚心巩固共和国体,非将这班反对共和的伦理文学等等旧思想完全洗刷得干干净净不可,否则不但共和政治不能进行,就是这块共和招牌也是挂不住的"(陈独秀《袁世凯复活》,《新青年》第二卷第四号,1916年12月)。陈独秀的批判之所以受到新一代知识分子的欢迎,在社会上产生巨大影响,就在于他把对民初共和失败的反思引向了对传统专制文化和儒家伦理的批判,启蒙了中国社会观念的转型。

那么刚刚建立的民国共和如何才能走出困境呢?

新一代知识分子提出了用民主、科学反对儒家伦理道德,同时,推翻辛亥以后仍由绅权阶层垄断的政治、文化特权,这势必要打出彻底的反传统旗帜,确立新的价值追求。

"民主",自从来到中国似乎就命运多舛,最早引进这一概念的西洋传教士们鬼使神差地把民选最高统治者的体制翻译成了"民主",实际上中国传统的"民主"则是恰恰相反的意义。中国传统"民主"一词是偏正结构"民之主"的表述,西洋人传播"民主"的原意是"民主之"的概念,两者所指完全相反。以后几十年,"民主"在中国竟又生出了多个截然相反的解释,它既有中国传统意义上的专制独裁"民之主"的意义,也有西洋人由人民支配、人民统治的含义,既可以表达与中国传统语意近似的想法,把"民主"戴到世界各国元首、皇帝头上,又能表示与中国专制独裁相反的制度,甚至还一度干脆用"民政"代替了"民主"。

民初共和失败,中国学界从不同立场反思失败原因。以陈独秀为代表的新一代知识分子认为,共和失败,袁氏复辟,根本原因在于帝制思想基础根深蒂固,孔教与帝制密切关联,是相辅相成的关系,因此,清除帝制思想,反对儒家伦理,就有必要找一个能替代传统伦理的新价值观念。而"民主"作为一种平等参政的诉求,更接近于社会公平公正的本质,对中国传统文化限民权、行人治等观念有着颠覆作用,同时,也象征着对世界潮流的向往和追求,于是就大张旗鼓地打出了"民主"的大旗。

恰在此时,中国爆发了改变历史进程的五四运动,这场运动开始以取消"二十一条",收回旅顺、大连的民族主义面具出现,迅速演变成了包括各种势力、各种观念、各种思潮参与的新文化运动,由于这场运动又使得"民主"这一概念陷入了无法排解的矛盾怪圈。

民主的基础应当是个人主义,而个人主义来到中国,就被误认为是个人比社会更重要的一种思潮,显然一开始它就有些水土不服。更不幸的是,中国引进西方个人主义观念是连带着权利等概念一起引进,按照西方的逻辑,个人主义作为现代性的基本价值,个人是自然权利的主体,国家主权来自每个个人权利的让渡,用社会契论,通过一定的民主形式,把个人、社会、国家连在一起,只有个人独立自主,或是具有了独立自主的权力,才有国家的独立自主;在个人独立自主立约基础上建立的现代民族国家,才具有法理上正当性;个人有了自由富裕的权益,国家才有强盛的根本。

道理虽说简单,到中国就是行不通,它首先遇到的就是以家族为单位的社会结构难题。在中国,个人只是错综复杂关系网中的一个节,绝大多数人不会,也无法挣脱这张与生俱来的伦理等级大网。他只能站在一个特殊的网节上,本能地把周围的人分成有关系和无关系的两部分,就像一粒粒洋葱,个人只与自己有关的层面联系,同时又围绕着一个宗族或一个家族,或是一个权力中心,层层的包裹起来,不是个人而是整个层面都受到社会等级制度的制约。个人在这张网里失去了个性自主,传统的伦理道德又使个人不能从个人角度去分清是非曲直,只能从家族、宗族的立场去选择对错;个人可以对内讲孝、对外无德;支持谁反对谁并不取决于谁对谁错,而要看他与自己所处节点的远近亲疏。尽管在五四运动之前,反传统礼教运动已经轰轰烈烈,只是在经济上从来没有动摇过家族本位的根基,个人主义仍依飘萍无定,不得不变态成一种没有自立的"个人主义",不少时候都把"民主"演变成了"民粹"。

民族主义同样是现代性价值体系的支柱之一,由于中国民族主义形成路径的特殊性,在它形成过程中就注定了它的工具性和阶段性特征,只能走一条与民主渐行渐远的路子。

中华民族是早期人类无可争议的文明之一,经历了数千年融合而形成的民族大家庭,幅员辽阔,民族众多,早在西方人发明民族主义、民族这些比较僵硬的概念之前,中国就形成了一个以中华文明道德秩序为基础的天下观。天下是一个家国同扬的普世观念,这一观念把几千年民族融合过程中实现中华传统伦理文明的地域、民族都纳入中华民族共同体,这个共同体以家族、宗族为基本单元,按照一定的地域、等级,划分进入属地,或属人管理,自然就成为中华民族的一部分。秦汉以来,中国采取郡县制,郡县以下采取编户齐民,周围边疆采取的是属人管理,北方有游牧民族,南方有流耕的游农,这一模式实际是行政区划和族群概念结合的特殊形式。中国正式疆域四周被视为夷番,尽管夷番的观念不够平等和礼貌,却也有长期互惠互利的交往历史。

鸦片战争后,西方人开始了对华的瓜分,瓜分活动是通过一系列国家、主权、边界、版图等模糊概念进行的,这里面每个概念都有一些容易引起歧义的要素或标准。19世纪60年代至80年代,中国出现全面边境危机,西方以现代民族国家观念对古老中华民族的天下秩序进行了无情盘剥和掠夺,中国创巨痛深,被迫接受世界万国公法,然而,中国人期待能平等待我的愿望还是成了泡影。

甲午战争后,中国民族主义开始勃兴,人们反思传统的天下观,认为把一国视为一家之私产,把朝廷等同于国家的观念,是中国弱亡的最大病根,中国之所以不能自立,就在于上者夺民自主之权,下者没有权利,销蚀了爱国之心,故欲救中国当首令全国人民知道国家为何物。19世纪最后两三年随着"国家为何物"的讨论,中华民族观念逐渐形成,1901年中国民族主义首次见诸报刊。然而,此时兴起的民族主义,与早期英美崛起过程中追求主权在民的民族主义有了许多不同,中国的民族主义有两个背景对它造成了不可忽视的影响,即中国民族主义兴起于民族危亡的关头,兴起之日又恰逢社会达尔文主义在中国传播之时。这就使得中国的民族主义更多的依赖传统文化来积聚国家的力量,而传统文化又规定了让渡权利共同体的不是个人而是中华民族。同时,在民族陷入灾难深重境地之时,民族主义的主要任务只能是保国保种,不断扩大政府和集体的权力,谋公益而御他族是也,最终不得不放弃个体主义原则,转变为集体主义,再加上个人主义在中国的遭遇,又不得不丢弃"公民"属性,走上与权威结合的老路。

十月革命一声炮响,中国在自强道路上开始以俄为师,新文化中的民主运动也随之变成了政治上的民主主义运动,乃是推翻父权的君主专制政治之运动,也就是推翻孔子的忠君主义之运动(李大钊《由经济上解释中国近代思想变动的原因》,《新青年》第七卷第二号,1920年1月1日)。原来与"民主"观念一同引进相关联的价值体系,如大众参与民选国家元首,代议制,以及对政府的宪政约束等也逐渐从中国"民主"观中淡出,使民主成为了单纯追求平等,批判传统儒家伦理,类似平等的观念,强调大众直接参与,用"人民统治"排除代议制,忽视宪政建设,最终,逐步趋同于平民主义和社会主义。

暑假前，牛紫龙最终以第一名的成绩从年级胜出，成为全校秋季比赛的候选选手之一。这段时间他每天跟在王永祥、樊存诚身后训练。在童子军比赛增试的项目，三人的实力不相上下，越野是樊存诚的强项，搏击是王永祥的专长，游泳俩人都比不上牛紫龙。也就是说他只有把越野和搏击两项都拿到第二，才有把握排在俩人之前，因此每天的训练他都要分析一番他们两人强项中的弱点。

王永祥个子不高，身体强壮，圆脸，头发留得很短，在当时是很摩登的发型，眉毛粗长，一双大眼神采飞扬，圆鼻厚唇，皮肤白皙，性情沉毅开朗，好打抱不平，急人所难，有古侠之气，据说，他祖上是练武世家，传到他这一代，走上亦文亦武的新路。他一年四季穿着灰色短衣衫、宽胖长裤，即便大雪纷飞他照样也是这身打扮出门。

樊存诚高个儿，手腿都很长，似乎有些驼背，长发分头瘦脸，皮肤黑黄，两只大眼无论望到什么似乎都是忧深思远的神情，最醒目的就是他尖尖的钩鼻，夏天红红的，冬天常常在鼻尖上挂着一滴冰，小嘴薄唇咬着两边倔强的曲线。他生性寡言少语，慎思沉毅，不过生活比较马虎，好像自打获奖穿上了那套白色立领制服后，他从来没有再脱下来过，至今穿在身上已经微微泛黄了，还是一年四季地穿在身上。

越野训练三人往往是王永祥一马当先，小步快跑，樊存诚大步流星跟在后边，沿着护城河堤围着城墙绕上一圈，正好九里一百一十八步，回回都是跑到城南门时，樊存诚会快跑几步超过王永祥。而这时牛紫龙耳边只剩下呼呼的喘气和咚咚的心跳声，两腿像注了铅一样，每迈一步都要付出巨大的气力。他暗自评估了一下三个人的实力，不得不承认就越野而言自己可能是最差的，看来紧靠毅力是无法取得的第二名的。

搏击虽说王永祥稳拔头筹，但牛紫龙发现樊存诚练的功夫比童子军规定的课目要多得多，除了拳脚轻功外，他还偷偷地练些袖箭、弹弓、白蜡杆之类的器械，再加上他个大手长，攻防兼备，要想打倒他更不容易。

这天，牛紫龙从起跑就紧紧跟在王永祥身后，刚跑一半路程牛紫龙便紧赶两步超过了王永祥。他咬紧牙关、拼尽全力领跑了一段路。渐渐地后面俩人开始乱了步伐，争先恐后地从他身边超了过去，但跑出不远，便不得不放慢步伐。他知道他俩的体力也已达到了极限。临到终点时，牛紫龙再次拼得最后气力奋起加速，虽然没有超过樊存诚，却超过了王永祥。

第八章

樊存诚双手从背后撑住腰,大口大口喘着气,还不时地咳上几声,走到正蹲在地上的牛紫龙面前,猛地拉了一把,气喘吁吁道:"不能姑堆那儿……再累也得站着慢慢走,保持血液畅通,不然会出毛病。"

牛紫龙站起身只觉得眼前一阵天旋地转,鼻孔里充满了淡淡的血腥味,他解开两腿绑的沙袋,用力揉着肿胀的双腿。

"恁不是跑赢了,恁是斗智斗赢了,差点打乱俺的体力分配计划。"樊存诚又走过来拍了拍牛紫龙:"哪儿人?"

"月桂镇。"牛紫龙直起腰,试着慢慢走了两步,"没办法,力不如人,只能耍点小聪明。"

"噢,出名人的地方,牛惠友听说过吧?"

牛紫龙边走边问:"恁也认识?"

"他跟俺叔认识。"樊存诚平摔着手答道。

"恁叔是——"

"樊钟秀。"

牛紫龙很认真地审视了一番樊存诚。

他当然知道,樊钟秀是豫陕两省响当当的人物,之所以名气大,皆因他和他新拉起的队伍都是传奇。

樊钟秀出身寒门,其父是半耕半读的穷秀才,樊钟秀本人也是读书力农,起自草莽。清朝末年,樊家逃荒到陕西洛川开荒种地,遭当地土匪黄大爷敲诈,被迫起杆,起杆后剿匪保民,采取不淫不抢、主客平等的政策,守护一方。从那时樊钟秀就有了名声。1914年,白朗义军进入陕西后,官府认定樊钟秀部与白朗义军有联系,派一团正规军前来围剿无果而终。不久,袁世凯称帝全国声讨,樊钟秀重整旗鼓,联络南方国民党人,打出了靖国军的旗号护国讨袁,一连打了几个恶仗,名震三秦。1919年初,樊部才转战回到了河南招兵买马,加强整练。樊钟秀部虽是逼上梁山的起杆队伍,在江湖上干的则是行侠仗义之事,恩怨分明,从不行恶欺良,赢得了"公道大王"的好名声,被许多县份官方百姓倚为保障。樊钟秀本人思想开明,向往光明正义,肝胆照人,待人处事见义勇为,从不攀附权势,还结交不少国民党朋友,受这些朋友影响,曾多次与南方国民党联系,直接写信给孙中山要求派人到所部指导。不久,孙中山派于右任、张芳到陕西组织靖国军反袁,樊钟秀被任为第二路军总司令,是靖国军中最重要的一支力量。他为人言语坦率,重诺守信,恩怨分明,来去清白,以侠义宽厚维系着他那支拖不垮、打不烂的队伍。

樊钟秀中等个儿,身材偏瘦,不管行军、打仗总爱穿一身灰布衣衫,俨然一副文质彬彬教书先生的模样。他皮肤白皙,长脸长发,目秀而威,且两眼的眸子金黄金黄。钟秀平时不苟言笑,为人谦和,只是打仗出奇的勇敢,常常身先士卒,部队流传一句名言——"没有七魂八胆,就别跟樊老二"。

樊钟秀率部回河南时正赶上督军赵倜扩建"宏威军",便把樊部编为一团,开赴豫北剿匪,不几天就消灭巨匪张槐一千多人,名声大振,被称为豫军中最能打仗的队伍。

牛紫龙入校不久办了件在当地影响深远的事,声名鹊起,很快成了家喻户晓的人物。

"中,俺看恁比俺强,遇事不乱,临危静气。"樊存诚抬头望着城外荒野,"县长没有说下来的事让恁办成了,有勇有谋呀。"

牛紫龙笑笑,说:"俺也就情急之下不知咋的就有了胆量,登台后向下一瞅才知道害怕,可是已经没了退路,只能硬着头皮把俺的想法都讲出来了。"

原来五四运动爆发后,开封学生联合总会派人到汝州各学校、各单位联络成立分会。开始,分会只是组织些游行、贴标语,召开座谈会,街头演讲等诸如此类活动,尽管"外争主权,内除国贼"的标语到处都是,但社会的影响并不大。鉴于此,分会研究决定,组织查抄小分队,从即日起把守州城四门,不准洋货进出,几天下来,仍不见有大的反响。于是又组织各校学生上街,对各大商号的洋货,包括洋油、洋火、洋蜡、洋糖、洋布等等进行查抄,并将查抄所得收集堆放在了关帝庙院内,各类货物琳琅满目,似小山一般高。

如此一来,全县商绅慌了手脚,当天下午便托商会会长找官署求情,县长高增亮亲自出面到分会谈判,要求凡拿不出内贼证据的商户必须发还被查抄的货物,避免发生"过激行为",否则将"立即取缔"分会组织。

县长这番连忽悠带恐吓的话激怒了分会一干人,县长一走,他们当即作出决定,马上通知各学校各单位的人到关帝庙集合,焚烧洋货,举行火把游行。

学生们群情激奋,将收缴的洋货,团团围住,此起彼伏的呼着反日口号,分会的人在没有说清道理的情况下点燃了火把,当此千钧一发之际,牛紫龙跳上庙前高台大呼一声"千万不可",并一把夺过那人的火把。

"日本人有罪,这些洋货不一定有罪,恁们烧这些货只能是亲者痛,仇者快!不会影响日本人发财,破产的是咱们中国商户。俺有一个主意,这些货发还原有的商户,让他们削价出售,收入一半作为罚款交给学生联合分会,用以购买图书和赞助贫困学生,以此作为惩罚,让经营洋货的商户立下字据,不再经营日货。咱们抵制日货,没有捷径可走,只能把咱们的产品做得比日货强,价格低,如此,才能达到抵制日货的目的,同意不同意?"

关帝庙前广场人头攒动,议论纷纷。

王永祥也跳上庙前台阶,大声问:"同不同意?"

"同意!"樊存诚一边大喊,一边跳上台阶,带头举起拳头大喊道,"同意!"

"同意!"台下响起山呼般的回应。

"好!请分会的人通知各大商号来领货,其余的人散会!"

一日。

汝州城外。

牛紫龙和王永祥一直在东门外等,却始终没见樊存诚,两人只得各自跑了一圈,悻悻地赶回学校,不约而同地到初三学生宿舍,进门见樊存诚一反常态地穿了一身灰色短衣裤,冲着俩人微微翘起嘴角笑笑:"就等恁俩来呢。"

他出门探探头,又转身指指床上一本击剑教材和那身穿得发黄的白立领制服,说:"这本书送给永祥,这身衣服给紫龙,现在恁就是全校的旗手了!"

"恁这是去哪儿?"王永祥擦着脖子的汗,满脸通红,问,"眼瞅着都拿毕业证了,哪怕恁参加完比赛再走也行,临上场打退堂鼓不觉得可惜吗?恁为此准备了这么多年!"

黑暗中樊存诚两眼炯炯有神,笑笑没吭。

"可惜,好不容易等来一次比试机会却未能如愿。"牛紫龙有些怅然道。

"以后有机会。"樊存诚系好行礼包,双手把长长的分头向后一抹,很笨拙地一笑,拱手说,"天下一家,四海兄弟,愚兄俺虚长两岁,先去江湖给弟兄趟趟路,找一个能有所作为的去处,咱们虽没换过帖子,可也算有金兰之谊,走过一段相同的路,喝过一口井的水,搅过一个锅里的粥,愚兄离校,出息了绝不忘两位贤弟。"

"当今天下大乱,群雄纷争,虎豹当道,民无宁日,咱们兄弟合力正好干一番事业,恁这一去,"王永祥很是不舍,"不知何时……"

这时,门外落下两颗小石子砸门的响声,樊存诚未及答话,背起包裹,郑重地又向王永祥、牛紫龙拱了拱手:"来日方长,后会有期。"

说完转身大步出屋,向学校的围墙跑出。夜幕下,但见先是包裹摔出院墙,接着一个瘦瘦的黑影瞬间翻了过去,周围寂静如初,仿佛什么也没有发生,皎月一轮在风中显得更加明亮。

王永祥像是自言自语地问了句:"恁不知道他去哪儿了?"

牛紫龙很失落地摇摇头。

中国人——尤其是大多数的农民——的衰老、腐朽、钝滞、麻木和种种的退化现象,更叫中国整个社会的问题,严重到不可收拾。实在可以说,社会的各种问题,不自发生,自"人"而生。发生问题的是"人",解决问题的也该是"人",故遇着问题不能解决的时候,应该想及:其障碍不在问题的自身,而在惹出此问题的人。所以中国四万万民众共有各种问题,欲根本上求解决的方法,还非从四万万民众身上去求不可。在这种认识下,民众教育——或者简直是农民教育的工作,可以得到一种有意义的看法。因为问题既在人的身上,所以从事"人的改造"的教育工作,成为解决中国整个社会问题的根本关键。

——晏阳初《十年来的中国乡村建设》

第九章

五四运动后,河南和全国一样形成了历史难得的第一次工业化机遇。成因有第一次世界大战的影响,国外进口减少,给民族工业发展让出了市场。同时,国内军阀纷争,法制松弛,无形中放松了对地方的统治,一大批受过近代知识教育的知识分子在各地掀起了自治运动和新村运动,为兴办工业企业和城镇化提供了条件。

　　1914年爆发的第一次世界大战原本并没中国什么事,北洋政府之所以参战,主要目的是为了提高自身的国际地位,借以收回部分权益。参战虽然一波三折,但介入的时间还是十分恰当的。宣布参战后,中国派出大量劳工到欧洲东西两线战场做劳务,正规部队仅派出赵焕章支队到俄国西伯利亚转了一圈,并没有真正打仗的意愿。倒是国内不少商人利用欧战需求高涨之机兴办了一批企业,替代进口,开始了国内工业化进程。五四运动,抵制洋货,又为国货扩大了市场份额,不少沿海企业也乘机向内地转移。这期间开封、郑州、新乡、安阳、巩县、武陟、郏县等地或承接上海、青岛、天津部分产业转移,开办了一批贫民工厂、纱厂、火柴厂、水厂、蛋厂、面粉厂、机器制造及兵工厂、煤矿等。

　　1920年春,一批知识青年在郾城县孝武营村成立了青年自治会,创办青年公学,并把该村改名"青年村",开展民众教育,移风易俗,拉开了"新村运动"的大幕;同年初秋,北京"马克思学说研究会"成员游天洋任职洛阳陇海铁路局,开始在产业工人中传播劳动光荣、劳工神圣的新思想并组织了铁路工人俱乐部。

　　与此同时,军阀纷争也是高潮迭起。

　　1921年1月,北洋直系冯玉祥所部第十六混成旅在信阳截留京汉铁路局解运北京的财政款项22万余元,以抗议9个月未发军饷。

　　河南督军赵倜此时正忙着与日本东洋拓会社谈判,要把郑州卖给日本,此举立即引起河南和旅京豫籍人士的连番抗议活动,为此还发动群众到河南银行挤兑,使河南银行被迫宣布暂时停闭,差点被折腾垮;在此期间,赵倜为反对皖系派新人督掌豫政,打出了"豫人治豫"的口号,鼓动汴省各社会团体以召开公民大会的名义,通过了撤换省长的决议案,并派人进京将决议案分别递到府院,迫使皖系省长辞职。赵倜自袁世凯去世后,一直在直、皖两派军阀之间摇摆,左右为难,只因皖系要派省长掌豫,削弱他的权力,这才下决定投靠直系。未曾想,不久直皖开战,洛阳、信阳、南阳等多地陷入战争,更多地方的皖系驻军不时哗变,四处抢掠,战火很快遍及全省。

五四以后,河南的新文化运动如火如荼,分化出各种政治思想的派别,逐渐形成了主导社会发展的政治势力。信仰自由的前提是教育、信息的自由,民间力量创办了《心声》《青年》《女权》《新闻报》等报刊,出版了揭露日本帝国主义侵华阴谋的《东游挥汗录》等书籍,无论哪一派别都以输入新文化、唤醒国人、救亡图存为己任,无一例外地把反封建礼教、倡导民主科学作为宗旨,宣传民族主义和富民强国之道。这时期,知识分子已不再满足引进西方思想学术,开始用不同的思想学术探讨维新中国之路。1921年3月,湖北共产主义小组派人到郑州铁路职工学校任教员,传播先进思想,李大钊也到郑州工人夜校介绍十月革命的情况,宣传马克思主义。一批现代知识分子开始走上社会,他们相信中国的未来已经不再由军阀的实力决定,而应当取决于他们讨论的思想和观念。

1921年春节过后,牛惠师等人辞去汝州中学教师职务,带领一批学生回到郏县开展"新村运动",已经毕业的王永祥也回到郏县城关镇。

同年,牛紫龙考上了洛阳河洛道师范,征得校方同意后,他决定休学一年,留在家乡协助二叔搞"新村运动"。

地方自治早在清朝末年就为中国各派政治势力所接受,之所以如此,就是各派都把自治作为实现各自目标的工具。立宪派声称自治是宪政基础,革命派则想利用自治积蓄力量,就连大清朝廷也曾以此作为改革和增赋的渠道。

辛亥以后,这种局面依然未改,同盟会曾提出民治其国,自治地方,以此作为民国万年有道之基的口号;立宪派则认为自治实质就是绅治,应由地方绅士精英代行民权;而对于已经取得权力的北洋军阀集团而言,自治当然就是官治。

河南督导赵倜自然乐意打出"自治"的旗号,提出"豫人治豫",显然就有自治的意义,然而口号喊的是"一切为了豫人",实际只为自己的家人办事。赵倜兄弟三人,赵倜居长,二弟赵俊在老家汝南广置田产,任汝南等十县巡缉营统领;三弟赵杰被任为宏威军总司令,统辖全省军事;至于其他七大姑八大姨及叔侄晚辈,或为官,或经商,把持着军警宪特及军工等要害部门,真可谓一人得道,鸡犬升天,把整个官场生生搞成了"官尽土著豪劣,兵皆土棍流痞"的局面,根本没人在意是不是真搞自治。

民国期间,河南的自治运动从1919年北京政府设立地方自治模范讲习所开始,先后选送了三批学员参加。学成回来,便分道举办了省内的自治讲习所,再由道培训各县自治人才。有了一定的人才基础,河南成立了自治筹备处,开始酝酿起草自治条例。

牛惠师等人辞职上山下乡开展"新村运动"是全省第一批试验单位。

此时,牛惠师颇有些自由主义加无政府主义的理想,性情变得愈发童真无忌,尽管在此之前理想一个接一个地破灭,时局和处境没一点值得安枕的地方,牛惠师还是充满热情地投入到他心目中的新村运动。和他一起来的是两个有文学爱好,指望着靠笔杆奋斗的同人罗梦赢、程源清。

牛惠师等人来到月桂镇后,自作主张把牛家祠堂打扫腾空办起了自治讲习所,镇上男女老幼自愿参加。他们三人每天晚上轮流讲课,从识字、农业知识、农村经济到乡村建设、精神陶冶,再到历史传统、医药卫生,凡是三人知道并能现学现卖的都安排进了讲座内容。白天,三人则开展调查,激烈地争论修订镇规镇约的条款,以及如何除弊兴利之类的议题,反正类似的问题在生活中俯拾皆是,三人尽可没完没了地争论下去。不仅如此,三人还以身作则带头修厕所、扫镇街,组织互助。他们三人就住在牛家祠堂,实行着一种有钱大家花,没钱花大家式的集体生活,倒也衣食无忧。此外他们还成立了"青年读书会"、镇自治公所,建立了民团自卫组织。只是三人都是读书教书出身,谁也没有真正比划过打枪,牛惠师便出面与镇里的军属商量,极力动员军人回乡创业,当然牛紫龙也算一个,毕竟受过童子军教育,牛紫龙休学一年其实也是二叔的主意。

牛紫龙回到镇上,每天只需半天时间协助训练自卫民团,大部分时间还是跟二叔跑腿。他提议全镇按地亩摊派凑钱买了11支快枪,打造了一部分大刀长矛,把明朝的红衣大炮从河边搬到了镇唯一的出入口的城楼上,全镇所有男丁都安排了值更巡逻,并按照普通战士的教程对镇里青年进行战术技术的训练,很快月桂镇自卫团就有了不小的名声。

自古以来,中国就是以农立国,毕竟农业人口占全国总人口的百分之九十五以上。清朝官府对农村的控制达到历史高峰,农民身上至少有四种错综复杂的权威和势力,即以血缘关系为纽带的族权势力,以垄断知识和勾结官府为特征的绅权势力,以保甲清乡制度以及类似组织的官方势力,以及以控制、引导族权、绅权,进而垄断人精神世界的封建教化势力。这四种权威的结合,形成了以乡绅为主的少数人的特权,使他们能长期把持统治地位,礼法并用,恩威兼施,盘剥压榨,德主刑辅,成为了中国农村几千年积贫积弱的主要原因。

参加新村运动的各派政治力量提出的目标和采用的方法也不一样,大致可以分为两类:一类,属于顽固派的主张,试图通过加强对农村旧有的威权统治,恢复传统文化,改进绅权、官权,恢复农村的秩序;一类,是被称为过激党的观点,希望通过自治讲习,兴利除弊,动员组织民众逐渐认识自己的权力,从思想上彻底摆脱封建社会残存的各种威权,走上自治道路。这类主张,又分为乡村文化建设派、自由主义派和马克思主义派等。乡村文化建设派主张改进乡村文化失调的问题,进而改造国民性,用传统文化中健康有益的道德唤醒广大民众,学习西方团体组织精神、科学技术知识,由农业发展促进工业发展,由乡村重建救助城市建设;而自由主义者则认为,走文化重建的道路完全是一种逆流,是历史的倒退,农村的发展道路恰恰应当与之相反,以工业带动农业,以城市带动农村,先把经济搞上去,再逐步实现对社会的改造;马克思主义者认为,以上两派都不现实,在当前军阀混战、民不聊生的环境下,中国需要一场革命进行了断,不是为了眼前,而是为了未来,今后无论走什么道路都不能忽视阶级斗争,离开了阶级斗争,在农村开展任何运动无疑都是空中楼阁、白日做梦。

牛紫龙发现二叔他们三人虽然都属于过激党,不幸的是各自所持的观点又都不一样,整天争论不休。好在在教育、武装农民这一点上分歧不大,争吵并没有妨碍他们夜以继日地开展工作。

县城,丁二家新宅。

"爹,恁还是不是县自治筹备处主任?"狗儿进门冲着丁二嚷嚷道,"牛惠师带着一帮人在咱老家月桂镇搞啥球自治,又搞啥球新村镇运动,咋连个招呼都不打?"

丁二端着水烟袋踱出当门,仰头面朝阳光,眯缝着眼,片刻,重重地打了个喷嚏,抬手揉了揉鼻子,漫不经心道:"这帮教书匠真是吃饱撑的,别理他们,谅他们也搞不出啥球名堂。"

"那可说不定。"狗儿穿一身巡警制服,矮墩墩的身材把那身制服撑得满满的,他拎着皮带,从丁二手里夺过水烟袋,放嘴里呼呼噜噜抽了几口,没好气道,"听说他们还去省里训练过几天,回来又是查编户口,举办啥自治讲习,又是发表调查,让各家各户提应兴应革的事,还讨论村规乡约、自治条例,搞啥球选举、监督,还说要防止豪劣之人垄断选举,清除利诱恐吓之弊之类的事,选举要重知识阶级,为事择人,这帮人啥意思?"

"不用理他们。"丁二稳稳地坐到太师椅上,"这些玩意儿爹在清朝末年都玩过,王八瞪绿豆——一球样,没多少油水。"

"可他们全不把恁这个主任放眼里,俺是生这气!"

丁二略一沉思,问:"他们的经费从哪儿来?去省城训练走的谁的门路?恁抽空把这两条问清楚就行了。"

狗儿搔搔头,答道:"听说牛惠师说通了牛家老大,从牛家拿出十几亩地作为自治开办费,还把牛家祠堂腾出来做办公所用,他们几个就住在祠堂里,至于去省城训练走谁的门路俺还没问清。"

他把水烟袋递给丁二,接着道:"这帮人恁可不要掉以轻心,他们还训练了个啥球自卫团,几十号人枪天天操练,说不定哪天把恁这个主任给自卫掉,恁再哭也没球用了。"

狗儿说完转身就要出门,丁二一下跳下太师椅,拉住狗儿道:

"等等,爹琢磨好几天了,大凡官府提倡要办的事,大多办不成,自治这活不光是谁治,治谁,关键是治啥,咋治,别看那帮教书的说得头头是道,啥编户齐民,啥兴利除弊,啥为事择人都不顶球用,道理都是正的,可人心全是邪的,没有些手段他们是玩不住人心的,不过,这回真得用用恁那捕役班。"说着,丁二用那小而犀利的眼向门外瞟了一下。

民国初年,县衙都改成了县公署,只是没有及时改革内设机构,不少县公署仍然沿袭清代的机构设置和制度。一般县级机构设有十房七班,十房即吏房(为十房之首,管民政和人事任免)、户房(管财政度支和户口)、礼房(管学校教育、考试、祀孔)、兵房(管地方武装和兵差)、刑房(管刑律)、工房(管治河修路等公共工程)、库房(管粮银和罚款)、仓房(管仓库)、户盐房(管盐务)、承发房(管民间诉讼和发状等)。七班包括头皂、二皂、头状、二状、头快、二快和捕役班,七班主要任务是县官上街下乡跟随保护,出衙、坐堂负责喊威用刑,拿拘票叫官司,带原告被告等。清至民国,七班衙役皆无薪饷,全靠向官司户勒索收贿,就是捕快也是靠勾结强盗或犯案人员坐地分赃,这的确不是那个人生来就坏,而是"班规"就是如此,也就是说,人坏不到一定程度,根本进不到这队伍。

自打丁家搬进县城,狗儿就热爱上了这个捕役的工作,当然,七班之中集中了不少县里著名的土棍流氓,渐渐地狗儿的无赖痞性后来居上,成为了七班衙役中最有特色的捕役。县里凡是被盗被打的冤家不报案还好,只要报案就要赞助,不但案子结不了,还要被这帮衙役没完没了地敲诈下去。于是,全县犯案不断上升,报案的越来越少,其乐融融一派升平。毫无疑问,不定啥时候偶然也会发生一两起有钱有势的人被欺被盗的案件,只要给狗儿打个招呼,案子就会神速了结,被盗物品完璧归赵,被欺人家也会及时收到道歉礼金。只是那些犯案人员或是逃之夭夭,或是客死他乡,反正永远捉拿不到。

由此可见,狗儿的能耐了得。丁主任很是赏识儿子这般才华,隐隐地感到这种无师自通的才能肯定来自某种遗传,龙生龙,凤生凤,老鼠生来会打洞,人就更神奇了!想到这点,他就直觉得儿子屈才,应当放手让儿子干一番更大的事业。他突然有了个更大胆的构思,沿着这个思路推算下去,结果连他本人都吓一跳。他快步出门,面朝阳光闭着眼,心想:儿子说得对,不能让这帮穷教书的胡闹下去。思路决定财富,这是那帮教书读书的人连做梦都想不到的好主意!想到此,他一把拉过狗儿,低声在他耳边嘀咕了一番,狗儿小眼一瞪:"哎呀!这不是借……"他用手比划了个杀人的动作。

丁二慌忙捂住了他的嘴,眯起眼道:"只可意会不能言传。"

冬日。

月桂镇。

1922年的冬天来得格外早,刚入腊月,老天就纷纷扬扬下了几天雪。俗话说亮一亮水一丈,那天临近中午才出了会儿太阳,只一个时辰,天又重新转暗,阴沉沉地滚来不少黑云,一会儿工夫,大片大片的雪花又纷纷扬扬舞动在山峦河流之间,飘白了一个清亮亮的世界。

下午,一个十几人的杂耍班子跌跌撞撞来到月桂镇寨门外,大呼借宿,只求收容到天晴,啥时间雪停啥时间走,晚上走不了就在镇里免费演场杂耍。守门自卫团丁见来人都没带像样的兵器,正好又是天下大雪,天寒地冻,路滑难行,便动了恻隐之心,跑去跟新村运动的教师汇报,牛惠师等人大大咧咧拍板同意,把人放了进来。

傍晚,雪仍是细细密密地飘着。杂耍班见天不转晴,便在镇中会馆搭台鸣金,通告全镇,晚上免费给百姓演出精彩杂耍,自然受到大伙儿的响应。晚饭时分刚过,男女老少便兴高采烈地涌向会馆。正当大伙儿准备看戏之际,牛陈氏多了个心眼,让巫婆到杂耍班驻地去转了一圈,抓回来一把黑灰,进到牛惠群家就说:"没啥,没啥,除了几只猴子就是几个孩子,正在洗脸扎头呢,俺看了除了割脚刀大小的家伙,啥都没有,只有在猴笼底下压一袋黑灰不知道是啥东西。"说着伸手把黑灰倒在了桌上。

牛惠群上前用手搓了搓,又分出一撮放地上,用火绳一点,"轰"的一声把他的眉毛都烧了。

"瞧瞧恁。"牛陈氏上前抚了下牛惠群的眉毛,扭头对巫婆说,"恁看就几根眉毛还全烧糊了。几天前值更的团丁就报信说有几个缠头巾、穿灯笼裤的马贼在周围转悠,说给恁,恁不当回事,说给他二叔也不当回事,还说可能是'飘叶子'和'亮兵'的,都这把年纪了还没一点记性!"说着她用手指点了点牛惠群的头,接着道,"牛家的男子咋都不支事,恁大事还得俺们女人替恁们操心。"

牛惠群低着头,用手轻轻抚摸着烧焦的头发、眉毛,没吭。

"润儿!"牛陈氏一边穿衣一边朝门外喊道。

"哎呀,看这一帮孩子让人心疼,谁知来者不善呀。"

牛陈氏见牛紫龙进门,吩咐道:"恁去让民团先把那几个孩子看起来。"说罢,从桌上抓起那黑灰,拉着巫婆,"走,找他二叔去。"

牛紫龙带人来到台后,三下五除二就把杂耍班子都给收拾了,全都五花大绑麻绳勒嘴,黑布罩眼,耳朵眼里灌满面糊,分别塞进靠山边的三眼红薯窖里,还在窖口压上巨石,只留下碗口大的透气口。

此时,会馆里人头攒动,戏台上挂着四盏雪亮的煤油灯,随着一阵"哐哐哐"的敲锣声,众人盼望的杂耍不见了踪影,走上台的是新村建设筹建处的三位教师和牛陈氏。

"对不住了,乡亲们,今儿黑的杂耍看来要成全武行了,这个草班是土匪血洗咱们镇的内应,已被咱们民团给收拾了。"

牛陈氏刚一开口，台下便轰然议论开了，她伸出双手示意大伙安静，接着道："筹备处已决定派人走水路到外面请局子部队了，大伙不要紧张。听那几位杂耍的探子说这股土匪不熟水路，十有八九从陆路来攻寨门，这样咱们镇的老人小孩可以先安排上船守在码头。男丁都到寨门防守。现在可以回家收拾一下，平时准备的武器都带上，不准生火，不准吃喝，不准吸烟，不准乱跑，见后山升起联庄联保的灯笼，大伙就按分工就位，到码头待命的老人小孩由咱新村筹备处的三位先生招呼，大路寨门由俺跟孩儿他爹领队。啥话也不用说了，按俺说的办吧。"

牛陈氏也回家收拾了一下，锁上家门，转身对牛紫龙说："还是恁去吧，恁爹太老实，话也说不成，支不住场面上的事。"

"毕竟俺参加过训练，团丁们啥水平俺心里最清楚，这时候让俺出去请兵……还是让俺爹去吧！"

牛陈氏望了一眼站在一旁的牛惠群，一把抓过他手里的头巾，大步朝寨门走去。

"恁不是在外面上过学吗？见多识广，恁不是还有个同学在城关当联保主任吗？万一到县里请不来兵，恁就让他从土匪背面鼓捣点动静，救兵如救火，兵贵神速。"

牛陈氏转身把牛惠群给她准备的头巾蒙在了牛紫龙头上，说："啥也别说了，快去吧，一百里路，最迟明天天亮恁就得给俺回来。"

牛紫龙望着母亲大步在前，父亲佝偻着身子跟在后边消失在一片雪雾之中。

入夜。

月桂镇寨门。

雪悄无声息地下着，大地白茫茫一片，月桂镇笼罩在一片不祥的寂静里，除了那高挂在后山最高建筑上的灯笼外，周围万籁俱寂。

几个伪装成岩石、树木、草堆状的物体在雪花漫舞中一寸一寸地向寨门移动着，这种移动几乎难以察觉，大雪及时掩埋掉了一切行迹。杆匪们人人白纱蒙头，一身白布衣裤，就连鞋袜和攻城的云梯都罩上了白布，悄悄匍匐着跟在这些掩护物体的后面，慢慢接近着目标。

时间一点点过去，眼看要到三更天了，寨子里仍然动静全无，突然远处"砰砰砰"地传来三声响亮的枪声。

"不要动！杆匪这是投石探路。看清楚了吧，他们至少抬了四架云梯，让他们靠上来，爬到中间咱们再打。"牛陈氏一身披雪，纹丝不动盯着寨外的茫茫雪原，"现在可以给炮装药啦。"

牛惠群转身向寨下做了个装填的手势，引起一阵忙乱。

土匪们终于沉不住气了，"轰"的一声放出一个大大的红色火球，从寨门上飞了过去。

刹那间，喊声平地而起，雪原上突然跳出几百个白衣白帽的土匪，呐喊着向寨门拥了过来，临近寨墙就是"砰砰啪啪"一片枪响。热血沸腾的土匪冲到寨下，靠上云梯，奇怪的是寨子里还是没有任何反应。几个身手敏捷的杆匪手持短枪开始爬梯子，眼看就要爬到寨墙顶了，猛然间，寨门洞开，一团火光映红了旷野，"嗵嗵嗵"一连几声土炮泼拉机的闷响，在寨墙外炸出了一片污血，杀声、骂声、喊声淹没了枪炮声。正爬梯子的杆匪迎面碰上了一排快枪，寨上投出的火药罐纷纷落地，梯子也被炸成了几截。惊魂未定的土匪一时间竟不知道了东南西北，不少人开始原地打起转来，稍一喘息当口，寨墙上又是接二连三的一排土炮轰了过来，救命声、哭声、惨叫声又响了起来。这时，土匪们好像认清了逃命的方向，呼呼啦啦地向白色的原野逃去，寨墙外污雪地里留下了横七竖八的尸体和伤员。乘着土匪们争相逃命之机，那扇包铁寨门开出一扇小门，十几个胆大的团丁摸黑冲了出去，两袋烟工夫就收回来四十多支快枪。

"看这帮杆匪还作了记号呢。"一团丁拎着一件从杆匪身上脱下来的白布棉衣，指着领子下围着一圈红白黑三色的识别带说，"看来这帮七孙思谋咱月桂镇时候不短了。"

"走，咱们再去脱他几件。"另一团丁说着看了看牛陈氏。见牛陈氏点头，便挥手领着几个伙计出小门消失在黑暗的雾霭里。

天刚麻亮，雪就停了，四周升腾出淡淡的雾帐，昏暗中似乎有团薄雾在悄悄地搅动，寨子内外静得吓人，偶尔能听见树上落雪的"沙沙"声。通往寨门的大路上渐渐地传来一阵阵压低声音的号子声，由远及近一声高过一声，随着号角声影影绰绰地看见土匪们拉来了几门土炮，还推着新式攻城车之类的玩意儿，进入到进攻出发的阵地。

"月桂镇的,知道俺是谁吗?"土匪开始喊话了。

"知道,恁不就是一杆土匪吗!"寨子里有人应声答道。

"听说过俺们攻城掠寨、无坚不摧的业绩吗?"那土匪语气里透着自信喊道。

"听说过恁们杀人放火、无恶不作的事,正因为这俺们才决心给恁玩一把,俺月桂镇就是这脾气。"寨墙上团丁有一句没一句地答道。

"恁真是羊群里蹦出个驴,咋恁二蛋呀!恁不怕俺们进了寨血债血还,杀个鸡犬不留吗?"

"怕呀,俺们想双方现在就罢兵,恁们要啥条件呀?"

"这就对了。"土匪提高嗓门道,"俺们都替恁算过了,月桂镇能拿两万块现洋、五百两烟土、三十杆快枪。"

"就这点?"

"还有,还有,俺们还要四十个女票。"

"哎呀,就要这点?恁们到底是图财图枪,还是图婆娘呀?"

"俺们兄弟几百号人,天寒地冻,大老远跑来这些条件不为过吧?看恁们也算知书达理之人,吃俺们这碗饭也不容易,说说恁们的条件吧。"

那喊话的团丁急忙跑到牛陈氏跟前,牛陈氏如是这般交代几句,那团丁跑回垛子下,拿起喇叭筒,喊道:"俺们条件简单,只要恁们把枪炮子弹原地放那儿转身回家就行,这大冷天横地上爹妈媳妇子女能不心疼吗?"

"羊旦!羊旦!打下寨子俺先横了恁,开炮,开炮!"土匪吆喝着直跳脚。

一时间山摇地动,像猛地飘过一阵大雨一样铁石俱下。

凄厉的惨叫声随之而起,寨墙被炸出几个陷口,远处几辆改装后的四轮太平车顶着门板,门板上挂满了沙袋,在一阵阵号子声中向寨子冲了过来。

是晚。

县城丁二家新宅。

狗儿伸伸脖子踮踮脚,也只是比大麦秆高不多,却往横处长了不少,两臂短短的,隔着圆圆的身子从背后竟然拉不住手。留着寸发,窄窄的额头下两眼向上瞪着,与其父丁主任的小而眯的眼完全两样,鼻子嘴都圆圆的,仿佛按上去似的,大大的腮帮嵌在两肩之上,穿一件宽宽胖胖的黑棉丝绸睡袍,外面还罩着一件红色绸缎羊皮马甲,一双大大的圆头棉拖鞋黑黝黝的,踢踢踏踏地迈着碎步进了门。当他抬头看见王永祥、牛紫龙和巡警局长刘继祖时不由得"噢"了一声,有些兴奋了。自打进城后,在他的意识里,凡是到家来的人没有不送礼的。他快步向前逐一审视了下来人的脸孔,好像有一两个面熟,低头想了一番,却又想不起来在哪儿见过,便凑近刘继祖嘻嘻笑笑,说:"带啥好玩好吃的了?今儿恁咋有空来呀?"

刘继祖用眼瞟了瞟身边的牛紫龙、王永祥,说:"今儿天黑前月桂镇被土匪包围,现在恐怕……"

"这帮七孙,早说动手还拖!哎哟,恁咋踩俺哪?"狗儿撅着嘴冲着刘继祖嚷了一句。

刘继祖两眼一瞪,轻声道:"这位是月桂镇来的牛紫龙,这位是城关编绳庄联保主任王永祥,他俩是专门请兵的,俺已经让下人请恁家老爷子了,恁还不快催催!"话没说完就一连使了几个眼色。

狗儿有些气,抬头看看牛紫龙,似乎认出些儿时的模样,几年不见咋都长高了,他在心里暗自骂了一句,很不情愿地喝了一声"来人,给客人端茶",一甩手出了门。

刘继祖回头给王永祥、牛紫龙赔个笑脸,摇摇头说:"不识数,没文化,缺心眼,没办法。"

王永祥、牛紫龙相互对视一眼没吭声。

一会儿,随着一沓声的客套声,丁二从偏门走了出来,"恁们咋来了,恁看看俺那儿子就是聪明、实在,要给你们准备酒肉呢。"丁二穿一身紫色丝绸棉长衫,罩着同样紫色的马甲,灰长头发在脑后挽了个髻,红光满面,眼睛眯成一条缝,两只白白的胖手逐个给客人拱了拱。不等众人开口,他便故作急切地问:"土匪真的去拾掇月桂镇了?咱县真有杆匪?这杆匪在中华民国光天化日之下想打谁就打谁呀?"说罢,还故作吃惊地撇撇嘴。

刘继祖仰头望着房顶答道:"月桂镇报信说情况紧急,要恁下令附近联保会连夜支援,这位王主任还要……"

"连夜出发,这大雪天?"丁二红着脸两眼一瞪,扑棱棱地直摇头,"土匪恐怕是声东击西!明围月桂,暗攻县城,咱们还是先弄清情况再说吧。"

王永祥猛地站起身,说:"那俺们联庄一家去,走!"

"慢,慢,恁大的事不给县长打招呼,擅自起兵。"刘继祖斜勾了一眼旁边的丁二,起身拦在了门口。

丁二用手暗示一下门外,冲着王永祥喝道:"刘局长说得对,凡是联保自卫团体只有守土之责,不得离乡用兵,否则当以土匪论处。"

牛紫龙知道来这儿请兵纯属浪费时间,却没想到进城还有被扣的危险,起身重重地拍了一下桌子,大声道:

"省府刚发密电通告,对各地杆匪要重剿轻抚,视匪情如火情,不得贻误战机,不得酿成大患,如若敷衍支应,坐失战机当以通匪罪论处。"

刘继祖看看丁二,丁二瞅瞅刘继祖:"真有这事?"

牛紫龙拉起王永祥:"有没有恁们现在可以去问县长。"说罢,两人匆匆出了门。

午夜。

月桂镇寨上。

"哎呀,他叔咋来了?……快到下面把煤油提上来两桶,再找几个人抱几捆秫杆。"牛陈氏站在寨墙梯口,对刚刚跑过来的牛惠师说。牛惠师慌忙转身从墙下储屋里提来两桶煤油,大声道:"刚才去大营请兵的人回来了,说附近几个局子都接到通知,不准出兵借枪支援月桂镇,还说是县署的决定,俺想自己再跑一趟,俺有几个学生在附近联庄,现在看这帮土匪来头不小……"他话没说完,抹了一把湿漉漉的长发转身要走。

"慢,"牛陈氏把两桶煤油传到寨墙上说,"让孩他爹送恁。"她猫身跑到牛惠群身边推了推,用不容置疑的口吻说,"恁陪他叔去吧!"

牛惠群犹豫着,回头从垛口向外望去,干脆又蹲了下来。

牛惠师见状摆摆手,独自向码头跑去。

"唉!"牛陈氏用指头点点丈夫的头,"恁大人咋还像小孩一样老跟着俺干啥?去不去说一声呀!"

杆匪的机枪在寨墙上打出一串火星,一阵惨叫过后,寨上四五个团丁应声倒下。

此时,寨墙上喊声哭声一片,黑烟滚滚。杆匪的太平车已被寨上的土炮炸毁了三台,守寨的团丁非死皆伤,已经很难看到活动的人影了,然而寨外杀声仍然不绝于耳,双方都有点红了眼。剩下的两台太平车仍旧被群匪簇拥着,奋力向寨墙推了过来,很快就进入了土炮的射击死角。远处杆匪呐喊着用机枪步枪拼命向寨墙上扫射。

"快,把秫杆浇上煤油,把石块准备好。听口令,一齐行动,对准方向!再靠南点……"

在杆匪的太平车即将靠近寨墙的当口,寨墙上快枪开始成排地向远处掩护太平车的枪手射击,接着燃起大火的成捆秫杆和石块则纷纷落到了太平车上,"轰"的一声巨响,大地狠狠地晃动了一下,寨门左边那辆太平车所带的炸寨墙的火药被点燃爆炸,太平车和几个杆匪的残肢,随着一团浓重的黑烟,在空中划出几条弧线四散着落在了污雪上。枪炮声、喊叫声短暂停息后,又猛烈地响了起来。

这时,杆匪最后那辆太平车已经靠在了寨墙边,升起顶着沙袋的门板后,几个杆匪手忙脚乱地用镐凿墙,热火朝天地干起了攻城作业。寨上将点燃的秫杆、石块雨点般地投了下去,仍然无济于事,土匪们把所有的枪弹都集中到了寨门右边那一点,转眼之间仅有的几个团丁被打倒在地,再上去几个,还没赶到地方就被打得血肉横飞。

牛陈氏急红了眼,一旦让土匪炸开寨墙,这帮杀红眼的土匪什么事都能干出来。她掂起个西瓜大的火药罐,刚站起身,却被牛惠群一把推倒在地,他夺过冒着火星的药罐跑了过去,跨过几个团丁的尸体,高高举起砸了下去,听得两声巨响,高高的寨墙在滚滚的浓烟中晃悠了几下,人们都以为它要倒了,所有的枪声都停了。但黑烟滚过,那寨墙依然屹立在原地,只在墙脚炸出了一个圆圆的大坑,炸药掀起的石块泥土把杆匪和太平车都掩埋了,周围恢复了平静。

牛惠群伏在寨垛上,大口大口地喘着粗气,他左臂和胸口各中一枪,从伤情看,他向右跑时就已经中了一枪,身后留下一条长长的血痕,投下火药罐时又中一枪,只是觉得身体一震,火辣辣的,接着就是一阵剧痛,周身发冷,以至于抖个不停。

"我的天哪!怎千万不要……"牛陈氏跑过去时,望着丈夫胸口汩汩地出血,惊悸地瞪大眼睛,一边脱下衣服裹在战栗不止的牛惠群身上,一边撕心裂肺地对团丁们喊道,"快,拿止血粉来!"

她坐下来扶起牛惠群凑近问:"怎说,怎还中不中呀?怎说几句话吧!"

这时,牛惠群已经没有了疼痛和冷的感觉,他茫然地望着天空,初晴的霞光透出淡淡的金红色,映红了悠远的天际。他呼呼地喘着粗气,断断续续道:"回家……想回家,昨晚面都和好了……打算烙饼吃……自己家吃玉米糁,小米都让恁喂鸟了……"

他猛地吐出一个大大的血泡,仰头断了气。

"天哪!"牛陈氏撕心裂肺地大叫一声,惨痛久久回荡在朦胧的晨曦里。

牛陈氏抱着丈夫渐渐冷却的尸体,一动不动地坐在寨墙边。藏了几天的阳光终于跳出了地面,大地银装素裹,天穹淡蓝深远。刚刚结束的生死搏斗好像没给清晨造成太多影响,双方都在清点着人数弹药,计算着损益得失,远处甚至还不时地传来一两声鸡叫。

但牛陈氏知道这个世界已经与昨天完全不一样了,或许永远失去了情趣和幸福。中国传统文化里的三纲之一就是夫为妻纲,纲的表述其实远不足以表达男人在妻子心中的位置。男人去世女人第一句话一定是:"我的天!"男人永远都是天,可能她们无法确切地表述这个天的概念,如同一根孤蔓老瓜,虽然苦涩,但相互牵挂着日臻成熟,再艰苦也有些美好和温存。现在一切都变了,一切永远地失去了,只剩了一根无处安放又无依无靠的老藤。牛陈氏只觉得心灵坠入了黑暗的深渊,她四处寻找着能解除痛苦的东西,只是怎么也抓不住。她自言自语道:"赶快喊润儿回来。"泉涌般的热泪夺眶而出,她再也抑制不住悲痛,号啕了起来。

天明后,元气大伤的杆匪再也无力进攻了,恼羞成怒的杆匪把运来的枪弹、炮弹一股脑地向寨子乱放了一通,如退潮的海水一般沿着来路撒腿就跑。恰在这时,遇上了牛惠师请来的大营民团和王永祥联庄民团,两路人马又截击掩杀一阵,杆匪干脆化整为零,漫山遍野地夺路而逃,被歼被俘的几占半数。月桂镇民团和前来助战的自卫团一共缴快枪近两百支,钢炮二门,土炮六门,骡马廿一匹。

月桂镇损失同样严重,战死三十九人,伤近百人,全是镇里的壮劳力。

牛惠群的尸体运到家后,牛陈氏谢绝一切佛道之类的超度仪式,只想一家人独自多厮守会儿。牛紫龙陪着母亲守了一夜,母亲没有一句话,也没再落泪,只是捧着那玉石烟锅发呆。一种凝固的悲哀笼罩着这个家,直到天明,牛陈氏才想起来应当给丈夫做两身新衣服、新鞋,她慌乱地忙活起来。

牛紫龙听到父亲牛惠群去世的消息,一种撕心裂肺的痛撞上了心头,惊愕之际,满脑子挤满了难以忘记的往事,不知如何才能理出个头绪。

晚上他和母亲一起守护在父亲身边,那些往事又堆积在了眼前,快乐总是模模糊糊,痛苦则是那么清晰,悔恨一直挥之不去。他想起自己最后见到父亲的情景,尽管父子两人没有说话,现在想起,父亲那般沉静,似乎已经有了超越生死的准备。世间真有宿命吗?印象里自己长这么大父亲好像没有说过几句话,他只是把这个家深藏在他那静寂的世界里,爱的尽头就是他用罕见的担当和勇气,拯救了月桂镇,也包括这个家,他外表沉静,骨子里则透出果敢的侠士气。想到此,他便有一阵排山倒海的悲愤难以自持。

儿尚未尽孝,父亲已经西去。这世间太不公平,命运总似闷棍,让人有种发疯般的悔恨。

父亲深信因果报应,一切恩怨皆是因果所致,一夜之间便开始了轮回,不相信这些又能相信什么呢?

他看见母亲一直捧着父亲的玉石烟嘴,心绪早已飘向了另一个世界。

家里充满了身心俱焚的沉寂。

翌日午后。

月桂镇。

牛紫龙赶到牛家祠堂时,众人已将杆匪围攻月桂的后继处置方案议定了下来。无论从多地群众反映的事实,还是从俘虏供认的情况看,这次攻击月桂的杆匪十有八九是颜府指使的。惩罚颜府的步骤是:先由牛惠师、王永祥分别带人赴省城、县城揭露颜府勾结杆匪,攻打月桂镇的罪行,同时把俘虏分别押解到省、县城,请官府处置,包括攻寨前抓获的杂耍班十几个也一并押走;提请追究县自治联保团队见死不救纵匪的责任,如省县仍不严肃追究,则再由牛紫龙、王永祥到登封向樊存诚求援,请樊钟秀部队出面剿匪。

谁知众人到牛惠群家把讨论的方案跟牛陈氏一说,牛陈氏不同意。

她用两手抚平乱发,心平气和地说:"俺寻思当土匪不外是有人想发财,有人没啥吃,还有因长期不关饷从局子和队伍里炸出来的散兵游勇,真正一心一意想当土匪的人还是少数,就说那杂耍班,大的十六七,小的十四五,咋都能按土匪交县衙门呢?放了算了。"

"放人?其他牺牲的团丁亲属恐怕不会答应吧?"

"放一人生路积三世功德,其他人亲属想不明白俺去说,咱们先到会馆把杂耍班的孩子放了,省得夜长梦多。"牛陈氏说罢兀自带头出了家门。

第九章

月桂镇通商会馆是一座依山而建的半圆形观戏楼,二层戏台属木质结构,独立建在山边,观戏楼略高于戏台,借着山坡的自然坡势,用砖砌围出一个半圆形的观戏台,中间有一个自然生成的露天空地,杂耍班的十几个人就关在戏台下。

牛陈氏穿一身白布棉衣,在牛紫龙等人的搀扶下进到会馆,见已有不少乡亲来到了馆楼前空地。她示意把犯人带出来,十几个人犯被松绑解下眼罩,首先看到的就是一圈披麻戴孝穿白衣的团丁和亲属,几个年纪稍小点的人犯立马吓得直哭。

"哭啥?"牛陈氏走到一个人犯面前拍了拍他的头,"俺男人牛惠群被恁们一伙的杆匪打死了,按咱们祖上传下来的老理,欠债还钱,杀人偿命,俺本该同意大伙的意见,把恁们都送到县城大牢里。可俺今天让他们把恁们放了,这个想法也许是俺男人托梦告诉俺的,人死不能复生,再多搭上恁们十几条小命,死去的人还是不能复生。俺男人不会记恨恁们这些个孩子,放了恁们俺想这是他的愿望。佛说,该感谢伤害恁的人磨炼了恁的心志,感谢欺骗恁的人增长了恁的见识,感谢绊倒恁的人锻炼了恁的能力,感谢呵斥恁的人助长了恁的定慧。这世上的人谁都不愿意死,这次杆匪偷袭俺们,俺男人跟镇里其他男人一样,为了让俺们活着他们才选择了死,他们希望更多的人活下去,也包括恁们。俺想呀,这世上善恶都是人心长出来的,修道就是修心,心向善自然会祸灾远离,人心向恶迟早会坠入厄运。常言道,放下屠刀,立地成佛,放恁们一回也是给恁们一次机会,能不能改邪归正,今后就靠恁们自己去悟了。"

牛陈氏几乎站不住了,强打着精神说完最后的几句话,转身吩咐道:"给他们每人两个馍,让润儿送他们出寨。"

说完她扭头向家走去,到家便吐了一大口血水。

半月以后。

旧县衙大堂。

袁县长将一份《民报》摔在刘继祖面前,说道:"认字吗,自己念吧!"

刘继祖用求助的眼光看了一眼丁二,丁二走上前见报上通栏标题印着:土匪勾结官员烧杀抢掠如入无人之境,百姓报信官府请兵进剿险遭权诈入狱。

"胡球扯!胡球扯!"丁二丢个眼神给刘继祖,慌忙解释道,"那天是有两人来报信说土匪来了月桂镇,俺和刘局长便商议把情况弄清楚,再报请恁袁大人发兵。谁知那俩报信的人非要立逼生死,即刻发兵,根本不让俺们给您禀报,最终致一言不合,二人擅自带兵走了。"

"确是如此,确是如此。"刘继祖在一旁帮腔道。

"视此等目无法度,无官无纪擅自兴兵之事,俺们本想整治过再给恁禀报,谁知他们倒恶人先告状。"

袁县长可没心情听他们辩解,不耐烦地挥挥手打断丁二的话,说:"我问的是如何善后。以前就有人状告颜府扮匪打掠,还出过人命,毕竟没搞出这么大动静,这次究竟死了多少人?"

"月桂镇死三四十人,伤近百人。"

"杆匪死伤的更多,光送到县里来的俘虏就有46人,听说释放的伤者和被俘的人也有40多人,死亡数量估计不会少。"丁二补充道。

"谁死人多谁死人少都不重要,重要的是在省城易督之际,咱们可别一不小心当上出头鸟。你们两个商量一下,搞个双方都能接受的办法,以后不能再闹腾了。"袁县长不耐烦地挥手示意二人可以走了,临出门又叮嘱道,"无论如何不能再见报了。"

走出县衙门,刘继祖把头仰向天外,慢条斯理地说:"县长大人让咱们息事宁人这事不好办啊,至少得把案子办得说过去才行啊。"

丁二忧心忡忡顾自走着,这件事说到底是丁家挑起的,不管现在是否有人知道,闹下去就可能失控。现在县长要息事宁人当然正中丁二下怀,找一个万全之策把方方面面按下去自然成了他的心病,他一边走,一边自言自语道:"杀谁?杀谁好呢?"

刘继祖不以为然地接了句:"这还用愁,月桂镇送来四五十个俘虏,咱们再从大牢里拎出几个一并杀了,人头挂城墙门口,他们知道咱杀的是谁。"

"那几个毛贼咋能服了众人的眼呀!颜家兄弟挑起恁大的事,除非颜家兄弟出一个人头,不然月桂镇真敢把外地的兵搬来,这一来不定会引出多大乱子呢!"

刘继祖阴着脸掂量了良久,低声道:"这也不难,俺知道有一个人的头比他颜家兄弟还值钱,挂出来一定会轰动。"

丁二望着刘继祖,似有不解。

二人说着便来到了丁二家,见狗儿正坐在门口台阶上挑逗路过的女人,丁二正欲发火,刘继祖凑近丁二耳朵,嘀咕了几句,说得丁二一身冷战,嘴一直嘟囔道:"这事……说不定……"他没想到刘继祖这么多年毕恭毕敬的表象下面埋藏着如此沉重的深仇大恨,都知道狗摇尾巴,这回可真是尾巴摇狗哪!

刘继祖挺了挺腰,大声道:"让俺和狗儿跑一趟,把那玩意儿拎回来如何?"

丁二吃惊地瞪大眼睛,忽而一眯说:"还是恁自个儿领几个人去为好,这是恁职责所在,恁是巡警局长呀!"

"丁主任,这事如若认真查,您的风险可比俺的大呀,俺好心好意替你们父子着想,您可不要把俺当枪使。"刘继祖说着便有些激动了。

"俗话说'同欲相仇,同恐相结',俺咋能把您当工具呢?咱们是一根绳上的蚂蚱,罢!罢!罢!恁俩多带几个人跑一趟,趁热打铁,争取三两天把事办完,这边俺安排处理俘房的事。"

丁二眼瞅着狗儿欢天喜地地跟着刘继祖走了,急得直跳脚,仰天叹道:"真要有报应呀!"

傍晚。

颜府。

自从攻打月桂镇失败回到颜府后,沈二皮一直心神不宁,总觉得有些事躲不过去。颜氏兄弟也是一天到晚阴沉着脸,见面一句话都没有。

俗话说,福无双至,祸不单行。这一个多月来,时局突变,颜氏兄弟的靠山——省政府秘书长突然也被派去了东北,颜氏兄弟原想着再打下几个寨子就金盆洗手,买个什么官当当,未曾想,谋划多日的月桂镇一仗不但没打下来,反而折去百十号人,枪支大炮丢失大半,几个合作的小杆见势不妙抽枪偃旗溜之大吉了。颜氏兄弟一边筹谋着今后的发展思路,一边派人四处打听月桂镇人的动向,料到他们不会善罢甘休,却也猜不出他们用什么招数。从月桂镇放出的俘房大部分都散伙回了老家,也有人回来报信说,月桂镇派人去请兵了,看来是非要查个水落水出,一时半会儿是不想了结。

这天上午,沈二皮见颜氏兄弟得到点啥信出了颜府,一直到傍晚才回来,回来时还带了个娘们儿,心绪稍有所安。当晚,颜氏兄弟备了桌酒席请沈二皮,心情似乎比前几日大有好转,沈二皮推脱不过,只得犹豫着上了台面。

席间,那娘们儿嘻嘻哈哈地调着情,轮番坐在三人的大腿上劝着酒。但见她穿一身大绿绸棉袄裤,袖口和裤腿镶着大红色的绣花边,脚穿白帮黑面红花鞋,胸前掖块镶边大红洋布手绢。那女人高挑个,长发在额前留有三条刘海,后面还挽着发髻,黑瘦长脸抹着一层白粉,坑坑洼洼老花猫一般。白得瘆人的粉脸上几乎看不见眉毛,单眼皮细长小眼,喜滋滋地见男人就像看到了元宝,眸子里闪耀着无比亲热的神色,嘴巴、鼻子连带着都喜不自禁的样子,无论对谁一律称呼"可不是他叔",可男人见了她没一个不想哭的。

沈二皮望着颜氏兄弟跟那娘们儿推杯换盏,嬉笑怒骂的样子,如同分别多日的老情人,渐渐地有些释然了。今天一天,他都在琢磨颜家兄弟会去见谁,见到这女人他的心放肚里一半。入座后他又暗自给自己立个规矩,与颜氏兄弟喝一壶酒,吃一样饭,饭菜只要是颜氏兄弟不动筷子,他绝不动,少吃多劝,少说多听。按平时掌握颜氏兄弟的酒量计算,他俩喝下去的酒应该够量了,他开始相信这只不过是一场花酒晚饭,不像是鸿门宴,警惕慢慢放松下来。

接着,下人又搬来一坛烧酒,当众打碎封坛的泥胎,那女人拿起提子加满了酒,一掉屁股坐在了沈二皮的大腿上,两只小眼直直地睨着沈二皮,透出一股如获至宝的神色,一语双关道:"可不是他叔,咱俩咋弄啊?"

沈二皮这几天一直在做走的准备,出路已经想好,就是先进山躲几天风头,然后投奔豫东一家穷亲戚,这门穷亲戚多年不相往来,知道的人几乎没有,躲到他那儿想必不会有啥漏子。眼下难题是如何走出颜府大门,走之前还能不能结清他应得的银子。

他望了一眼颜氏兄弟,见大的已经趴在了桌上,小的涨红着脸正色迷迷地望着那娘们儿。沈二皮推开那娘们儿,对颜潜齐说:"愚兄到府上一晃可就大半年了,承蒙恁兄弟照应,俺先喝一碗,江湖上有句老话,天下没有不散的筵席,咱们就是亲兄弟也有分家的时候,这场酒只当咱们分家了。来,俺跟您兄弟碰一碗。"说着端起自己的酒碗斟了一碗,与颜潜齐碰了碰,一饮而尽。

那娘子转身扭着腰肢回到自己位上,同样倒满了一碗,双手一端说:"可不是他叔,给他们颜氏兄弟碰了,隔山隔水不隔人,咱俩干一碗,俺先喝为敬啦!"说着便"咕咚咕咚"倒进了肚里。

沈二皮被那娘们儿激将不过,又让她倒了一碗喝下了肚。

颜潜齐站起身,嘻嘻笑着很仔细看了一番沈二皮,端起碗让那娘们儿满满倒上酒,说:"恁这话说对了,这场酒就是分家酒,至于说怎么分,分谁,咱们得先说清楚。来,咱俩再整一碗!"

沈二皮隐隐约约感到这番话里有点不对劲,又驳不下主人的面子,只得又跟他碰了一碗。

三碗下肚,沈二皮有点晕了,他努力想刚才颜潜齐的话有哪些不对劲的地方,眼前一男一女两个嬉皮笑脸的人冲着自己直笑,看不出危险所在啊!往常他一直信奉人不如禽兽,人生来就会整人,所以防人之心不可无,此时昏头昏脑地有点相信人之初性本善了,尤其是那娘们儿还真有点养眼呢。沈二皮站起身摇摇晃晃端着碗,让那娘们儿斟满,说:"分家分手关键是分账分财。俺这几天反复算了几遍,俺至少应当分……"沈二皮没说完就被那娘们儿托着脖子把酒给灌了下去。

"好说,好说,上饭,上饭!"颜潜齐盯着沈二皮挥了挥手,不一会儿下人给每人端上来一碗饺子煮面条,他站起身恭恭敬敬地把碗端到沈二皮面前,凑近他的耳朵说:"恁知道这饭叫啥吗?"

沈二皮摇摇头。

"叫钱串元宝。恁算算够不够恁该得的银数,恁把它吃下去,这账没准就结清了。"

沈二皮眼前一阵发黑,他听出了这话背后的意思,从心里打了个寒战。难道这就是最后的晚宴?他浑身哆嗦了起来,开始痛悔自己太大意,败在颜氏兄弟手下真有些辱没自己一世英名。他盯着面前的那碗面,开始思谋脱身之策,努力打起精神望着碗里的饺子,只觉得忽而变俩,忽而变仨,不停地在眼前飘来飘去。他知道一切都来不及了,刚想到此,肚子便一阵绞痛,周身像着了火般难受,一阵紧似一阵,坐立不安。他下意识地伸出手,却把面前的碗碟哗啦啦地趴到了地上,瞬间从门外和偏房里闯进来七八条大汉。

一直趴在桌上的颜潜修也倏地站了起来,笑吟吟地绕过桌子走到沈二皮身边,问:"咦,恁老哥这是咋啦?摔碟打盘,马上脑袋就要搬家了,还惦着您的银子,就是给恁银子咋花呀,临死也不知道做件善事。来人,先捆起来。"

沈二皮想站起来,可剧痛一次次让他晕眩,浑身像瘫了一样任人摆布,片刻工夫,双手便被牢牢地捆在了椅子背上。他模模糊糊地看到眼前的人群中有一两个有些面熟,这场酒宴一定是他们精心策划的,目的就是要他的小命呀!他惊出了一身大汗,酒也醒了不少,疼痛仿佛也减轻了。他认出混在人堆里的有刘继祖和丁家公子狗儿,仇恨和毒药搅动着他的五脏像百爪挠心,每喘一口气都要忍受巨大的痛苦,他提醒自己,只要闭上眼睛,这个世界就永远离他而去了,不能就此罢休,一定要……

他突然哈哈哈地一阵狂笑,惊得满屋人都瞪大了眼睛,那娘们儿更是连叫着"爹啊""娘啊"发疯般冲出了房间。

沈二皮忍着剧痛,放低嗓门问:"俺英雄一辈子,栽到恁们几个爬虫手里,可惜了俺师爷的英名,俺就想问问这主意是谁出的,恁们用啥法蒙的俺?"

颜潜修拉了一把刘继祖和狗儿,问:"认识他俩吧?现在这二位爷干的是恁在大清朝时的角色,恁那点伎俩早就落伍了。"说着,伸手把桌上的锡壶拿在手上,从桌上又端起一碗浓茶倒进酒壶,上前两步走到沈二皮面前,做了个倒酒的动作,酒"哗啦啦"倒在了地上,接着按动壶把上的机关,壶嘴自动关闭,滴酒未下。片刻,他又转动了壶的机关,把那黄黄的茶水重新倒进茶碗里。

"看到了吧?俺让恁喝酒,俺喝水,就是怕恁到阎王爷那儿说俺不仗义,这法可不是俺想出来的,那娘们儿连带这锡壶都是县局子送来的。"

听到这儿,沈二皮点头一言不发,嘴里不停冒着血泡,一副不久于人世的样子,众人面面相觑都未敢动。狗儿有些不耐烦了,迈着八字步晃着两只短胳膊走了过去,边走边说:"不中了,拿刀动手吧。"

说着,他伸手去翻沈二皮的眼,就在他刚刚摸到沈二皮时,沈二皮拼尽最后的气力,对准狗儿的两个脚脖子猛然踢了下去,大喊一声:"跪下!"

只听得"扑通"一声,狗儿直挺挺地趴在了沈二皮面前,鼻嘴流血,大牙整整齐齐地磕掉四颗,一声杀猪般的疯号让满屋人一阵战栗。再看沈二皮已是七窍出血,稳稳地靠在了椅背上。

第二天天不亮,县城西门杀人场"乒乒乓乓"传来了一阵阵枪响,只是这时候已经没人再去看杀人了。中午,县衙门外和县城四门都贴出剿匪大捷的告示,轰动一时的前清师爷沈二皮为首架杆案宣布告破,经查沈二皮率队攻打月桂镇,虽说没有攻下,但贼心不死密谋再起,幸得官兵连夜追剿,抓个正着。现与一杆匪众同时处决,分别在西门、南门挂出人头箱笼。

沈二皮的头颅安放在最显眼的地方,满头灰白长发,神态安详,县城中人虽然有几年没有见过沈二皮,但大致模样人们还是记得的。

一时间人们纷纷涌向西门,去见识这位曾经在全县说一不二人物的头颅,褒贬不一的议论很快充溢着大街小巷。

不几天,一个更神奇的传说诞生了,全城开始传颂丁家狗儿英勇剿匪的故事。据说这位七班首捕的传奇大致分四个回合,分别是深入虎穴、智擒匪首、迂回诱敌、回马聚歼。传说讲得有鼻子有眼,几乎是一夜之间,狗儿就成了名人,县城就这么大,每天都有人见他打酒买些心肝杂碎或卤肉之类的东西,他的英勇事迹传开后,引来了不少围观者,有人曾试图核实他为什么有恁大的胆气,但他始终翻眼不吭,问急了,狗儿会仰头望星空,一副英雄无悔的样子。

人们很快忘了杆匪攻打月桂镇的事,只有剿匪大捷的事迹还在津津有味地流传。

正义社临颍通讯云：建国军军官学校，新年时节，开游艺会三天，每日到会一千余人，颇极一时之盛。兹将开会情形，志之如次：会场在该校第二讲堂，场左为女宾席，场中前排为长官席，后排为来宾席，秩序极佳。台上悬"警鉴在兹"四字，左右柱上各悬对联云："要如斯观，活俨俨惨案横生，岂是逢场作戏"；"且莫闲看，闹轰轰人群进化，宁不到处歌颂。"每日午后四时开会，至晚十二时止。开会秩序如下：（一）音乐；（二）双簧；（三）武术；（四）魔术；（五）新剧、旧剧。计三日分演。除牛副官、李鳌之魔术及张铭绅、施景文等之武术令人惊奇外，其他新剧如《沪案痛史》《孔雀东南飞》，演技逼真，使观众凄然泪下。又如《缠足恨》《改良教育》，使观众知改良之道，生效颇大。

——《新中州报》(1926年1月22日)

第十章

1922年春,郏县开通了从县城到省城开封的汽运班车,每两日一班,由省城运输公司购买美国道奇汽车公司的新式汽车往来运输。

同年,牛紫龙到河洛道师范读书,第一次坐上了汽车和火车。

洛阳,素有"四面环山,六水并流,八关通邑,十省通衢"之称,历史上,人杰地灵,为九朝之都。民国初年,河南在洛阳设河洛道,道尹辖汝州、偃师等豫西南十九县。

1916年8月,洛阳在洛河边安乐窝辟地组建河洛道师范学校,每年级一班,初创几年每年只招生两百多人,学制三年,采取全日军国民教育制,每班分四个小组,集体食宿。学生每天早上六点起床,晚上九点熄灯,除了上、下午安排六节文化数理课教学外,下午还有两个小时的队列、射击、投弹、土木作业以及武术、游泳等体能技能训练课。当然,这些对于牛紫龙而言已经不是负担,反而成了他的强项,他的各门成绩都排在全年级的前五名。

五四以后的学校教育是中国近代教育史上最活跃的时期,尤其是师范教育,各地的大中专院校、教育和学术社团,都把"民族自救"和"民族改造"作为施教的目标,兴办教育不仅要解决适龄儿童的学习问题,同时还要承担改造人群"愚"、"穷"、"弱"、"私"的社会责任,通过倡导振兴救国的精神和风气,实现改造民族的担当。

丰富多彩而又体面的学校生活,却时不时让牛紫龙有种孤独感,他感到自己似乎与周围人都有距离,即使有相同的看法,也很难找到共同的语言。初中毕业后一年的新村运动让他对生活多了一种真切的感受,他本想放弃这次上学机会,并且把自己的想法和理由告诉了二叔牛惠师,他说父亲去世,按照旧礼数来讲,至少也要在家守孝满一年,加上母亲突然像变了一个人似的,再也没了往常的快人快语,令人十分忧心,确也需要照顾,自己上学不但无法贴补家用,还会成为家庭的负担。

牛紫龙常常因为自己过早地失去童年的无忧无虑而苦恼，更让他忧心的是，他正在失去对学习和理想狂热的追求。他眼睁睁地看着二叔牛惠师带领一帮师生奋不顾身地投入到自治新村运动，甘心贡献聪明才智，生活清苦舍家济众，到头来如同清泉入浊流，出来的依旧浑浊不堪。二叔一代人是中国几千年来孜孜于学而优则仕群体中最早的反潮流者，放弃了功名富贵、升官发财的信念，同样也舍弃了生活安逸、衣食无忧的日子，到头来，仍不被众人接受，理想学识以及曾经的抱负，早已飘散了，留下来只有个人不堪的感受和经历，得到或改变的微乎其微。抱怨社会对知识不公平也没用，因为当时社会根本不知道知识是啥东西，暴力统治下的社会不会因知识而得到多少实质性改变，如此想来，自己学习再多再好又有什么用！

二叔怯怯地把牛紫龙不想上学的心思告诉了牛陈氏。

牛陈氏乜了一眼站在牛惠师身后的牛紫龙，说："俺和他爹是老秧孤瓜，现在瓜没了，把秧照顾得再好又有啥用？女人就是蔓生的草，花开蒂落后只能听天由命，搁不住因为俺耽误了孩子的学习。再说，孩子只有读书，才有可能寻找另一种生活，俺宁愿让他冒险去追问另一种生活的意义，也不想让他再走俺老一辈人的路。"

牛紫龙拐弯抹角地说出了再学下去意义不大，倒不如趁年轻在家学些木工、船工，或是记账、买卖之类的实用技能，将来成家也有个聊以糊口立身的本领。

二叔低着头，沉默良久，望了一眼牛陈氏，说："咱们牛家上一辈读书人命运很是悲惨，出国留洋的透过西洋概念打量中国社会，指望引进外国崛起之路，抛头流血，求富国强兵之道，不免为大多数人所误解。在国内受教育的又深受'文以载道'、'以道化人'的传统老路，学教的目的还是明理明德，认为读经典就能启发人的良知和理性，为人处世或兴办事业仍不离古来圣贤正理正道去划分正邪是非，终不能脱诚意正心、修身齐家的框框。可天下道理无一不直，道路无不弯曲。上一辈人生之失败，并非知识道理一无所用，而是尚未找到合乎社会进步，又能改造人心更替传统的知识体系，如是看恁更应该继续求学。"

辛亥革命，共和失败，宪政流产，导致军阀混战，客观上却为思想文化的多元发展创造了一个宽松的环境，引进改造中国的各种思潮风起云涌，此起彼伏，成了引领人心、引领革命有形实质性因素。

二叔一代人最早被迫接受的是达尔文主义,清朝末年几乎所有中国知识分子都接受了这个思想。达尔文无神进化理论证明了人类不过是猿猴的后裔,这一结论对西方震动很大,因为它颠覆了西方宗教信仰的基础。但对中国人而言接受起来却十分容易,毕竟在远古传说中中国原来就有猴祖的传说,传统十二生肖也有个猴子属相,尽管国人说不清人是怎么进化来的,但他们并不会因为有个猿猴的远祖而吃惊。郁闷的倒是,达尔文老先生根据这一结论得出两点推断让中国人很不开心。达尔文认为,人既然是猿猴进化来的,那么人和其他动物一样都属于生物界,既没有神造或是天造那一说,也不会有灵魂,死后如同其他动物一样不会有灵魂留存;同时,他还认为,目前存在的人种中,有些人种进化快,有些人种进化慢,自然界"适者生存,优胜劣汰"的规律同样适用于人类自身。

达尔文进化论显然是以生物学为基础的一种种族主义,以后发展出了一种让弱者不寒而栗的社会达尔文主义,宣称"落后就要挨打",反之"强者就可以打人"。纵容一些国家不择手段选择了富国强兵之路,开始明目张胆地走上侵略别国的道路。

中国知识分子不得不承认进化论是科学,却又对进化论描述的未来世界忧心忡忡,面对列强环视,磨刀霍霍,而又导致"官败吏劣,民愚风顽"的环境,很难找到一个洁身自好、救亡图存之路。因此,中国知识界大多数人虽然接受了达尔文的学说,但并不想成为达尔文主义者。

与咄咄逼人的达尔文主义截然相反的是无政府主义,或称为无政府共产主义思潮。在中国,无政府主义者是最早宣扬马克思主义、社会主义的流派。无政府主义认为,人生来就有慕自由、求平等、反专制的天性,无政府应当是人类最高尚的道德。在国外,人们信奉无政府主义,还把它作为一种改造社会的工具;在中国,国人更倾向于把这套学说作为一种游离于社会主流之外的修身养性方式。民国之初,中国曾建立起大大小小五十多个无政府社团,除有少数主张用无政府主义改造社会外,多数社团还是热衷于规范信徒的生活,宣传不食肉、不饮酒、不吸烟、不用仆役、不结婚、不做官、不做议员、不入政党、不做军人、不信宗教、不坐人力车等带有浪漫色彩的生活方式,他们的理想是一个无地主、无资本家、无首领、无官吏、无代表、无家长、无军队、无监狱、无警房、无裁判所、无法律、无宗教、无婚姻制度,生产资料公有、各尽所能、各取所需的"同志社会",或是"大同世界"。可悲的是,在当时世道人心江河日下,到处是假冒伪劣、尔虞我诈的险恶条件下,仅仅几年时间,无政府主义者的所有梦想全都烟消云散了。

牛紫龙在学校期间专门研究了自宋清以来中国流行的各种思潮,包括进化论、社会达尔文主义、社会主义、自由主义、个人主义、无政府主义、实验主义等,其中社会主义又包括基尔特社会主义、第二国际、布尔什维克主义、托派等,其中最具代表性的就是自由主义和马克思主义。

自由主义是个开放式不断充实更新的解构型学说。自由主义认为,自由是人类最根本也是最宝贵的价值,无论从逻辑上还是常识上都是显而易见的。自由主义论述内容大致有政治上强调民主、分权,以保障人的自由与权力;经济上主张私有财产,市场经济;社会性上,关注社会正义、平等;哲学上,肯定个人主义,思想自由,强调包容,等等。自由主义运作主要通过市场进行交换,不仅提出经济市场的自由交换方式,而且在政治、思想上也强调法治为基础的自由市场原则,形成了经济、政治、思想三个市场的观念。

很显然,如果把自由主义原封不动地照搬到民国初年的中国,肯定是马鞍子套在牛背上,无论如何也不合适。自由主义是与资本主义配套的理论,对正在寻找发展道路的中国而言,无疑有些言之过早。当时民国承继的是一个蹒跚衰老而又疆域辽阔的体系,如同一个盛满水的木桶,去掉铁箍,即使不会马上四分五裂,至少会跑冒滴漏,危机四伏。这是自由主义在中国的最大困境。为了避免这一理论掩盖的"现代化"陷阱,中国最早的自由主义知识分子曾试图用中国传统对自由主义加以改造,尽量给它添加些乌托邦精神和精英主义色彩,去掉个人主义,强调群体价值,还主张积极自由等,可惜这些设想只能在经济现代化、政治稳定性和文化制度成熟的条件下才能达到,对民国初年的时局而言,没有多少可行性。

中国需要一个快速的、兼容多个目标的富国强兵方案,零打碎敲渐进的改革,对危亡迫在眉睫的中国来讲没有多少吸引力。

马克思主义倒像一个简捷明了又能一网打尽的方案,马克思主义首先勾画了一个中国知识界和劳苦大众都向往已久的、类似大同世界理想的共产主义目标,同时提出了一个经济决定论思想,认为经济上获利是人类生活最基本的推动力,这在汪洋大海般小农经济的中国是无需论证的结论。接着,马克思又论述了政府权威的作用,认为政府可以组织人们进行生产,把社会带入共产主义世界。这太符合中国传统政治精英的想法了。马克思既强调了人的自由发展,又主张社会平等正义,还阐述了政府权威在一定时期的历史作用,无疑是中国希望"彻底解决"问题的方案。更有魅力的是,马克思对资本主义的揭露和批判,让长期受西方列强压榨的国人很是解气。马克思在数落一番资本主义后,明确指出西方资本主义正在走下坡路,如果哪些国家采用了马克思主义的革命方案,就有可能后来居上,走出一条强国富民、比西方社会更理想、更平等的社会主义道路。

牛紫龙开始千方百计地寻找马克思、恩格斯的著作,学习背诵他们的文章。当然,马克思对他设想的社会主义在运作上提出了一些限定条件,这些条件甚至比运作民主制度的先决条件还要严格,如社会主义必须在资本主义国家生产力高度发达后才能实现,考虑到世界正逐步进入全球化时代,马克思甚至提出了要几个主要资本主义国家同时革命才能进入社会主义的门槛等,诸如此类不一而足,这对当时以传统专制的政治体制与小农经济生活形态为突出特点的中国,无疑是可望而不可即的。

巧的是,十月革命一声炮响,送来了列宁主义,以俄为师成了时尚。列宁拿出了在落后的、不发达国家进行革命的一系列方案,社会主义革命可以并且应当在资本主义链条中最薄弱的环节取得突破;生产力不发达可以采取"迂回过渡"到社会主义的方法,实行新经济政策,大胆利用资本主义,通过市场的办法发展生产力;尽管资本主义国家中没有发生类似俄国式的革命,但革命可以到资本主义国家的"后院"去放火,鼓动殖民地、半殖民地国家进行社会主义革命,这些国家的灾难毫无疑问与资本主义国家有一定联系,反对帝门主义无疑有着巨大的号召力。

更激动人心的是列宁把社会主义道路比作是"攀登一座还没探测过的非常险峻的高山",那儿没有车辆、道路,什么都没有,革命就是要在这崎岖的山路上艰难攀登,不畏艰险,有时还要转身向下走,寻找别的能够爬到山顶的路,找到新路后仍要勇往直前,或许还会再次尝试,再次失败,也许只有不怕失败的人才有可能到达光辉的顶峰。

这已经不是火花了,而是打开年轻人头脑的钥匙。

牛紫龙除了理解这些理论的观点外,更多地还是分析这些观点后面的逻辑和用意,尽管他没有找到理想的答案,但他却愿意像牛家先辈一样做一个凿洞取光者,哪怕面前没有一丝光亮,他也会奋力开掘下去。

牛紫龙在洛阳上学的三年,正是中原一带兵祸连年的时期。三年时间河南换了五任督军。先是第一次直隶战争冯玉祥赶走了赵倜,接任了主豫一职。不久,北京北洋政府又任命靳云鹗取代了冯玉祥,靳云鹗还没干几天又爆发了第二次直奉战争,北京北洋政府命胡景翼负责河南军务,孙岳任河南省长。不巧的是,胡、孙二人尚未走马上任,陕督刘镇华部下三十五师师长憨玉琨抢先占领了开封,有枪就是草头,不认不中,伸手向北京要督军的帽子。北京政府不得已出面谈判和稀泥,开出换防任命等条件,均被双方拒绝,只得睁只眼闭只眼,任由军阀开仗去争,谁打赢,这督军的帽子就戴到谁的头上。憨玉琨的部队号称十万,其实大多是临时招来的土匪、流寇、杂牌军,只想跟着憨玉琨混个一官半职,并不打算拼命,真要打起来,这些乌合之众便作鸟兽散了,一发不可收拾,逃跑的速度甚至比抢占开封时的速度还快。

牛紫龙毕业考试刚刚结束,憨玉琨的部队就如潮水般地退到了洛阳。憨部一路向西溃逃,一路沿街鸣枪抢劫。黄昏时分,派出近千人的一支部队在河洛道师范学校周围修防御工事,究竟是哪一部分谁也说不清楚,从服装上看有黄色、黑色,还有不少蓝色。

憨玉琨的部队自陕西入豫以来,打着"豫人治豫"的旗号,在豫西南委任知县,截留税款,招兵买马,收编了各类杂牌地方军团和不少杆匪,服装、武器也是五光十色。憨部一路打一路败,仅仅十天时间就从豫东溃败到了洛阳。憨玉琨是洛阳人,本打算好好在洛阳打一仗,谁知黑石关一战,部队丧失了斗志,跑到哪儿都是乱放枪,遇到村镇还会放把火,看上去火光冲天,枪声大作,其实只是望风而逃的信号。这回守洛阳更是如此,善于摆样子的憨玉琨部队经过一番誓师动员后,开始在洛阳城东扒了不少民房,没来得及扒掉的就放把火,一时间鸡飞狗跳、狼烟滚滚,火光映红了半个洛阳,哭声喊声枪炮声很是热闹了一阵。只是第二天一早,所有部署在城东的憨部官兵跑了个精光,留下来的只有几道坑坑洼洼的战壕和拆扒大半的村庄民房。而此时胡景翼的联军至少离洛阳还有四十里路远。

1925年3月12日。

洛阳河洛道师范。

牛紫龙记得很清楚,憨玉琨部队退出洛阳那天,传来了孙中山先生在北京逝世的消息。

学校把大多数学生都打发回了家,只留下少数同学在校留守。这天傍晚,牛紫龙突然听同学说前门有人找,出门一看,见是樊存诚。樊存诚比过去更瘦更高了,皮肤晒得黑黝黝的,脸上闪动着一双炯炯有神的大眼睛,未开口便见两排坚固整齐的白牙,长发不见了,改成了光头,穿着一身藏蓝色军棉衣裤,胸前戴着一块很醒目的白色徽章,上面印有"天地良心,人民养兵,当兵保民,如不保民,必遭天灭"的字样。

两人相见,樊存诚给了牛紫龙当胸一拳,哈哈大笑道:"俺说来碰碰运气,果真恁还没回家,来前俺专门去郏县找过永祥,他说按日子算恁该毕业了,没准因为战事成了留守,还真让他说准了。"说完又仰头哈哈笑一番。

牛紫龙穿着一身灰色棉长衫,围着一条咖啡色粗羊绒围巾,几年折节向学的生活使他出落得又瘦又矮,还一脸苍白。他兴奋地上下打量着樊存诚:"这真是恁吗?恁真的到广州打了几仗又走回来了?"

"看看!这枪就是孙中山先生奖给俺的。"说着,樊存诚得意地把屁股后的盒子枪提起来给牛紫龙看,枪箱盖上印着"自来德"三个字。

"凡是樊钟秀旅的军官每人一只,怎么样?烧蓝还全在呢!"

"走,俺知道这旁边有家酒店物美价廉,咱坐会儿去。"

牛紫龙拉着樊存诚出校门拐进旁边一条细长的小巷,小巷两旁是矮矮的旧式小瓦平房,房顶沿着房脊很有秩序地站着几排瓦松,脚下是高低不平、青石条铺成的街道。落日把这一切都涂抹上了一片淡淡的金黄。

两人没走几步就来到一家酒店,门上横额刻着"胖老头风干兔肉"的字样,两间房宽的门面只留有刚好能进一个人的门缝,进门左边是柜台,右边放着五、六张桌子,虽然天刚擦黑,柜台上已点燃了两盏油灯。二人刚进门,从柜台后迎出来一个中年妇女,怯怯地看了看樊存诚,弄不清楚是哪一方胜利了,更不知樊存诚是哪一部分的,连话都不敢说,只是赔着笑脸。

牛紫龙冲着老板娘笑着说:"别怕,俺是隔壁的学生。"说着便找了张桌子坐了下来,要了两盘小菜,打了一壶散酒。

"给俺说说恁这趟到广州遛弯到底是咋回事?让俺也长长见识。"牛紫龙一落座就急不可耐地问道。

"中!"樊存诚脱掉军帽拍到自己的大腿上,摆出一副见多识广的架势说,"这事说来话长,俺们前年随吴佩孚部进驻江西吉安,当时吴佩孚联合陈炯明提出联省自治,要推翻大元帅孙中山,于是想了一招,指使北洋政府搞了个任命,让桂系沈鸿英督理广州军务,孙中山当然不同意。沈鸿英仗着陈炯明撑腰,硬要进广州,于是双方就打起来了。结果,头一仗沈鸿英吃了亏,这正好给了吴佩孚、陈炯明一个借口。这边陈炯明派主力进攻广州,那边吴佩孚让俺们和赣军南下接济陈炯明,打算分进合击把孙中山赶出广州。可俺叔樊钟秀早在陕西时就听于右任讲国家大势,久仰孙中山三民主义,佩服孙中山的人品,孙先生还是民国首任临时大总统。他们要把孙先生赶出广州,这岂不让孙先生失去容身之地吗?俺叔一想,不中!遂决定利用这次出兵机会反戈一击投靠孙中山。"

他举碗喝了口酒。"俺们出发前,就派人去广州谒见了孙中山,把俺们去广州效力的打算给孙中山说了。所以车一到广州郊区,俺们马上就和陈炯明的部队接上了火,俺叔作战前动员就几句话:此次参加广州保卫战是俺樊钟秀奉大元帅孙中山的命令来的,生死都极光荣,只准进,不准退,只准胜,不准败,谁当孬孙毙了谁。当时俺们还穿着北洋军的黄军服,陈炯明的部队根本弄不清俺们是哪儿来的,如神兵天降,势不可挡。俺们一路冲锋,连开枪射击的工夫都没有,打下白云山瘦狗岭,一鼓作气撵到石龙,解了广州之围。那一仗后,俺们部队都换了新式枪械、服装,正式编入国民革命军。去年1月国民党召开'一大',俺叔樊钟秀被选为国民党中央监察委员会候补委员。"

说罢他接过牛紫龙端上的酒,"咝"的一声又喝了下去。

"在广州待了一段时间才发现,那边看似热闹,其实派系林立,滇、桂、粤、湘明争暗斗,一般百姓不明就里,天天游行,打倒军阀,统一中国,吆喝的人多,做的人少。孙中山先生又是个急性子,手里有几个兵就忙着北伐。去年10月孙中山先生决定联合奉皖两派,讨伐曹吴直系,因为曹吴也主张武力统一中国。于是,凑起一些部队分兵两路进行北伐,一路入湖南,一路进江西。俺们原来在江西驻扎过,路熟,便被定为去江西的一路。谁知部队刚打过赣州,又奉命回师广东去打陈炯明,这时候人家孙中山先生已经北上商讨重开国民会议了,所以俺叔樊钟秀决心向北返回河南,便取道赣湘边界,历经三月,转战五省,日夜兼程,避实击虚,专拣林密道险的小径,一路夺关斩将,五千人俺们带回来三千,年底就到达河南光山。到光山俺叔给孙中山电报请示下一步行动,中山先生回电让俺们找河南督军胡景翼商量先驻下来。胡景翼在陕西时就跟俺叔是朋友,俺叔去开封见他,胡景翼亲自到车站迎接。俺叔说,这趟去广州来回几千里没敢停事,不怕恁笑话,现在部队不少人还打着赤脚呢,恁就先拨五千大洋给部队买些鞋袜咋样?胡督军说,励生兄义烈过人,再穷也不能亏了有功的部队,不仅给了五万大洋让部队穿上新衣新鞋,还划出南阳、临汝一带让俺们驻扎,收税筹饷。"

牛紫龙听得意浓,樊存诚却两眼一瞪,完了。

"俺还想问问,三民主义究竟讲了哪些道理?"牛紫龙给樊存诚倒满酒问。

"三民主义好呀!"樊存诚又是两眼一瞪,说,"俺叔说三民主义就是民族、民权、民生三个主义,民族主义就是恢复中华,民权主义就是建立民国,民生主义就是平均地权,俺叔还……"

"别张口闭口恁叔这恁叔那了,咱们只谈自己的观点,别用恁叔的话来压俺。"牛紫龙一本正经地说,心想,在中国所有的主张根本不需要分对错,关键看谁说的话。

樊存诚也坦然一笑:"俺倒没那意思说俺叔永远正确,不过就连吴佩孚也赞成三民主义,他阻碍南北统一,主要是反对南方政府联俄联共。"

"三民主义固然很好,俺也赞成,可咋才能实现三民主义?"

樊存诚摇摇头,一脸茫然道:"孙先生也一直在研究,可惜没成文,也有人说三民主义说得好,做起来难。例如,陈炯明就说三民主义尽是孙中山东抄西抄来的东西,没多少独立的见识,含糊其辞,做起来也是无从下手。"

牛紫龙反驳道:"能把西方的理论用到咱们中国就是个进步,再有点发明创造就更了不得了,当今天下还只有孙中山提出了'三民主义'。好了,说说恁们是咋打仗的吧!"

"要说打仗俺叔是这个。"樊存诚马上来了精神,翘起右手大拇指道,"知道憨玉琨十万大兵为啥一触即溃吗?"

牛紫龙摇摇头,很兴奋地盯着樊存诚,面前的酒菜他是一筷子没动。

"战前俺叔参加战役规划会,他提出,除了由东向西正面进攻的一路外,还要出偏师走登封入偃师夹击黑石关,先拿下洛阳,这在兵法上叫出其不意、釜底抽薪。会上大伙都说,樊钟秀队最会钻山洞抄近路,这法就交给你们。就这,俺们从侧面抄了后路,号称十万人的憨玉琨部队被俺们满打满算才一千多人的部队打垮了。"

牛紫龙知道他正说到兴头上,把酒菜往他跟前推了推。

"国内纷争俺就不说了,俺们听说小日本前两年制定国家战略纲要,把征服中国作为首选的目标,可是国内对此还浑然不觉,只顾各自争夺权力占地盘。"樊存诚话没再说下去,顾自喝了几杯酒。

"俺正想问呢,当前天下纷争,群雄并起,依您看哪支部队能定天下?"牛紫龙问。

樊存诚摇摇头说:"原来赵倜的部队一靠抢二靠利三靠封,俺听说那年奉命追击白朗的义军回来,白朗他们一天能走170里山路,赵倜部一天累死十几口牲口才走一百多点,马拉人驮,一人一大包,当地百姓说比义军差多了。以后他当了督军,下面人都到各县封了官,各县都建巡缉营,归口宏威军节制,也是号称十万人,结果让冯玉祥几千人打得稀里哗啦,跑的跑,变的变,大部分都当了土匪。冯玉祥的部队纪律倒还好,也很会摆样,初次驻军河南信阳时,搬家征用老百姓的骡马,搬完家如数归还,取信于民。冯玉祥还有个特点,北京政府几个月不关饷,人家宁肯抢北京财政部的税款,也不纵兵掠民,这又是一件得人心的事。这支队伍的特点是很会掌握军队骨干,他从当旅长就办学兵连,培养自己的干部,他队伍里大部分中下级都是从连队里选拔的,虽然待遇上不去,可进步晋级的渠道很畅通。他教育部队也有特点,自己编了《精神书》,有咱们国家古代的义勇故事,有清朝曾国藩言论摘抄,有西洋人的新旧约全书,基督的教训、教义,内容包罗万象,所以冯玉祥的人说起来头头是道,做起来也是有模有样,好唱歌,早上唱,晚上唱,吃饭唱,睡觉唱,进门有服从歌,出门有爱民歌,犯了错有悔改歌,打仗有战斗歌,学习有爱惜光阴歌,过节有国耻歌,反正是走到哪儿热闹到哪儿。"

"俺叔樊钟秀带兵靠三条。"说着,他用手捏了几个蚕豆丢进嘴里,"一是将帅以身作则,以军为家,不置私产、私蓄,与官兵同甘共苦。俺叔说,起杆拉队伍的目的就是要争个公平公道。"他伸出两根手指,"二是爱护百姓,争取百姓支持。"最后他又伸出左手中指,"三是情义为重,守信然诺,不光打仗要身先士卒,平时还得宁让人负我,我绝不负人,这样部下才能怀德而畏威,散得开聚得住,拖不垮打不烂。不过,俺叔还是没有致远之象,缺少个信仰什么的,这是俺叔千辛万苦把部队拉到广州的初衷。他起杆出身,总想把部队带上正路,带出一支不一样的队伍。不过,从现在看,走正道太难。"樊存诚又自顾喝了几杯酒。

"广州那边怎么样,能有大的作为吗?"

樊存诚沉思良久,轻声道:"现在还吃不准,就桂湘赣粤几个派系来看,大致也跟这边国民二军差不多,孙中山虽说认识到培养自己武装力量的重要性,还请了苏联的顾问,进口了不少武器,北伐喊了好几年,就是出不来,内部争权太复杂。倒是人家共产党,一头扎到基层把工农运动搞起来了,组织发展得很快,俺还听说王永祥在家乡也靠上共产党了。"

牛紫龙端起杯与樊存诚碰了一下,他也听说王永祥参加了共产党地下组织一事,随口问道:"恁没参加什么组织吗?"

"俺是个军人,知道替老百姓打仗就行,啥组织俺都不参加。怎么样?明天跟俺走吧,俺可以先推荐恁到团部当副官。"樊存诚把酒壶放在耳边摇了摇,把最后的酒倒入两人的杯里。

牛紫龙举杯一饮而尽,说:"俺回去看看,还是那句话,咱们后会有期。"

1922年至1927年,是河南政治上较为宽松的时期,国民军二军占驻河南省后,两任军长胡景翼、岳维峻均倾向采取联俄联共的方针,使国共两党的组织机构逐渐得到恢复和发展。1922年中国共产党开始在郑州、开封建立发展组织。这一时期的政党活动,大体上讲,国民党侧重上层的合法斗争,如建立省自治运动联合会等,一些国民党党员还在当时的军阀政府中担任要职,共产党则注重深入到铁路、农村建立组织,维护工农利益。1923年2月爆发的京汉铁路工人罢工,就是在中国共产党领导下由铁路工会出面组织的。

1924年1月,中国国民党第一次全国代表大会在广州召开,代表郑汴洛十几个县市国共两党分支机构的九名河南代表出席了大会,这标志着国共两党的活动开始公开化。

4月,国民党河南省委员会召开第一届委员会议,在四十多名代表中有共产党代表五人。

1925年5月15日,上海的日本企业虐待中国工人,纱厂工人顾正红被日本人枪杀;30日,上海学生为抗议日本人枪杀顾正红,到英租界演讲,被英租界当局当场打死十三人,制造了震惊中外的"五卅惨案"。

6月6日,郏县各学校罢课罢考,并在县城南门外召开声援上海工人学生的集会。

县城十字街。

牛紫龙和王永祥从邮电局出来,边看着手里的电报字条,边向城南门跑去。

王永祥把电报字条递给牛紫龙:"恁讲吧,恁一直比俺口才好。"

牛紫龙前一天晚上才从洛阳回到县里,今天一早便被王永祥硬拉了起来,他停下脚步,看了看手里的字条,脑子里竟是一片空白,讲什么?他还没理出个头绪就被推上了几张桌子临时搭起的集会讲台,望着台下人头攒动和无数双眼睛,他定了定神,把平时想到的道理简单进行了梳理,扬了扬手里的电报,大声道:

"同学们!同胞们!5月30日,上海学生为抗议日本人杀害工人代表顾正红,在英租界演讲,被英国人当场开枪打死十三人,重伤数十人,蓄意制造了"五卅惨案"。由于死伤的人多,血染路滑,半条街都染红了。这还不算,不少伤员到医院救治又被英国人抓进了巡捕房。他们为啥能在咱们国家随便开枪杀人呢?就是因为不平等条约给了日本人、英国人在中国投资设厂、招工、虐待童工的权力,给了他们随便杀人的权力,因为他们做的这些不会受到法律的处罚,所以他们可以放心杀人。那么有人会问,随便杀人难道没点良心吗?他们跟咱们的想法不一样,他们认为他们有种族的优越,是洋人,是帝国主义,他们认为这样做是理所当然的,这次被他们杀害的中国学生都是从背后击中,他们追杀满街跑的学生。他们荷枪实弹,学生手无寸铁,还污蔑学生是暴徒、激进分子,还说学生危害了他们的安全。他们就是这样一身白毛,还说中国学生是妖怪,说中国人是劣等人,中国文化是劣质文化,中国没有自我变革的能力,只能祖祖辈辈做奴隶。有这样的结论,他们才敢有恃无恐地开枪杀害中国人!"

他远远看见二叔也在人群中站着,顿时感到增添了不少勇气,用力挥了下手,接着道:"日本人虽然不是白种人,但他们把国家的战略目标定为'东亚的英国',自称是东洋人。日本人不光学会了西洋人殖民掠夺其他国家的伎俩,还独创了更野蛮的办法压迫、奴役亚洲其他国家人民。他们不信因果报应,推崇的只是弱肉强食，他们认为良心纯粹是子虚乌有的事，只要能实现自己的目的、自己的欲望，什么事都能干，灵魂没有丝毫的不安。这就是我们面对的世界，面对的敌人！如果中国人不能团结起来战胜它，咱们就没有机会活在这个世上，子孙都要受到奴役和压榨！"

牛紫龙想到不能总讲这些，重要的是现在怎么办。

"所以咱们要努力使自己的学业精进，发愤图强，生产出比他们更好的东西；要尽力捐助上海各界的罢工罢市罢课运动，让他们看到中国人不是好欺负的！要抵制日货英货；要组织起来统一行动，没有组织就没有力量……"

牛紫龙还没有讲完，台下口号已经是此起彼伏，王永祥和几位学校校长走上台，开始指挥学生入城游行。牛紫龙感到自己有些想法还没讲透，整个演讲也没有观念上的冲击力，他跟王永祥商量，打算去石印馆把自己的一些观点写成传单散发，又远远地看见二叔在广场边缘被游行的人流裹挟着向县城拥去，便跳下讲台追了过去。

牛紫龙追上二叔时，二叔正在县衙前街辛记海货店门前维持秩序。辛记海货店是全县最大的一家百货洋货商店。此时，老板早已上了店铺的门板，不知去向了。游行的人群中不时有人投些石块砖瓦，还有人提出要查抄烧毁英、日百货，二叔和模范小学的几位教师便自觉留了下来守护，给路人和学生反复做解释工作，抵制英货、日货不能变成查抄烧抢的行为。

见牛紫龙来，牛惠师高兴地叫了声，指着身边的宋启程老师说："还记得吧，这是宋老师呀！"

牛紫龙见宋老师穿件藏蓝色平布长衫，留着长发，脸上滚动着汗水，大而有神的双眼闪动着兴奋的神色。他甚至没等牛紫龙反应过来便把他拉到跟前抱了抱，用略显沙哑的声音说："我早就说过青出于蓝胜于蓝，今天听君一席话，便知你这些年是大有长进。"

牛紫龙正欲开口，眼前一亮，见宋老师身后闪出一位身材娇小、风姿绰约的姑娘。

"讲得入情入理，但没有讲透，还缺少点技巧。"

只见那姑娘中等个儿，穿一身灰色洋布旗袍，外罩着白色绒毛毛衫，齐肩短发又黑又亮，玉瓷般光洁的圆脸沉静秀美，两只大眼热情妩媚，眸子里透着沉稳淡然的神色，一双大脚十分显眼。

牛紫龙心里咯噔一下，不知怎地开口竟结巴起来："对,对,俺也觉得没讲透,没准备……上去,他们……讲得不好……"他感到脸上有些烫。

宋老师哈哈一笑,仿佛猜到牛紫龙的心理,介绍说："这是开封女子中学学联的董秀凤,跟俺一起专门来做联络工作,筹备全省后援会的。"

天高高的,春光明媚,家乡显得是那么精彩、靓丽。牛紫龙望着游行队伍,心里一阵骚动,脱口就说了句谎话："俺昨天晚上才赶回来,就是参加后援会的。"

话没说完就知道脸上一定出现了两坨红晕,他突然感到眼前的姑娘自有一种男人拒绝不了的东西,是什么他又说不清,是教养？是魅力？还是内在的斯文和秀美？街道、店铺、青砖小瓦房,还有满街的尘土,甚至不远处一只流浪的狗都和以往不一样了,变得让人想入非非、漫无边际。

"正好今天几个老友都来了,俺今晚做东,请您们到繁楼聚聚。"牛惠师说着用力在几个人中间划拉了一圈。

"二叔真太伟大了！"牛紫龙用力点点头,忙不迭地说,"好,好,好,俺先去石印馆,一会儿见。"说罢便汇入了游行队伍。

郏县山陕甘会馆。

傍晚,县商会、自治筹备处召开联席会议,会馆中堂上点着四盏煤油大灯,全县有头有脸的人物三四十人,熙熙攘攘聚集一堂。

局势已经由商界几个前辈分析过,全县基本没有英货,虽有日货,但份额不大,抵制日货,总体讲利多弊少。抵制日货肯定能为国货打开销路,争得不少市场份额,而罢工、罢市、罢课对内地商界来说所损有限,只有集资捐助一事会长们还没有订下章程。

正在大伙议论纷纷之际,门外传来重重的两声咳嗽声,众人纷纷按资产辈分大小排定的坐序入了座。

"久等久等了！"丁二穿着一身灰色丝绸长衫,更突出了他那矮胖的身材,他一边向两边拱手,一边大步向主座走去,身后左右跟着警局局长刘继祖和已任头班役捕的儿子狗儿。

入座前,丁二很麻利地脱去外罩的长衫,剩下白丝绸褂、黑缎子裤,顺手用长袖掸了掸鞋面,说："县长一天喊俺去两次,大事小事都得俺拿主意,这次运动看来咱们要当中坚了。知道吗？咱河南督军岳维峻还派飞机到郑州撒传单，建国豫军樊钟秀个人一次拿出了五千块大洋汇给了上海，这次咱们是非得出点血爱国一回呀！"

他扬扬手挽起袖子，口气一转，问道："今儿几个学校上街闹腾大半天，端着盘子提着布兜让人捐款，他们捐了多少？"

"听说集资了一百四十多块大洋。"坐在后面一人大声道。

"诸位，"丁二哈哈一笑，迅即瞪起小眼，收敛笑意勾着眼环视了一圈说，"咱们总不能少于这个数吧？依俺看在座的各位每人先拿十块大洋，不过分吧？十块大洋戴个爱国的帽子亏了吗？一块大洋四十斤米，也就是每户出四百斤米嘛，俺们带头认捐二十块大洋，明天上午咱商会收齐送到县衙。以后，不论游行演讲罢课各家如遭非难，都由咱局子给罩着，保护咱商会会员，这下放心了吧？"

众人纷纷表示同意，起身告辞。

喧哗过后，偌大的会馆里只留下了丁二父子和刘继祖。

狗儿撅起嘴嘟哝道："每人十块，恁非捐二十……"

"哎呀！看你那没出息样儿，十块二十块有啥区别，要致远就得重名声，总不能让鞋带给绊倒吧。"丁二说着站起身在正堂里又踱起了方步，一会儿又问，"今儿还有啥稀罕事？"

刘继祖把学生游行的情况大致讲了一番，狗儿补充一句："恁说邪门不邪门，今儿上午在南大坑给学生演讲的是牛惠群家的儿子，说是刚从河洛道师范毕业，没回家就登台了，听说还被选为咱县的啥球代表，明天就去开封参加啥联合会。"

"他演讲说啥？"丁二停住脚步问。

"俺哪知道，反正尽说洋人的坏话。"狗儿心不在焉地晃着一条腿回答道。

刘继祖若有所思，说："那小子不简单，几句话能让会场鸦雀无声，一番话能把全场说得人人义愤填膺，整个游行也秩序井然。"

丁二沉思片刻，慢慢仰起头，对着煤油灯闭起双眼，片刻，狠狠地打了两个喷嚏，问："俺咋觉得今儿咱们开会少来个人物呢？颜氏兄弟怎么没来？"他没等刘继祖回答就自言自语道，"难道他俩闻出了时局有变的气味？"

刘继祖知道丁二能站稳今天的位置，靠的全是眼观六路耳听八方，梦里都在猜度着别人的想法，知道别人的想法才是自己运筹的先机。

6月19日，牛紫龙被推荐为豫省援沪案联合会赴沪慰问团，和匆匆赶到开封的全省各县代表一起参加河南援沪案各界联合会大会，大会选举河南督军岳维峻为会长，并议定了到南京请愿的方案。

岳维峻是继胡景翼后主豫的国民二军军长，尽管一开始在处理北洋军阀的战和关系上举棋不定，但总体上还是允许国、共两党在豫省公开活动。"五卅惨案"后，更是开放了社会各界的抗议活动，国共两党利用这一机遇，促使河南大革命出现了第一次真正的高潮。中共方面先后派遣王若飞、萧楚女等人在很短的时间内在全省各大城市和部分县建立了党团组织；国民党也利用熟悉上层的优势，组织成立了各种社会团体，派人参加了省政府组织工作，占据民政厅长等职位，也在主要大城市和十几个市县建立了国民党的基层组织。

岳维峻在"五卅惨案"后不久正式聘请了由四十三人组成的苏联顾问团，接收了苏联的军事援助。李大钊也在于右任的陪同下到开封和岳维峻一起讨论对付直系吴佩孚的事宜。

岳维峻的这些活动引起了英、日等国的不满，他们开始暗中支持北洋直系军阀谋划倒岳活动。

这些天，牛紫龙感到空气里似乎都充满了热情，无论干什么都特别有劲。每每想到一个魂牵梦萦的人就在这个城市，他时刻准备着能偶然遇上她。离开郏县的前一天晚上，二叔牛惠师请宋老师等人吃饭，整个晚上他只跟董秀凤说了两次话。一次是董秀凤主动问他毕业后打算干什么，其实他早有从军的想法，还答应樊存诚两个月后面谈。可转念一想说出这些，不知道人家看上看不上军人，话到嘴边又改口说还没想好，眼下还在寻找，说着还故意带些斯文忧伤的神色。另一次是牛紫龙主动向董秀凤透底：俺妈就是大脚，俺找对象非大脚不找。谁知话说一半董秀凤就嗔怪地瞪了他一眼说："我的脚与你妈的脚有联系吗？荒唐！"一抿嘴再也没理他。

这让他忐忑不安，一夜没睡好。

翌日，牛紫龙跟宋老师、董秀凤一道坐车回开封，不巧的是，二人一前一后相隔太远，只能看着那人的满头黑发，在心里漫无边际地想着可能的场景。幸亏宋老师下车后塞给他个纸条，上面不光有宋老师的家庭住址、街道门牌，还有董秀凤家所在的街道门牌,这让牛紫龙兴奋莫名,深深地给宋老师鞠了个躬,一语双关地说:"俺一定会去看恁。"

开会、发言、写标语、游行,一连几天,白天他常常忙得饭都吃不上,一到晚上仍旧精神抖擞,期待着发生点什么事。沉重的现实似乎不太可能让他有浪漫的想法,然而却无法阻挡他充满憧憬地到那条铭记在心的小巷里跑几圈,每次跑到董秀凤家时,他便会笑容满面地规划一番偶然巧遇的对话场景。那条温馨又细长的街道,高墙深宅,只在进口和出口挂着两盏昏黄的油灯,并且天一黑那条小路连个人影都难见。他大致计算了一下巧遇的可能性,伤心地发现几乎等于零。

他决心利用白天吃饭的时间去叫门,并且构思了两个不同情况的预案,如见到董秀凤就把写好的纸条当面给她;如见不到她本人就说是宋老师请她过去一趟,然后扭头就走,在街口等她,总之,无论如何要见到她。

好不容易等来了一个闲暇的中午,牛紫龙壮着胆子去叩门,正巧开门的是董秀凤。他屏住呼吸,涨红着脸,努力让自己显得自然一些,把写好的信塞进她手里,语无伦次地把准备好的两种台词都嘟嘟囔囔说了一遍:"这是俺给恁写的那个……宋老师说让恁过去一趟,不不,宋老师没说……恁看完那个,无论如何得给俺表个态,暗号都写在上面。"

"谁给你约定暗号了?"

"俺给恁约定的……暗号……俺的代号……"

"谁呀?"

牛紫龙听到屋内有人问,扭头就跑,一口气跑出街口才停了下来,心几乎跳了出来。

阳光温柔地照着,和风吹着花香,整个开封城也变得无比的顺眼,街道行人、店铺吆喝声、匆匆跑过的人力车,都在阳光的沐浴下变得那么壮观美妙。他很严肃地回忆着刚才董秀凤的表情变化,由吃惊到嗔怪,再到最后点了点头,好像还抿嘴笑了笑,对,一定偷着笑了!想到此他突然一个转身扑地倒了下去,肩背刚一着地又来了一个反弹,腾空前滚翻,落地站稳后发疯似的沿着大街飞奔而去。

当天晚上,牛紫龙按自己约定的暗号朝董秀凤家后院丢了一颗小石子,一会儿,"哗啦"一声响,董家后门上打开了一个巴掌大的四方小孔。

"文笔不错。"

"是吗?"牛紫龙凑近看,见有一个手掌遮住了门望几乎十分之九的面积,"人生如同星火满天,生命的意义就在闪光……"他一高兴就想作诗,可发现门里毫无动静,只好喃喃道,"批判地看更好。"

"大众情书,把人夸得天花乱坠,送给天底下任何一个姑娘都通用,俺退给你。"话音未落,那门望里就扔出了一团纸,"批判的话俺都写在上面了。"

牛紫龙像是重重挨了一记耳光,正欲解释几句,只听得那扇门望又"哗啦"一声关上了,他急忙扑下身子用耳朵贴地,听见一阵"沙沙"的脚步很快消失了。

牛紫龙站起身,望着半天残月,凄清如许,失落、自卑、苦涩,一股五味杂陈的痛苦感觉涌上了心头,想起这些天来那种飘飘欲仙的感受,显然是自己的幻想,现在可以落地了,兴奋原来是一厢情愿,这些天的快乐都成了傻笑!小巷幽深人静,惨雾席卷。他回头望望那扇心生向往的门,刹那间为自己那封热情洋溢的情书感到一阵脸红。他揉着那封信寻找地缝般地回到了宿舍。

他进屋急匆匆地展开退回来的情书,见上面有娟秀的两行小字:

男人是女人的一切,女人仅仅是男人的一部分;

情感如同手中的沙子,捧着比攥着得到的多。

不用多想他便明白了其中的含义,他把那份感情想象得太复杂,太慷慨激昂了,其实它只是一段恬淡的厮守。他琢磨了一番捧的办法,一连给董秀凤写了五封信,分别是身世、性情、理想、家族家庭条件及对今后生活的向往,全是实话实说。一连五天晚上,他都到董秀凤家后院丢一粒石子,那扇门上的小窗也会按时打开,他只是把信递进去,一句话不说扭头就走。

雨夜。

开封三圣庙中州大学学生宿舍。

细雨一连下了两天,小院里坑坑洼洼积满了水,学生提前放假回家了,宿舍临时腾出来接待全省各县来汴参加五卅援沪案的代表。这些天小院已经走了两批人,一批是中共党团组织动员一批学生和教师赴苏联学习,一批是国民党组织一批人到广东报考黄埔军校,剩下的人已经不多了。

沿着平房有两排砖铺的甬道,中间有口压井,散乱着一些不知名的花草。

牛紫龙焦急地在院里转来转去,因事前曾接到樊存诚的信,说好这一两天到,牛紫龙只得等下去,总算把他等来了。

樊存诚穿一身深灰色平布长衫,戴顶礼帽,样子还是大大咧咧的,略一拱手,就把身后一位高个儿介绍给了牛紫龙:"这是庆祥兄,俺在建国豫军的老朋友,留过学还学过军事,俺叔请他办沪案后援建国军军官学校,任教育长,这是……"

刘庆祥摆手示意樊存诚不用介绍了,笑着说:"听说过,听说过,汝州中学童子军全能冠军,没想到长得还这么文质彬彬。"说着伸手和牛紫龙握了握。

刘庆祥中等个儿,短发瘦脸,肤色黑红,一双很专注的眼睛仿佛能看到人的灵魂,无论是说话还是听别人讲话总是充满了诚恳和微笑。他和樊存诚一样穿件深灰色长衫,有着宽宽的肩膀和一双十分有力的大手,下面着黑裤、黑鞋。

刘庆祥一开口就把议题抬得很高,说:"当前国共合作,就没有必要分清国民党和共产党,也不是要划清列宁主义与中山主义,而是要找出列宁主义与中山主义的联系,说清中国革命中国民党人和共产党人各自应担负的责任和共同的任务。眼下四周列强环伺,国内军阀当道,无论是信奉哪个主义,身为哪个党派,都应唯此为大,先解决国民革命中反帝反封建打倒军阀的最大问题。"

牛紫龙对这番话很是惊喜,连连称是,倒是樊存诚很不以为然,反诘道:"人各有志,不能勉强,信啥,不信啥,不是问题的症结所在,症结是为个人、集团谋利益,还是为国为民做事,俺们建国豫军兼容并包,信啥的都有,信佛、信基督、信关公、信老天爷、信中山主义,信社会主义,但最大的目标就是开展国民革命南北统一,刘兄相信共产主义,是共产党,照样在咱们建国豫军干得好好的。"

"好了,咱们讨论一下你草拟的军校课程内容吧。对了,俺还没问你愿不愿意到豫军军官学校去?"刘庆祥用眼睛征询着牛紫龙的意愿,见牛紫龙点了点头,又凑近补充道:"俺是听樊存诚说恁是决心从军的,不瞒恁说就目前河南的驻军而言,还真是樊钟秀的部队有些出息。"

三人围坐桌边,发表各自的意见,最后敲定建国豫军军官学校建校招生及授课的主要课目。

一、办学目的及学制

建国豫军军官学校以培养建国豫军基层军官为办学目标,培养教育出的学员应具有作训、管理、完成各类任务的技能,具有实践建国豫军三民主义宗旨精神素养,意志坚定、纪律严明、战技能精湛、体魄健壮、合作方法得当,且勇敢廉洁。

二、学制

两年半(入校生前三个月为士兵基础技能教育养成期,三个月后正式转为军官教育课程)。

三、招生条件

受过中等专科以上教育的适龄青年方可报名,经体检测验后按成绩先后录用,总人数580人。

四、教授课目

政治类:中国近代史,不平等条约概要,孙中山三民主义及哲学基础,孙中山建国大纲要点,现代军人精神。

学科类:战术学,地形学,防御工事学,交通学,兵器知识及操作,军制学,卫生救护学。

技能类:单兵技能,枪炮原理及射击教范,野外勤务,军队礼节,纪律奖惩条令,内务管理,筑城及驻地教范,夜战常识。

最后三人又商定了去南阳、信阳和留在开封招生的分工及任务名额。指定牛紫龙配合建国豫军副官处长鲁定铭去南阳及汝、鲁、宝、郑一带招生,动身日期越快越好。最后刘庆祥站起身,说:"这么晚了,请你们吃饭如何?"

牛紫龙站起身羞赧地笑笑,答道:"算了,还是待到临颍开学以后吧。"

牛紫龙匆匆送走两人,简单收拾一番随身物品,顾不上天色已晚,便向董秀凤家跑去。

来到董秀凤家后院,一连向院内丢了三四个石子,良久,那扇门望才拉开。

"明天要走吗?"门里人问。

牛紫龙尽量凑近门望,点了点头。"俺考虑再三还是先上军校,在临颍,明天就去。"

沉默,两人隔着那扇门望相互望着。

牛紫龙犹豫着问道:"俺可以给恁写信吗?"

他好像看到里面的人点了点头,心满意足地转身正要离开。

"等一等,"随着这句轻轻的喊声,他听门里一阵忙乱,一会儿从那门望里递出一束卷纸,"回去再看。"

牛紫龙急不可耐地跑回住地,展开一看是两幅素描,一副是董秀凤本人的坐像,一副是牛紫龙站姿,似乎正在滔滔不绝地演讲,又像是正在与人辩论,光感质感、结构明暗无不渗出一种独特的心灵感受。

牛紫龙对着那两张素描一直坐到了天亮。

当年8月,建国豫军官学校在临颍正式开学,共招中等专科以上学历学员580名。牛紫龙在进行了三个月新兵训练课程后,开始既当教员,又当学员,转入了军官教育课程。

第十章

吴贼就叫寇英杰派了马文德、陈四麦等好几部分贼军，开到了叶县、南召、襄县、汝州等处，将我军队四面包围，并派出了一个什么曾做过上海护军使被人缴械之败将张允明来做总指挥，连我们家乡都不想容我住。我的军兵得到了信，一个个都摩拳擦掌，恨不得就要生剥了吴寇诸贼的皮。到了这个时候，钟秀还想望他们自己悔悟，不愿和他们打仗，以累地方受祸，故将所部军队调回鲁、宝两县，愿将郏县等处让出。岂知贼党以为我是怕他，得寸进尺，竟敢派兵逼近宝境，乘人民收麦时候，纵兵奸淫烧杀、绑票勒赎，并派的多是河南人的军队，叫他们来自相残杀。人民被逼不过，前来求救甚急。我无可奈何，迫得带领部队，出去救援。第一回在汝州属之大营镇，将陈四麦全旅打散，得步枪一千多支，大炮两门，机关枪六架，迫击炮三尊，当场并将陈贼打死。第二回在郏县、宝丰之间，将张贼允明所带之师两旅打散，得步枪两千余支，大炮三门，机关枪八架，迫击炮六尊，打死他们团长、营长多名，兵士数百人，张贼允明几乎被我俘虏，一直逃到遂平县境。第三回克复南召、石桥，得步枪一千余支。第四回克复南阳县城，得步枪三千余支，机关枪五架，迫击炮两尊，子弹百余万，马三百余匹，并生擒镇守使张慕通，游击司令吕光华。第五回在新野以两连之兵，打退湖北贼兵三千余众，得步枪百余支，打死敌军连打伤者共三四百人，生擒敌军官长四名。从此敌军闻风丧胆，开封省城也为之动摇了。

——《樊钟秀忠告豫民宣言》

第十一章

1926年1月,中国国民党在广州召开第二次全国代表大会,参会河南代表冯品毅、唐绍禹均为共产党人。会议召开第四天,国民党河南省党部在西山会议派的唆使下发出宣言,取消包括冯、唐在内的共产派在国民党之党籍,接着改组和解散了开封、郑州等地国民党组织,引起了部分国民党员的不满,成立了"国民党河南党部临时维护委员会",双方相互指责,把官司打到了国民党的二届一中全会,会议暂停了河南省党部职权,派人前来查处此事。

与此同时,豫督岳维峻迷惑于当时国民革命军暂时得势的形势,采取"花打四门"的策略,派人东攻山东,北上直隶,西入山西,南防湖北,再加上英、日帝国主义的暗中鼓动,招致了吴佩孚、阎锡山、刘镇华、张宗昌等多路军阀的合围,同时,对省内各类杂牌军进行策反分化,封官许愿,致使岳部众叛亲离,开战仅一个多月,直系便打垮了国民二军,国民二军大部分在豫西缴械投降,只有少部分人退出了河南。

国民二军的失败使国共两党组织也遭到严重损失,工人运动受到镇压,中共在洛阳、荥阳、驻马店等地的党组织遭到破坏,中共豫陕区委主要负责人被迫离开河南,整个党的活动被迫转入地下,工作重点开始转向军运、农运等为数不多的领域,部分青年党员被迫撤退到南方工作。

国民二军败退出河南后,樊钟秀依然不买北洋军阀的账,公然在登封宣布独立,声明樊部驻军所辖豫西九县无论民政、财政及一切事物均与省署脱离关系。

樊钟秀在宣布独立前曾经召开过战局分析会,多数与会参议人员认为独立后能够生存的几率不足百分之一,主要根据是樊部此时经济上已经破产,这仗根本没法打下去。

原来,1924年底樊部由广州回河南,经当时省督府同意划出豫西南一片地方驻扎,驻地的税收为军费专供樊部。谁知,前来投靠樊钟秀的人络绎不绝,部队急剧壮大,短短几个月时间,便由三千人猛增到连带家属四万人的规模,驻地为供应部队连续加赋二十六次之多,仍不足以维持樊部所需。为筹措军饷,樊部设立宝郏银行,开始自印纸票,分五十文、一百文和一元三种面值。当然,如何让自印的钞票有实际流通的面值则是一个麻烦事,樊部一方面利用过去积存的纸币现洋到辖区之外购买百货,运回襄、郏、宝、鲁一带平价卖出,回收自印的钞票;一方面又让省府督办保证郏宝银行的纸票可以在省内兑换现洋。开始,群众对樊部发行的纸票甚疑,以后看到这类小票与省行发行纸币丝毫无异,短短一个月,群众就从汴城等地兑回现洋四十余万,并且购回百货价格也不高,逐渐大胆使用开来了。

直系打败国民二军后,省督、政两府换人,宝郏银行的纸票兑换现洋迅速贬值,独立后樊部实际已到无饷可发的地步,尽管樊钟秀坚称那不叫薪饷,叫"维持费",可没有这笔费用,军心随即涣散,而围攻上来的鄂、陕、鲁等多路北洋人马又断绝了现货的供应,整个豫西九县财政立马到了破产的边缘。而此时,直系部队已经得到北洋政府的任命,原给豫军的底饷也由财政部给了围剿各部,更使得樊部收支雪上加霜。

军事方面,樊部虽有三旅二团,但终究还是无法与直系纠集的几省人马相比,直系在郑州召开军事会议,调动四倍于樊部的兵力,确定了分进合出的战法,任命寇英杰为"剿樊"总指挥,很快调集各部形成了合围之势。

唯一让人欣慰的是,樊部驻扎地区的民心士气还可依恃,尤其是广东国民政府已经发出了北伐宣言,隧道尽头已现亮光,只是不知道黑暗还有多长。

牛紫龙在军官学校学习刚一年,就遇上了直系军阀的进攻,校长王会九作为与直系的谈判代表到汴参加改编谈判,经讨论学校在自愿的基础上给出了几条出路:参加改编,并入直系部队;不参加改编,发一定川资遣散;最后是回樊钟秀部。

牛紫龙找到刘庆祥商议后,刘庆祥哈哈一笑说:"虽说春秋无义战,可咱总不能见死不救呀。"

牛紫龙选择了仍回樊部。

当他们五月底赶到宝丰时,满城已经充满了火药味,一千多辆牛马大车几乎把整个县城都搬进了鲁山一带的山区。身穿浅蓝色制服、戴五种颜色五角星的学员队刚刚进城,便被领进了一家大车店,进了二院门他们才发现院里已经挤满各路的军人。

牛紫龙放下背包,就听得有人喊道:"头儿来了!"

顺着二门望去,只见一群军官簇拥着一个穿灰白长衫,小个儿,白皙清瘦,跟教书先生一样的人进了二门。许多认识樊钟秀的人喧哗着向前挤,樊钟秀紧走两步跳上院中间的一辆大车,周围人群欢呼着。

樊钟秀撩了一把长发,环视四周,大声道:"弟兄们,讲点啥呢?还是讲讲当前形势吧。自打俺宣布独立以来,军阀们调兵遣将已经围了上来,北面有新任豫督寇英杰部从许昌进攻,西边有张治公部从登封追了过来,南面有鄂军虎视眈眈,东面李振亚的新编十一师也已经出发,咱们已被四面围定。大家都看到了宝、郏、襄、汝一带百姓都到山里躲起来了,他们九路进攻十五万大军压境,咱们统共才两万多人,还要四面设防,这就是咱们面临的局面。为什么会有这种局面,就是直系吴佩孚受人指使妄图联合奉、鲁、粤、川、湘系等,据说有十四个省的军阀要消灭南方国民革命政府,由他们统一中国。"

樊钟秀顿了顿,笑着环视一周。"民国创立至今已有十四五年了,帝国主义压迫瓜分中国的危机甚于当年,民众所受痛苦不减畴昔,追其原始,就是帝国主义操纵军阀进行没完没了的战争。看局势,有人看热闹,有人看门道,咱们就得找到乱的根源。俺相信只要不傻,是人就可以看出来没有一仗不是军阀挑起来的。他们就是想通过内战让中国长期分裂下去,衰败下去,达到瓜分中国的目的。孙总理在世时大慈大悲,无畏革命,提倡三民主义、五权宪法,一生奋斗矢若无日。俺樊钟秀素为总理信徒,自民国十三年忝为北伐之先驱,回到河南,虽处吴逆剿穴渊薮,幸赖总理在天之灵,再加上军心、民心、天心所向,俺是铁定要胜利的!"

樊钟秀又撩了一下长发,继续道:"俺樊钟秀不是好战之人,事先俺曾派人去谈判,让出登封等三县的地盘给他们,指望着老百姓收过麦,种上秋略舒疾困,再拉开架势干一场。俺也发了下野通电,到少林寺穿上了僧衣,惹不起还能躲不起?谁知好心换来了驴肝肺,他们扣押俺的谈判代表,调兵合围俺的地方,烧了少林寺,一路把俺撵到这儿。"

他跺了跺脚,接着道:"他们是非要除俺而后快。俗话说,退一步海阔天空,俺后退三步了,他们还是步步紧逼,这就不能再忍了,别说他们是九路进攻,就是铜墙铁壁俺也要用头颅撞出个洞洞。"

"俺在陕西起兵时,总共才32人,虽说人手一杆枪,但其中11支不管用,后来照样一天天壮大了。还有前年八月十六俺们从广东往北打,去年四月初四到信阳,三千人的队伍照样纵横几千里。虽说打仗靠的是人多枪多,但能不能打胜,关键是有没有必胜的决心和意志。今儿俺来这儿给大家立个规矩,不怕死的留下,来随俺打北洋军;家里有事的,还不想死的,15岁以下的统统回家。留下来的自当重赏,回家去的以后还可以再回来,毕竟咱们在一个锅里捞过面条,情义是少不了的。好了,大家各就各位吧。"

樊钟秀在众多军人的欢呼声中出了大门,接着就是声声急促的口令口哨,各部队整装跑步向门外涌去,大院腾起一阵尘埃,随着纷乱的脚步渐渐远去。

"集合!"听到一声熟悉的口令,牛紫龙提枪背包站到了队里,院子里只剩下军官学校的几十名学员。

刘庆祥在队前走了个来回,用他那惯常的沉毅声调问:"还有要回家的吗?现在后悔还来得及。"他突然停下脚步,"好!从今天开始,咱们算是自愿从军了。今天的任务就是守县城北门和司令部,北门前出十里派流动哨,司令部是四个岗,二人明岗,二人暗哨,分两片住,一片住城楼,一片住这里,听明白了吗?"

众人异口同声道:"明白了!"

当天晚上,西北方向就传来了隆隆的炮声,不知是民房还是麦田的大火,映红了半个天空。

翌日清晨。

宝丰县城。

一早,牛紫龙被一阵刺鼻的烟味唤醒了,刚一睁眼就听到两声爽朗的笑声:"哈哈,能在战场睡这么香的人俺可头次见。走,这两天这儿恐怕没啥仗打,刘队让俺通知恁换个地儿看看。"

由于人多,牛紫龙所在的分队被安排在城墙的一边,五黄六月天高气爽,大部分战士连背包都没打开,只在地上铺张席子就睡了。

牛紫龙坐起身用双手搓了把脸,一边收拾背包,一边问:"刘队呢?"他顺着樊存诚指的方向望,果见刘队在城门外等候,急忙背上背包和枪跟樊存诚出了北门。

晴空万里,湛蓝的天空挂着洁白的云丝,大地金黄一片,飘溢着麦香,正是收麦的季节,村村镇镇却是十室九空。

牛紫龙、樊存诚跟着刘庆祥的队伍一直向北穿过了四五个村镇,这才远远看见一支约有二三十人的小队在一带河堤边。

樊钟秀还是昨天那身打扮,灰布长衫,黑色圆头布鞋,只是头上多了一顶大大的草帽。周围的军官个个戎装整洁,牛紫龙他们赶到时,正赶上参谋人员汇报完直系九路进攻的位置和进展情况。

樊钟秀撩起长衫盘腿坐了下来,顺手取下草帽扇着风。周围静寂得出奇,只有几个知了在树上鸣叫着。良久,樊钟秀才开口:"坐,坐,坐。"待众人坐下后,他却站了起来说:"打仗拼的是精神和实力,争的是民生跟人心,咱们不能退了,让出襄城俺都有些不忍,想着他们会让百姓们收麦,现在看到了吗?全让这帮兔孙放火烧了,咱们必须在这儿收拾他们一次,让乡亲们收完麦咱们再走。"

说完,他又蹲下来,在地上划出宝、郏、汝、鲁等五县的样子,标出上北下南左西右东的方位,捡来九个石子摆在了周围,招呼众人围拢上来,说:"俺想了很久,吴佩孚说十万也好,二十万也罢,这就好比咱只有两三个人,偏偏给咱们上了一桌满汉全席,让恁撑破肚皮也吃不完。所以啊,咱们干脆不走了,吃完这桌饭再说。咋吃呢?得先吃一盘,活动活动再吃一盘。一上来咱就得先吃油水大点的。眼下他们说是来了九路,名义上统归寇英杰指挥,实际上他只能使得动阎日红这一个师,其余都是各怀鬼胎,无暇相顾。因此咱们就打出头鸟,这几路基本上不催不动,只是陈四麦旅不知天高地厚,根本不碍他啥事,他非要跑头里,看来咱们这一口非从他那儿开始。接下来还有张允明所带的三师,仰仗着人多势众,来的也不慢,咱们也要啃他块肉下来。只要把这两路打下去,俺看至少能给乡亲们争取半个月收麦时间,然后咱们再……"

樊钟秀用右手向己方一勾,没有把话说明,站起身把草帽一戴,拍了拍手上的土,问道:"恁们说俺这个想法中不中?"

沉默片刻后,有人提出来部队不能全撤,否则群众无心回来收麦;也有人提出既然南方革命政府已经开始北伐,不如抓紧时间向南方移动;有人表示反对,主张分散队伍,蛰伏豫西群山,保存实力,待机与南方部队会师再作打算;还有人提出,如果击其一路,其余各路赶来增援会不会加速吴军的合围?万一出现这种局面于军于民的损失会更大;更有人提出打几仗固然可以为百姓争取一段收麦的时间,但对整个部队不利,不如早作战略转移。

"大兵压境,九路合围。"樊钟秀又把草帽拿在手中扇着风,低头踱步,自言自语道,"要是俺把队伍拉走,也许队伍能保住,可乡亲们丢了这茬麦,种不下今年的秋,背后会咋说俺樊老二呢?今明两年的日子咋过呢?当年俺奉孙中山总理的命令北伐,咱们这建国豫军的牌子是孙总理亲自命名的,是北伐先锋队,先锋队要是被撵回去了,这不说明俺站不住脚了吗?见了南方政府的朋友咋交代呢?"

樊钟秀走近众人,盯着一个个军官的脸,绕了一圈,又问:"恁们说咱们是先考虑军事,还是先考虑政治?"这回军官们都没话说了。

"这么办吧!各县各旅的防御位置不动,俺不要恁们的火炮、机枪,但必须让出一半兵力给俺,今儿晚上集中,人到齐后交俺指挥。驻守各县的部队听到俺们打响后可以主动出击,一定要摆出反攻许昌、洛阳的样子,恁们端的架子越像,给百姓赢得的收麦时间就越多,群众收完麦恁们的任务就完成了大半。至于以后是化整为零,还是整队坚守,到时候再定,明白吗?"

"明白。"众人应声后,樊钟秀挥挥手,众人纷纷上马离去。

"叫恁们来有件特殊的任务。"樊钟秀望着渐渐远去的军官,扭头审视着刘庆祥和牛紫龙。这时,牛紫龙才看清樊钟秀其实是个眉目清秀、俊灵端庄的人,说话和动作都很稳重。

"俺打算明天晚上消灭陈四麦旅,届时咱们将三面围攻大营镇,只留西门一条路,恁们的任务是想法除掉他。注意陈四麦旅的卫队营长是陈四麦的小舅子,卫队营两个连长都是他侄子,这些人一定会拼死相护,难题一定不少。军令如山,党纪如铁,怎样完成任务恁们自己想办法,反正不能让他跑了,这头一仗一定要敲痛北洋军。"

刘庆祥和樊存诚行礼,异口同声道:"是。"

"抓活的不更好吗?"牛紫龙唐突地问了一句。

"问得好!"樊钟秀用手指了一下牛紫龙。"这就要算算收益和代价孰大孰小了,俺之所以提醒恁们陈四麦卫队都是子弟兵的原因就在这儿,能抓活的更好,但保存自己是前提条件。恁记住,打仗不是拼命,打仗是伸张正义的手段,同归于尽赔了老本,正义再也无法伸张。"

第二天晚上,围攻陈四麦旅的战斗在临汝大营镇打响,樊钟秀部几乎个个赤着膀子,在双臂上绑着白毛巾,天刚擦黑开始攻击,一直打到次日清晨,陈四麦旅已被消灭大半,剩余四处跑散,旅长陈四麦跑出不远被当场打死。樊军缴获火炮五门,机枪六架,步枪一千多支。

又过两天,孤军深入到宝、郏、汝、鲁边界的张允明部再次被樊军三面包围,战斗从清晨开始一直打到天黑,张允明师大部被歼。张允明部汲取陈四麦旅的教训,集中兵力龟缩到少数几个据点进行顽抗,樊钟秀下令撤出步兵队伍,只用炮轰,迫使张允明带着自己的卫队乘天黑逃了出去。

当晚,牛紫龙跟所在的学员队正在打扫战场,收缴战利品,又被急匆匆地叫到了司令部。他一进门就见一支约有四十多人的队伍已经整装待发,奇怪的是这支队伍每个人还背了一身棉衣裤。

牛紫龙跟在樊存诚后面来到樊钟秀的指挥所,那只是一座土地庙的大殿,殿中间放了张长桌,两边是草席打的地铺。殿内除了樊钟秀外还有两个军官、两个僧人。

樊钟秀扬扬手说:"这一仗打完了,缴获比打陈四麦旅还多,火炮、机枪都是八九件,步枪至少两千杆。不过恁们可不要骄傲,跟一群傻子打仗即使赢了也显不出恁们聪明到哪儿,俺倒想让恁们到强手如林的地方试试,就是吃了败仗也能积攒些经验。"

樊钟秀招呼大家来到大殿中间长桌前,敲了敲地图说:"听说恁俩在中学上学时拿过长跑冠军?这就好,这就好,恁们——"他用手在地图上划了一条斜线,说,"走这条路去南阳,从鲁山翻石人山到南召,听说这段路不大好走,昨天山上还在下雪。恁们进山隔五里就给俺放下两人,俺这边收拢一下队伍,明天天亮前去撵恁们,懂了吗?好啦,去吧。"

众人敬礼后出了门,樊钟秀在身后喊道:"记住多带点油棕火把。"

夏日黄昏。

颜府。

颜潜修在两个家丁的引领下,大步来到后边的库房,库房里放着两个刚刚卸下来的大箩筐,他撕下箩筐上的油布,见筐里堆满了银元。他顺手抓起一把掂了掂,又拿出一枚放在嘴里咬了几下,弯腰用力抬了抬那箩筐,转身问颜潜齐:"全是吗?"

"俺瞪着两眼看他们一个个数着装进去的。"颜潜齐回答道。

颜潜修脸上挤出几许笑意,用脚踢了踢那两箩筐银元,若有所思地说:"看来寇英杰给咱们的代金券真管用,比樊老二给的小纸票强。"他踱出几步,突然转身说,"不能让寇英杰走,一定得想法留住他们。看形势樊老二是成不了气候了,咱们留住寇英杰就等于拴住了财神爷的大腿。走!"说完拉起颜潜齐就往颜府前院走。

自从直系与国民二军开仗以来,颜氏兄弟就把宝压在了直系身上。一来,他俩知道在兵荒马乱的年代没有个官府做靠山根本立不住足;二来,也因国民二军主持河南督、政两府时,曾对颜府攻打月桂镇之事抓住不放,颜氏兄弟被迫杀了沈二皮,花了几万块大洋才勉强把事摆平,害得颜氏兄弟一直憋屈在家不敢出门。好在天有不测风云,直系赶走了国民二军,又来围攻樊老二,总算盼来了出气的机会。颜氏兄弟咬咬牙,把寇军的师部请到了自己大院里,不光为了糊弄几个钱,更深层的考虑是想借机跟官府再拉上关系,附势固位。

寇军师部搬到颜府后,颜氏兄弟不仅对官兵好吃好喝好招待,还专门请来了汴京城的五金枝戏班到府上助兴,出高价让这帮戏子日夜招待师部一班人。不料寇部吃喝玩乐近一个月,不但合围进剿没什么进展,反而让樊钟秀的部队一连吃掉了一个混成旅再加上一个团,战局形势急转直下,寇军师部顿时成了惊弓之鸟,看样子是想拔腿溜之大吉了。

颜氏兄弟当然不做赔本生意,要来寇军支付的代金券,连夜到开封兑换来了银元。颜潜修大致算了笔账,寇军师部来住月余,人吃马喂,包括他请戏班和赌输的钱,造本假账便全部摊到全县老百姓头上,这代金券兑换来的银元实实在在都成了兄弟二人的"利润",如此名利双收的大买卖怎么能轻易让他们走呢?他反复掂量过眼前这场交战的前景,寇军取胜的把握至少有八成,留住寇军师部是很值得一赌的大买卖。想到此,他一会儿觉得血直往头上涌,兴奋得直想蹦,一会儿又感到背后似乎有些冷汗。

颜氏兄弟来到前院,见偌大的颜府大院此时一片忙乱,士兵已是背包上肩,马上备鞍,征用的大车装满了"战利品",颜府大门也已敞开,里里外外站满了整装待发的队伍,上上下下如同箭在弦上,看样子就差一声命令了。

进到前院正堂,师部的七八位军官正在争论着退守的防线和撤离的路线,寇英杰呆呆地坐在一边,盯着一张大大的粗线条的地图。

"部队要进攻咋还拉恁多行李呢?"颜潜修笑容可掬地摆出一副道喜的样子,拱手向四周的军官作了番揖,又道,"诸位升官发财的机会百年一遇呀,到时候可别忘了俺哪!"

众人一怔,面面相觑,几个人不约而同地窃笑起来。

"进攻,进攻,进个球攻,九路围攻眼看着被吃掉了两路,现在深入樊钟秀划定的防御圈内的就剩俺们这一支队伍了,说不定今晚上就轮到他进攻俺们了。看看吧,樊钟秀的侦查小队已经到许昌城外了。"

寇英杰穿着一件白平布马甲和黄色军马裤,手里摇着大芭蕉扇,宽胖的脑门浮了层油,细细的汗珠争先恐后流落了下来。他有一副很周正的圆脸,生得白肤大眼,短发短眉,就是宽扁的鼻子和一张厚唇大嘴有些不合比例。他个子不高,始终保留着军人挺胸收腹的姿势,他大步走到桌边用手敲了敲一份情报汇编,接着说,"都说樊钟秀不会打只会溜,可现在他是又会打又会溜。"说完他取下墙上挂的军服腰带,丢了个眼色给卫兵,大步向门外走去。

瞬间室内一片忙乱,众人急忙收拾行装准备出发。

"哎呀,局势瞬息万变,祸福也是一念之间,恁如果一步走错可能就会抱恨终身,恁可不能自毁了一世英名。"颜潜修急步上前道。

寇英杰打量一番颜氏兄弟,不为所动,仍旧整衣出了门。

颜潜修跟着寇英杰边走边吹嘘道:"恁光知道俺是本地巨富豪绅,可十年前,俺可是首架白朗义军十八杆的杆头之一,眼下樊钟秀队伍里的骨干团、营、连长们大多数都是从那时候蹚出来的,他们打仗用兵那一套不少还是俺教出来的……"

"嗯?"寇英杰用疑惑的眼光斜视着颜潜修。

"都说水流无形,兵行无道。"颜潜修很是自信地继续道,"依俺观察,樊钟秀其实能走的棋不多,就恁大地方,他樊老二再大本事又能翻出几个筋斗?他连打两仗使的就是老虎猛三扑的招数,扑住就逮个兔子,扑不住落一嘴毛,他迟早要落荒而逃。恁只要能坚持在这儿,他就成不了老虎,只能是火锅里的鳖,开始兴许还能划拉几下,火候一到,他想划拉也划拉不了了。所以,恁只需要命令部队钉在原地,恁就算打胜仗了,战胜不如形胜,形胜不如势胜。"

寇英杰脱下军帽挠了挠头,暗自称道,有道理,有道理。他转身盯着颜潜修,眼里还真有了看见大补美食鳖肉的新奇兴奋劲,问:"老虎咋会忽然变成鳖呢?如果他一直当老虎,谁能让他变成鳖呢?"接着他口气一变,大大咧咧道,"当然,虎也好,鳖也罢,俺抓来一样吃肉。"

"樊钟秀的部队之所以落得虎名,其实就靠几招。"颜潜修得意洋洋地扫了一眼围上来的军官们,说,"一是身先士卒治军严明,把一支很散很贪的土匪变成了不抢掠不欺民的队伍,这是自民国以来少见的现象,即以此战无不胜攻无不克,胜算独揽;二是他们常年流动在外就食,耐苦劳,前几年从江西出其不意跑到广州,打败了陈炯明,又从广东一路跋山涉水杀回了河南。说明他们擅长的是流动作战,靠长途奔袭、出奇制胜才存活了下来。跟过去白朗杆匪的招数一样,如果硬把他们圈到一个地方,等于是瓮中捉鳖了;三是他们之所以拖不垮打不烂,能分能聚,能兵能民,就是因为他们惯长保存实力,有一支王八吃秤砣的骨干队伍,如果真要拉开架势打阵地战、拼消耗,樊老二最怕这一招。此处,是他老巢,他不可能守着老家当老虎,只能在外当英雄,他和白朗一样信的就是项羽,死也不会过江东。民国十三年他从广东回师河南,胡景翼让他驻军家乡,他免了家乡的赋税,最终还是带兵到了临颍,宁肯当强盗也要到老家以外就食。那时候他才三四千人,现在他少说也有两万人,更不会长期把兵驻在这儿。更重要的是,他在外打仗可以聚散自如,打胜就打,打不胜就分散进山。可在家乡他却不敢老玩这套把戏,丢了名节是他万万不会干的事。由此观之,他守在这儿只能是虎落平川,以他骄矜自是、敏感清洁的个性,很可能还照他的老路走。"

寇英杰点头称是,问:"这么说他会开溜了?"

"不出俺的所料的话,他恐怕已经开溜了,恁听——"颜潜修用手划了个半圆,"西南、东南这漫无目的的鞭炮声,只有放炮声没有落地响,还有——"他转身进屋拿出那份情报汇编,"这四面出击的探子,如同敲锣打鼓、掩耳盗铃一般,明眼人一看便知是兵不厌诈、声东击西的雕虫小技。"

寇英杰脱下衣帽扔给警卫,接过那把大大的芭蕉扇,哈哈哈一阵大笑,说:"我不是司马懿,他也不是诸葛亮,俺俩玩不出空城计。"

"对对对,"颜潜修招手让人搬进桌椅,安排酒肉菜肴,"只要恁四面围定,九路圈死,就算他唱空城计也只能自娱自乐,给咱们添些笑料。"

颜潜修将寇等人安排坐下,又张罗一番戏班演出的事项。毕,乘着大伙顾自热闹之时,哈腰凑近寇英杰耳边悄声道:"俺们见恁真是顽愚见光明,只想一心一意追随恁效犬马之劳,恁看是不是让俺兄弟顶替前几天以身殉职的团长一职呢?"

"好事呀!不必绕来绕去。"寇英杰两眼咕噜噜地转了一番,说,"顶了缺编可是要随我征战啊,你兄弟他行吗?"

颜潜修直起身板,双手用力拍了拍,招呼颜潜齐过来。

此时,颜潜齐已是一身戎装,走近后,很标准地敬了个礼,大声道:"愿随督军出生入死,誓为国为民为督军效力。"

"好好好,"寇英杰站起身,说,"就这么定了,封你个团长,你自带一百人枪,其余缺编部分我给你配齐,从明天开始听我号令。"

颜潜齐故意双腿一并,挺胸收腹大喊一声:"是!"

众人也都纷纷起身鼓掌。

颜潜修乘机挥了挥手,招呼道:"去告诉戏班准备出《空城计》。"

樊钟秀部在汝、郏、宝连打两仗,造成进击许昌的声势后,出奇兵经南阳,先攻下南召,又马不停蹄地打下南阳县城。不久,宛属镇平、邓县、新野、内乡等十余县先后被樊军占领,又连续在新野、南阳大败鄂军,使得各路围剿部队不敢近前,战事陷入僵持状态。

1926年7月4日,国民党中央在广州通过《国民革命军北伐宣言》,组建八个军十余万人,开始北伐。同年9月占领武汉,当月,在西北的冯玉祥也在绥远五原誓师宣布加入国民革命军。10月,樊钟秀接广东国民政府北伐司令部电告,令其出兵京汉道,断吴佩孚归路。樊钟秀即出轻兵绕敌背后,配合友军夺取武胜关、鸡公山,使由武胜关到漯河的交通陷入瘫痪。

与此同时,省内国共两党也先后赶到武汉各自召开会议,部署配合北伐工作,中共豫陕区执行委员会分别改为豫区执行委员会和陕甘区执行委员会,王泽楷任豫区执委会书记,确立今后一个时期的工作重点除继续支持军队中左派,破坏直系军事运输配合北伐等工作外,还着重要求做好农运和抗税抗捐运动。不久,又组织召开了全省农民代表大会,成立了省农民自卫团总部,中共中央从全国各地抽调一批干部陆续来到河南农村开展工作。

国民党河南省党部召开了河南省第二届代表大会,决定今后一段时间应重点做好军阀军队上层人士的工作,促使其响应北伐。不久,他们便成功地做通了直系吴佩孚主要部将靳云鹗、魏益三等人的工作,暗中向国民革命军输诚。

任应岐等一批豫军将领也分别宣布就任国民政府委任的军职。而豫督寇英杰、军务帮办米振标等人眼看吴佩孚大势已去，转而接受了奉军委任的军职。此时，河南的吴佩孚部队实际上已经土崩瓦解。

1927年4月12日，正值国民革命军即将打到河南之时，蒋介石在上海发动了政变，杀害了请愿的工人和共产党人，宣布"清党"，成立了与武汉国民政府对立的南京国民政府。

五天之后，国民革命军在武汉举行了第二次北伐誓师大会，唐生智率第四方面军陆续进入河南，与奉军在临颍交战后，占据许昌。逃亡豫西的吴佩孚受到了巩县、汜水、荥阳、偃师等县的民团、红枪会的连续攻击，被包围激战两昼夜，好不容易冲出重围，在南阳，又被樊钟秀部截杀，最后仅带两人逃出河南，一路潜入四川投靠了军阀杨森。

1927年5月，冯玉祥率国民军联军改名为国民革命军第二集团军，沿陇海线由西向东进攻，当月占领洛阳，与一路北上的国民革命军会师郑州。随即成立了河南省政府。冯玉祥宣布治豫方针，提出倡行三民主义，建廉洁政府，统一军政，刷新吏治，整理财政，实行党化教育，优恤灾民等。

省政府成立第七天，冯玉祥到徐州会见蒋介石，回来宣布与中共决裂，下令"清党"。首先解聘了苏联顾问，甄别第二集团军内的所有政治工作人员；对同情中共的军事将领一律解除武装，逮捕关押了数百政工人员。接着对中共领导的工会、农协等群众组织予以取缔，使全省中共党员由大革命后期的三千多人猛减至七百人，中共河南省委被迫转入地下。

同年9月，中共河南省委召开扩大会议，贯彻中央"八七"会议精神，改组了省委，决定组织工农暴动，实行土地革命，将全省划分为豫南、豫北、豫东、豫西四个暴动区，作出了《河南目前政治工作与暴动工作大纲决议案》。然而，就在会议尚在进行期间，共青团河南省委书记冯沛毅被捕，大量重要文件被查抄。冯玉祥立即密电全省，要求各县按缴获文档记载的人员名单组织抓捕，务要一网打尽。

秋月。

郏县县署。

省府发到郏县县署的密电上一共有八个人名，四个有固定地址、职业，四个是疑拟文章的署名,或是文件上提到的人名。刘继祖拿着名单掂量了一番,急忙找到已改任县民团团总的狗儿,把密电递过去说:"俺咋觉得这密电上的人名有点耳熟,恁认识不?"

狗儿刚刚跟老丈人打完架,一肚子火正没处出,扭头溜了一眼刘继祖手里的密电,不耐烦地说:"恁不知道俺不认字了!上面都有谁?让咱们干啥呀?"

前两年,狗儿当上县长帮审,便在父亲的催促下,慌着结婚生子,一口气找了"三大四小"七个婆娘,也就是三个比狗儿年纪大,四个比他年纪小,最小十五岁,最大四十多,比狗儿整整大了十岁。这"三大"之中有个郑氏,虽说嫁给了狗儿,却迟迟不愿搬到狗儿家住,不知道咋弄的为丁家生了个孙子,丁家父子一高兴,答应给她一片临街房,可临到交房时,又听到不少闲言碎语,丁家便迟迟不肯兑现。谁曾想,那郑氏仗着给丁家生了个孙子的优势,经常寻衅闹事。这几天不光把小孩藏了起来,还叫来一大帮娘家人吵上门来,逼狗儿兑现承诺。一来二往话不投机,两家便大打出手,狗儿不小心被郑氏母女在脸上狠抓了几道,他乘机狠踢了老丈人几脚。丁二劝解不开,狠心摔了一个祖传的青花瓷宝瓶,这才让打斗的双方傻了眼,亲家全家恨恨连声地离开了丁府,狗儿也捂着半个脸到衙门上班来了。刘继祖进门,狗儿正独自坐在自卫团部生闷气。

刘继祖凑近狗儿,说:"这可是新上任的豫陕甘三省总督冯玉祥亲自签发要抓的共党要犯,按照新的规定,只要有证据,一律就地枪毙,一共八个。"接着他一口气念了八个人名。

狗儿忽地站起身,两眼一瞪,说:"俺咋觉着这里面有县小学和模范小学的老师呢?俺说这些七孙回回有事都能一呼百应,原来他们共产共妻啦!走,抓这帮人去!"他转身摘下挂在墙上的手枪,从枪套里掏出手枪,"啪"的一声打开机头,举过头顶晃了晃,喊道,"集合队伍,走!"

刘继祖拦住狗儿问:"这密电名单里恁能认出几个?恁能弄清楚他们吗?"

"知道,都在那两所小学里!"

"那好,恁去模范小学,俺去县小学,恁可记清楚任务,能抓到共党恁就立大功了!"

狗儿爱理不理地"嗯"了一声,心想,人不认识俺把教师全抓来,总不会错吧!他挥手招呼一群团丁风风火火地向模范小学奔去。

这些年,狗儿没学会认字,可打人抓人早已是轻车熟路,自从上次"剿灭"沈二皮后,狗儿成了县城家喻户晓的风云人物,看谁不顺眼,非打即抓,城里百姓流传着"不怕地陷天塌,就怕狗儿龇牙"的说法。皆因狗儿装了四颗金灿灿的门牙,每次下手打人总要龇牙咧嘴怪叫几声,至于他叫喊的是啥,谁也听不清。

这次刘继祖让他抓人,正好给他个出气的机会。又是三省总督冯玉祥亲自下的命令,他寻思着一定得抓出点场面,抓出点声势,无疑又是一次扬名立威的好机会。他把当天在团部的团丁全部带了出来,在每个路口放下四五个团丁,站街放哨,把持招摇,把大半个县城都戒严了。

县模范小学位于原来的关帝庙,坐落在城关山陕会馆对面,是座三进门的大院。

狗儿领着一群团丁呜哩哇啦地吆喝着,不由分说把全校师生赶进了大殿。

狗儿掂着枪在殿前的甬道上踱着步,刚才与老丈人打架的怒气让他觉得脸上一阵阵火辣辣的痛,痛又烧起了他的无名火。他说不出什么道道,可一直觉得这世道都是被这帮赤化党给教唆坏了,就连娶回家的娘们也"解放"成了"日眼虫",想着一时怒火中烧,举枪朝天就是"砰砰"两枪,把周围团丁都吓了一跳。

牛惠达从后院跑了过来,大喊一声:"恁们要干什么!"

狗儿嘟囔着大步登上台阶迎了过去,举手摇了摇手里的枪,不耐烦地吼道:"快快快,把共党给俺交出来!"

牛惠达走上前去,说:"既然是抓共党分子,与学生没啥关系,是不是可以让学生先走?"

"恁是哪块地里的葱呀?这儿有恁说话的份吗?!"狗儿突然用枪顶在牛惠达头上,大声问道。

"俺是这学校的校长,俺姓牛……"

"噢?怪不得俺觉得您有点面熟,原来恁就是早年跟白朗起杆的牛家老六啊!"

牛惠达自白朗义军失败后,隐姓埋名在深山出家为僧。1924年樊钟秀由广州回到河南后,派专人拜访邀请他下山入伍,被他婉言谢绝。以后,樊钟秀又联名地方贤达出资赞助他兴办新式学校,收养部分已故将士的遗孤,牛惠达推脱不过只得从命,讲好条件是不拿薪饷,不问政治,只管教书育人,学校的事任何人不得插手过问。

牛惠达办学以启蒙思想、开启民智为宗旨，从抬石垒灶、伐木作桌开始，自己开荒种地、织布编筐，处处节衣缩食，把所有的捐助都用在了聘用教师、购买教材和教学设备上。牛惠达不仅亲自动手安排教学计划，还独立承担多门功课和体能课程，精心施教。教学中，牛惠达尝试了一种自由选择的教学法，也就是尽可能多地开设课程，让孩子们挑选自己感兴趣的来上。对学校学生管理以宽为原则，注重体智相得益彰，注重教师以身作则的引导作用。不到三年，无论是学生学业才艺，还是教师的精神面貌，在附近几个县市中望成风标，被誉为"模范小学"。

然而此时，牛惠达经过出家人油灯黄卷的反思，已不把个人命运与时局相联系了，世间的对错是非再也拨不动他心中那根沉重的心弦，所有的激昂慷慨、造反起杆在他眼里已没有了革命的意义，真正的革命是人们对传统的扬弃和观念的变革，用强迫和暴力的办法，只能适得其反。现实太过沉重，他已经力不从心了，甘愿边缘化，只因无法从人们宣称天花乱坠的概念和杀伐纷争中推理出任何希望，从他内心感悟和阅历中也寻找不到一条现实的路，既无法改变环境，又不想让浊流改变自己，他真正感到了孤寂。举目斯世，他已经没有多少欲望，既无喜亦无忧，唯一的牵挂就是求才育人。

学校教师中有共产党人他早就知道，这三位教师是他从别的学校用高薪挖过来的。自从"清党"开始后，他就为他们安排了逃避搜查的渠道，专门在教师宿舍后面修了一段夹心墙，在校外安排了藏身地点。只是没想到这场灾难来得如此突然。

这天，他刚刚下课，就碰上狗儿带队的抓捕行动，他匆忙安排三位教师从夹心墙逃出学校，还没赶到前院就听到两声枪响。到了狗儿面前时，他犹豫着是否先制服他，可看到满院的学生才决定忍让下去。

"哎嗨，恁他奶奶蚂蚁戴眼镜，还挺会充大脸，告诉恁俺就是要让这帮穷酸学生看着俺咋抓共党的，这就是俺的脾气，滚远点！"

"恁要抓的赤党是谁？凭啥抓人？"牛惠达仍然没有退步的样子，又追问道，"恁有啥证据？"

"恁他奶奶敢挡俺路就是证据！"

说罢，他伸出左手狠狠地抓住牛惠达的头发，右手拿枪劈头盖脸就是一顿猛砸,霎时间,牛惠达口鼻喷血,头上像被鲜血淋了一般,大殿前顿时哭声喊声一片,教师学生直向前涌。

狗儿两眼一瞪,大喊道:"都给俺跪下!"众人惊悚片刻后,开始四处逃散。狗儿举枪"砰"的一声,打在前排一个学生的腹部,在一声凄厉的惨叫声中,众人纷纷发疯似的四散奔跑,狗儿急红眼了,大叫道:"快开枪,快开枪!"

"谁敢!"牛惠达忽地站起身,满脸血污,怒目圆睁,指着众多团丁大声道,"不怕报应的开枪吧!"

众团丁面面相觑,一时手足无措,呆在了原地。

狗儿望着四散一空的院落,突然调转枪口对着牛惠达就是一枪。

"俺让恁跑!把这个啥球校长带走!"

狗儿有点疯了,望着牛惠达轰然倒地,双手握枪对着牛惠达,嘴里一直嘟囔着:"把这个啥球校长抓走,把这个啥球校长……"

"已经死了。"一团丁伸手摸着牛惠达的口鼻,抬头问,"咋弄?"

狗儿用脚踢了踢牛惠达,"啥咋弄,该咋弄咋弄,弄死他还不是跟踩死个蚂蚁差不多,走!"他这才把枪放进套里,带着众团丁向大门拥去。临出门,他又回头对着躺在地上已经断气的牛惠达嚷道:"听着,跑了和尚跑不了庙,恁别在这儿给俺装死,装死俺也得按共党暴动处理!"

狗儿带着众团丁扬长而去。

其实,打死个把人犯对狗儿的民团而言不算啥大事,况且又有省里发的捕人密电凭据,只是这回打死的县模范小学校长不在密电名单,又是光天化日之下。于是,全县的学生第二天不约而同地罢了课,全城都紧张起来了。

辛亥革命后为什么会出现长期无序混乱的局面,以至于造成军阀混战?

从目前学界的争论看主要有两点:一种观点认为,辛亥革命是一股思潮的胜利,这股思潮裹挟了太多的愿望和诉求,革命就是这些诉求高于改进现实的速度才造成的。革命以后,当权者用暴力屠杀削减过高诉求的办法来求得与现实平衡,形成了新的不稳定因素,是辛亥以后社会长期无法安定有序的原因。一种观点认为,辛亥以后宪政难料,法制无存,豪强乘势而起,纷纷参与地方政治,弱肉强食,才是民国以来社会无序、军阀混战的根源。

这两种说法都有道理,各自也可以找到无数事实作为支撑的论据,然而这两种说法都忽视辛亥革命的特殊性和特殊意义,类似中国这样的封建权威政治至少可以分成三个层次:最底层的是暴力,如军队、监狱等国家机器;中间一层是经济,通过发展生产维系王朝统治和王朝臣民的再生产;最上面一层则是论述能力,是一种能够为统治者提供合法性的文化。辛亥革命既不是因为贫困造成的,也不是因为暴力压迫引发的,它的成因恰恰是因为西学东渐,人们对封建皇权提出质疑的思潮形成的,受冲击的首先是千年不变的皇权文化,当然这种冲击从大的方向上是合理正确的,但也不可否认,它同样冲击了传统文化中的安定成分,再加上陆续引进西方文明,对中国社会进行改造大多无果而终,社会急急忙忙转型却始终没有完成文化改造的任务。文化没有定力,社会自然安定不下来。没有共识,没有价值,如同没有内心神像和灵魂安放场所一样,只剩下了征伐和暴力。

1920年以后,丁二父子借助自治旗号在全县推广鸦片烟的种植,利用鸦片烟的推广、种植、加工、销售体系,以经济上兼并为基础,将自治发展成了"民团",使民团集中了经济、政治、行政、司法等各种功能。

早几年,由于樊钟秀部驻扎,使丁二父子失去了扩张的机会,樊部移师南阳后,混战环境为丁家民团的扩张提供了机遇。

冯玉祥督豫后,省府新任命了民国政府的县长,不知啥原因,县长大人迟迟不来上任。丁二像是又看到了希望,经多方打听运作,终于与新任县长攀上了关系。几天前亲自到省会开封将新县长接到县城,屁股刚刚落座,儿子就把小学校长给枪杀了,全县顿时沸沸扬扬。

当晚。

县城石磨巷一民居小院。

丁二找到狗儿时天已擦黑,还是在狗儿私下为情人租用的一个僻静的院子里。进门,丁二左右开弓把门外把守的两个团丁扇趴在了地上,"咚"的一声踹开了正屋的大门,见一桌杯盘狼藉,狗儿醉眼茫茫提着一条短裤从东屋走了出来,问:"谁呀?进门不喊报告!还想活不想?"

丁二呼呼喘着粗气,大步向前,"啪"的一个巴掌打在儿子脸上,大声喝道:"家里放恁多白馍不吃,非到这旮晃里打野食,恁是真想把俺丁家的祖坟给扒了呀!"

"哎哎哎,俺可是恁儿呀,丁家祖坟就没俺的地儿?"狗儿一脸莫名其妙。

"俺问恁,谁叫恁去抓的人?抓的人呢?打死谁啦?"

狗儿长出一口气,不耐烦道:"俺当啥大不了的事呢,抓人是省里来的密电,俺按上面名单去抓,那个姓牛的啥球校长非跟俺顶嘴,当着恁多人的面让俺下不了台,一帮老师学生一哄而散,俺果断出手把他打死了,恁不夸俺,还……"

丁二瞪大猴眼跳起来,厉声道:"人家牵牛,你拔个橛,还把牛的主人打死!俺有恁这个儿真是作孽喽。"丁二说着突然坐在地上号啕大哭起来,双手"噼里啪啦"在自己脸上打着耳光。

恰在这时,从东屋出来一个衣冠不整的少妇拉起狗儿就往门外走,狗儿愣怔片刻,甩掉那女人的拉扯,大喝道:"滚!给俺滚!"连踢带踹地把那女人赶出了门。

丁二一把鼻涕一把泪,脸两边红肿着,哭诉道:"恁也不想想,省里即便让恁抓人,也没让恁杀人呀!再退一步讲,就是让恁杀人也没让恁杀错人哪!恁这个没文化的七孙,恁咋能说清呀!"

"恁不是说谁家枪多人多谁有理吗?打死人还用说理吗?怕那几个教书的叽叽喳喳个球呀!"

"恁懂啥!兵强虽可逞一时之狂,却不能长久服众人之心,政治这球玩意儿谁能说清哪天转运进谁家呀?!为人处世从来是对事不对人,弄不好就是墙倒众人推……"丁二急不择理,他也知道儿子根本听不明白,又补充说,"实力是啥?是天道人心!失去天道人心就连皇帝老子也得下台。"说到此,丁二仰首叹道:"造孽呀!造孽!"

土地革命,其中包含没收土地及土地国有——这是中国革命新阶段的主要的社会经济之内容。现时主要的是要用"平民式"的革命手段来解决土地问题,几千百万农民自己自下而上地解决土地问题,而共产党应当在政府中实行一种政策,使政府自己赞助土地革命之发展的政策。只有如此,方能将现时的政府变成工农运动组织上、政治上的中心,变成工农独裁的机关。

——《中共"八七"会议告全党党员书》

第十二章

夏日入夜。

安徽蒙城一民居小院。

樊存诚领着刘庆祥、牛紫龙去见樊钟秀。

樊钟秀一家住在城南大街一个很小的四合院里,正房和两边的厢房围着一个圆形花坛,绕过花坛有条直通正房的甬道。二人进门便见樊钟秀穿身灰布长衫,苍白的脸紧蹙着眉头,一手端着碗粥,一手翻着新的报刊。听到脚步声,他连头也没抬,就说:"咋说呢,俺的队伍里国民党也有,共产党也有,胡景翼的官也有,吴佩孚的兵也有,谁都不是马王爷能前看三十年,后看三十年,世间人事成败英雄,不是当世当今人能说清道明的。"

他推开面前报刊,"呼噜噜"地把碗里的剩饭扒进嘴里,抹了把嘴,望着刘庆祥等人,说:"就拿咱们老家河南来说,做到督军位置上的人物,先说民国初年的张镇芳,倒行逆施,杀戮无数,后因支持张勋复辟被判了无期徒刑;段祺瑞做到太上总理大位,下野后只得到外国租界当寓公;赵倜投靠了奉系,听说跟张作霖一起挨了日本人的炸弹,好歹没跟张大帅命归西天,现在在北京躺着呢。他们都是前清旧臣,本来就没打算革命,不过是时局强求让他们成了民国的封疆大吏。这以后是国民军胡景翼、岳维峻,特别是胡景翼与俺天假之缘,殊途同辙,默契无形,只可惜出师未捷,卒于督军任上。往下就是直系蓬莱秀才吴佩孚,做过俺的顶头上司,他早年考中秀才怀恨投军,从士兵一步步做到直系的当家人,既通国学又识军事,确是一个有古风的儒将,忠孝仁义礼智信,他认为这是中国千古不灭的宪章,他想武力统一中国,又不忍生灵涂炭,前些年率兵打到湖南宣布罢兵,放南方国民政府一条生路。他带兵做人坚持不做督军,不住租界,不交洋人,不举外债的'四不'主义,最后走麦城也是因为他不懂政治的缘故。吴佩孚跟咱们打了两年仗,败得也算有气节,其战法士气精神恁们都清楚,北伐军要没有外邦支持的兵器是很难取胜。眼下在河南治事的就是冯玉祥喽,别看他个子大,相貌忠厚,穿一身士兵的黄军装,说话喳喳呼呼,实际他才真正是个机敏多变不安分的人哪,一会儿信忠义,一会儿信基督,一会儿讲三民主义,一会儿又讲社会进化共产主义,总之,啥时髦风光他干啥,吆喝啥,说是不抽、不赌、不纳妾,可是他的队伍从西北过来带来恁多鸦片卖给谁啦?"

北伐军打下河南后,樊钟秀部划归冯玉祥的第二集团军节制,刚一接手冯玉祥便要改编樊部,引起樊、冯两军火拼。樊部从1928年初一路退却,到当年冬天退到了皖属涡阳、蒙城一带。樊钟秀一面部署部队分散潜回河南;一面派人向蒋介石求救,谁知蒋介石提出的条件仍然是让樊钟秀下野,部队交给冯玉祥或中央军改编。无奈,樊钟秀只得着手做下野的准备。

说到此,樊钟秀摆了摆手示意面前的人坐下,接着道:"河南自民国以来,督军你来我往,走马灯一般换了近十任,有两条基本教训,一是名利,虽说名利皆为人生求,但不能兼得,利为一时,名传一世,凡事求利的都没有好名声,张镇芳、赵倜,加税赋霸财源,结果害人害己;二是实力靠不住,赵倜、憨玉琨、吴佩孚哪一个都号称拥兵十万,结果一朝风变便烟消云散,都是化装易容,带一两个人逃出河南的,所以大道至简,天下乃天下人的天下,天下物的天下,这就是天道之理,认这个理才有共和和'三民主义',才有世间人心。人是天道造物,生来都有神性,从百业,分九流,各有独特的理由活在这世上,天下百姓共有天下,这天下才具有了神性,成为了神器,须有德服众望,才堪安邦的人出掌天下,在位者对百姓要因而不为,顺而不施,倡民治,兴民权,如此才能天下为公。"

樊钟秀站起身踱出两步,道:"俺少年失学,稍长即入军旅,十余年奔走南北,求教于同志人民生存进化之理,闻中山先生的三民主义,深信其说可以救国救民,往年又到广东拜中山先生当面赐教,于是有立志为三民主义牺牲的精神,只希望俺这一片诚心可以吸引感召恁们。不过这真理就像只大象,每个人最多能抱一条腿,不可能窥探全貌,要想知道真理啥样就得一起探讨,相互启发,只是现在条件不允许。常言道,人各有志,不能勉强。俺知道恁俩信着共党主义,蒋、冯一直让俺'清共',俺不会像冯玉祥那样自己请来的座上宾,隔日就扫地出门,俺始终下不了决心,现在看是恁们离开的时候了。"

牛紫龙见樊钟秀低头走到面前,急忙起立,樊钟秀轻轻地拉着他的手,牛紫龙感到那手凉凉的却很有力。

他转身又拉住刘庆祥说:"无论这支部队今后出路在哪儿,恁们离开都是好事,俺不管恁人什么党什么派,只要跟着内心良心走就行。"他顿了顿,"俺让存诚安排了几个钱,不成意思,以后走到哪儿出息不出息没啥,别做亏心事就中。"说罢他松开两人的手,挥手示意算作告别。

牛紫龙离开樊钟秀部没几天,樊钟秀便宣布下野去了上海,樊钟秀部也被蒋介石指令刘峙、顾祝同、夏斗寅等部合围于蒙城,经过五天激战,樊部被歼被俘数千人,其余化整为零逃回了河南。

1929年新年伊始,国民政府在南京召开了全国编遣会议,接着又召开了国民党第三次全国代表大会,目的是从政治、军事等方面确立蒋介石集团的统治地位。只是会议事与愿违,损害了地方势力的利益,先后引发了蒋桂、蒋冯、蒋冯阎大战,几乎把全国所有的地方实力派都搅和了进去。这时,军阀之间的战争只是利益之争,战争的结局也没太大悬念,就是交战各方哪一方实力强大、财力雄厚,哪一方就能稳操胜券。蒋介石的中央军在初期作战中遭受了不少损失,便很快转变战法,从广州调来飞机,从上海运来妓女,从南京带来大批现钞,依靠这些优势很快扭转了战场的局面。

蒋、冯、阎中原大战前,双方都在拉拢樊钟秀,最终樊钟秀选择站在了冯玉祥、阎锡山一边,樊重新回到河南召集旧部,就任冯、阎联军第八方面军司令一职。

1930年6月4日,樊钟秀在许昌城外被蒋介石中央军的飞机炸死。

说也蹊跷,就在樊钟秀被炸的前一天,冯玉祥在战前动员会上问参战将士:"有没有人头上落下过老鸹屎呀?"

众将士齐声喊道:"没有!"

"这就对了,飞机扔炸弹炸到你们的机会比老鸹拉屎落到人头上的机会还小。"

第二天,樊钟秀也是这么说的。他远远地看见飞机将到,士兵们四处躲藏,不少人躲进了城门洞里,他便快步跑了过去,指着飞机骂了一通,谁知话没说完,恰巧落下一枚炸弹要了他的命。

蒋、冯、阎中原大战前后不足半年,双方死伤30万人,蒋介石的中央军大获全胜,阎锡山部退回山西,冯玉祥部土崩瓦解,所属部下大部分被蒋收买,少数投靠奉军。此战后建国豫军和西北军作为军事集团永远地消失了。

刘庆祥、牛紫龙脱离樊钟秀部后,便开始寻找中共党组织,恢复组织关系,然而,由于短短几年时间,中共河南省委连续四次遭受破坏,省委主要领导或被杀或叛变,整个组织系统屡受摧残,原有的关系线索荡然无存,使他两人始终没有接上组织关系。

1930年2月,中共中央重建了被冯玉祥主豫期间破坏的河南省委,在郑州组建了以童长荣为书记的省委会。这届省委正赶上当时党内左倾路线指导,组建不久,便根据中央指示将全省党团组织、工会机关合并成立了"武装起义行动委员会",河南省委改名为省行委,通过了《接受中共6.11决议案》的决议,提出工作重点和目标是组织武装暴动,争取河南与湖北配合首先胜利,工作方法是组织工运兵运,特别是铁路工人暴动,在此基础上建立红军,向中心城市进攻。仅仅二十多天,陇海线工人罢工失败,省行委书记童长荣等人被捕。

1931年2月,中央再派巡视员曾斯廷来豫组建新省委,同时传达中共六届四中全会精神。省委刚刚成立便被混进队伍的叛徒告密,党团省委同时遭到破坏,省委书记曾斯廷、开封市委书记牟修五被捕,是年5月被杀害。

在此期间,国民党颁布实施了《共产党人自首法》,对抓捕的共产党人不再采取简单处决等惩治办法,转而使用反省促其自首告密的办法进行分类指导。为推行这套办法,国民党相关部门还特别制定了简便的程序和标准,提高了从侦查、抓捕、自首、告密到释放的办案效率,使整个过程最快只用一天时间即可破案留根。这套办法的核心环节是每抓一人,只要他供出一人即可放人,以此类推不断深挖扩大战果。由于这套自首法案的实施,在此后短短一年时间里,据不完全统计,抓捕4505人中,自首人员达4213人,自首率达到了93.5%。也正是这套自首办法使众多自首人员重新回到了革命队伍,引起了无论白区,还是红区,共产党组织内部一系列的肃反活动,进而导致了扩大化的严重后果。

1931年8月,中央又派吉国桢到开封组建新省委,遗憾的是,不足一年新省委再次遭受破坏。

1933年初,中央再派吕文远到河南,鉴于郑州、开封党组织屡被破坏的情况,吕文远等人在许昌建立了河南省工作委员会。不足半年,省工委通讯处和印刷厂便遭破坏,工委被迫迁往郑州,改名省委,书记仍由吕文远担任。11月,省委书记吕文远奉命调沪工作,原省委宣传部长张国诚代理省委书记,不久,张国诚被捕叛变,党团省级机关再次遭到破坏。

正当中共党组织尚未恢复之际,国民党特务组织在1934年春节前后制造了有史以来的最大假货:指使在上海被捕的中共叛徒徐凤山,以中央委派"省委书记"身份返回河南,与在郑州被捕的省军委干部王斌组建了一个假中共河南省委,利用原有的通讯和交通渠道,发布假指令,组织假活动,迅速摸清了河南各地的中共党、团组织情况。从3月份开始陆续破获了全省各地的党、团组织,使全省各级党组织受到严重摧残,有组织的人员全被抓捕,能够存活下来的全是单线联系的闲棋冷子和特殊渠道建立的党、团组织,此后,全省党组织在一年半时间里没有恢复活动。

牛紫龙是在脱离樊钟秀部后,于1930年在临颍经刘庆祥介绍加入中共党组织的,而刘庆祥本人则是通过特殊渠道被发展的党员,这时已经与中共组织失去了联系,不得不千方百计从各种渠道捕捉党的方针政策,按照他们推测的意图行事。

清晨。

通往县城的大路上,颜氏兄弟一个骑马,一个坐轿,前呼后拥,在数十个家丁的护卫下,正急匆匆地向县城赶去。

自从直系军阀围攻樊钟秀部,颜氏兄弟把赌注下到直系寇英杰身上,虽然眼前的仗是打赢了,把樊钟秀赶到了南阳、信阳一带的山区。然而,得意的时局没过上几天便急转直下,豫督寇英杰被北伐军赶下了台,颜家老三颜潜齐没穿几天团长的制服就跑了回来,带去的百十号人枪只回来了一半,吓得颜氏兄弟又是一年多没敢出门。

几天前,新上任的县长王易知派人通知颜氏兄弟希望能"见面一叙"。颜氏兄弟本不想去,只因年前颜府中一帮人参加共党组织的高庄暴动,要不是官府及时出手相救,这帮人差点把颜府给端了,欠下如此大的人情,实在抹不开面子,只得备下厚礼,利用新年没过几日,给新任县长拜个晚年。

春节刚过,路上除了偶尔有几个串亲戚的路人外,就是不时传来几下鞭炮声。天晴冷晴冷的,太阳有点惨白,晃晃悠悠地挂在深远洁亮的天空上,无垠的田野斑斑块块地点缀着残雪,裸露着苍黄的大地。路边的村庄多是泥巴墙,干草顶,轻轻安放在大地上,与土地一样干巴巴的。大约每一个村庄附近都有一片清新的绿松林,守护着村镇祖先的坟茔。每当看到这样的景色,颜潜修便油然而生一股莫名的愤恨。自从他盖庄园，周围同姓不同姓的邻居都把自家的祖坟从原来镇上公用坟地迁走了，只留下他家那座高高大大的陵园，孤孤单单地面对着一片乱石坑。这种决绝让他寝食难安，这又让他想起不久前破获的那场暴动案，他实在弄不明白，这帮穷鬼竟在自己眼皮底下发展了近百人的赤卫队，加上邻近村镇总数达七八百人，光按下手印真名实姓的也有六百多人，真是疯了！他知道人们恨他，可没想到恨得如此惊心动魄！他回想白朗义军的情景，又听说不少地方都在闹红军，隐隐感到天下是越来越难太平了。

人受穷的时候当然会追问贫困的原因，他也是从贫困环境走出来的，他知道要让人接受贫困的现实的确没有多少办法，要么彻底打消穷人摆脱贫困的念想，重新回到过去那种闭关严密的封建等级制度；要么建立一个机会均等的公平环境，使人们感受到公平公正，接受体能、智能差异带来的贫富差距。细想来，这两条路似乎都有些走不通，特别是公平公正这一条更难，中国是个以家族家庭为文化伦理基础的社会，仁者爱人的边界很狭窄，人与人关系的基础是等级观念，缺乏公平公正传统，也缺少神佛之类信仰方面的内在约束，因此，让人安于贫困就只能……

他心绪不安地撩起轿帘，见轿夫们有节奏地迈着步伐，倒是轿夫前面那两队踢里塔拉的家丁，步子凌乱破碎，无精打采。见状，他"呼啦"一声拉上了轿帘。

这次镇上破获的暴动案，竟然在他护院家丁中发现有十四个人加入赤卫队，并且这十四个人还都咬破指头按了血印。要不是外出购枪的人被捕后招供，暴露了这次暴动的惊人内幕，说不定自己已经是这帮穷鬼的刀下之鬼了。自从县里巡警局破了这宗共党赤色分子暴动案后，他是天天胆战心惊，还真没思量过出现这种情况的原因，对今后如何防范更是了无头绪。一向都是他算计别人，这回差点让别人算计，看来凡事都要先下手为强才行！

他决定收买几个人，不动声色地混在他们中间，专门从事打小报告的事，当然，要根据他们报告的质量给以重奖，以此来消弭可能出现的隐患。这件事他想了好几天，连物色的人选都想好了，即将实施时又有点拿不定主意了。他过去之所以敢于胡作非为，除了软硬兼施，心狠手辣外，还有一种让下人神龙见首不见尾的神秘权威，如果使出这种略带流气的下三滥手法，不但给人以心虚胆怯的印象，也容易让人看到自己黔驴技穷的一面。这些下人一旦失去怕的感觉,就会像传染病一样,几天之内都能犯上作乱,上房揭瓦,哼,不定这些人中间会出个啥人物呢!这次他去县里还有件心事就是要弄清这件事的来龙去脉,为消除隐患求个长治久安摆棋布阵。

他远远地看到县城西门那个高高的杀人场,十几年前逃过那一劫的经历刻骨铭心,仿佛就是昨天的事,依旧那么清晰,不过当时出场演戏的人大部分已经成了这片土地上的腐土,恐怕连骨头都找不到了。他没有丝毫的幸运感,而是不由自主地打了个冷战,感到一阵胆怯,这可是从来不曾有过的感觉,胆怯什么?老了吗?他想起这些年的拼拼杀杀,想到自己几次死里逃生,想起那些没有逃出生天的人,想起自己挣了这么大的家业,想起家里那一窝老婆小孩……他悟到,胆怯正因为获得的这一切,怪不得都说光脚的不怕穿鞋的,如若现在,他是绝不会再去喝鸡血酒,上阵拼刀了,也没有勇气冒着被杀的危险再回虎头牢了,他知道在他一生中,真正帮助过他的人都让自己出卖了,决不能轻易到地狱门口转悠了,一不小心就会掉进万劫不复的深渊,没准那些人正等着他呢。

轿子停了下来,颜潜齐撩起轿帘探头进来说:"哥,县商会会长、警察局局长还有啥民团的头们在县城大门外候着恁呢。"

颜潜齐仍旧穿着一身北洋军的呢子服,只不过把领章帽徽和勋带弄得不伦不类,让谁都猜不透他是哪部分的。这两年家境不错,他也像吹起来一样,壮实了不少,脖子也短了,肚腩也有了,脸上生出一脸横肉,比颜潜修还胖一圈。

颜潜修打个冷战,回过神来,见一干人等排列一排站在路边,他慌忙下轿,脱下双手的皮手护筒,整了整衣装,疾步上前拱手作揖,说:"哎呀呀!抬举抬举,岂敢岂敢!怎能劳恁们大驾远迎呢?"

颜潜修这些年相貌上变化不大,脸色变化不小,两眼罩着大大的黑眼圈,衬得整个脸盘铁青铁青,只有那扁平的鼻子还是通红通红的。他穿一身黑缎暗花棉长衫,外罩一件暗红绸面的羔羊皮马甲,脚穿黑绒棉鞋。说着,他就要去拉丁二的手,谁知丁二慌忙闪身让出一位穿身黑色中山装的年轻人,介绍道:"这是咱县父母官王易知王先生,他可是专门欢迎您来的呦。"

"乡野草民就更不敢当了,"颜潜修故意掏出块手绢,使劲擦了擦手,双手拱拳道,"在下颜潜修,乃本分老实乡绅草民,承蒙县长及众人抬举,实在难当,难当。"说罢深鞠一躬。抬头见那王县长中等个儿,面色清癯,长发偏分头,大眼睛,薄嘴唇,模样不过二十来岁,却透着一股干练沉稳的气质。他穿一身黑制服,反衬出一脸的苍白,胸前戴着醒目的青天白日徽章。

王县长趋前两步,伸手递了个新式礼节,慌得颜潜修又把双手在羊皮马甲上蹭了一番,抱着县长大人的手摇了几下。

王易知不紧不慢地说:"老前辈大名远播,今日方见,有幸有幸,恁这是隔着窗户吹喇叭,俺在省城听不少人说过你,没想到还这么知书达理,幸会幸会,想必这几位你早就认识了吧?"

"俺认识诸位,只怕诸位不识草民,哈哈哈——"

众人相互寒暄干笑了几声,又谦让一番,进城上了西繁楼。

中原大战后,刘峙主豫。刘峙,字经符,自幼入陆军小学、中学,后考入保定军校,曾任黄埔军校战术教官,随蒋介石一路升迁至第二路军总指挥,1930年中原大战后被任命为河南省政府主席兼开封绥靖主任。刘峙主要走宋美龄的路子,拍马送礼之术很是出色。刘主席长得肥头大耳,人前有福将之称,背后则有猪的外号,同事们这么叫他确实不是空穴来风。刘峙除了对战术原则十分精通外,其他专长也有一股"狠"劲。俗话说,相貌是心灵的图画,刘主席和刘太太到任后,显现的头一个强项就是烹调技艺,独创发明了许多烹制鸡鸭鱼肉的方法,夫妇二人亲自掌勺制作的名菜有多项填补了豫菜系列的空白;另一个强项就是卖官敛财。从他1930年10月成立河南省政府开始,到1931年12月,14个月时间便下发了325个县长的委任状,平均每个县3个,每任县长在位不足150天。除此之外,他还要求各级政府行政运行采取公司化的方法,把搜刮民财作为政府工作的主要目标。

北伐之后,蒋介石的国民政府在军事上实现了统一,接着便开始在政治、经济等多个方面进行以集权为核心内容的改革,人事制度是最早出台的措施之一,主要是上收了各级官员的任命权,统一由国民政府任命县长和国民党县级机构的书记官,同时,行政机构的改制统一,"废两改元"的货币改革,调查地籍,整理契税,编查保甲等等政事也陆续展开。当然,这些工作之前,必先解决地方豪强势力的割据,尤其是地方民团类武装团体,须统一划归政府管辖,私人原则上不能再拥有武装力量。

郏县新任县长王易知请颜氏兄弟进城"见面一叙",目的十分清楚,就是让他们交出武装,按契纳税。颜氏兄弟也知道这是一场权益的争夺。颜潜修十分精细地盘算过自从新县长上任以来调查地籍,解决负担不均,废除清朝沿继的丁银田赋法等情况,认为在地税问题上仍有不少空子可钻。以往颜家大量抢收土地后,原有的税银并没随着地主的变化转到颜家,而是仍旧由原来卖地或被抢户负担。如此,不但出现了大量抗粮不交的农户,还造成了大量农民的逃亡。有创意的是,颜府和沈二皮合作抢夺田地时,用了大量胡编乱造的假名,使颜家有了大量有名无税的土地,隐瞒了大量的田赋税收。再一点就是颜氏兄弟在"自治"名下编查保甲中另搞一套,把自己完全占有土地的村镇单独编保,联保切结连坐,只听命颜氏兄弟,拥有武装千余人枪,是全县最大的割据势力。更严重的是颜氏兄弟在联保内自己发行类似货币功能的"流通券",券面印有颜氏庄园的图样,故又被称为"庄园票"。"庄园票"分一串、一元两种,可以用来交租税和在颜家开设的各类商店购物,成了独霸一方的硬通货。新县长上任头一年所收的赋税中竟有一半是这种出了县就无法流通的"庄园票",并且这些纸币即便是在县内使用,也会随着季节的变化其币值呈现无规律的波动。目的在于独家搜刮联保内各类物资,集中对外销售,再换回外地生产的必需品,垄断经营换取高额利润。几年下来颜家就有了"颜半县"的称呼,由于这般财大气粗的阵势,省里派来前两任县长都对他家束手无策,没干半年就灰溜溜地自己走了。

这回上任的县长是南京一位高官的外甥,系学法律本科出身考取的文官,少年有为,志得意满,在摸了一番情况后,执意要颜氏兄弟到县城一叙,自然是做了充分准备的。

颜氏兄弟知道王县长来者不善,只因新任县长算是送了个救命的大人情,只得备下豹皮、麝香、烟土、人参、猴头之类的名贵礼品,进城拜见新县长一干人员。不过,此行能让多少步他们也是反复掂量过的。

中午,在繁楼酒桌上,颜潜修把所带的礼品给在座的各位按职务高低每人送一份,新县长没来,他专门交代颜潜齐饭后务必送到府上。席间他放开酒量陪着一干要员开怀畅饮,一直到几个人东倒西歪方才散席下楼。

半夜。

县署寅宾馆。

"咚咚"一阵敲门声,颜潜修被约定好的敲门声唤醒了,他忍着口干舌燥和头痛起身划火点灯,又摸索着找到半杯剩茶润了下嗓喉,觉得心跳似乎放缓了不少,这才开门让刘继祖进来。

"嗯?"颜潜修仔细打量着刘继祖。

刘继组早已失去了年轻时的模样,歪着脖,长了疙里疙瘩的一脸肉,明显地发福不少,头发稀稀疏疏地盘掠过头顶,那双一大一小的眼睛依稀还是过去的样子。他穿着宽宽胖胖的黑色警服,皱巴巴的在两个膝盖处凸起两个泡泡,一副皮带勉强挂在屁股上面,手里掂着木套盒手枪。

进门,他迟疑片刻,轻轻关上门,望着颜潜修叹口气说:"党部书记、民团团长这两个职务新县长是一定要安排自己人的,县议会议长、县商会会长看来也不行。不过,县长答应成立个新机构——县联保会,这主任一职可以考虑让恁担任,职权范围可以再议。条件嘛,头一件是府上现有的联保武装改编一事,他说可以独立编一个营,暂时还在原地驻扎,但须归县民团节制,还让恁兄弟当营长,县民团要派几个人去当营连长;第二件是按田地实有数落实赋税征量;再一件是保甲须与县里村镇合编划区,按区切结连坐,各区区长由县长任命;更重要的一条是县长规定恁们务必在二年内分期收回'庄园票',切实保证兑换成银元,然后参与货币改革。"

颜潜修酒劲全消,轻轻地在客房里踱着步,这几条都在他预料之中,表面上硬抗是抗不过去的,当然也不能完全答应县里的要求,最关键的是自治武装不能缩编和失去指挥权,否则,到手的东西转眼就会消失得无影无踪。

他走近桌边把桌上的油灯挑了挑,抬头望着屋顶那道摇摇晃晃的黑柱,若有所思地说:"俺现在足有一个团武装,怎么只给编一个营呢?眼下外患益紧,内祸日急,党国正是用兵之际,怎么能自拔藩篱、刀枪入库呢!再说啦,编一个营也好,一个团也罢,县里是不会给饷银和枪械的,何必计较是营是团呢?县里既叫民团总团,俺们叫民团分团也未尝不可吧!"

颜潜修见刘继祖点了点头,又说:"还有,县联保是个什么机构?与县民团是什么关系?如果是地方治安管理机构就应有设庭问案的权限,有会同警局办案的职责,如果这两条新来的县长能同意,他说的那几条都是可以商量的嘛,嗯?"

刘继祖琢磨这些条件并不过分,答道:"俺去说说看。今天下午新来的县长对恁这样德高望重、热心桑梓各项公益的富绅很表器重,称恁是推行地方自治、实行三民主义不可或缺的人才，新县长还特别让俺转告恁希望能精诚合作，共度时艰……"

"好啦好啦！别的县长都是捞完就走，他还真想在这儿拉开架势长期干呀？"颜潜修不耐烦地打断刘继祖的话，用一种略显诧异的眼神盯着刘继祖，心想：千里来做官，为了吃喝穿，难道真有不吃腥的猫？这些虚情假意的客套话，说一筐也不值一文钱。

"难说，"刘继祖好像也吃不准，一脸忧容地说，"这人，自来就多少有点不一样，做法上都有长远打算，不似以往做一天和尚撞一天钟的模样。"

"嗯，"颜潜修又开始踱起了方步，忍着阵阵酒劲带来的头痛，阴沉着脸，问，"这次在俺们那儿抓的赤色暴动分子恁们打算怎么处理？"

"恁的意思是？"刘继祖一时吃不准颜潜修的心思，问道。

"斩草除根，消除隐患。"他踱到刘继祖对面，狠狠地盯着他道，"不过，得让俺们知道这些穷鬼是怎么想的。"

"这和县长的想法一样。"刘继祖干笑道，"抓的这些人中真正赤色共党分子没几个，王县长打算放掉其中大部分人，在其中物色几个人，让他们具结手续后，混到大堆里放了。"刘继祖有些显摆地说。

"嗯？"颜潜修又想起王县长一副小白脸自信的神色，暗自吃惊，年纪轻轻倒真有不少鬼点子！他自忖道：这小子倒想到俺头里去了，十几年来俺在刀锋上行走尚游刃有余，这两年是咋啦？不但时局波诡云谲越来越让人费解，就连应付一帮下人的招数也是捉襟见肘，越来越不济了。如果让这小子把眼线安排好了，究竟防谁还说不清呢，没准连自己都是他的监控目标，不行！不能让他在自己身边安上眼线。

"刘局长——"颜潜修皮笑肉不笑地冲着刘继祖挤了挤眼，"恁帮俺安排一下，俺要见见这些穷鬼们，不管咋说，也是乡里乡亲，有啥过不去的坎，让他们给俺说嘛，到时候，恁把王县长物色的眼线也给俺透个底，嗯？"

刘继祖装聋作哑地瞅了瞅颜潜修，没吭。

颜潜修转身从客房小柜里掂出一包烟土，往刘继祖面前一放，刘二话没说点点头把那包烟土揣进了怀里。

春日。

月桂镇牛紫龙家。

牛紫龙带着新婚妻子董秀凤回到月桂镇老家。进门就听见"叽叽喳喳"满院子鸟叫,牛陈氏正在往一个特制的鸟食槽里放杂粮。

"娘——"

牛陈氏猛然回头,怔怔地看着儿子,半天说不出话来。牛陈氏还是瘦高瘦高的个儿,那双眸依旧是那么果敢刚毅,举止干脆利落,只是脸上爬上不少岁月的痕迹,最明显的就是那一头白发,尤其是前额簇拥着一片雪白。她穿一身深蓝色粗布衣裤和一双男人的大鞋。

"娘,恁看俺把谁领来了?"

牛陈氏合眼静气稳定一下情绪,走到董秀凤面前上下打量一番,又摘下搭在肩上的一块粗布毛巾围着她"噼噼啪啪"地打了一番土,两眼满含泪花笑着喃喃道:"梦里见过,梦里见过……"

董秀凤红着脸喊了声娘,拉着牛紫龙一起跪下,给牛陈氏磕了个头。

牛陈氏呵呵笑着,脸庞挂着晶莹的泪花,"恁看这孩子,俺还没准备衣被就把新人领到家来,也不怕亏待人家姑娘。"

晚上,牛紫龙早早送走了串门的亲友,提灯领着董秀凤到东屋跟牛陈氏说话去了。

进屋见母亲正在两块拉板上打"辫子",双手很熟练地绕着五颜六色的丝线。

辫子是旧时女式衣服镶在袖口、裤口和上衣边缘的一种装饰品,用各色丝线手工编织而成,有宽有窄,五花八门,形式多样,绚丽多彩。

牛紫龙提灯照在夹板上,问:"娘,恁细的线怎还能编?"说着又从旁边拾起一串编好的"辫子"打量了一番,递给了董秀凤。

"唉——"母亲透着追念年轻时的豪气,说,"娘早些年是出了名的编辫子巧手,恁姥姥家那么多人,穿戴做衣服的费用,吃油点灯的花销,都是娘一双手编出来的。嫁到恁牛家买织机的本钱也是俺在闺房攒下来的,只是这些年兵荒马乱,人们只知道织带子给队伍当绑腿,没啥人再编辫子、做衣服了。俺编的这些'辫子'都是销往西北、西南少数民族地区的,那儿的人做衣服还能使上这。"

牛紫龙不吭声,很有兴趣地看着母亲把丝线编粗,又绕来绕去,编出一条色彩缤纷的"辫子"。他知道母亲一个人生活得不易,连个说话的人都没有,此时,他只想让母亲多说说话,倾诉对一个孤寂的人或许是最好的安慰。

牛陈氏一把拉着董秀凤坐在自己身边。

"俺嫁到牛家,就是因为牛家人老思想少,恁看这全镇,还有全县,哪有不扎腿的人,不管男女,也不论四季都扎腿,还得穿上布鞋布袜,除非像他叔那样留洋回来穿洋制服。可他爹就不这么看,任俺朴拉着裤腿,还放着天足穿男人的鞋,他爹从没说过俺一句。这天底下就他爹对上了俺的心思,连恁姥姥、姥爷都容不下俺,屈就世人的白眼,差一点……唉!这世上最难说清的就是男女之间的事,洋人说两人结婚是上帝的安排,听说他们结婚离婚都到教堂。咱中国人叫缘分,十年修得回头看,百年修得同船渡,千年才修得共枕眠,这缘分就是命呀!俺总觉得还是咱中国老祖宗说的在理,像恁这样从城市嫁到俺们农村,不是缘分是啥?"

董秀凤红着脸点点头。

牛紫龙脱离樊钟秀部后,先跟着刘庆祥到许昌临颍寻找党组织,未果。接着他又单独到开封去找,同样又落了空,且盘缠用尽,过着吃了上顿没下顿的日子。恰好这期间,省教育厅放榜招考各地师范学校校长或教导主任,改变过去以师带徒的旧模式。牛紫龙应试考中,临行前到董秀凤家辞行,董秀凤请出父母,拉着牛紫龙跪地磕了几个响头,算是拜过天地和高堂,第二天就跟牛紫龙回到了月桂镇。

牛陈氏把编好的"辫子"一条条放在一起比较了一番,又重起头拉了拉夹板,说:"上一任三省总督冯玉祥主豫,派来的县长先是剪辫,凡留辫的人到县城办事,或是过县衙门口被人瞅见,一律让卫队把辫剪了。再就是放足,县里成立了天足会,专门管让女孩子们放足。古往今来,缠足恶习不惜女人骨断筋折,非把女人的脚绑成装饰品,即使是亲生父母平时百般宠爱,千般娇养,独独缠足一事不肯有半点宽容,可天下做事全赖身躯肢体,把脚缠成站立都难,更别说走路干活了,真是愚顽害人!原来清末就说放足放足,可并不强求。那任县长出了告示,申明谁再强迫女孩缠足必抓父母吃官司。还有禁种大烟,禁吸大烟,前些年县自治公所专门提倡种大烟,现在是不准种了,县里还成立禁毒委员会,编演《烟鬼末路》的话剧,把抽烟败家的人集中起来到各村镇现身演讲,谁戒不了就抓谁进大牢。还有禁娼妓,把北门里外的妇女赶的赶、抓的抓,听说谁要是第二次被抓住就剃光头,恁们说这女人剃光头该有多难看呀!最后就是把原来县公署十房统统撤销了,只留了一少部分年轻人成立了叫啥书记处,把衙门所有公务都揽到一堆办了。过去那七班衙役也撤成了一个政务警察队,专门办理民政、财政和司法问案之类的事。县长去哪儿也不用这些衙役前呼后拥了,县长也不过问官司的事了,说是司法独立了。去掉这些老人,成立了警察局、教育局、建设局、公款局这么几个机构,原来打死恁六叔惠达的那帮人都开除回家了,领头动手的也抓进了大牢。"

"他们打死人难道不追究了?"牛紫龙打断娘的话问了一句。

"唉——"牛陈氏放下手中的活,直直地盯着儿子说,"听说这个县长考上文官发榜时,穷得连上任的路费都没有,是打死恁六叔那个民团团长他爹去开封把他接到县里的,上任后还接济不少经费,人家只管撤职了事,法不法办人家不管,说这叫司法独立。好在他听取了学校罢课师生的诉求,很隆重地开了一个追悼会,这才让全县各学校恢复了上课。"

过了很长时间,牛陈氏又说:"山高皇帝远,皇帝好孬老百姓谁也没见过,能看到的只是父母官好孬,所以,百姓们都是从下派为官人身上推测当朝当政的人是好是坏的,这么多年盼来一个清官实在是难哪——"

牛陈氏拿起两条辫子展开比划一番,接着道,"冯玉祥吃败仗下了野,那县长也跟着溜了,打那起到现在又换了两任县长,都是上任不足半年就走,后来的县长把县衙的十房七班统统恢复了原样,还把监狱里除政治犯以外的囚徒全部明码标价,交保释金后开释出了狱。枪杀恁叔的啥狗儿团长出狱那天,原来民团一帮喽啰在县衙门口燃放鞭炮,敲锣打鼓足足闹腾了半天。中午,又把西大街繁楼全包了下来,大宴宾朋,新任县长亲往道贺,当面又任命为县安保公司副总管。为这事,商会送给县署一辆黑色敞篷小汽车,车的两边还特制了宽宽的踏板,那啥狗副总一天到晚领着新任县长下乡巡视,开庭问案,威风得不得了。"

牛陈氏直起腰,叹口气道:"前几天,又换了一任县长,听说是个年轻人,这回也不知道是祸是福。"

牛紫龙脱下上衣给母亲披上,被她又推了回来,说:"不编了,明天起早些,咱们还是先去祖坟烧烧香吧。"

牛紫龙点点头,说:"中,今晚上俺睡恁脚头,给恁暖暖脚。"

牛陈氏站起身,拍着身上的碎线头,开心地笑了,"净说傻话,恁俊的媳妇刚到家,咋能还给娘暖脚呀!"

颜氏兄弟的心思还真叫王易知算准了,他算定颜氏兄弟不会轻易交出手里的武装,除此之外诸事都好商量。

王易知少年家贫,却有改变命运的志向,从小折节向学,读完大学本科,就开始跑江湖,不过他从来没干过一天出力的事,生来就是靠心思谋出路的料,尤其擅长世间交往人情世故的算计。后来,他因放利贷结识了当时国民政府中一位现职的高官,受那高官的指点,考取了国民政府的文官,谋得县长职位,可谓年轻得志,满面春风,他决心在任上做出点成绩让世人看看,好为今后的前程铺条路。

第二天一早,刘继祖把颜氏兄弟的答复和条件转告给了王易知,王易知思量良久,觉得颜家还在讨价还价,如果不划清楚县里让步的底线,或许他还会得寸进尺,看样子自己不出面唱出黑脸是难以收场的。

想到这儿,王易知用牙刷沾些牙粉,扭头一笑,说:"他们提的条件虽在情理之中,可毕竟涉及的都是正名大事,县一级民团称团下边只能属营,还有联会是自治自卫团体,怎么能有庭问案的权力呢?国家体制上是五权分立,司法独断,他要把这些职能放到联保会里去,这不是个小问题,不请示省城谁也不敢表态。这样吧,你先陪陪颜老先生,我按规定要举行先总理中山先生纪念周,还要给全县师生讲国民党的党史、党义及当前的政策重点,这两天俺先备课,等俺讲完咱们再合计合计可行?"

上午。

县衙一角,县监狱。

颜潜修迈过县大牢的门槛,转身对颜潜齐说:"记住,俺拍谁的肩膀恁就写到名单上交给刘继祖,俺拍谁的头恁就想办法收买他,让他给俺当眼线。"

颜潜齐有些不解,还是点头应了声:"中。"

颜潜修兄弟轻手轻脚走进关押一般囚犯的四合院,听得一声口令:向后转!院里站着两排三四十号犯人踢踢踏踏转过身来,正好跟颜氏兄弟打了个照面。囚犯中大多数人是颜家的佃户、长工、车夫、家丁,猛然看见自己的东家,有人不由自主地跪了下来,还有人脱口连叫几声老爷。

"哎呀呀呀——遭罪呀,遭罪呀!"颜潜修做出一副兔死狐悲的表情,快步走下台阶自顾说道,"都是赤党惹的祸,都是赤党惹的祸,乡里乡亲咋就想起暴动了呢,那可是杀人放火十恶不赦的罪呀!这不是崔大板牙家的老大吗?小小年纪咋就不想学学恁爹呢,雇恁爹拉石块给俺修府院已经八九年了,俺哪点亏待恁爹啦?哎呀,俺咋也想不到这里面有恁。"

他逐个打量着囚犯,嘴里不住啰唆着:"俺这人只记恩不记仇,俺拿出真凭实据的地籍恁们还不信,就那几亩地也没必要暴动嘛!"说着,他拍了拍一囚犯的肩膀,很仔细地打量着那人的表情,接着道:"恁要早说俺就把那十几亩地让给恁,唉——"

他走到每一个下跪犯人前总要瞪起眼端视一会儿,要么拍拍肩膀,要么拍拍头,花了整整一个小时才把这些囚犯审查完。

他转身走上台阶,大声说:"俺颜潜修是有情有义的人,恁们可以暴动,可以算计俺,俺不能无情无义,俺这次进城就是专程接恁们回家的。"

他真有些犯迷,眼前这些人平时即便是打到脸上,他们连个屁都不敢放,背后竟积极地参加了暴动队,可见他们的仇恨隐藏得有多深,可自己也没觉得哪些地方对不住他们呀?难道这就是路不平众人踩吗?想到这儿,他还是尽力在脸上堆满了可掬的笑容,接道:"恁们要么是俺的故里乡亲,要么是亲门近族,这件事不全是恁们的错,俺也有管教不严、照顾不周的地方,穷日子嘛俺也过过,过不下去时俺闯荡过江湖,人活在世上,总会有些恩恩怨怨,有恩有怨就有江湖,有江湖就不能论是非,这世界上根本没有讲理的地方,恁要是改变不了社会恁就得调整自己。俗话说,民不跟官斗,穷不跟富斗,胳膊拧不过大腿,鸡蛋撞不破石头,自不量力到头来吃亏的还是恁们自己。"

他最后又丢下一句话:"谁还想不通就下辈子再见吧!"说罢在一群家丁狱警的簇拥下出了县监狱的大门。

当晚。

县署寅宾馆。

颜潜修再三思量决定归顺县署,取消自立联保,分期收回联保流通票等条件与县署达成协议,被委任为县联保主任,并议定县联保会职权范围大致相当于民团的权限,没有设庭问案的司法权限;原颜府武装改编为县民团联保分团;

颜家所占周围土地由县里派人丈量核实赋额,交契税局依法征收,县里按七三比例返还,用以联保武装和教育经费。

晚上,县长王易知召集全县有头有脸的人物三四十人在衙前街西繁楼聚餐,款待颜氏兄弟,觥筹交错谈笑甚欢,看上去风风光光、热热闹闹,饭后又包了专场,看了一出《风雪亭》,一直到半夜,颜氏兄弟才回到寅宾馆。

"哥呀,恁这做派俺是看不明白,上午恁在号里拍肩膀的犯人,俺算了一共十一人,都是有血性能干的年轻人,有的还上过初中,有的还能跟咱们攀祖认亲,恁非要处理掉他们;可恁拍头下跪的那五个人尽是歪瓜裂枣,没一个正形,偏偏要留他们干啥?"一进门,颜潜齐一面帮兄长脱衣服,一面借着酒劲唠叨了几句。

颜潜修阴沉着脸,走到门外看了看,转身问道:"知道狗为啥听招呼吗?"

颜潜齐摇摇头。

"它怕人!狗的忠诚就是它的恐惧!再凶的狗只要离开主人准夹尾巴,主人在,狗眼看人低;主人不在,狗见谁都怕。今天咱俩突然出现在那些人面前,凡是不由自主下跪的,说明他们从骨头里还怕咱,反对咱是犯了迷糊,这些人今后还可能听咱们使唤;那些不下跪的人,说明他们都把自己当人了,以后再也不能像狗那样使唤了,留下何用?中国几千年用人都是用奴才不用人才,奴才最好还是狗奴才。"

"恁留下那几个实在让人恶心,尽是……"颜潜齐仍有些弄不明白。

颜潜修挥手打住弟弟的话,道:"不但要留下他们,还要满足他们,叫他们啃上骨头,这样才会给咱们效命,"他简单整理一番自己的仪容,问,"那俩人来了吗?"

颜潜齐略显迟疑,转身出门把刘继祖和狗儿让进屋。

颜潜修立即换上了一脸容光焕发、谦恭爱抚又有些久违的表情,拱着手说:"来来来,刘局、丁团总,请坐,政府查破恁大的暴动案,抓几十个人,按过去惯例那是一律要处斩的,可新任县长偏偏要放了他们,外来做官只想给自己留个好名声,放了这帮人恐怕再难找到收拾他们的机会了,掉脑袋的就是咱们呀!请恁们来是商量一下这事咋整,俺这也是为一方平安着想呀!"

说罢,他丢了个眼色给颜潜齐,颜潜齐转身从里屋掂出两袋银元摆在茶桌上。狗儿和刘继祖相视一眼,分别拎起一袋缠在了腰里。

颜潜修从上衣口袋里掏出一张院落结构图摊在桌上,示意弟弟拿出一个名单,左右扫视一眼刘继祖和狗儿,说:"这是旺乡镇唯一的车马店,刘局只要把这张名单上的人安排到这间大屋就行,其他人住后院。记住,晚上歇下后,就是天下炸雷也不能出门。"他用手指着图上一排房子转向狗儿,说,"到时候这间大屋外会有煤油、干柴,剩下的事就交给您啦。"

狗儿嗯了一声,点点头。

刘继祖两眼紧紧盯着桌上那张名单,神情有些紧张,良久才说:"十一个人,这么做,他们根本进不了怹们的地面就……"

颜潜修有些不悦地说:"记住,中午出发晚上正好到旺乡,这件事只能是咱们三家知道,谁要露出去,其余两家共诛之!"

刘继祖愣怔着没吭。

狗儿有些沉不住气了,冲着刘继祖喊了一句:"罢,罢,反正没人知道,干吧!"

刘继祖像是突然牙痛一般,睁只眼,闭只眼,皱眉歪嘴吸了口气,说:"再看几天吧。"

县衙广场。

每周一,举行升旗仪式和总理纪念日活动是国民政府的规定的活动,但仪式过后专门进行政策训导则是新任县长王易知的创造。

届时,全县各机关、各学校的人员、师生都要穿戴整齐,排列有序,集中在县衙门前广场,升旗、宣读总理遗志,然后全体反复默记一遍。仪式后,再由王易知讲解总理遗嘱及政策条文之类的科条,或做时事报告、工作总结、新生活要点等。自从王易知到县里任职,便把每周一的宣讲活动作为自己能否在县里站住脚的主要标杆,对此,每次演讲他都力争讲出震撼人心的效果。讲义都是他参加省党部受训的内容,只是拿到县里现买现卖,可在听众眼里却是身份和能力见识,尤其是对他这样的年轻人而言,好像有了某种天赋的传说,水平能力就是不一样。王易知也深为陶醉,逐渐对自己的演讲技能迷信起来,好像突然发现自己有了不一样的身份和才能,越来越有成就感。只要往台阶上一站,看一眼台下的师生,他仿佛有了真理在握、先知先觉的自信,自然就把自己的身价提高到万民之上的境界。

王易知准备的头几次讲义确实下了一番工夫,不光在省里下发的讲义中添加了不少生动事例,还将大段大段的讲义背了下来,连节奏、语调也精心作了调整,甚至还充满表情地对着墙上镜子不厌其烦地演示了几遍。为了演讲能出效果,他还特意掂了一个提包当道具,其实里面啥都没有,只是装些手纸之类的东西。

三民主义中的民族主义、民权主义已经讲过,相对离百姓生活较远,讲起来也容易。民生主义是王易知接下来宣讲的重点和难题,讲民生毕竟不能完全不顾现实,不顾现实肯定说不过去,于是他决定采取不回避的态度,在备课时专门搜集了本县的数据,目的是既不能跑出省党部宣讲党义的大纲范围,又不能让下面人听了反感,使以前的演讲收益前功尽弃。

这次演讲,他一上场就列举了农村残破、经济落后、政治腐败,人民生活困苦,社会一盘散沙,兵祸灾荒连年不断的事实,台下听众全神贯注的期待,让他有些忘形了,他很自信地来回走了几步,习惯性地大声反问道:

"恁们知道中国社会残破的原因吗?目前的贫困状况是什么人造成的呢?"

台下鸦雀无声。

"是历史和乱匪造成的!过去是帝国主义侵略,以后又是军阀混战,现在又有赤匪作乱,这一系列的历史和现实原因使得人民流离颠沛,百业凋敝。反过来又使得不少人迫于生计,铤而走险,从而造成由贫生乱,再由乱致贫,周而复始的循环,致今日积弱积贫,而由积弱积贫再次招致外侮侵凌,殊可概也!"

他期待的那震耳欲聋的口号声迟迟没有响起,他环视着台下却见尽是交头接耳的攒动。

"请问县长大人——"一个穿一身深蓝制服的年轻教师站了起来,大声问道,"恁刚才说贫困是匪乱造成的,而匪乱又是因贫困引起的,那么到底是先有贫困还是先有匪乱?这一论题是否落入了是先有鸡还是先有蛋的假说陷阱呢?"

台下响起一片议论争执声。

王易知知道讲义中这一段是个逻辑悖论,如中国这样的农业社会,农民占总人口的90%,贫困是个无法理清的复杂现象,学界公认,一是人多地少,加上土地占有不均,或者说土地兼并,无疑是造成贫穷的原因之一,但土地兼并又是多重原因造成的,哪怕大旱半年都有可能促成土地占有的重新组合,更不要说农民无法避免的天灾人祸、劳作经营管理,以及技能的差别,实际上随时随地都在扩大着土地占有不均的机会。他为官之前有段时间专门从事民间放贷,知道造成社会不平等的因素太多了。

　　他略加思量,站起来回答道:"现实的确很无奈,造成贫困的原因如同目前贫困的现实一样太复杂,太多样,因素太多,自国民政府统一以后,曾多次进行过专门调查,当然在诸多因素中人多地少是主要因素,在这个主要因素中,人多恰恰与高产有直接关系,地少则与历史有关联,再加上土地占有的不均等众多因素,合成了农村农民贫困的局面。"

　　"那么请问县长大人,政府打算采取什么措施减少贫穷呢?"

　　"现在进入训政时期,国民政府兼顾租佃双方利益,推广'三七五'减租,虽然解决不了人多地少的矛盾,但也不失为减少贫困的路径之一。"

　　他知道下面这位年轻人提问的真正意图是对农村土地占有不均,贫富差距过大而言的,他扫了一眼台下的情绪,接着道:"现在的问题是丁银田赋的税收必须落实到土地所有人头上,真正做到多占多出,抑制豪强抢夺土地的势头,并通过一些其他措施打消人们多占土地的欲望,逐步进入宪政时期,再解决耕者有其田问题。"

　　他看到台下有人拍手,有人起哄,有人交头接耳,便忍不住大声问了句:"你是哪个学校的?叫什么名字?"

　　"俺叫牛紫龙,是县师范学校的总务主任。"

　　"很好,能提问题就很好,当然解决贫困的办法有很多,也要分个轻重缓急,用什么办法,采取什么措施,应由国民政府通盘考虑……"他仿佛闻到了点共党的味道,第一次感觉到一些担心的事无法避免了。

　　突然,他想到,不如把话题转到施政理据上,于是又充满自信地挥了挥拳头:"训政时期需要的是国权,不是民权,是专制不是民治,有人知道为什么吗?"

　　他在人群中搜寻着刚才提问的人,接着大声说:"这是当前中国面对国际国内时局决定的,国外的民主主义、自由主义已经不再是时代的潮流了,强有力的专制,或者说独裁,才是时代的新宠。当今世界发展最猛的是德、意这类新兴国家,包括对中国念念不忘的日本,无不采用专制体制。他们通过高度集权统治,对本国各种力量实行一体化整合,统一全民意志,使国家得到超常规的发展。采用这种体制,能够实现国家强大的目标,能够提高整个国家的效率,能够有效配置和利于国家所有的资源和能力,能够广泛号召和动员方方面面的情绪和理智,围绕在一个领袖、一个政党、一个政府周围,能够养成民族的自觉心,促进民众的爱国心。"

"毫无疑问,俺在这里讲的专制不是过去大清王朝的封建专制,而是一种有新目标、新思想、新观念、新组织、新理想的开明专制,这种专制包含三民主义的民有、民治、民享的新式专制。观国际风云,看国内乱象,我们需要立即变个人自由为集体意志,变民治民权为开明专制,变一盘散沙为高效强权政治。现在不是评价专制独裁与民主自由孰优孰劣的时候,而是看时局能给我们多少时间,用什么有效的办法使我们国家迅速强大起来,这就是国难当头我们所能寻找到的唯一出路,难道还有比这更好的办法吗?"

王易知扫视着小礼堂的听众,台下一直在沉默。

他刚才说的训政内容恰好跟国民政府颁发的开明专制五条主张相吻合,几乎是按照国民党一党,国民政府一个政府,和汪、蒋两位主席量身定做的。他也清楚,这些主张与"五四"以来大多数年轻人追求"民主"、"科学"精神是背道而驰的,至少在价值层面上是一种堕落。

他用拳头在桌上重重地敲击着说:"只有实行开明专制才能发扬革命精神,团结国人涣散的人心,复兴我垂亡之民族,挽救中华危机之国运,独裁专制就是一把火,我们也要把它烧起来的,让企图吞噬吾国吾民的毒蛇猛兽望而却步……"

他又看见那位牛紫龙先生站了起来,犹豫了一下,很有风度地问:"你有不同见解吗?"

牛紫龙笑笑问:"请问王县长大人,据俺们所知,恁说的德、意、日等几个实行独裁法西斯的国家完全是一种变态政治,他们实行的那一套与先总理孙中山先生一贯坚持的三民主义风马牛不相及,道义价值上也与国际社会主流意识相悖,是股与世界潮流背道而驰的逆流。先总理孙中山先生曾说世界潮流浩浩荡荡,顺之者昌,逆之者亡。世界多数国家与这股专制独裁逆流划清界限尤唯恐不及,怎么贵党中人竟要与之同流合污呢? 此其一;刚才王县长说只要实行开明专制就能实现强国富民的五项目标,但是如何通过专制实现这五项目标却语焉不详,县长大人能否具体谈谈专制与这五项目标的因果关系? 此其二;当前,举国上下一致认为,解决民族存亡的最好办法是坚持孙中山先生的三民主义论述,民族民主主义是富强国族的不二选择,因为民主能够发扬人的长处,专制则只能利用人的弱点。只有民主才能广泛动员社会方方面面发挥爱国潜能;只有民主才能统一全国人民意志,凝聚方方面面的力量;只有民主才能实现国家富强;只有民主才能形成民族意识和民族自觉,可惜刚才提到强国五项目标,离开民主至少有四项要落空,请问县长大人咱们究竟应当民主呢,还是应当专制呢?"

其实,牛紫龙更想说的是,专制虽说声称能够强国富民,若真实行很可能适得其反。

牛紫龙问的这三条立即激起了全场的掌声。

"看来这县里真有共产党呀。"王易知心想,此人提的这些问题看似简单,还拉着先总理孙中山先生作依据,等于把刚才自己的那番理论从根本上颠覆了,这帮写国民党讲义的草包,弄出这几条悖论来真是丢人现眼。

他稳定了一下情绪,还不失风度地带头鼓了鼓掌,继续道:"我的意思是,从国际上看民主国家能达到的现代富强,德意日这样的专制国家同样也能达到这一目标,民主和专制都有它们各自的弊端和缺陷,这些都不是一句话两句话能说清的。当然,放弃专制,放弃权威,俺也同意,人生来就有追求自由的天性,俺也信仰三民主义,赞同民主的价值,也希望通过启蒙教育等方式尽早和平地走上民主政治道路,用科学建设国家,实施宪政民治,但这一切都需要条件,如宽裕的经济、普遍的教育、健全的政党制度等,需要时间,需要一个安定的外部环境,可是这些能有吗?即便有谁又能保证能迅速扭转中国危机的局面呢?"

他看到台下同样给他报以掌声,他明白,这是他妥协说了违心的话才换来的结果。

……我国民此刻必须上下一致,先以公理对强权,以和平对野蛮,忍辱含愤,暂取逆来顺受态度,以待国际公理之判决。

——蒋介石在国民党南京市党员大会上的讲话

世上有部万国公法,
一点都不假,
可关键时刻一来,
还是大鱼吃小鱼。

——日本童谣

第十三章

1931年"九一八"事变震惊了世界,最早拉开了第二次世界大战的序幕。

事变发生后,王易知连续三周在总理纪念宣讲会上讲国际形势,中日关系和对战争发展事态的分析。

整个礼堂静得能听到自己的呼吸声,王易知把一个逃亡东北的学生亲眼所见的几件真事,用一种很低沉的声调叙述后,反问道:"你们知道什么是亡国奴吗?知道当亡国奴是啥滋味吗?"

台下无数双眼睛在望着他。

"日本人侵占东北后,规定中国人路过日本人的哨位必须行脱帽礼,这就是亡国奴,他们侵略到了咱们国家,咱们还要给他们敬礼,这不是欺人太甚吗?不敬礼行不行呢?辽宁有个县,不足一个月时间,日本哨兵就捅死了七个忘记脱帽敬礼的中国人;日本人规定钢铁、橡胶等几十种物质都属军需物资,必须无偿献给日本军方,中国人开的橡胶厂、钢铁厂等都得关门,不关门也中,必须生产关东军所需的物资,生产的产品交给关东军,当然,他们不会给恁钱;日本人规定大米是军需品,一个中国人吃饭时喝了点酒,因不胜酒力吐到了大街上,日本人看见就上前扒拉扒拉发现这里面有大米,当场就把这个人捅死了……"

他又看到那位叫牛紫龙的教师站了起来,挥着拳头领喊道:"打倒七孙小日本!"

"打倒七孙小日本!"台下举起了无数个拳头。

王易知没有想到自己的演讲会有这么好的效果,顿时感到一阵热血沸腾,他索性丢开手中的讲义,站起身,大声问道:"知道啥叫亡国奴了吧!就是猪狗不如,咱们中国人要长点志气,不能任人宰割!做人宁肯站着死,绝不跪下为奴活!"

"做人宁肯站着死,决不跪下为奴活!"台下的口号变成了怒吼,一浪高过一浪!

日本是个很幸运的国家,长期与一个号称天朝上国的中国为邻,一衣带水,互不打扰,从来不用担心中国的侵略扩张。中国历朝历代的统治者一直以为人类处在一个天圆地方的世界里,中国乃天下之中,是人类文明道德最发达的地方,奉行与周边国家的睦邻朝贡体制。这一体制虽然在骨子里有道德上睥睨外邦的心态,却一直以自己想象的最好的方式对待四方来朝的邦国,从来没想过把他们置于直接管辖范围。日本遭受唯一的一次威胁还是蒙古成吉思汗子孙的入侵,结果被日本称为"神风"的怪异天气送进了阴暗的海底。

也许正是这种幸运让日本发展出了与中国这种含情脉脉的朝贡体制完全不同的文化。日本自古就生存在自己的道德世界里,积淀出一种独特的民族精神。最早成文的日本《古事记》载,日本是一位叫天照的太阳女神创造的,她的后裔神武是日本大和部落第一位现世皇帝,日本人一直很自豪地以为他们与神有着血脉联系,他们生活在"神"的土地上,更神奇的是,他们坚信只要每一天太阳还能升起,那就是日本对全球的贡献,是日本把光明带给了世界,从古至今代代相传,他们相信了日本就是神的宠儿。尤其是元朝1274年和1287年入侵日本失败和德川幕府驱逐葡萄牙人之后,日本逐渐发展出一种被称之为武士道的精神。这套理论从结构上讲很简单,武士是日本等级社会的最上层,从道德上讲,武士应当有"道","道"的核心是"忠","忠"是万德之首,不问价值取向,是非对错只要尽忠就行,"忠"本质就是正义,就是美德,就是内心最高的道德律令。那么作为整体又当是崇尚哪些呢?既然武士各为其主,不需要价值和是非,当然就是胜者王侯败者贼,崇强欺弱成为整体的崇尚对象。单就武士忠勇方面看,颇有点像中国古时候侠士风格,但没有中国古代侠士们仁爱大义的内涵。

强胜弱败是武士的生存法则,也是他们的价值所在,推论下去当然是强胜就有理,价值由胜败来决定。明治维新后,武士道精神改头换面,很快就与富国强兵的民族主义风潮联系了起来,变成了逞强扩张的一种精神力量,不可避免地把日本引导上了一条对外扩张掠夺的道路。

当然,日本走上军国主义道路还有一系列别出心裁的创意,最主要的是建立起了军国体制。

明治维新后,日本全盘西化,提出要做"东洋的英国",天日之嗣,世御宸报终古不变,首先把日本的身份换成了"东洋人"。1889年2月,明治天皇颁布了一部类似西方国家的宪法,从法律上确立了天皇体制的合法性来源,规定了天皇神圣不可侵犯的地位。天皇不但是日本主权的管理者，更重要的是全国武装力量的最高指挥，使军人实际上成了主导国家运行的主体，不受政府管制，为军国主义的发展开辟了精神和法律通道。

日本军队自1871年成立之日起，信奉的价值观就一句话：落后就要挨打。因此，为了不挨打，就要卧薪尝胆，等待着自己强大的那一天。而一旦强大，便会毫不犹豫地用武士道的简单逻辑来处理国际关系，既然过去落后挨打，现在强大了就应当有打人的权利。于是，便有那么一些日本军人在改变自己命运野心的驱使下，提出了一系列改变日本国家命运的论题，推动国家走上了谁也把握不了的道路，独创了日本发展崛起的"最终战理论"。该理论设定的前提是东、西方迟早要有一次决战，日本为了打败西方，为了抗击欧美，首先要在亚洲建立"大东亚共荣圈"，而建立这个共荣圈就需要有日本这样的国家去帮助改造周边的国家，使这些国家能够实现近代化。如此一来，便把日本侵略别的国家说成了一种历史必然，是东方崛起进步的表现。

日本军人反复研究了蒙古、满族征服中国的方法路线，先从朝鲜入手，继之吞并琉球，接着于1894年发动甲午海战打败了大清国，强迫中国割让台湾，1900年再次参加八国联军侵略中国，1903年爆发日俄战争，并于1905年打败沙俄，1910年合并朝鲜，1918年参加十四国武装干涉出兵俄国，横扫西伯利亚。可以说，从日本军队建立那天起，日本从不放过任何一个使用武力的机会，千方百计地找借口对外侵略，一路拼杀过来，没吃过大亏，越发使得日本军人不知道东南西北了，一连串的胜利又似乎证明了"强者就有理"的逻辑。于是，日军便张罗了一场更大的赌局——入侵中国东北，扶植末代皇帝，演了一出伪满洲国的闹剧。

日本军人在海外的节节胜利，狠狠地激发了日本愤青式的民族主义浪潮，可悲的是，此时日本的民族主义缺少一个普世的正义价值，而且目标也出了错，把侵略别的国家当成了维护自身利益，日本国家的目的不光局限在经济方面，还包含有扩张领土等一系列古代观念。日本沸腾了，军人和武士一样被奉为了最受人尊敬的职业，赞誉和推理更是把日本军人吹得晕晕乎乎，没有日本军队就没有日本的近代化！谁不同意日军的主张谁就是日本的败类！

日军侵占东三省，实际已经解决了日本许多问题，如失业，资本输出，原料市场，尤其是日本家庭二三子女无地问题等，只是日本此时已经成了一个掠夺成性的赌徒,根本无法收手。

1932年5月15日,日本少壮军人对与日军意见相左的内阁大开杀戒,杀死首相犬养毅等多人。

四十三个国家组成的国联,以42∶1的投票结果通过决议,要求日本把满洲归还给中国,日本外相松冈洋右大步走上国联大会主席台宣布:日本从此退出国联!日本向全世界说"No"!在全世界的鄙视下,回到日本的松冈竟受到了凯旋英雄般的夹道欢迎。

爱因斯坦说,民族主义是儿科病,是人类的麻疹。此时的日本人却把麻疹当成了追寻的价值和荣誉。

日本沉浸在从胜利走向胜利的战争狂热中,各种战争理论和战略设想如同狂风吹沙,扑面而来,一个比一个立意高深,胆大包天。日本军人这才知道侵占中国东北仅仅是他们履行使命的第一步!日本的生命线是东北,东北的生命线是华北,华北的生命线是华南,华南的生命线是整个南亚大陆,而南亚大陆的生命线又是整个亚洲,亚洲的生命线显然是全世界喽,日本军人毫不费力地把爱国民族主义推理到地球上的任一角落,有阳光的地方看来都应插上太阳旗,哇!日本原来还有这么"美好"的使命。

当然,沉醉于当时汹涌澎湃的民族主义、"爱国"狂潮中的日本军人,根本不屑去想其他国家民族的感受,也感觉不到在他们的民族主义思潮里缺少一个普世价值的核心,完全是建立在一厢情愿侵略掠夺别的国家、屠杀奸淫他国人民基础之上,用最"爱国"的方式把日本拖入了有史以来最深重的民族灾难,整个日本民族差一点"玉碎"进这场"爱国浪潮"里。

正当王易知沾沾自喜新官上任三把火和抓紧开展各项改革举措之时,县里出了一件大事将他的整盘计划给打乱了。

高庄农民暴动案经省、州两级法院审理判决,该案主要案犯被押解到汝州处决,其余三十余名一般成员经教训后予以释放遣返。谁知当晚押解被释放的一般案犯投宿旺乡镇大车店,无缘无故地忽起大火,一屋烧死十一人。

王易知曾叫来押解的四名警员询问情况,四人一口咬定此事确属意外事故,绝非有人故意所为。然而,满城议论的却是有人精心策划了这起惊天大案。

王易知带人到现场察看,进到车马店大门,便见一间房已经坍塌成了一堆废墟,周围黑乎乎地散落着灰烬,几具用草席遮盖未被认领的尸体齐齐地摆放在一旁,从残垣断壁看里外都有火烧的痕迹。王易知二话没说便黑着脸返回县城了。

入夜。

县城十字街某书店。

王永祥走下"咯吱咯吱"直响的楼梯,举起油灯审视一番面前的牛紫龙,猛地一把把他揽在怀里,轻声道:"几次都差点见不上贤弟呀!"

王永祥转身领着牛紫龙走上阁楼,边走边说:"模范小学那回抓人要不是恁六叔,俺现在恐怕已是一把骨头了。"

上得阁楼,牛紫龙见房间十分狭小,四壁全都黑黝黝的,中间并排放着两张床,一盏油灯"忽忽"地跳动着。

王永祥介绍说,他自从县模范小学脱逃以后,转到了宝、郏边界地区,根据北方局的指示,着手暴动准备反击国民党的镇压。由于汝州一带党团组织遭受破坏严重,上级临时决定把剩余的党团员与许昌特委合并一起组织武装暴动。当时正是左倾路线主持,成立行动委员会,在行委联席会上有些同志提出暴动时机、条件和地点等诸多因素不具备,建议暂缓行动,均未引起联席会的重视。会议一连开了两天,提出了反对"上山主义"、"逃跑主义"等口号,研究了暴动各项准备工作,还大致确定了组织动员的时间。

会后,他与四位同志被分配到郏、鲁、宝、襄一带做动员发动工作。刚到没几天,省报便登出了共党可能正在汝、鲁、宝、郏地区组织武装暴动的预警报道,再次引起行委内的意见分歧,多数党团员通过各种渠道反映了顾虑和意见。然而还是被行委否决了。暴动原计划在春节庙会期间进行,却在春节前被外地调来的正规军包围了暴动指挥部所在地高庄,当场打死十七人,逮捕四十多人,购进的大批武器弹药也被收缴,还接连发生了抓捕分散在各地的一些党团员的事件。

"那次更玄,参加围捕的正规部队都换上了老百姓的旧棉袄,标志是头上戴个黑毡帽,里三层外三层把高庄围了起来。恰好那天俺回高庄,看到庄子周围尽是些不三不四的人在转悠,俺多了个心眼,上前借口找人借火,一听那人口音带南方腔,就知道坏了,转身没走多远身后就打响了。"王永祥瞪着双眼,咬牙切齿骂了句难听话。

几个月前,牛紫龙才听到了六叔被打死的消息,一连几天没吃下饭,今天,王永祥再次提起此事,仍旧有着翻江倒海的滋味。

"国共两党昨天还在一个锅里搅饭吃,几天翻脸就杀人。"

王永祥双手一摊,气呼呼地大口喘着气,片刻后,又道:

"长话短说,今天来是想让恁见个人,听他说说旺乡的农友是咋死的。"

说罢,他到隔壁房间领进来一个浑身瑟瑟直抖的少年,牛紫龙一眼便认出了他是县师范刚刚入校的学生,叫吴志翔。

学校一共二百个学生,几乎每个学生牛紫龙都能叫出名字、对上号。牛紫龙任班主任时只要对着花名单点次名,第二节课便能叫出大部分学生的名字,当天放学之前全班三十多名学生都可以对上号。

牛紫龙记得吴志翔对化学特别感兴趣,家境还不错,还是学校短跑和跨栏冠军。

吴志翔穿一身黑蓝色校服,清晰瘦弱的脸上吃惊地瞪着眼睛,他个子矮小,精瘦身材,肤色黑红,浓眉大眼,一副怯怯茫然不知所措的样子。

牛紫龙走到他身边坐下,从他惊悸的神色看,说什么安慰话都没用,听他倾诉或许是最可靠的安慰途径。

"……大火把房烧塌了,整个房顶塌了下来,盖着那些人,人都烧得面目全非,黑乎乎的……俺看到一个人,就这么一拉……"吴志翔把双手举到牛紫龙面前,"就剩下一个胳膊……"

牛紫龙握住他的双手轻声道:"恁亲眼见有十一具尸体吗?那尸体都在一个屋里吗?"

"那些尸体最后都是用草席裹着抬出来,就在俺面前摆了十一具,有的还带着镣铐呢!后半夜起火一直烧到太阳一杆高,房子周围有十一二尺都是柴灰。……俺哥从来不惹事,人家打他他还往家跑,因为他是俺家老大,啥事都忍着……他真的没有太多想法,就想种好地。夜里要么睡地里,要么睡在牛棚里,谁知道他暗地里参加了暴动。"

"像颜府那样土豪劣绅恶霸地棍,俺要是恁哥俺也参加暴动!"王永祥狠狠地吐了口气,转脸对牛紫龙道,"俺到他家去过,他哥是俺动员出来的,出事后志翔来找俺,眼都哭肿了,这事一定得想法查个水落石出。"

吴志翔诧异地看着牛紫龙,一时竟不知说什么了。

"不暴动有说理的地方吗?"牛紫龙叹口气说,"人生在世很多事是需要忍,懂得忍,方知道何为不忍,像颜氏兄弟这样的人再忍也没用,说暴动也好,说起杆也好,只要恁哥是凭着自己的良心去讨公道的就没错,在穷人眼里他就是个顶天立地的英雄!"

吴志翔突然放声大哭起来。

王永祥轻声说:"他们杀人的目的就是制造恐惧,只要咱们不再恐惧,死去的人才会成为一种传奇,成为一种激励,后人才能为死者讨回公道。"

"恁敢不敢把恁哥的事在全校讲一讲?"

吴志翔抬头望着牛紫龙。

"就讲恁哥是个什么样的人,他为啥被杀?还有就是恁在现场见到的情景。"

吴志翔抹了把泪,点点头。

"怎么?恁准备把这事闹大?闹大后会不会……"

牛紫龙沉思片刻道:"闹得越大,风险或许越小,只能这么办了。"

吴志翔的控诉在县师范引起了学生的义愤,牛紫龙通过关系,还领着吴志翔到高村小学和县小学做报告会,全县沸沸扬扬,大街小巷都在议论这件事。

接着,牛紫龙又把受害人亲属领到全县周一总理纪念日会上。

那天,县师范的师生在县衙门外分别挂上了"拥护国民政府《惩治土豪劣绅条例》给百姓活路,恳请县长依法严查残害农友幕后黑手让死者瞑目"黑底白字的条幅,各学校师生统一佩戴白纸花,纪律严明,表情肃穆,缓步入场后,摆出一片默哀的阵势。

出现这一场面让王易知及各机关人员走也不成,留也不是,只得草草办完升旗仪式,率领各机关人员匆匆退场了。

王易知走上县署大门的台阶,回头见牛紫龙跳上为升旗搭建的一个木桌台,伸出两手做安静的示意,迎风大声道:"老师们,同学们,不久前,几个不明身份的暴徒乘着夜色,在旺乡镇放火烧死了十一位农友,这十一位农友刚刚被释放,还没到家就被人预谋杀害了,今天有三位他们的亲属来到了会场,利用今天这个有意义的纪念日,介绍一下他们被杀亲属的情况,以及他们所看到的情景。"

王易知顾不得再听下去,急匆匆地进了县署。

周二上午。
旧县衙正堂。
王易知端着茶杯,不小心把开水倒在了手上,他一怒之下把瓷壶和茶杯全摔在了地上。

昨天夜里,省政府秘书长的专使赶到了县里,向王易知表述的意思很明确,旺乡火灾死了十来个人本不是什么大事,闹到满城风雨这份上,背后一定有共党分子插手搅浑水,追查杀害释放囚犯的事要从查共党分子入手。那专使还一再暗示此事不是一般刑事案件,而是政治事件,要有政治意识,用政治手段处理此事。

今天一早,汴省又有密电告知,今天军界有一个要员要来,来的目的跟省府秘书长一样,都是为查办旺乡惨案泼凉水的。

王易知感到了各方面的压力,处理起来更是左右为难。不查,县里发生光天化日之下放火杀人的事,不光上上下下没法交代,法制秩序荡然无存,县长的位子肯定坐不下去;查,把地方豪强得罪了不说,隐藏在这些势力背后盘根错节的关系肯定不会放过自己,位子显然也坐不稳当。

王易知正欲喊人,抬头见巡警局长刘继祖灰头灰脸,胳膊下夹着警帽,跨进了门。

王易知阴沉着脸,问:"有事?"

"颜氏兄弟进城了。"

王易知睨了一眼刘继祖,从鼻孔里出了口粗气。

刘继祖弯腰收拾一番地上的碎瓷片,表面上还是一副失职代过的样子,眼神里却透出了如释重负的轻松。

王易知咬了咬下嘴唇,问:"都说共产党有落地开花的本事,恁说咱县到底有没有共党?"

"咋没有?省府密电曾开来八个人的名单,大部分跑了,只抓住一个送省城了。"

"有姓牛的吗?"

"没有,"刘继祖似笑非笑地咧咧嘴,说,"现在师范学校这个姓牛的是从樊钟秀部队回来的,在这之前他叔被狗儿,不不,丁副团总错杀了,他叔啥党都不是。"

王易知牙齿咬得"嘎嘣嘎嘣"响,一缕血丝缓缓地从他嘴角流了下来。片刻后,他嘟囔着问道:"旺乡一案你打算咋弄啊?"

刘继祖慌忙点点头,心想,越走险棋越有将军的机会。他习惯性回头看看关闭的门窗,凑近县长悄声道:"省里的意思,要么不查,要查就要从共党入手。"

王易知望着刘继祖,独自在心里演绎着自己的推理,心想,就让刘继祖去查共党线索,借此机会正好把他支开。至于死者亲属哭天抢地要求查找凶手,也可以先把出事那天押送犯人的警员暂扣起来,缓和一下民众的情绪,这只是摆到桌面上的两步棋,私下里还有两步棋,得想法敲打真凶抓紧摆平问题,至少得让提问题的人闭上嘴,如此真凶一旦出现,还可以把他透给共党,再由共党解决真凶,又为政府钓到共党提供个诱饵,共党不动手可能失人心,一旦动手就暴露自己,贯穿起来就是既可以借刀杀人,又能引蛇出洞。

王易知吐出嘴里的血水,神情才略有放松。

县师范学校操场。

临近寒假考试了,县署对旺乡惨案仍然没有一个解释,只是抓了四个押送农友的警员,他们最多只是失职渎职的过失,案件真相调查还是毫无眉目。

"要不要再加点压力?"牛紫龙望着几个师生从自己身边跑了过去,他慢慢放松步伐,满脑子都在琢磨这个问题。

县师范学校是座二进门的大院,前院用于办公和教学,后院一边是学生宿舍,一边是教师宿舍,中间有个占地八九亩的操场。牛紫龙的宿舍在最靠墙的一排,由于是单身住在学校,空闲时间较多,他每天早晚两次做跑步运动。

他收住步回到宿舍,反复掂量着下一步的行动。处于无权地位的抗争是不允许有任何疏漏的,欲达目的的关键在于把握一个度。从目前事态看,道义显然在自己一边,这是采取半公开抗争最有利的条件,若采取了过激行动,如罢课游行之类的动作,很可能会伤害到自己一方。他决定还是选择舆论压力,可用什么方法才能使压力有效呢?

突然,他听得窗外一声惨叫,接着就是一阵飞快的脚步声和几声枪响。牛紫龙和几位住在后院的教师冲了出去,见房前灌木丛旁四五个黑衣人围着一个满地打滚号啕大叫的人比划着说些啥。众教师围上去才看清那些黑衣人显然是有组织的打手,地上惨叫的人被一根磨得十分锋利的扁长铁条从耳根射了进去,从嘴里伸了出来。看样子这是一种特制的弹弓飞镖,那飞镖应当是从右后方射下来的,不偏不斜正中那人的要害。

牛紫龙回头看了看十几米远处那棵粗壮的宽叶树,估量着从树到学校围墙的距离,默默计算一番刚才听到的跑步声,大致推算出那个不知名伏击者所用的时间。

这时从围墙边又走过来三四个黑衣人,一路骂骂咧咧,进前划着火审视了一番同伴的伤情。一人道:"这个七孙,飞镖上还磨了几个倒刺!"

一人喊道:"还不上手抬回去!"

另一人冲着不远处的教师扬起手枪"砰砰"就是两枪,大喊道:"滚,看个球呀!"

几个黑衣人手忙脚乱地抬起不住号叫的同伴出了学校大门。

刘继祖带着几个人在开封查了十几天,仍没有查到郏县共党的线索。近两年,全省查获三十多个县市共党地方组织,抓捕千余名嫌犯,涉及郏县却没有任何有价值的线索。

开封警察局一名曾协助建立假省委的警员,建议刘继祖到许昌、临颍等地再去查找一下。理由是中共地下组织为迎接北伐曾把信阳到许昌作为工作重点地区。国共分裂后,中共河南省委在开封多次遭受破坏,党组织活动的中心曾一度转到许昌,同时,地方党组织也有沿京汉线布局的传统,许昌等地党组织曾有过向周边县市跨区发展党员的方案。

刘继祖一行唯一的收获是发现了旧军队樊钟秀部中共党员与许昌党组织联系的线索。

根据那人建议,刘继祖等人乘车来到许昌,又忙活多日,仍旧找不到头绪。烦闷之余,刘继祖又多了一层心神不宁的预感。这次出差他本打算把上次押解获释囚犯的警员带上,谁知临行前那几个警员被县署抽了官差,说好几天之内便到开封,可刘继祖刚走,那四个警员便被扣押了起来,他隐隐感到有些不妙。

冬日晚。

县城寅宾馆。

自去年贺龙率红军沿嵩县、鲁山、南阳一线北上陕西后,郏县实行宵禁,每天天不黑就关闭城门,四街布满了巡街的团丁,只有南大街和县衙门前有几家胆大的商铺点着煤油灯在营业,其余的地方全是漆黑一片,偶尔可以听到不知是谁家传出的吵闹和哭泣声。

狗儿喝得有点麻了,从上午离开家,一连赶了四场酒宴。现在他的名气真太大了,请他赴宴的帖子足足排满一个月,不管谁家小孩哭大人闹,只要喊一声狗儿来了,大人小孩立马就会安静下来。如今的他比过去也发福好多,身材和脑袋简直就像两个大小不一的圆球安在了一起,眼睛鼻子已经不太明显了,不过张嘴那金灿灿的四颗门牙很是夺目。混到现在全城都知道他杀人不眨眼,地面上三教九流谁都怕他,见了他皆忙不迭地喊"狗爷",特别是烟馆、饭馆、青楼之类的生意人家,他吃了吸了玩罢按个手印就走,反正他不认字,不论记多少账他都不在乎,有钱每家给个三块、五块意思一下,没钱谁也没辙。

前一段狗儿好像是挣了钱,附近的馆子他每家都抓了几大把银元,这几天不少酒家还专门喊他去助兴,从早到晚胡吃海喝能让店家多卖几十斤酒。今儿,从响午头到天黑,狗儿跟谁喝过酒,喝多少连他自己也记不清了,就觉得自己的舌头有点大。只是有一点他是清楚的,那就是酒桌上的人都夸他前几天干了件漂亮事,捞了不少,此等好事怎么能一个人独占呢?不如说出来大家一道去发财。

"别以为俺喝多了,实话告诉恁们,这点小酒俺是刚喝出点味,再喝恁多俺照样没事……那件事要不是那老财迷铁公鸡俺得的更多。啥事?俺不说,万事不开口,神仙难下手,恁们啥法俺?"

二更,他扒在两个像是团丁的人身上,一边往家走,一边不住嘴地嘟囔着赏罚不明,严重地挫伤了他的积极性之类的话。

"他喝多了,"一团丁对另外一人说,"今儿不用通知他了,就是通知他,他也去不成。"

另一团丁"唉"了一声说:"走,回去交差。"

"啥事?有俺的好事恁们敢不说?"狗儿满脑袋想的都是好事,推开身边的那俩团丁,愣愣怔怔地想不起来在哪儿见过他们,不过他还是兴奋得摇摇晃晃,醉眼惺忪地望着那俩人。

一团丁似不情愿地说:"前段恁干的那件事,很多人都说恁干得好,只是报酬太少,分的也不公道,所以他们同意给恁再加点。"

"嗯?"狗儿瞪大眼睛,眸子直往上翻,"今儿?加多少?"

另一团丁回答道:"恁去就知道。"

狗儿抬头望着黑黢黢的天,月亮朦朦胧胧,挂在醉人的天际,显得暧昧而又羞涩,昏黄的光环周围,轻轻抹出了几条淡淡的白边。

狗儿早就有些不平衡了,杀人放火都是俺干的,他不过是把人领进了那个房间,同样得了一袋银元,早就该给俺再补点,这老儿今儿才学会办事。想到此,他把手里的酒罐扔给了眼前的团丁,嘟囔了一句"失陪了",便招摇着大步向县衙寅宾馆走去。

那两个团丁见狗儿远去,心照不宣地相视一眼,转身向狗儿家跑去。

这一切被站在县衙对面西繁楼上的王易知看在了眼里,他轻轻地咬着下嘴唇,等着事态的发展。

月色把整个县城笼罩在一片淡淡的白光里,掩盖着千家万户多少的秘密。一会儿,县衙门旁寅宾馆内传来一高一低的争吵声,继之就是噼里啪啦的摔打声,很快又传来了像杀猪一般的号叫声,惊动了不少街坊邻居出来看热闹,兵荒马乱的岁月,全城提心吊胆,有点动静就会招致满城风雨。

这边,王易知见丁二带着十几个家丁举着火把,冲进了寅宾馆的大门。

王易知长出一口气,蹑手蹑脚下了西繁楼,闪身进了县署。

冬日。

月桂镇。

入冬以后,月桂镇外地客商明显减少了,只有每月逢一、五的集市还是四方客商云集,熙来攘往,山货、农具、木材、草药把集镇划分出几个交易区,自有一番热闹的景致。进入腊月,逢集的日子更加红火,新添了不少年货的交易,吸引来了一些远道客商,坐地收购,长途贩运,转手倒卖,起价批发,又为月桂镇增加了年关喜庆的气氛。

宋巫婆家这几年发挥优势,收拾出空闲的院子搞起了多种经营,除了看病、跳大神外,前两年收养了外地的两个女子,姓啥叫啥,从哪儿来的她也顾不上多问,反正来后都改姓为宋,重新起名叫大凤、小凤。领进家门,做了两身新衣裳,好吃好喝养了多日,打扮一番看模样还可以,便简单地举行了个仪式收作养女,干起了旅馆业,给南来北往的官商提供简便的食宿服务。

眼看着年关就到了,宋家店里住的两位客商还是没有走的迹象。说也怪,这俩人自打住进店里后很少出门,不问货源货价,只是让大凤、小凤出门打听人,夜里还让她们领着在镇上溜达过几圈。有几次,巫婆要去问个明白,可每次听见屋里嬉笑着说些让狗都能脸红的话,便只好作罢。她知道来者不善,但又不想让小店惹上什么麻烦,每天还能得到两块银元,住半个月她们娘仨就有了一年的口粮,想想有如此现实的好处,也只能这么提心吊胆地凑合下去。

这天半夜,她听得小院灶火间有些窸窸窣窣的响声,便提盏灯去看究竟,推门见个蓬头垢面、破衣烂衫的小乞丐正抱着灶炉水罐取暖。当时一般人家烧柴做饭,总要给灶火留些余炭温着灶边的水罐,以备盥洗用。

她定神看清屋里的确是一个半大孩子后,第一个念头是这孩子会飞吗?大门是她亲自上的闩,四周几乎都是房屋的山墙,这孩子怎么进来的?看来这个贼孩还真不一般!想着,她下意识地退到大门口,抄起一根木棍正欲发作,见那要饭的孩子用食指竖在嘴上轻轻"嘘"了一声。

这可是个有文化的动作,猜想这孩子是人小鬼大呀!她不由自主地小心起来,四下看看,轻声问:"恁是谁?恁咋进来的?"

那乞丐倒头一拜,起身展颜一笑,悄悄道:"俺在恁门口转悠几天了,恁没见过俺?"

巫婆重新捻亮提灯,近照一番那孩子,见他蓬乱头发上沾了不少枯草,除了嘴唇和两眼之外,其余的地方像是涂了一层灰泥,鼻子、嘴都看不清啥模样,只有那双眼显得活泼有神,贼亮贼亮的。他个子不算高,精瘦精瘦的,裹着黑色油亮的棉衣裤,手脚显得很大,很健壮。

巫婆又急切小声问:"恁没事在俺门口转悠啥?"

"恁家住着两个孬货。"那乞丐神秘地笑笑。

"恁咋知道的?俺正发愁他俩咋一直不走呢!"巫婆反身关上了灶火间的门,从头上拔下簪子,把油灯芯埋了埋,屋里顿时暗了下来,又问,"恁是干啥的?"

"俺干啥恁就别问了,不过俺有法让他俩走。"

"啥法?到镇上民团报案?"巫婆蹲下身盯着那要饭的问。

"使不得,使不得,知道情况后他们记恨恁,一准会打恁黑枪。"那小要饭的用拇指和食指比划个枪的样子,在巫婆脸前晃了晃,又悄声道,"他俩是人家雇的枪手,武艺高强,心狠手辣,只这么轻轻一扣,恁就没命了!"

巫婆眼一瞪,晃悠几下差点坐地上,愣怔片刻,"那咋办?恁厉害的人谁能降住呀?恁是哪路神仙呢?"

"他俩是不是一人有个肩搭①?那里面有家伙,他俩全指着那家伙吃饭,让俺把家伙摸走,他俩就非走不可。"

"这可不好弄,那肩搭他们白天不离手,黑地睡觉放床头,又不出门。"巫婆瞪着眼说。

"他俩是不是一东一西各住一间?"

那乞丐见巫婆点点头,又问:"吃饭在当门客厅?"

巫婆又点点头。

"那恁只要让俺……"那乞丐用手指指房梁,又说,"其实恁不用管俺干啥,恁只管安排明晚上请客人喝酒,喝完酒客人进里屋,外面的门给俺留着就行了。"

"噢!恁是梁上君子江洋大盗呀!怪不得能不声不响进灶火间了。"巫婆又瞪起眼,嘴里啧啧不停。

那要饭的略显羞赧地说:"大婶,江洋大盗咋能跟俺比,俺是专治杀人越货的。"

"不中,恁还是别在俺家干这事!"巫婆倒吸一口冷气,急促道,"大路朝天,各走半边,恁跟他们有仇,恁换个地方再干吧。"

巫婆说着起身欲走,那乞丐扑地磕了个响头,情急解释说:"大婶,俺跟这俩枪手无冤无仇,这俩人是江湖上有名的杀手,那个矮胖子姓支,人称'支一枪',从来没失过手;那个瘦高个儿更厉害,不但刀枪棍棒都能使得,还能卜会算,擅长谋划奇招,用想非所想怪招诡计杀人劫货,因他姓董,又在省城读过几年大学,江湖人称'董哲学'。这次有人出重金请他俩出山要一个人的命。"

"谁?"巫婆情不自禁打个寒战,蹲下身问,"是俺月桂镇的?"

那乞丐点点头,答道:"是俺老师牛紫龙。有人滥杀无辜,他带头揭露真相,

---

① 当地的一种出行携物工具,前后有袋,搭肩上盛物用。

组织学生要求严惩凶手,得罪了县里一帮恶棍势力,这帮七孙怀恨在心,下血本请了江湖两位高人来杀俺老师。"

"那恁是……"

"恁放心,俺绝不会连累恁。"那乞丐说着从身后摸出一个布包,小心翼翼地打开来,拿出两支枪样的泥块,说,"这是俺用胶泥摔出来的,等俺把真家伙取走,这玩意放枪套里,他们一会儿半会儿察觉不了,等他们发现不定几天过去了,到时候他绝不会怀疑到恁身上。再说啦,江湖上杀人多为求财,并非个人恩怨,出手失器,照传统的规矩就是人家命不当绝,再强求吉凶难卜,不会再来第二回了。"

巫婆扑哧一笑,忽又瞪起双眼说:"中!有种,就这么办。嗯,俺明早先给那屋门窑里添点香油,保恁进门一丁点声响都不会有,梁上篮里还有几个剩馍,恁想吃就吃吧。"她起身摸了摸那叫花子的头,提灯出了灶火间。

月桂镇。

牛紫龙家。

牛紫龙第一次发现母亲开始担惊受怕了,会不会因为自己说不清楚,反正从他回家的当天,牛陈氏就把自己的床铺搬到了当门客厅。妻子董秀凤也说,最近一段时间母亲总像大人看孩子一般,天天守护着自己,出门拉着她的手,走到哪儿,母亲就跟到哪儿,好像怕她摸丢似的。

"你妈是不是听到啥风声了,看俺比老母鸡看小鸡还紧。"董秀凤笑着问牛紫龙。

上次学校黑衣人被射伤一事,牛紫龙知道是有人冲自己来了,但他谁都没说,反而是镇上一个师范学校的学生绘声绘色给牛陈氏学了一遍。那学生串门走后,牛陈氏一天没吃饭,从那以后就把儿媳妇看得牢牢的。牛紫龙回来,正好她一块儿看护,弄得两人想亲热一会儿机会都难找。

牛紫龙回家头两天整天关着门写文稿,如实直白地叙述旺乡惨案,当然用新闻的形式报道这件事恐怕所有的报刊都不会发,他只能用随笔故事之类的形式发在副刊上。

放假的头几天,牛紫龙曾领着几个同学到遇难农友家探望,从他们和邻居口里听到不少遇害农友的事。他们为什么走上暴动这条路,虽然各家都有一本难念的经,可有的经是众人都念不好的。在死难农友中间,有几个家境属吃穿不愁的中等水平,还有颜府里的家丁和护卫,他们暴动的动机不能简单地归结为要活路、吃饱饭,或是官逼民反这样的原因。他把这些整理汇总后,试着用小故事形式把一个个人物串起来,用文学的形式写出来,让他们每个人都能有个鲜活的形象,从而引发人们思考,或许会有更大的启发作用。

这天,家里突然来了三四个学生,进门没顾上跟牛陈氏寒暄过礼,便匆匆拉着牛紫龙进了里屋。

"旺乡杀人放火的事弄清楚了,是颜氏兄弟指使县警局局长和丁会长的儿子狗儿一块儿干的!因为酬金不公,狗儿去找颜氏兄弟要钱,不知咋的打起来了,双方还动了枪,最后警局出面才平息了群殴的事,这也使得旺乡杀人案的来龙去脉才暴露给世人。"

几个同学七嘴八舌地把自己听到的情况讲了一遍,一个个义愤得不行。

牛紫龙想到过旺乡杀人放火的人会有背景深厚的后台,不然不会一次残杀十一个人,而且还当着警察面儿。可没想到警局的人直接参与了此事,涉案的还可能是警局的局长。至于狗儿,则是他意料之中的人物。

众人商定,过罢春节即向县政府报案捉拿凶手,接着便是摩拳擦掌争论了一番对策,一直讨论到天擦黑。牛紫龙执意要众人留下吃过饭再走。牛陈氏和董秀凤一起生火和面做了顿葱花捞面,众人狼吞虎咽一扫而光。等送走几个学生回来,锅里只剩下了半锅面条汤。

牛紫龙顿时觉得有些过意不去。

"娘,秀凤,恁们都坐一边歇着,看俺手艺咋样,保恁吃过这回,还想吃下次。"说着,他冲妻子一笑。

牛陈氏望着儿子把面袋的面都倒了出来,堆在案子上,淋把水揉几下,一会儿,把那面揉得跟石头般硬,便问:"恁这是——"

牛紫龙笑道:"这是给恁俩露一手。娘啊,俺们都恁大了,恁咋还天天看着俺和秀凤,跟老母鸡带小鸡似的,有啥不放心的?"

"娘自打嫁到牛家就是硬撑着这胆气过的,恁牛家人正好比这世道快一步。俗话说,路不平众人踩,可恁家人是路不平恁先踩,容不得天下不公平,好像天塌下来先砸恁牛家似的,天下事承担的太多。"

"这不好吗?"牛紫龙扭头笑笑问。

牛陈氏揉了揉眼，说："这世道好坏不能光用理去评说，有时候这理也不好使。江湖恩怨，世道繁杂，道理就是再直，可是这路还是曲折，有理不定有路，有路也不定走得通，即便是理也通，路也通，事也不一定能成。再说了，恁现在有秀凤了，不能再像过去那样风风火火、毛毛糙糙，不想恁自己也要想想娘，总该长一辈了。"

牛紫龙和董秀凤相视一笑，谁也没说话。

"娘不反对恁出头求公道，为天地立心，为生民立命，男子汉大丈夫就应当担起社会和历史的良心。记得这辈子两件事千万不能做，一是背叛民族的事不能做，一是坑人害人的事不能做。"

牛紫龙用力点点头，把和好的面放在案子上反复摔打着，一边摔一边放了些芝麻和盐，接着把面滚成圆形，切成鸡蛋大的圆饼。取出早前带回来的细白土，把白土放在锅里烧得"噗噗"地直冒泡，再把圆饼放进锅里反复翻炒，一会儿工夫，便用漏勺捞出几个，那圆饼外焦里嫩，个个似鸡蛋样圆圆的，牛紫龙吹去外面的白土递给娘一个。

牛陈氏品了一口，赞道："恁别说，这比街上卖的油果子还香呢！"

"这门手艺是俺在樊钟秀部队里学的，部队是跟杆匪学的。过去，杆匪们躲官军钻山沟进老林，一藏就是好几天，不敢生火生烟，就吃这饼充饥，这饼放十天二十天都不坏，叫杆饼，也叫干饼。还有这细白土可是好东西，如果在山里逮个山鸡兔子之类的，开膛收拾干净，用和好的白土一包扔火堆里，第二天敲开土，那才叫香呢。"牛紫龙一边炒饼，一边唠唠叨叨说个没完。

说话间，突然，院子里"嗵"的一声落下个布包，惊飞了满院子的鸟。

牛紫龙看母亲一眼，抢上一步拉开房门，见一个破衣烂衫要饭的跪在门口，见了他便磕头一拜，起身挤到了屋里，冲着一家人粲然一笑："大娘、牛老师、师母，俺好像闻到烧饼味了。"

牛紫龙一怔，认出眼前这个叫花子竟是吴志翔！"哎呀，怎么是恁呀！"

说着，他把吴志翔拉到跟前，上上下下打量了一番，说："恁看这孩子还真有扮相，差点把俺蒙过去。俺去烧水，找身新衣服，把这身……"

"慢，牛老师，恁要把俺这身行头换了，俺就在这镇上待不下去了。"吴志翔伸手从斜开襟的怀里不紧不慢地掏出两支手枪和一袋沉甸甸的子弹放在桌案上，甩甩两个膀子说，"让俺在梁上待了一整天，直到晚上他们喝酒俺才把枪取出来。那俩黑枪手还在巫婆家住着呢。"

牛紫龙望望牛陈氏,捡起一把枪取出弹夹,退出膛里的子弹,对着火光看了看枪身上的烧蓝:"德国造,还新着呢!"

"那俩人可是江湖上的大牌黑手,十天前,他俩从县衙寅宾馆颜潜修那儿出来俺就跟着他俩,直到今儿才找到下手的机会,累死俺了!"吴志翔伸了伸胳膊坐在了一张椅子上。

牛陈氏端来些刚炒好的饼,吴志翔狼吞虎咽吃了几口,吃着吃着便把头靠在了椅背上。牛陈氏见状急忙拉着董秀凤进到里屋。

牛紫龙蹲下身帮吴志翔脱鞋,又问道:"上次在学校用飞镖……"话没落音,吴志翔已经打起了鼾声。

夜晚。

县城丁二家宅院。

刘继祖总感到这次赴汴查共党闻到了什么,是什么呢?他一时又说不清楚,直觉告诉他在许昌发现樊钟秀部队共党组织这条线索值得追下去,可眼下的处境又让他心乱如麻,根本没心思再查。

刘继祖回县城路上听说因旺乡惨案局里已抓走四个警员,这四人会不会把自己供出去成了他的心病,也是他当务之急必须摆平的事。谁知刚进城门,又被丁二家的家丁领进了丁家大院。

"恁可回来了。"丁二撩着长衫,三步并作两步地跑下大门台阶,拉着刘继祖的手,吊着眉毛,瞪大小眼大声道,"这帮恶棍血口喷人,硬说旺乡那茬子事是恁跟俺狗儿干的!他们也不打听打听,刘局长跟俺在城里都是有名望有身份的人,能干那种下三滥缺德的事吗?"

刘继祖望着丁二泪汪汪的两眼和哆哆嗦嗦挂着白沫的嘴,心想,难道他真的不知道自己儿子干的事吗?不会!这老家伙是故意说给这里里外外听的。

"岂有此理!"他也故作愤怒状地喊了一声,匆忙拱拱手,示意丁二回屋再说。

"现在不讨论贤侄被打一事。"刘继祖反手关上了正堂屋的门。"俺只问恁,那天晚上是谁让狗儿去找颜家兄弟的?"

"狗儿喝酒回来,碰上两个穿颜家民团营制服的人,说颜家掌柜叫狗儿去领啥球奖赏,狗儿缺心眼扭头就去。随后,那俩人通知俺把狗儿救了出来。"

"那怎么又扯上俺了？"

丁二重重地照自己头顶上拍了一下，一脸苦相说："俺们抬回狗儿时，恁们局子里的人也到了，把寅宾馆那几个团丁叫局子问话，不知道咋球整的，第二天就传出来是恁和狗儿一起办了旺乡惨案。"

刘继祖心里明白，旺乡的事知道底细的只有颜氏兄弟、自己和狗儿。颜氏兄弟是主谋，办的又是他们的心腹大患，他俩是万万不会说出去的。自己在外地办案，也没机会说。抓那几个团丁恐怕只是个幌子，唯一能说出去的就是狗儿，狗儿是得了好处，还是无意中走漏了风声呢？否则他是没有理由说出去的，难道说仅仅是为了逞能？或是那几个警员交代了？

"俺总觉得那两个穿团丁衣服的人恐怕不是颜府的。"

丁二一怔，又重重地照自己头顶上拍了一下，吃惊地问："恁的意思是这件事俺看走眼了，这出戏后面另有高人在编排？"

"现在俺还弄不清这水为啥恁浑。走，先去看看狗儿。"

丁二挥手示意，领着刘继祖拐进二进门小院。二进院是三个三间平房围着的院落，中间有十字形廊坊甬道相连，狗儿住正房的上房。

一进门就有一股臭烘烘的味儿，狗儿直挺挺地躺在正中间的大床上，床边放着两三个屎尿盆子，由于腰围部多处骨折，狗儿只能平躺在床上大小便，床的两边还烧着火炉，更使得臭味铺天盖地。

刘继祖忍着刺鼻的臭味，特意做出一脸凝重的表情，一进门就嚷道："这还了得，没有王法了！看看，咋打成这样了！那天的事恁还记得吗？"

"咋不记得？"狗儿翻了几下小眼，愤愤道，"俺进去，颜家老大说，恁来干啥？俺说，不是恁让俺来拿银子的吗？他说拿啥银子？俺说恁咋忘了，就是俺帮恁办的那件事呀！他说，俺咋不知道让恁办过啥事？这老儿不认账了！俺说恁大事，恁咋能说忘就忘了呢？就是旺乡放火那事呀！俺还没说完他就骂俺说放娘的屁！旺乡出的事跟他不沾边，让俺立马滚出去。他让俺们去杀人放火，替他老儿出了气，这咋就一抹脸就不认账了？俺说，那天恁叫俺们杀恁多人才给那几个。没想到话刚出口，他就叫了十几个人打俺，说俺没事找事，诬陷好人。"

刘继祖听到此，当时头就大了，突然想到跟狗儿这样缺心眼的人说啥还不如对牛弹琴，遂不耐烦地挥挥手，简单安慰两句，转身出了屋，来到小院里才呼呼地喘了几口大气。

丁二急匆匆跟了出来,问:"恁还没有勘验伤情,咋就……"

"好了好了,"刘继祖烦躁地挥挥手,转身狠狠地训斥道,"活该!换上俺恐怕一枪毙了他了,颜氏兄弟为啥光照腰眼上打,那是手下留情不让他出门胡说!这事是能胡说的吗?这是押出西门人头落地的事,俺看打得轻!"

丁二经这么一诈唬,浑身哆嗦开来,说:"难道真是恁俩办的?这可咋球弄啊?现在已是满城风雨了,不管咋说,恁和狗儿是一根麦草上的蚂蚱,总得想个法过了这一节呀!"

刘继祖大步走到前院,回头狠声道:"准备银子吧,看看丢车保帅这招中不中!"

春节过后,县署门前终于贴出了旺乡惨案调查处理的告示,调查的结论是当天晚上,大车店里投宿人员用火不慎,导致火灾,负责押送释放人员的警员疏忽大意,未及时发现并采取措施,以致酿成灾难。鉴于警局四名警员的失职行为,四人均已到案,不日将押送省城听候处罚。

就在这时,牛紫龙也接到王永祥托人带来的组织建议,认为当前的斗争仍以公开或半公开为宜,应注意保有实力,做到有利、有节、有理,以待时局变化。

牛紫龙知道了旺乡惨案的幕后凶手,尽管不愿意就此了结此事,考虑到组织意见,也只能暂时放一放,他们已经使出下三滥的手段,说明他们心虚胆怯了。如若不让类似事情再次发生,最安全的防卫不外乎妙算为上,知己知彼,发展一两个内线,架设预警网络。于是,他从学生亲属中筛选了几个对象,包括民团、警局的人,打算逐个接触一下,尽快搭起情报网络。

今晚,他要见的人是个警员,叫张道成。从观察的情况看,此人有正义感且悟性好,办事用心,刚进警局一年,由于勤快认真又八面玲珑,被抽调到警局警卫班给局长刘继祖当内勤。

牛紫龙收拾着行李,尽量表现出一副忘忧的样子,说着一些漫无边际的话。"突岸水湍,树大招风,恁们放心,俺就是一棵小草,再大的风俺也只是摇一摇。"

他自说自笑着,却发现母亲和妻子谁也没有一句话,只是默默地帮助他做些出门的准备。她们越是无言,他也就越不忍,他能体会到她们的那份担忧。

牛紫龙真的不在乎自己的安危,担心的只是母亲和妻子的安危。毕竟对手还没抓住他什么把柄,无法用公开的手段。当然,暗箭难防,并不是无法预防。

昨天，牛紫龙一连找了几个亲友安排照看母亲、妻子的事，他也清楚，母亲和妻子的安危同样系于自己身上。

临出门，他从已整好的行李中拿出一支枪放在母亲面前。

牛陈氏见状哈哈一笑，道："这些年，四面八方的土匪惦记着月桂镇的财富，却没人敢来，就是因为娘还活着。有人放话说取俺一命，打下月桂镇后所掠财物可以平分，直到现在也没人敢来，恁们猜为啥？"

牛紫龙和妻子相视后，都摇摇头。

"俺心里烧着香呢，每天晚上合上眼，俺就能看见家里的那尊菩萨，每天早上出门前俺都想想那菩萨，菩萨保佑着呢！"

往年，牛陈氏从来没送过牛紫龙，唯独这一次她执意把他送出寨门。

早春时节，风和日丽，大地泛起绿茵。天际没有一丝白云，独有两只逆向飞翔的小鸟，"啾啾"地鸣叫着。

牛紫龙还未开口，心绪已撒落一地，他不知道怎么才能让母亲放下这份担忧，只得跪地磕三个响头。

起身后，他扭头对妻子董秀凤说："总让恁等待，真对不起。"

"人生最痛苦的就是等待，如若值得等待就不觉得寂寞。"

牛紫龙见妻子眼里闪着泪花，郑重地点点头，心一横，跨上自行车就走，骑出很远，回头看，母亲和妻子还站在那儿。

第十三章

故用间有五：有因间，有内间，有反间，有死间，有生间。五间俱起，莫知其道，是谓神纪，人君之宝也。因间者，因其乡人而用之；内间者，因其官人而用之；反间者，因其敌间而用之；死间者，为诳事于外，令吾闻知之而传于敌间也；生间者，反报也。

故三军之事，莫亲于间。赏莫厚于间，事莫密于间。非圣贤不能用间，非仁义不能使间，非微妙不能得间之实。微哉！微哉！无所不用间也。间事未发，而先闻者，间与所告者皆死。

——《孙子·用间》

第十四章

1935年注定是中国现代史上战略风向变化影响深远的一年。

这一年,日本改变了过去依据田中内阁确立的征服战略取向,即将战略进取的重点由苏联、外蒙方向,转向了中国华北。这一转变与日军一份国际形势分析情报分不开,该情报评估了北进和南下的利弊得失,提出了应不失时机南下作战的依据,把华北作为当前日军的首选进攻目标,并对进占华北的时机方法,以及各项措施逐一进行了分析,指出1935年前后是实施南下战略的最佳时期。这份情报对日本热血沸腾的民族主义思潮而言无疑是火上浇油,把整个日本的注意力都集中到了华北。于是,一场由日本人导演的"华北自治运动"紧锣密鼓地拉开了序幕。

这一年,也是蒋介石国民政府距离他们提出的"攘外必先安内,统一方能御侮"目标最近的一年。经过五次围剿,中共在南方和中原地区建立的多个红色根据地几乎全被攻占,分头北上的中国工农红军走完了令人肃然起敬的二万五千里长征,仅剩下三万余人到了陕北。红军长征后,国民政府所受的威胁逐渐减弱,让位于外患,政策重心逐步转向对外"御侮"方面。当然"御侮"首选是外援,不但要争取美国等部分西方国家的支持,还要争取北方苏联的协助。但要得到苏联的支持,又势必涉及处理国内的中共问题,国民政府在争取与苏联签订互助条约的同时,也把政治解决中共问题的方案端上了台面。方案的内容无非是两个改编加入、一个取消,即红军改编后加入国民革命军,赴外蒙驻防抗日;共产党改编后全体加入国民党;一个取消即是取消苏维埃政权。

苏联此时的处境的确不妙,夹在欧亚两个法西斯国家之间,并且这两个国家对它都没啥好感,看来迟早要跟它动刀子。然而,这个横跨欧亚的大国历来精于算计自己的利益得失,对付欧洲人经常会用亚洲人的思维,反过来对付亚洲国家又时不时地套用欧洲人的智慧。所有的外交方案就像这个国家传统的手工艺品——套娃,只有他们自己才知道在那光彩夺目的艳色里面究竟藏着什么。苏联人十分清楚它的战略防御重点是欧洲,对付东方那个岛国完全可以通过合纵连横化解于无形。于是，当蒋介石的国民政府刚一做出姿态，苏联马上表示同意与中国谈判签订共同防御互助条约，并声称支持蒋介石国民政府在政治上统一中国。

1935年10月1日，中国共产党代表在共产国际七届全会上第一次提出了抗日民族统一战线的政策主张。是年底，北京爆发了"一二·九"学生运动，与此同时，河南大学学生集会决定成立全省学生救国会，发起了到省政府的请愿游行，诉求的核心是反对华北自治。接着焦作、信阳、商丘等地均发生了卧轨索车行动，要求提供车辆，运送学生到南京请愿。只是学生没有去成南京，而南京国民政府的代表却来到了开封，经与学生会谈，答应了学生的主要诉求，卧轨和请愿活动才结束。

反对华北自治的学生运动爆发后，郏县师范、模范小学、高庄小学等学校连日举办了报告会，并组织一次联校游行。事后几个校长、总务主任开会议定，比照省城做法成立全县学生救国会，并责成牛紫龙负责各校的日常联络组织任务。

傍晚。

郏县县城西大街。

牛紫龙刚走出校门，远远地看见吴志翔冲着他做了一个旁人不易察觉的动作，便跟他拐进了县城西大街一家小书店。

书店临街的一面只有一门一窗的地方。进门，两面墙边装有简易的书架，上面密密匝匝地摆满了各色书籍，中间的过道勉强能站两个人。

吴志翔见牛紫龙进门，便喊了声："老板，有客人喽。"喊完，冲牛紫龙一笑，急匆匆地出了门。

一片昏暗中，从书店尽头走来一个长者，长发披肩，山羊胡须，架了副宽边眼镜，穿一身青色薄棉长衫，足蹬一双圆口棉鞋。那长者很认真地打量一番牛紫龙，用像东口音问道："先生来啦，买书不？"

牛紫龙觉得这人有点面熟，无论是声调还是模样都似曾相识，试着问了一句："俺买的书恐怕恁这儿没有。"

"恁说说书名俺听听。"那长者无意露出了一丝笑意，牛紫龙马上看出破绽，这不是王永祥吗？急忙退后一步，上上下下打量一番，笑道，"差点把俺给蒙住！"说着，出手就是一拳，打在那"长者"的肩膀上。

王永祥爽朗地笑开了。探头看看门外，用力拍了拍牛紫龙，说："俺来这儿几个月了，见过不少买书的熟人，能认出俺的还没有。"

他拉着牛紫龙上了二层阁楼，阁楼呈三角形，冲着东西大街开了两扇窗，十字街景尽收眼底。阁楼房间里只有一张桌、一张床、一把椅子，不论是床上还是床头都摆满了各类书籍。王永祥笑着摘去假发和胡须，把长衫也脱了，长出一口气，往床上一躺说："快说说，恁过得咋样？"

牛紫龙到两个窗口观察了一番，反问了一句："真有情况恁啥打算？"

王永祥站起身，拉开门，指着对面楼拐弯处一根横柱说："看到了吗？俺抓住它跃过去，再沿着那条楼道跑到头正好有根灯柱，抱住灯柱滑下去是个四通八达的小巷，俺算过三十五秒就到对面了，一分钟之内就可以下到那条小巷，俺试过好几次，没一次超时。"

牛紫龙点点头说："俺想到恁不会离开家乡，没想到恁会住在俺眼皮底下，更没想到恁还搞了一个赤色报刊分发网络，怪不得志翔回回都能变戏法似的变出不少报刊出来，原来背后有恁撑着呢。说，缺啥？"他拉过椅子坐在王永祥对面，俩人对视片刻，不约而同地大笑了起来。

"长话短说，"王永祥收住笑意说，"组织上需要恁打进某个团体内部，想办法掌握些武装，这是其一；再一点这儿有两个人的名单，恁想办法摸摸情况，都是通过老关系转来的。"

牛紫龙轻轻点点头。

王永祥又拍了拍牛紫龙，提醒道："对了，前不久，国民政府已层层下令让各县成立壮丁组织，严行保甲制度，联保连坐，明确要求这次建立的后备力量应以有知识的在校学生，或有一定职业的人为主，主要目的是准备对日战争，看来中日之战在所难免了。"

牛紫龙把王永祥写有二人简单情况的纸条看了两遍，又还给了王永祥。

"现在各校每周教研会议论最多的也是中日之战，可以说从甲午之战开始酝酿，日本人把自己国家的目标定得太远大，陆军以苏联为假想敌，海军以美英为假想敌，现在干脆把苏美英都视为假想敌，认为迟早要与他们开战，而开战资源必须取自中国，它无论和谁打仗都要先以中国开刀，战争真的要轮上咱们这辈人了。"

牛紫龙站在窗前望着暮色苍茫中的东西大街，出夜市的小摊小贩有些已经点起灯火,熙熙攘攘的吆喝叫卖声高高低低,纷纷扰扰。

王永祥快人快语,叹道:"酝酿时间还要早,只是日本一直在准备,咱们一直在内战。国民党当然也在进行战争准备,只是他们认为实行一个党、一个国家、一个领袖才是最有效的作战准备,这和咱们党民族统一战线,先停止内战,给人民以自由、民主的主张相抵触。"他顿了顿,接着道,"中国曾两次亡于外族人手里,一次是宋朝末年,一次是明朝末年,这两次亡国都有深刻的历史背景和原因,很值得咱们在大战之前认真研讨一下。"

"不光要从历史中吸取经验教训,更要了解眼下日本都做了哪些准备,它究竟是个什么样的对手。"牛紫龙转过身,黑暗中两眼熠熠有神。

"据我所知,日本人是非常现实和精明的民族,特点是头脑灵活,虚心向学,擅长盘算,且胆大妄为,常常会把不切实际的想法通过不择手段的方法变成现实,他们的口号就是只要你能想到我就能办到。因此,对付日本咱们必不能掉以轻心。"

王永祥点点头,几个手指有节奏地轮流敲击着桌面,一会儿,道:"这方面情况来源很少,不过,听说樊存诚在开封组织一些学者专门讨论过日本的情况,还找了一些留学日本的人开座谈会,至于他们要解决什么问题还不清楚,只听说他在一个什么学会上班。"

牛紫龙突然来了兴趣,说:"依俺对他的了解,他是一个能把局势看得很透的人,有一定的洞察力和把握能力,多谋善断,逢棋先走一步,咱们在学校时他就已经提前退学,足见他心机不凡。"

王永祥点点头。

俩人又分别介绍了一些熟人的情况和分别后的工作,直到第二天破晓,牛紫龙才返回学校。

旧县衙后院。

一连两天,刘继祖被王易知叫到办公室挨了两顿骂,以往王易知训人还讲究点策略,多是指桑骂槐,这两次干脆劈头盖脸,指着鼻子骂起娘来。起因是街上张贴了众多共党办的报刊,给群众提供了一个不同于官府的视角,一般百姓看过后都说,国民政府打不过红军,啥原因?就是因为不少国民党大员腐败无能,日本要来也是看上了这一点。民无信不立,战争还没打响,政府就失去了信任,这还了得!

这天晚饭后,刘继祖又被王易知叫到了办公室。

见刘继祖进屋,王易知黑着脸、斜着眼,隔着桌子盯着站在面前的刘继祖。

"我来咱们县也有三四年了,可一直弄不明白当地一个尊称啥意思。"

刘继祖摸不清王县长啥意思,慌忙赔出一脸欢喜,很热情地问:"啥尊称?咋还有恁不明白的事?"

"信球!"王易知谦和地说了两个字。

刘继祖一脸灿然的谄媚突然僵硬了,额顶上暴出几根愤怒的青筋,这球货骂人还真是飞机上挂暖壶——高水平呢,竟然不带一个脏字!想到王县长的背景,他马上又运动了几下脸上的笑容,哈哈一笑,说:"俺当是啥尊称呢,信球有两种含意。一种褒义,是关怀的爱称,例如恁叫俺信球,这分明是对俺的鼓励和鞭策;一种是比较文明的骂人话,意思是说这人傻,脑子里进水!"

王易知仿佛恍然大悟般地"噢"了一声。

"不过这信球呢,它是专指有身份有地位的人而言的,层次低的人就直接叫二蛋!还够不住信球。恁说信球是尊称也没错,放到官场上就有官大官小之分,一般官大的叫信球,官小的只能算二蛋!"

刘继祖本想再把信球绕上几圈,刚想绕便见王易知的脸狠狠地拉了下来,问:"那你说这屋里谁是信球?"

刘继祖回头看看身后,没人,竟脱口而出:"那当然……没有信球啦!恁无论如何不算信球,俺想是信球也信球不了呀!"他心想,这信球居然还提个两难选择的题套本人,真信球!

王易知站起身,咬着下嘴唇踱起了方步,双眼瞟来瞟去,早把心思带往那神鬼莫测的地方。

一会儿,他走到桌前把一张写有两个人基本情况的信笺推给刘继祖。

"这俩人已经打入咱们县共党组织,把他俩提供的情报办好,你就能将功抵过,把旺乡的事推到共党组织身上,演哪一出你自己看着办吧。"

刘继祖心中一惊,这信球难道真是吃着碗里盯着锅里,攥着各派的小辫子啦?未及多想,他拿起那张纸一看,信笺上的两人都是旺乡暴动被抓后释放人员,俩人从抓到放始终都在警局,他怎么也想不起来王易知什么时间跟囚犯见过面,唯一有机会做工作的是颜氏兄弟,难道这俩人跟颜氏兄弟私下有交易?

他试探着问:"这俩人不是高庄暴动案释放的共党嫌犯吗?咋又钻进共党队伍了呢?共党能信他们吗?"

"不是共党嫌犯能找到共党吗?你们警局这么多年也没理出几条像样的线索,不要因为吃不到葡萄就说那东西酸!"王县长带着调侃的口气反问了一句。

"俺是说这俩人既能背敌向我,说不定哪天也会背我向敌,可别让他俩把咱们卖了,咱们还给他们数钱!"

王易知踱着方步,不紧不慢道:"革命,对多数人而言,不论参加共产党还是参加国民党,目的不外乎图个个人前途,改变人生和家庭境遇。穷人的需求更简单,吃饱饭,分块地,讨个老婆养头牛就行,很少有人能分出国民党和共产党搞革命的区别,信仰是啥更谈不上了,只是急来抱佛脚,灵不灵关键看你给他搬来那尊佛,那尊佛又有什么手段。"王易知轻轻地敲敲桌面上的名字,又问,"这俩人你认识?"

"这个教书的叫吴伟,祖上曾经是咱们县的秀才,家有薄产,兄弟多吃舌耕饭;这个小店主叫杨成,号称铁算珠子,明里干的是收购贩运烟叶的生意,倒腾的是大烟老海,居无定所,成家没成家也说不清。"

刘继祖介绍两人情况时脑海里一直在追忆着这两人的容貌,吴伟像是高个瘦脸,眉毛和眼睛皆细长清亮,说话也尖声尖气;杨成中等个儿,短发猴眼,宽腮倒大脸,皮肤黑黑的。刘继祖印象最深的是他俩都有近似疯狂的上进心,即便坐监狱也都千方百计争取当号长。

"你的任务是暗中保护好这俩人,成立个专门小组负责联络和抓捕工作。据说这两天共党组织重要人物要找他俩谈话,记住千万要沉住气,不可轻易打草惊蛇,等他们把县里共党组织网络全部弄清楚后再动手。"

刘继祖见王易知扬扬手,只得立正敬礼转身退了出去。

刘继祖刚出门就碰上狗儿,狗儿悄声问:"给恁派的啥活?"

"派个信球活。"他的话还没落音,便听到屋里喊了声:"丁团总!"

"到!"狗儿大声应了一句,摇头摆尾地跑进门。

1935年9月,省政府下令各县推行保甲制度,联保连坐、严查户口异动,同时要求各地加紧训练壮丁,为即将到来的战争做准备。根据国民政府的规划,河南各县建立了为抗日培植兵源的壮丁队,实行就枪编人、就地选官的原则,壮丁队成立后,还要分批分期对全省18岁以上、35岁以下工农商学各行业人员进行基本军事训练。35岁以上的择优进行通信防匪纠察等内容的训练,把防共体制转变成了动员体制。

郏县成立的壮丁总队基本上是换盘子不换菜,将原来的民团改为一中队,颜氏兄弟的联保武装改为二中队,刘继祖的警局加上丁二的商会武装改成了三中队,几所学校的教师、学生改为四中队。一、二、三中队的队长都是老人,只有四中队队长交由各学校酝酿新生,结果大家一致推举牛紫龙担任。

总队组建后,立即进行了各项军事技能的训练。训练方法是县建立教导连,首先训练各中队的班、排骨干,然后再由班、排骨干回队训练选入的壮丁。

根据省府要求,各县教导连的训练分政治、军事两方面内容,时间不少于三个月。

郏县教导连安排的政治训练由壮丁总队队长、郏县县长王易知负责,重新恢复了因旺乡惨案中断的政策宣讲活动,主要内容还是总理遗训教导、一个主义、一个政党、一个领袖,以及军人精神忠孝智仁勇等一些陈词老调。

牛紫龙负责教导连的军事训练,内容基本上是学科术科一锅烩,除一般立正、齐步、正步、敬礼、持枪及班排纵横队列操练外,着重根据当时县壮丁队的实际装备情况,如来福枪、水连珠、老套筒、汉阳造以及析腰一响、捷克机枪等,进行了枪械原理培训和射击训练。牛紫龙还把建国豫军军官学校总结的实战中经常碰到的课题,如土木工事、擒拿格斗、攀爬、游泳等列入了教导连培训内容。

教导连第一期开班后,牛紫龙把吴志翔、张道成等人塞进了受训人员名册,参加受训。

县城城外。

"射击咋才能打得准?"牛紫龙扫了一圈一百多位学员,只有张道成左顾右盼、心不在焉。"它受持枪人心理素质、习惯动作、掌握射击要领的熟练程度、气候条件、弹头弹药质量,乃至武器的新旧程度等多方面条件影响,对射击准确性影响很大。所以要想练就百步穿杨,没有捷径可走,只有苦练,掌握手里武器的习性。现在咱们手里的武器,无论是长枪还是短枪,无论是苏联的、日本的、德国的,还是捷克的、中国的,枪械的原理大同小异,构造也差不多,但精密程度不同,使用老化程度也不一样,就是同一个人、同样条件、同样距离,不用同一支枪,他照样打不准,这就是枪性,每杆枪都有它独特的枪性。"

他走近张道成和另一警员,从他们手里接过一支长枪单打一和一支驳壳枪,两手侧向做着瞄准姿势,接着道:"这两支枪一个机头重,一个机头轻,一个扳机利,一个扳机沉,所以除了前几天学过的'三点一线'等要领外,还要注意熟悉自己所持枪械的特性,练好自己的眼力,特别是掌握变化移动目标的要害部位和提前量,这两点任何教官都很难说清必须掌握的细节动作,全靠恁们自己练,心到、眼到、手到,熟能生巧,巧到枪支能成恁们手臂的一部分。所以认定目标心自明,心明枪口自然会找人,到时候恁就能到一个指哪打哪的境界了。"

张道成接过牛紫龙递还的长枪时急促地使了个眼色。

"到时候恁们就会发现,只要恁让枪口对准人,子弹就像长了眼睛一样会自动击中目标的要害。下面有枪的和没枪的,带长枪和带短枪的相互交换着练习,散开!"

近百号人在护城河边一字排开,或站或卧进行射击训练。

牛紫龙有意从头一个个训导几句,再次走到张道成身边时贴着他的右臂大声道:"端直!扣动扳机,不要用力过猛!"

"共党里面出了两个叛徒,吴伟和杨成,正在找恁们,他们说共党重要人物在县城住了很长时间,这两天约他俩谈话。"

牛紫龙一怔:"用力过重枪口就会变低。"他小声问,"他们发现谁了?"

"说见面认识,三天以后全县大搜查。今晚开始关闭四门。"张道成小声道。

"好!再来几下,注意不要闭气时间过长,长了容易手抖。"

牛紫龙想到,自己接受了王永祥交代的调查任务后,曾让县小学的马老师、郑老师分别给吴伟、杨成谈过话,至少是马老师已经暴露,王永祥是否暴露,也难说。

"能找几身警服吗?"牛紫龙见张道成点了点头,接着道,"好,要三套,天黑后送到北门车马店,恁要想办法把他们送出城。"说罢,轻轻拍了拍张道成,又转到下一个学员。

"吴伟和杨成看来不能留,不管他们通过哪个渠道找到了组织,这条路必须尽快堵死。"牛紫龙心想。

他回头看了一眼远远跟在身后的王易知,怪不得这小子突然脱下中山装换上警服了,还挎着一把从没见过的驳壳枪,原来是盯梢来了。

他一边不时地纠正着学员射击训练的毛病,一边盘算着今天晚上行动的每个细节以及可能出现的情况。事情太仓促,可供选择的方案不多,吴、杨两人知道多少情况?给谁透漏过?必须快刀斩乱麻,把人员撤离和锄奸同时安排,一并进行。

他走到吴志翔身后大声道:"步骑枪后坐力大,怎么能顶着锁骨呢?姿势不对后坐力能把锁骨坐断!放在这儿。"他把吴志翔的手拉着放在自己肩上,小声道,"组织内部钻进来两个卧底,收队后马上通知永祥和县小学的马老师、郑老师准备离开,天黑到北门大车店换警服出城,俺已安排好人准备警服送出门。另外,让他们连夜赶回许昌消除隐患,这边锄奸的事咱俩完成。"

吴志翔接过步骑枪顶在肩上点点头,又把枪递给牛紫龙。

"步骑枪托枪和射击整个动作可以由右手一只手完成,看到了吧?"牛紫龙用右手托起步枪放在肩上,随着枪口放低右手慢慢后移,待枪与视线平行时食指扣动空膛扳机,之后又托起枪口。"永祥有啥指示,晚自习后老地方见。看到吧?"

吴志翔又笑着点了点头。

牛紫龙沿着一字排开的队伍走到了头,转身恰好跟王易知打了个照面。

王易知取下大檐帽撩了把长发,笑笑说:"牛队长名不虚传,啥枪都会玩,枪法一定了得。"

牛紫龙哈哈一笑,说:"比划几下谁不会?枪法不敢吹,刚才俺讲因人因枪因时而异,到现在俺还没混上杆枪,哪来的枪法呀!"

"我这把给你。"说着,王易知从枪套里抽出驳壳枪,撂给了牛紫龙。牛紫龙接到手里反复掂量一番,发现和吴志翔从黑枪手处偷来的一模一样,钢印编码也可以连在一起。他故意做出不熟练的样子,颠过来倒过去摆弄一番,爱不释手地说:"恁好的家伙俺可不敢收,恁这是进口货,枪子恐怕还不好找吧?"

"这种枪咱们全县都没几把,枪子得托人到上海进。"

"那恁还是留着自己使吧。"

牛紫龙又把枪扔给了王易知。

是晚。
月桂镇宋巫婆家小院。

狗儿自从上次挨打之后,安安生生在家待了几个月。旺乡惨案风波平息后,丁二父子思考多日,想出了成立政警队的主意,另起炉灶,直属县政府。毕竟是县里一方势力,没个根基不行,为这事丁二三下开封、四上汝州,总算得到上面的应允,条件是所有费用、人员均由商会出,主要职务也由县长和党部书记官兼任,丁二只能任个三把手。丁二思量再三咬咬牙答应了。不巧,成立没几天县里又让合并到壮丁总队,丁二手下只能编一个中队,职务官衔一下落到与教师、土棍一样平起平坐,很是掉了丁二的面子,一气之下便让狗儿当了中队长,自己仍当商会会长。

开始,狗儿对中队长一职也不感兴趣,天天又是操练又是集合,尽耽误好事。因此,狗儿虽挂名当上中队长,可一天到晚照样在街面上混。不久前,王县长亲自交代狗儿一件要务,狗儿一打听还真对自己的胃口。原来颜氏兄弟派人行刺牛紫龙,派去的杀手行事不密,在月桂镇一家明店暗窑里失了手,便怀疑这家窑店与共党组织有某种牵连,王县长把顺藤摸瓜的任务交给了狗儿。据介绍,那店里只有大凤、小凤和一个干娘,一家全是女人!查清这家人的底细太重要了,狗儿有了心劲,誓要再做一番业绩让世人见识见识方可。

装扮停当后,狗儿对着镜子上下打量了一下自己,方身圆脸,配着小而有神的斜眼,黑亮的头发从头顶中间二一添作五地分了开来,脑后长长的披发很艺术地落在了肩上,自有一番艺术的风韵。为了增加风度,他还随身携带一块挂油肉皮,时不时地在头上抹几下,更增加了满头的香味和亮度。养尊处优长出的两个类似下巴颏状的肉赘显然代表了脖子,直接落在了上衣前襟上,五短身材此时显得格外敦实。美中不足的是二臂略显短些,前后放都很累。

狗儿为完成任务特意翻出来一件深红暗绣花对襟丝棉袄,里面衬着黑缎薄棉长衫,下面还穿着白色绸料的灯笼裤,脚蹬黑绒棉鞋和白色加厚布袜。

他对着镜子前后左右扭了几圈,内心里演绎着风花雪月,心头一喜,禁不住想微笑一番,发现一笑脸上满是疙瘩横肉。他一连尝试几种不同类型的笑,张嘴的,闭嘴的,眯眼的,瞪眼的,遗憾地发现不光横肉多了,眼睛似乎更斜了,视线受到了很大影响。他干脆换上了严肃沉稳的表情,努力瞪大眼睛咬紧牙,又摆出一副凶神恶煞般的模样。他想起父亲丁二说的话,人的笑和动物表示欣喜、友善的笑脸不同,人类已经把笑发展成了一门特殊的工具,尤其在中国这个等级社会,笑容已经失去了欣喜友善关爱的本义,表示的要么是谄媚,要么是哄骗,要么是奸诈,要么是威严等,成了身份地位的一部分。想到此,他干脆龇牙咧嘴地大笑了几声,骂了一句:"奶奶的,让俺笑不成,恁也别想笑!"

接着他转动几下水缸般的腰肢,感觉很壮美,又踮了踮脚尖,想象着再增添些风度。心想:人不可能十全十美,虽说个头长得有点恨天高,可是地位高呀!

他转身从一个小妾手里接过一个圆圆的瓜皮帽,见那小妾一脸怨妇的模样,便使劲照妇人脸上捣了两下,吼道:"看看恁这吊死鬼脸!恁再在俺眼前晃来晃去,俺也上吊了!俺出去风流风流恁就拉出一副驴脸样,俺要休了恁,还不把脸拉到肚脐眼上!"骂完将瓜皮帽重重地往头上一扣,扬长而去了。

狗儿专门等到天黑才溜进了月桂镇,前呼后拥跟着七八个带长短家伙的家丁,七拐八拐进了一个临街的小院。

一进小院便闻到一股扑鼻的清香,狗儿仰头对着无尽的夜空深吸了几下,见小院只有三间正房和两边各三小间的厢房,家楼一旁还有一间灶火间,对着正房有条鹅卵石铺砌的甬道,甬道两边各有三四株造型的松柏,房门外悬挂着两个灯笼,灯笼上书有"闺"字。狗儿虽不认字,但他知道这门里面有东西,情不自禁地搓搓手,扫了一下两边厢房,见有一个厢房里住着一个下人,便把家丁都留到了门外,重重地咳了一声。

"哎呀,这不是狗儿吗?恁小时候俺……"随着一阵甜瓜脆般的声音,宋巫婆满脸欢喜地从正房迎了出来,谁知话音未落,狗儿便使劲照那妇人脸上甩了一大巴掌,那巫婆一个趔趄扑倒在地。

"日恁娘!狗儿是恁喊的,俺现在都长到爷字辈了,恁还狗儿长狗儿短地叫!至少得叫俺狗爷才中!"狗儿说着一步跨前揪住了那巫婆的头发往后一扭,狠狠地问道,"听到没有?俺叫啥?"

"狗爷!狗爷!"巫婆立马发出沙哑和惊恐的声调,哀求般地望着狗儿那双故意瞪圆的小眼,浑身战栗不停。

狗儿放开那女人,双手拍了几下,厉声道:"去!把那俩凤给俺叫出来!"

巫婆慌忙理了理凌乱的头发,强咽下眼眶里的泪水,又拿出一副欣喜若狂娇滴滴的声调,答道:"哎哟狗爷,俺都给恁准备好了。"接着冲着正房门喊道,"大凤小凤快出来接客呀!"

喊罢,她急忙从地上爬起身,磕在石台的胯骨顿时一阵揪心的疼痛,她哪里

281

顾得上这些,一面强堆出一脸媚笑,一面用袖口迅速抹去了挂在腮边的冷泪。

狗儿在大凤、小凤一边一个搀扶下进了正房当门。抬头见厅里高高挂着一盏明亮的煤油灯,正面墙上敬着关公读书的中堂古画,画面上关公绿衣赤面,一手捻着美髯,一手持着书卷,身旁立着持刀的周仓。整个画兼工带写,八尺竖长再加上下装裱的绫子几乎顶到了房顶。中堂两边有副颜体条幅,上联"含苞知学忠义济己",下联"裹艳出闺报恩度人"。画联下是个宽宽的供桌,上面摆着花生、核桃、大枣、麻糖之类的供品,中间还焚着一根细细的沉香,飘散着让人想入非非的异味。供案两旁有两排靠椅茶几,镌刻着古塔桃花之类的图案,点缀出客房的整洁文雅。

狗儿两臂搭在大小凤肩上,踮着脚尖用鼻子左右嗅了几下她们头上的香粉味,道:"以前俺听酸秀才们说'秀色可餐',俺咋也想不通,今儿俺才知道,一见美人,这肚子就有饥饿的感觉,心急火燎一般。俺懂事早,穿开裆裤时候就知道干两件事:团泥蛋和尿泥,蹲在路边看小妮。大了以后拦小妮,就连那老娘们见了俺都跑。俺懂事是不是早呀?"

大凤小凤相视一笑,怯怯地说:"那可是!别说女人,人家说狗见恁都跑。"

狗儿仰头大笑几声,睁大小眼前前后后打量一番大凤小凤,她俩都是高挑个儿,白净脸,浓黑的头发在一边挽了个髻,另一边垂着细细的一缕,眼睛不大但很活泛,小鼻子小嘴还一边长着一个深深的酒窝,每当和狗儿对视时,眸子自然会流露出几许悲悯,让人又爱又怜。

狗儿左看右看,不知不觉心里就痒了起来,这边伸手就往大凤怀里摸,大凤一扭腰肢躲了过去;那边另只手拧住了小凤的屁股,小凤嗔怪地叫了声,抬手指了指敬在墙上的关公,抿抿嘴说:"官人,恁在关老爷面前还这么放肆,恁就不怕他老人家托梦让人修理恁!"

狗儿抬头望了望那关公,问:"这画的是关公?这个关公咋还能看书啊?俺听说关老爷从小当屠夫,没球念过书啊!他咋能认字呢?"

他这么一问倒把大凤小凤加巫婆都问住了,仨人抬头见关老爷手里果然拿着书呢。还是小凤反应快,马上接着答道:"那是刀法图,是专门练刀法的书。"

狗儿走上前踮着脚尖伸了伸短脖仔细瞅了一番还是没看清,气愤地冲着关公大叫一声,接着从左胯下抽出一把锃亮的驳壳枪,对着关老爷一拉二比三摇晃,说:"没见过吧?德国造,恁耍大刀那几下子早就不时髦了。"

"狗爷,恁咋敢在关老爷面前比划盒子炮!恁不怕报应俺还担当不起呢!"巫婆急忙上前跪在了关公像面前,嘴里念念有词不知说些啥。

狗儿急忙把枪背到身后,这才想起自己来这儿的目的是"摸线索",眨巴眨巴小眼问:"怕什么,老子有枪,谁敢咋地!"

大凤小凤也慌忙跪了下来,宋巫婆解释说,可不敢在关公面前胡言乱语,前一段有俩人就是因为在关公面前胡侃,结果关老爷一夜之间显灵让那俩人的真枪变成了假枪。

狗儿一怔,斜着小眼挤出几许笑意,猛地跳出一步,伸出左手揪住了巫婆的耳朵,右手持枪顶在了那妇人的下巴上,轻声问:"编故事,继续编呀,编不下去、俺的指头这么一勾,恁猜咋?嘣!恁这个臭娘们头就开花了!快编!"

狗儿一使劲,巫婆被揪住的耳朵连带出半个头都钻心的疼,满脑袋嗡嗡直响,眼前狗儿一脸横肉在油灯照耀下泛着一层灰亮的油光,那对小眼就像猎狗盯上了兔子,眸子直愣愣,没了一点人气,鼻翼呼呼地微微抖动着,像是嗅到了什么,短红的舌头在宽厚的大嘴唇上摇了两圈,湿漉漉带着腥味凑到她脸前。

巫婆从小就知道狗儿缺心眼,只顾眼前,从来不会考虑五分钟以后的事,没准他真勾了扳机也是一念之差。想到此,她慌忙努力粲然地笑着,颤着娇声轻声道:"俺要编瞎话哄恁那不是老鼠逗猫玩吗?恁不信问问大凤小凤。"

大凤小凤"咚咚咚"地磕着头,表示此事有假愿吃枪子,大凤还说:"变出来的假枪俺还放着呢。"

"啥?"狗儿又眨巴眨巴小眼,放开了巫婆,摇晃着头问,"拿来让俺瞅瞅。"

大凤小凤慌忙点点头,返身把吴志翔设计调换的泥巴枪拿了出来。

狗儿一见也愣了,这泥巴枪竟跟自己手里的枪模样差不多,莫非这关老爷真会显灵?转念一想,胡球怼!俺的枪使唤恁多年咋没变呀!王县长分明说过丢枪与中共组织有关,让俺来就是查真枪的呀,这几个臭娘们还拿出两把泥巴枪糊弄俺。想到此,狗儿一声厉笑,"呼啦"一下把子弹顶上了膛。

"好,俺把枪放这儿,恁们给俺变变试试,要是恁们能变成,俺自认倒霉,要是变不了,这枪可要见见腥了。"

说罢,狗儿大喊一声,招来门外的家丁,如狼似虎般将巫婆团团围了起来。

大凤小凤不明就里,忙不迭地点头答应,从狗儿手里接过那支真枪递给了巫婆。

巫婆知道这场真变假的巫术是演不下去了,也许这就是她的宿命。作为巫婆,原本是要给人们推测命运、解释生命意义的,用自己对生命的有限知识去挽救生命。可惜她知道自己的这套巫术连自己都蔑视,更不要说去揭示众生的意义了,她知道在这个无限的世界里,个人如此渺小,如此短暂,根本不可能有任何意义。既然没有什么意义,那面对死亡还有什么可留恋的呢?

她的心绪逐渐平服了下来,摆上香案,把狗儿的枪放在案子中间,用一块红绸盖好,焚香、梳头、更衣,接着提出让大凤小凤到河边码头打盆活水来。狗儿开始不同意,巫婆便以关公不见活水不显灵为由,执意要大凤小凤去打水,狗儿无奈只得答应。

临出门前宋巫婆悄悄交代二人,到码头能遇上外地行船就赶快乘船离开,如遇不上好人就到本镇牛家祠堂躲起来。

送走大凤小凤,巫婆穿戴一新,抚平了乱发,擦去嘴边的血痕,平心静气坐在了那张香案前。

狗儿瞪着两个小眼,得意道:"露馅了吧?现在如实交代还来得及,俺可以不杀恁,如若不想交代,就得把这出戏法玩下去,真要变不成,恁这小命就呜呼了!"

她多想让时光倒回去呀,哪怕再多给她几天时间也行。多少年了,她一直过着以血泪耻辱洗面的日子,连静下心来去抚平周身伤痛的时间都没有,命运赶着日子,一天一天,几乎就在气喘吁吁之间送走了生命的大好年华。记得年轻时自己生性好强,本是微末草命,偏偏又心比天高,仗着早年家境不错,又是月桂镇老户,不用脸朝黄土背朝天地在土坷垃里刨食,况且家里只自己一个宝贝闺女,吃穿不愁,娇生惯养。自打懂事起就知道父母早已给她定了娃娃亲,男方是禹县大户人家,耕读传家,长得也俊朗,早些年,他跟其父来时还曾领着她到河里捕鱼捉虾,编了一个很漂亮的虾笼,在里面放了不少发臭的虾食,骗虾米进去吃食,从那天开始她知道了男女之事。十六岁那年她嫁到男方家,没有想到的是男人因病染上吸大烟的习惯,几年时间吸光了家产还搭上了小命。女人的命运就像石头,飞上天的就是星辰,落在地上就会被烧成石灰,没想到自己不到二十五岁就守寡回到娘家。头几年也有人登门说媒相亲,可自己总也忘不掉亡夫的身影,拖着拖着一晃就是七八年。三十多岁的寡妇再也没人上门提亲了。巫婆父母看着闺女就犯愁,一天到晚在眼前晃来晃去,害得老两口茶饭无味,落枕无眠。好在闺女生性大大咧咧,尚且不知愁滋味,拿了几个钱便跟人学艺去了,进汝州,过南阳,下襄阳,学过种天花,看风水,当过戏子,背过八卦,还出家为尼四五年。回家时一身男装,别说再嫁人了,说话办事早已没了女人样。镇上人都说巫婆丢了女人命,可没丢女人心,不论谁家媳妇怀孕,她总要隔三差五送些红枣、黄糖之类的营养品过去;孩子还没出生,她就早早把婴儿的衣裤做好送去了;谁家有人生病,她照例会帮助病人刮痧擦背、拔拔罐,说一番宽心的话,渐渐地就干起了巫婆的行当。前些年父母去世后,家里收入减少,而她又大手大脚惯了,帮忙的事多,入项的事少,日子紧紧巴巴,无奈之下这才收留了大凤小凤,靠她俩卖笑养活三口人。

狗儿有些不耐烦了,一连派出两拨人去河边码头找大凤小凤,回来都说没见人影。眼看炖好的鸡子又飞了,狗儿怒火中烧,想起了此行的目的,冲着巫婆大喊一声:"变哪,恁这个老巫婆!"说着起身冲了过来。

巫婆想想没必要再等了,突然揭去那手枪上的红绸,双手举枪模仿着男人的样子对准了狗儿,可怎么也扣不动扳机,刹那间她急出了一身汗,全身瑟瑟地抖了起来。

狗儿上前一把揪住了她的头发,顺手把枪夺了过去,凑近她的脸,呼呼地喘着粗气,眸子里放出阴冷的光,鲜红的舌头在大嘴巴里摇了摇。

"连扳机都不会开,还想拿俺的枪变戏法!"

他解下自己的皮带套在了巫婆脖子上,转身用脚狠狠地顶着她的背,用力一紧,嘿嘿笑着说:"恁不是认识天界的人吗?今儿俺就送恁去见他们,恁这个老巫婆原来是共党!"

巫婆两眼一黑,五脏六腑一阵欲裂般的痛苦,她的双手漫无目的地四处乱抓,整个世界都在飞溅着火花,窗外闪耀着星辰,她突然感到自己肩上那副生活的重担终于卸了下来,意识也渐渐地坠入了无底的深渊。

天,蒙蒙亮。

县城东西大街十字路口。

淡淡的薄雾弥漫着街道,王易知穿着厚厚的棉衣裤,腰束一根脏兮兮的布带,双手交互插在袖筒里,尽力遮住胸前那鼓囊囊的"家伙"。他头上戴着马虎帽,只留着两眼不住地溜着街面两边的动静,身后跟着三四个愣愣的"工友"。

一行人大步来到十字街一家早点门市,见里面已经坐了四五位早到的客人。王易知脱下马虎帽,捡了个面朝街的位置坐了下来,招呼"工友"围了上来。

"都看清楚了吗?就是对面书店,书店有后门吗?"

"没有后门,后面是条朝西开的死胡同。"一个"工友"答道。

"里面有人吗?"王易知盯着书店的小门问。

"有,蹲守的警员说,昨天半夜和今天早晨都听见里面有动静,早晨二楼还开了窗子。"

"每人来碗胡辣汤,再来两斤油馍头。"王易知琢磨着没有什么遗漏了,这出戏十有八九胜券在握。如果这次真能把中共地下组织连根拔掉,想必今后……

王易知打消掉想入非非的念头,简单交代了各个外勤的位置,突然又想到一件事,急忙叫住一个正要出门的"工友",小声交代道:"你去县师范,找到牛紫龙牛队长,说我身体不舒服,上午的政训改在下午。记住要一步不离地盯着他。"

王易知刚吃两口饭,便看见书店的门开了,从店里慢悠悠走出来一个瘦弱矮个儿、长发美髯、穿着灰色棉长衫的"长者",那长者慢悠悠地把书店的牌子挂了出来,转身回屋关上了门。

昨天他才得到消息,吴伟、杨成被告知今天早上与共党重要人物见面,时间、地点告诉了他们,很可能是吸收他俩入党前的最后一次面试。王易知得信后,立即部署,对诸事一个个地做了安排,目前看还没发现太大的破绽。先期跟吴伟、杨成谈话的两位教师至少是昨天天黑之前还在学校,而那时县城四门已经关闭了。如果书店这个共党据点被确认下来,大概整个县城的组织网络应当可以弄清楚了。

唯一让人不放心的是他刚刚接手这两个线人,便发现了几年来他朝思暮想的共党组织,难道以往多年的努力都是徒劳?是自己太笨还是命不好呢?

他一直有个预感,就是师范学校总务主任牛紫龙应当是共党组织,可苦于找不到证据。是自己的判断出了问题,还是直觉出了问题呢?

一连串的疑问使他心烦意乱,他端碗猛喝了两口汤,抬头远远地看见吴伟、杨成二人一前一后向书店走了过来。

朝霞十分艳丽,给刚刚苏醒的城市带来了勃勃生机。走到前面的吴伟漫不经心地向四周望着,很仔细地向这家早点门市看了看,大步走到了书店门口。

他像是摘下眼镜放在袖口上擦拭着,待杨成走近后,才敲响了书店的门。

时间像是凝固了一般,过了许久,那书店的门才慢慢地开了条缝,王易知看着两人给开门人说了几句,侧身进了书店的门。接着一个书童模样的人探出大半个身子向左右望了一眼,随即关上了门。

看到这儿,王易知才想起夹着的油馍头已经定格在嘴边好一会儿了,便急忙送进嘴里。

他风扫残云般地喝完了胡辣汤,没有细嚼更没品出滋味,放下碗刚想站起身,突然听见对面书店里地传来六七声枪响。王易知慌忙从怀里抽出手枪,歇斯底里大喊一声:"快!死的也要!"

他带来的人呼呼啦啦地冲了出去,只是他的两腿似乎有些不听使唤,直发软,没跑出几步又吐了起来,胃里翻江倒海一阵难受,把早晨吃了下去的东西全吐了出来,只剩下一阵阵的恶心。

他进到书店,便闻到一股血腥气,屋里一切都很整洁紧凑,楼下门面房两边靠墙书架上整整齐齐摆满了书,上楼的楼梯一尘不染,在二楼阁楼门口一横一竖躺着两具尸体。他俩几分钟前还小心翼翼地四下张望,一转眼工夫已经气息全无了。他俩叠在一起,全是心脏部位中弹,血在俩人的身下汇流一处,顺着狭窄的楼梯缓缓地流着,仿佛还冒着淡淡的热气。

看到这一切,王易知又弯下腰干咳了起来。几个警员从房门后拿出卷成一团的长棉衫、假发、胡须等物品放在了王易知跟前,这时他才想起来,早晨开门的老人与最后关门的书童无论从身材、肤色,还是眼神、肢体动作上看,几乎没什么区别,只不过穿戴了另套道具而已。自己怎么会笨到如此地步!他越是心烦意乱,越是感到血腥味浓重,一阵恶心不由自主地又涌了上来。他用手指了指两具尸体勉强交代一句:"先抬到床上。"

王易知走出书店,见街道上已经站满了看热闹的群众,叽叽喳喳猜测着小楼里的情况。他抬头看一眼阳光明媚的街景,忍住又一阵恶心,一边挤出人群,一边想:"谁干的?能是谁呢?"

"几年前,县商会丁会长的儿子狗儿到县模范小学抓共党分子,三个嫌疑犯先是穿过一段夹墙,躲过哨位,又从一张球案上抓住一棵大树荡出高墙跑了。现场留下的抓痕跟这儿的一样,就是一个四齿或五齿的铁爪加一根麻绳就行,

第十四章

这招看似简单不起眼,但十分牢靠。俺猜想今天的事和上次逃跑的共党分子不是一个人也是一伙的,江湖上称这一招叫猴绳攀跃。还有一个不太好的消息,就是县小学的那二位老师也不知下落了,至于跑哪儿了,正在查。"

王易知到县署换了身干净的衣服,又回到了十字大街,他阴着脸,断断续续听着刘继祖介绍情况,脑海里反复上演着这两个死者见他时的神态。这俩人是颜氏兄弟半个月前才交给王易知经营,两天前他交给刘继祖,如果他俩的身份是自己接手后暴露的,就应当从刘继祖查起,满打满算他才知道两天多点时间,对手竟能安排如此精巧的猎杀,可见谋略胆量非同一般。进一步讲,就是猎杀王易知本人只怕也是手到擒来的小菜,说明对手并非嗜杀成性,却实实在在是一个机敏深沉的心腹大患。

真丢人!王易知又想,精心策划,自我感觉有十分把握的事,落得个鸡飞蛋打一场空,漏洞在哪儿呢?他把这件事的前前后后想了一遍,总感到书店内的杀人犯好像在哪儿见过,在哪儿呢?他定了定情绪,任由直觉去感应,突然加快步伐向城外走去,刚出城门,见护城河边参加训练的教导连队员们正三三两两地向城门涌来。

"怎么回事?"王易知沮丧地问了一句。

牛紫龙瞪大眼不解地反问道:"不是十字街出事了吗?警察局的队员先走了,民团的人也跟着走了,到底怎么回事?"

王易知一阵身心疲惫,望着一个个从他身边经过的队员,心不在焉地答道:"共党设了个圈套,两个已经自新的共党分子被骗中计,被打死在十字街书店里了。"

"这俩人成家了吗?"

"这还不太清楚,怎么?牛队长认识?"

"县城就巴掌大,同学同事、三姑六舅不定拐到哪个弯上就认识了。"

书店枪杀案还没勘查完现场,又传来了狗儿队长在月桂镇枪杀另一条线索当事人宋巫婆的消息。

一夜之间两起凶杀案三条人命,各种推理猜测在不明真相的人中间传开了,搅得整个县城十分热闹。

书店凶杀现场除了遗留一套化妆用假发、衣物外,还有几颗崭新的驳壳枪弹壳,这种枪弹在内地十分罕见,是颜氏兄弟1933年从上海购进的,数量有限,见过的人都很少,显然与月桂镇丢的那两把枪有关系。书店凶杀案案发的当天夜里,有三名警员出城办事,这与共党嫌犯突然消失应当视为一回事,如此,大致可以勾画出这场凶杀案的基本轮廓。这件事使王易知、颜氏兄弟及刘继祖的警局都有牵涉进来说不清的地方,可又明明属共党所为。

王易知一连几天晃晃悠悠,满脑子都是事发当天见到的枪手形象,他肯定自己在哪儿见过,可越着急越想不起来,渐渐地有些走火入魔,看见满大街的人都有点像枪手,不行,再这么下去,没准自己都去投案了!他倒头睡了一天,决定重新寻找其他渠道入手。

他把丁氏父子叫到办公室,详细了解了当天去月桂镇以及勒死巫婆的情况,甚至还把狗儿缴获的两把泥巴枪认真琢磨了一番,实在找不到值得继续追查的线索,因为狗儿还没问到丢枪的事,就把人勒死了。

王易知把丁氏父子大骂了一通,勒令他们父子无论如何也要把大凤小凤找到,限期送到县署,死马只当活马医。王易知心里很清楚,这条线索已经没有查下去的希望了。

那就再从书店凶杀案发当晚警员出城查起。

刘继祖一进王易知的办公室,一口咬定当天晚上县局没有人出城,他把全局人员集合起来,让当晚值更的民团团丁一个个辨认,确实没有发现类似当晚出城的人。虽说以往警员也有夜里出城偷鸡摸狗,乃至嫖娼赌博的恶习,但自从县政府下过戒严令后,警局的人还真老实了几天。

王易知将满满一杯水重重地摔在了地上,指着刘继祖大骂道:"你个信球!你骗谁?我让你查的是为什么那天晚上会有穿警服的人出城,而不是查警员出城,滚!"

王易知隐约感到他遇到的不是对手或是某种势力,而是一种思潮、一种说服能力,颜氏兄弟找来最好的枪手没能达到目的,这其中可能有某些偶然性,以后培植线人又遭失败,就不全是偶然的事了。线人才交县长和警局局长几天就被刺身亡,说明自己周围已布满了对方的耳目,这是最令人担忧的。

当然,颜氏兄弟也不是好东西,自己想干的事非要借刀杀人,上次旺乡惨案也是因他俩引发的,这次的线人又是他俩培养经营的,这里面有没有猫腻谁也说不清。

晚。

县师范学校后院操场。

晚自习后,县师范学校操场上仍有三三两两的学生在锻炼。

牛紫龙跑了几圈正准备下场,忽见一个熟悉的身影跑进了操场,便远远地跟了上去。一会儿,在确认周围没有可疑的人后,牛紫龙大步超了上去。

"听说县商会会长儿子狗儿带人到月桂镇把宋巫婆杀了,可能还是因为俺上次盗抢惹的祸,那小子手太黑,已经杀了好几个人了,俺想去除掉他。"吴志翔边跑边说。

"现在不是时候,恁现在的任务是造舆论,把十字街书店凶杀案疑问焦点引向颜氏兄弟,被杀的人长期受颜府接济,杀人的武器也是颜府提供的,说这出戏是狗咬狗造成的,人们也能接受。"

"还有吗?"

牛紫龙继续边跑边交代道:"王易知好像看出来点啥了,他一直在寻找恁的信息。今晚上恁就出城先躲几天,暂时去城南二十里张桥村张道成家,等风头过去再回来,如让他们盯上,恁就去找永祥他们。"

"颜家和狗儿这帮鳖孙作恶多端,俺实在咽不下这口气,俺不能一走了之。"

"这几个人一定要惩处,只是不能伤了自己,只能过一段再说。"

说着牛紫龙他们跑到几个同学之间,几个人裹挟着吴志翔沿着操场向二进门跑了出去。

牛紫龙逐步放慢脚步。冷清的星空悠远宁静,一轮皓月半掩在一带云中。他走到操场边上单杠边,摘下挂在上面的棉衣向宿舍走去。

截至目前,牛紫龙仍然没有感觉到危险。

牛紫龙之所以让吴志翔先出城躲几天,是他直觉感到王易知对吴志翔在教导连训练班有些模模糊糊的印象,不然他不会在案发后慌慌张张到壮丁队转悠,显然王易知在教导连闻到了什么。

其实,牛紫龙最担心的还是警察局,整个计划都是在警察局提供信息的基础上安排的,这一点王易知不可能不查。再加上当晚,王永祥他们出城还穿了警服,使得警局成为了最大的疑点。为缜密起见,牛紫龙还专门把张道成约出城了解警局侦查案件的进展情况。

"啥进展？俺看刘继祖只想应付。几天前听说在县署挨了一顿骂,回来突然把全局人员集合在一起,把每个人的警服数了一遍,也没查出个啥名堂。"张道成很得意地笑笑。

张道成中等个子,肤色黑红,剑眉凤眼,嘴巴两边微微上翘,看上去十分喜庆。他性格纯朴忠厚,办起事来心机独到。

张道成家在城外开有豆腐坊,每天后半夜都要从城外运货到城里批发,牛紫龙便利用这个机会找到了他。

他赶着一辆毛驴车,与牛紫龙背靠背坐着,边走边聊。

"没查出来？恁那三套警服从哪儿弄的？"

"俺早就防他这一招,有人穿警服出城他肯定会查,但他绝不会查他自己,所以俺想偷刘继祖的最安全。再说,每年发警服他都偷着多弄几套,衣柜里少两三套他也不一定知道。"

张道成的确是个卧底的材料,胆大立奇,心细如发,博闻强记,尤擅长于从不起眼处发现有价值的线索,拉关系套近乎更是强项,到哪儿半天工夫就能混个脸熟。平时手勤腿勤脑勤很讨人喜欢,最适合"打进去"的角色,只是遇事不够冷静,又容易轻信别人,多少让人有些不放心。

"掌管刘继祖警服之类物品的有几个人？"

"就一个姓李的内卫,他从来局里就是局长的勤务,谁也不会想到俺跟他关系铁,借来钥匙就办了。"

"他一旦被抓,恁有把握不暴露吗？"

"那难说。"张道成不知咋的打了个冷战,"刘继祖虽是粗人,但对打人很有研究,他养了一帮人专门学打人,哪儿痛打哪儿,动手打掉大牙,脸上还看不出来。烧烟头光照腋窝和大腿里侧皮嫩的地方烧,痛得钻心还不伤筋骨。局里的人背后都叫他'哑巴蚊子',抽人血不吭声。刘局最拿手的就是翻脸不认人了,其实,他心里恨每一个人,只是他不说罢了,时机一到,他会立马跟任何人翻脸,而且还非要置人于死地。"

牛紫龙从语调上感到张道成的心理变化,交代道："记住,只要刘继祖查到那个姓李的内卫,恁马上给俺报警,方法还是去学校旁边的中药铺,并且尽快脱身。"

俩人赶着驴车沉默了好一会儿。

"怎说这土地神奇不神奇？驴干一天活就地打个滚,起身又能走几十里,都说这地里有气,难道这驴也知道地气的事？"张道成转变话题,试着活跃活跃气氛,嬉笑着问。

牛紫龙也笑笑说："这都是胡编乱造的概念,啥地气不地气,驴打滚跟地气根本扯不上边。"

"俺也没见过地气,可俺知道这驴可是灵气呀！能从县衙正街自个跑回俺家,一趟少说也有三十里,不论白天晚上它都能自个跑回来,碰到城门站岗的还能应酬着叫几声,怎说灵气不灵气？"

"这有可能。"

俩人说着说着天就破晓了,东方出现了一抹白光,渐渐地变成了淡紫色,那紫气似乎并不留恋混沌的天地,片刻之后紫色褪尽,天地间豁然开朗,猛然在半空中浮出一线艳丽的红云,在滚滚浓重的霭色中冉冉升腾,一会儿,便映红了半个天空。晨曦飘过,撒下一片金黄,首先涂抹在县城的城墙上,城下护城河上依旧漂浮着浓浓的雾霭,远远望去城池像似空中宫阙、海市蜃楼。

牛紫龙跳下驴车,挥挥手向东门走去,而张道成则赶着驴车进了南门。

良知原是精精明明的。如欲孝亲生知，安行的只是依此真知落实尽孝而已，学知、利行者只是时时省觉，务要依此真知尽孝已；至于困知、勉行者，蔽锢已深，虽要依此良知去孝，又为私欲所阻，是以不能，必须加人一己百、人十己千之功，方能依此真知以尽其孝。

——王阳明《传习录》（下）

第十五章

1936年夏秋,河南全省连旱,各县粮价飞涨。省政府民、财、建三厅和省赈会拟出救济办法,主要有办平粜、贷粮款、办工赈灾、设粥厂、放急赈等,并发布公告让各地依例执行。

一日。

颜府门外。

这天一早,颜府门外来了一位长发披肩、美髯垂胸、明目清瘦,穿藏青绸衣,袖口裤腿都扎着黑色绑带的年轻人。他推一辆独轮车,一边放着行李箱,一边扎着铺盖卷。当时正逢早集,街面上人来人往。那青年专门挑个人多的拐角街口扎下了摊。

他从独轮车上抓把白石灰,在地上划出一片空地,先练一路拳脚,接着舞刀弄棍耍了一阵。然而这些并没有吸引多少群众,兵荒马乱的岁月,舞刀弄棍是家常便饭,但凡中原一带的百姓谁都会比划几下子。一阵武打过后,那人又从行李箱中拿出了一把三弦琴自娱自乐地唱了起来:

从南京哪到北京,穷人没有富人精;

富人鱼肉天天有,穷人常喝西北风;

富人绸缎不离身,穷人冻得屁股疼;

富人广厦连阡陌,穷人屋破无地容;

富人出门骑骏马,穷人挑担地上蹦;

富人妻妾使不完,穷人一个娶不成;

富人代代出高官,穷人辈辈当老农;

莫怨老天不公道,生就啥命逗啥命。

"好!""再来一段!"

唱得尽管不好,人却越聚越多,有鼓掌的,有叫好的,一会儿工夫,半条街的人都围了过来。

那青年在喊叫声中抱拳道:"老少爷们儿,大婶大姐,在下汝州府人,人称'疯子陈'。自信天下是咱百姓的天下,不论男女,不论老少,生来无有贵贱,死后入土为尘,老天爷安排各人有各人的活法。今年大旱,实属天公有错,降祸人间。眼下国民政府下令活人,俺从汝州一路走来就是专挑富户高门不开仓济民,没有设粥棚赈粮之人。疯子陈俺就要替百姓呐喊,替大伙讨碗粥喝。"那青年向身后挥了下手,接着道,"从这儿向西所有大户都已办了粥厂,多少都发了赈粮,俺听说眼前颜府是一州四县的首富,还是啥球联保主任,如此大旱之年还是铁公鸡一毛不拔,实在是不把国民政府放眼里。"

说罢那青年从胸前黑色背带里拿出一张书帖,高高举起,道:"俺这儿有个帖子,上面写有国民政府的公告和赈粮要求,不劳乡亲们大驾,俺一个人下说帖去。"

那青年一手举着请愿说帖,一手挥手示意众人让开,大步向颜府大门走去。街面上密密匝匝的人群静静地望着那青年走到颜府大门前,用力拍了几下门铛,传出几声很怪异的金属碰撞声。自从颜府建成后,那门铛还没人敢碰它,以致那声音竟引起了人群一阵骚乱,有人四下逃散,有人突然恸哭起来。

"谁在哪儿晒白①呢?哪个信球?"正在大家专注着大门时,突然从大门上的府墙上探出一个人头喊叫着问道。

"在下汝州疯子陈,只为劝说富户赈粮之事特送上请愿一贴,为饥民讨碗饭吃。"那青年亮着嗓子答道。

"恁真是屎壳郎滚粪球——玩大啦。恁知道这里是哪儿呀?知道俺们这儿公鸡下啥蛋吗?专下恁这号圣人蛋的!"府墙上传来一阵浪荡的笑声。

那青年不在意府墙上的笑骂,举起那说帖喊道:"大道规矩:不抢瞎子的棍,不踹寡妇的门,不抓单传的丁,俺就是要替天行道。俺这帖子上面有民国河南政府赈灾通令,有俺请愿设粥棚、发赈粮的要求,奉劝恁们还是好好瞧瞧。"

门楼上的人影不见了,一阵长久的等待后,府墙上传来一声沙哑着嗓门的喊叫,从门楼上放下一只篮子:"那信球把恁那帖子放篮里,滚吧!"

那青年把说帖放到篮里,双手抱拳行过礼,转身回到拐角街口又拿起三弦琴唱了起来:

---

① 当地方言,意为故意挑衅、找事。

说俺疯,俺就疯,疯言疯语劝恁听;
做事先替别人想,论人自己算其中;
以德养身福寿全,以仁待民天下平;
得意之时想失意,失意之日思功成;
恕己之心能恕人,责己责人理中情;
祸莫大过众人诽,恶莫大过纵欲生;
以情宽人糊涂难,以理律己是非清。

突然,"砰"的一声清脆的枪响,那青年周围的群众像烧了窝的蜜蜂一哄而散。"颜家老二来了!"不知谁喊了一声。

那青年抬头见颜府大门洞开,一个光头大汉穿一身白色丝绸衣裤,扑棱着裤腿,白袜黑鞋,斜挎着酱红色枪盒,故意扮出刚刚登台的武将的样子,横着膀子甩着手,从大门里走将出来。

此人正是颜潜齐。这时的他与要饭时的模样已天壤之别,不光吃得白白胖胖,就连相貌也变得凶神恶煞一般,横眉瞪眼,短鼻阔嘴。不知怎地,两年前他的头发开始大把大把地掉,嘴巴四周的胡须疯样长,半年工夫头发全都转移到腮帮上,头上只剩下了疙疙瘩瘩的头皮,脸颊上的胡须则异常茂盛,越发显得阴森狰狞。他大步在先,身后跟着两个家丁,各自端着古铜色的"汉阳造",学着主子的样子大摇大摆地朝街角路口走来。

那青年向四周望了一眼,又继续拨响了手里的琴弦唱道:

坑百姓,欺百姓,曾想自己是百姓;
天下钱财取有道,不义富贵浮云生;
……

那青年盯着大步走近的颜潜齐,辨认出来者应当是颜府老三。他那双毫无生气的黄眼珠,根本没把这个青年人放眼里。身后的家丁同样五大三粗,穿着黑绸马甲灯笼裤,皂靴前面还翘着皮包的鞋头,一副打手神态。左边的家丁一只手举着枪,看样子刚才那声枪响就是他放的;右边的家丁开怀横枪,还斜挎着亮闪闪的子弹袋。颜潜齐挎的手枪甚至连机盒都没打开。

那青年有些遗憾,心里曾在刹那间出现了一丝不忍,心想,还是让他们早托生吧,这辈子欠债太多,该是还账的时候了。

仨人走到那青年面前,颜老三大张着嘴打了个哈欠,轻声慢语地说:"唱呀,再唱几个让大爷听听！"

"好。"那青年把三弦琴高高举过头顶，用力拨弄了几下，原地转了一圈，像似召集四散的群众。回身时很认真地看了一下面前的三人，鞠躬下身，摇出一阵急促的三弦琴声，突然从挂在胸前的黑袋里拔出手枪，在起身的一瞬间"砰"的一声，左边的家丁胸口中弹愣在了那儿；颜潜齐眨眼工夫见枪口已经到了眼前，又是听"砰"的一枪，他那光头后面炸出了一个圆洞；右边的家丁横下步枪还没拉开枪栓，那青年又是一枪，正中了当胸。霎时三枪之后，面前的三人竟还没有一人倒下，周围一片寂静，空气像凝固了一般。

再看那青年展颜一笑，一手提琴一手提枪，飞身转过街角向一片坑坑洼洼的山林跑去，这一段五六十米的街道恰好是颜府门楼的视线死角。

一阵尘埃过后，颜府墙上枪声大作，然而此时街面上已经没了人影。

晚饭后。

县师范学校。

牛紫龙走出校门，发现街上气氛有些异常，平时在大门外的坐探只有一人，现在则增加到了四五个人。他慢悠悠地拐进一条背街，在确认没有尾巴后，走进一家药店，果见柜台上放着已经打好包的四味中药。

"取药。"牛紫龙指了指柜台的药，从口袋里掏出一个药方递了过去。"是这个方子吗？"

"您就是张先生的家人吧？"掌柜的接过方子看看，"是这张方子不假，可张先生并没按方子抓药，他划去了两味。"

掌柜的说罢连药带方子一并递给了牛紫龙。

"这张方子是内服去火的方子，去掉两味，也可以外敷。"

牛紫龙谢过掌柜，把四味中药验过，出了药铺。

这么说刘继祖已经发现并抓捕那个李姓内卫，张道成暂未暴露，他已在城门关闭前离开县城，暂时外出躲避风头，联络方式不变。牛紫龙暗自盘算着刘继祖能突破案情的时间，如果任由他们追查下去，损失无法估量。

他回到学校，换上锻炼身体的衣裤鞋袜来到了操场。

刘继祖每天的活动毫无规律而言，只要有点腥或钱的味道，他便会有一股近似疯狂的状态，通常是夜以继日，非把能得到的东西弄到手才会罢休。根据他这个习性,他突破这个案情的时间不会迟到明天中午。

刘继祖虽然行踪不定,但他有胃寒的毛病,每天早晨必去南大街一家羊汤馆喝羊肚汤,那家羊汤馆为了攀附权贵,特意为刘继祖预留了一个靠窗的位置。针对刘继祖的这一特点,牛紫龙曾不止一次考虑过除掉他的方案,只因他在书店凶杀案等不少捞到油水的案子中敷衍了事的态度,才使得牛紫龙迟迟没有动手。根据张道成提供的消息,看来必须马上实施除刘的方案,那么派谁去呢?

牛紫龙放缓步伐,到前院找了一位老师要来体育器材库房的钥匙,说好明天用后放在门楣上面,接着便向宿舍走去。

牛紫龙住的教师宿舍是栋六间连排的平房,坐北朝南,西头两间房有两对夫妻居住,牛紫龙住中间,东边还住着两位单身汉教师,最东头一间是学校专放体育器材的库房。

牛紫龙的宿舍靠窗放了张桌子,中间是张床,床的一头顶着墙,一头放着存放衣物的箱子,边上是一个简易的书架。他进屋草草地盥洗一遍,借着倒水的机会环视了静静的校园,转身回了屋。

翌日晨。

南大街菜市场。

集市上人群接踵擦肩,叫卖声、吆喝声、讨价还价声挤满了街面。

牛紫龙顶着麻袋折成的披帽,脸上围着一条沾满面粉的围巾,左臂夹着一摞厚厚的麻袋,匆匆向正街后面胡同走去。他溜了一眼羊汤馆门外两名背枪的警员,大步拐进了一条窄窄的小巷,沿着一条坑坑洼洼的砖石小路进到了羊汤馆后面的厨房。

"三号桌、七号桌四碗,四碗起了!"他让过店小二端起的托盘,低头跟在小二背后进到汤馆大厅,透过店小二的肩膀,他看到刘继祖正漫不经心地望着窗外。店小二从托盘里端下一碗汤,转身向另张桌走去的一霎间,牛紫龙抖掉枪上的麻袋,拔下机头,抬枪的同时扣动了扳机。他仿佛什么都没听见,只看见刘继祖双手端着碗愣怔在半空,低下头像是寻找胸前的弹孔。牛紫龙又瞄准刘的额头扣动了扳机。这声枪响他是千真万确地听到了,并且特别清亮,似乎还看到了刘继祖一脸惊愕表情后面的一团血雾。

他转身快步走进后厨,跟在身后的是刘继祖重重地跌倒在地的声音,大堂里惊呼随之而起,但后厨依然是一副按部就班的忙碌情景,砍柴声掩盖了一切。

牛紫龙一边把枪揣进怀里,一边用最快的速度跑出了那条小巷,来到街面回头望去,见门外的两个警员刚刚从肩上取下枪,正手忙脚乱地拉动着枪栓。他把手枪推到左腋下,大步拐进了学庙后街,恰在这时听到了学校预备上课的钟声。

县衙门前。

王易知刚进县署便被报丧的警员喊住了。

那警员呼哧呼哧喘着粗气,断断续续地报告道:"刘继祖刘局长刚……刚在南……大街菜市被枪杀了。"

王易知顾不上听完那警员的啰唆,喊上几个团丁便向南大街跑去,刚跑几步又开始反胃。他只得放慢步子,拉着一个团丁说:"你们快去戒严、戒严,千万不能破坏现场。"转身又对另外几个团丁说,"快,去师范学校看看牛队长在干啥。如果不在,马上去抓他!"

王易知咬着下嘴唇稳定了一下情绪,前天,才得到颜家老二被杀的消息,他和刘继祖专门到颜府走了一趟,名义是奔丧,实际目的是想查个究竟,颜家老大的一番话让王易知很是震动。

"出来混,欠多少总有一天要还的,恁们吃肚里就忘了,有人能记住。今儿是俺兄弟没了,明儿就可能轮到恁们。"

回县城的路上刘继祖一直嘟囔着有些事没查到底,身边可能有漏洞,一再表示,回去把该查的彻底查清楚,没想到刚刚有个认真态度人就出事了。

王易知知道,想杀刘继祖的人太多了,如若摘掉刘继祖头上警局局长的乌纱帽,到大街上随便找十个人问,至少有五个会有杀他的冲动。刘继祖把持警局十几年,赃私办案,奸占拐骗,全城的土妓流娼,赌场讼师,阴医僧道,鸦片烟馆,没有他不染指的。从民国初年开始,匪来兵去,混战连年,刘继祖引朋呼友,结盟拜会,黑白两道都拉着关系,盘根错节成了一霸。谁也没想到这么快就命丧枪口。

王易知想到此不禁有些伤感,刘继祖这般机警,且心狠手辣,究竟找了几个老婆,在县城里安有几处房产,恐怕除了他自己外,没人能说清楚。不解的是,被人盯上怎么就毫无察觉?他想到昨天傍晚刘继祖在县衙门外见他还一副志得意满的神态，绘声绘色地说着最近抓了几个人，其中还有警局一个内勤，在大牢里被打得皮开肉绽，已经开口讲话了。当然就一般人的意志而言，先要经过胡说乱咬的过程，最后才能坐实口供，到时候请王易知亲自坐堂问案云云。会不会因为他抓的这些人，才招致杀身之祸呢？

南大街集市已空无一人，燃煤烧柴的青烟弥漫着大街小巷，满地都是散乱的瓜果蔬菜、鱼肉鸡鸭。

街道两边站立着几十个警员，王易知来到羊汤馆，首先碰到的是两个五花大绑跪在门口的警员。进门见七扭八歪一片散乱的桌椅，在靠窗的桌边，刘继祖扭曲着身躯仰躺在墙边，墙上布满了四溅的血迹。他的神态还算安详，面色蜡白蜡白，前额有一个圆圆的血洞，却没有多少血痕。他的右手很不自然地压在左腋下，左手还抓着羊汤碗。

王易知咬着嘴唇勉强听完了现场初步勘查的情况，从一个警员手里接过两枚弹壳，看样子和书店凶杀案现场提取的一样。

他脑袋里空空荡荡的，感到嗡嗡作响，木然地跟着警员穿过后厨，来到那条背街的小巷，小巷一边通着南下街，一边是纵横交错过道。

"能够确定的是枪手从这儿进出过，至于说……"勘察现场的警员很冷静地介绍着。

王易知斜了一眼那警员，看不出他有什么喜怒哀乐的表情，从语调上甚至还有些幸灾乐祸的味道，便挥手打断他的话，交代道："你们把全城的大街小巷绘个图出来，再找找还有没有人看见过凶手，长什么样？有可能的话也绘个图。对了，给那两个警员松绑，关禁闭就行了。还有，把刘局长这两天办案卷宗给俺拿来。"

王易知沿着小巷向南大街走去，他急切地想了解师范学校那边的消息。

一小时以后。
县师范学校。
教室外一阵阵跑步声，很快前门、后门都站上了警察团丁。
牛紫龙用双手做出安静的手势，离下课的时间还早，警察和民团不可能这么快就找到什么，他决定集中精力把课讲完。
他继续道："当代文学的任务异常艰巨复杂，它要在三民主义、民族主义中发挥独特的作用,就必须从自身的改良开始,当然五四运动开创了白话文的新文学,无论是对传统文化文学的批判,还是开拓文学新形式,都有许多不尽如人意之处,民族的、大众的、革命的文学提倡了多年,遗憾的是它仍旧没能担负起改造国家、改造民族、改造文化的任务。现在,不少文学作品仍旧是为文学而文学,无论作文还是诗赋,都用了太多的修辞、形容词,读起来朗朗上口,总也有些词不达意的感觉,如同西洋的糕点,看上去琳琅满目,色彩艳丽,吃起来甜腻腻的,还都带有奶油味,但它不是包括劳苦大众在内多数人所需要的,如同无病呻吟,不是人们真切的感受。它最多能表现一些文人个人的情绪,却无法表现大众的、民族的思想和呐喊。那么我们当代文学要解决哪些问题,也就是说它应当完成哪些任务……"

下课的钟声敲响后,班里全体同学都站了起来,却没一个离开座位。

牛紫龙收拾完讲义,抬头见全班同学还在静静地看着自己,便粲然一笑,道:"记住,沉默可以是一种力量,如若沉默到底就是死亡,一个人可以两手空空,可以饥寒交迫,但有一样东西不能少,那就是勇气,少了勇气怎么什么也不会拥有,勇气就是自由和道德!"

牛紫龙刚刚走出教室,腰间就重重地挨了一枪托。他清楚地听到自己肋骨骨折的声音,伏下身去时,头上又挨了一枪托,泉涌般的热血顺着前额和两鬓留了下来。他不由自主地跪在了地上,而直到这时他还没有疼痛的感觉,也许是担忧和惊恐让他忘记了疼痛。他跪地的刹那间腹腔中咳出一股温腥的血,剧痛随着咳出的血猛然占据他整个思考空间,剧烈的抽搐使他轰然倒地。他忘记了喊叫,忘记了满脸四溅的血流,也听不见团丁的吼声,只是紧紧地用双手抱着腹部,在地上不停地打着滚,大致滚成一个很奇特的姿态才减轻了浪涌般的疼痛。他用左脸支撑着高高躬起的屁股,双手护着那断裂的肋骨,双膝一前一后跪在地上,头上火辣辣地疼痛,不断肿胀起来的肌肉撞击着两边的耳鼓。

他看见了纷乱踏来的一长溜鞋子,突然一只脚背很厚的大脚使劲地踩在了他的右脸上。

"快,捆起来!"

他的双手被两个人猛地扭到了背后,腹部的剧痛引起一阵痉挛,让他出了一头大汗,汗水和热血在他眼前蒙上一层雾气。他努力保持着清醒,大口大口呼吸着。那只踩着他脸的大脚刚刚抬起,他的头发就被一只手揪着直起了腰,这时他才看清面前的王易知,周围四五个团丁正横眉瞪眼地看着自己。

头上的血改变了流向,一道血柱迅速地糊住了他的右眼。他集中精力把这两天做过的事反思了一遍,并没有找到什么疏忽之处,以王易知等人的办事能力要找到证据是不太可能的。不过这些人根本不需要什么证据,他们凭着直觉和怀疑就可能杀人,非人性的时代,还有非人性的政府都不可怕,可怕的是不知什么时候会出现毫无理性的人。

"说吧,怎么策划的今儿的事?谁是枪手?"王易知寒着脸,声调由低到高,最后干脆大叫了起来。

原来他啥证据都没有,牛紫龙心想,十有八九张道成已经逃脱,因为天一黑,警局和团丁们根本不敢出城去盯梢。还有那支枪,他已经藏在了体育用品室,难道他们能把整个学校掘地三尺吗?

"牛队长,"王易知显然认识到自己刚才的失态,似乎有些心虚,转而套起了近乎。"国民政府待你不薄吧,不光让你担任师范学校总务长,还任命你当了壮丁总队的中队长。你应该知道我是国民政府任命的一级文官兼上校军法官,有权对全县公职及民间的各类犯罪活动立案调查并提作判决。这是盖有县署公章对你进行羁押和住地搜查的命令。"他弯下腰对着牛紫龙的耳朵道。

王易知举着一张搜查令在牛紫龙眼前晃了晃,牛紫龙用一只眼飞速地扫了落款日期,可惜没看清。

王易知收起那张纸补充了一句:"政府不会平白无故地抓人,提醒你注意的是态度很重要。"说着,他站起身大喊一声,"走!搜查他的住处!"

牛紫龙被推推搡搡来到了宿舍,刚一进门就被人从后面踹到了腿的关节处,"咚"的一下跪了下来,后面的团丁一拥而上,开始翻箱倒柜。

牛紫龙的疼痛似乎有点减轻,也许是习惯了疼痛,头上血流沾连着头发蓬乱地贴在脸和脖子上,鼻孔和嘴角也都是血凝的黏液,两臂被捆渐渐失去知觉,浑身只有僵麻,他试着活动了一下双膝,用力向墙边移了移,让一只肩膀靠在了墙上,缓缓地长出了一口气。

他看着团丁把宿舍里的家具、衣物、日用品等一件件审视了一番,铺的地砖也一块块撬起认真鼓捣了一遍,点上灯仔细检索一番,又爬到房梁上查看了一遍,有无人攀爬的痕迹,一直折腾到下午才彻底绝望。

王易知一脸沮丧,使劲咬着下嘴唇,望了一眼聚集在门外的教师学生,示意团丁们撤离。

牛紫龙试了几次都无法使自己站立,他本想保留些教师的尊严,把好的一面留给同事、学生,然而剧烈的疼痛让他抬不起头来。即使偶然能够仰起头,也无法让师生看到自己笑的样子,蓬头乱发再加上满脸的血汗,他自觉头脸肿胀得不小,根本无法做出让师生放心的面容,只得低头在两名警员的拖拉下离开了一片狼藉的宿舍。

县监狱。

按照当时国民政府县级司法管理的规定,县有关部门侦办各类案件,所抓人犯需在一月内提出判决意见。而牛紫龙被抓一个月只被提审两次,第一次是被捕的第二天,由狗儿负责审问。

这天一大早,几个狱警便把牛紫龙捆绑结实,押到了审讯室,可左等右等就是不见主审官狗儿来,一直到中午吃饭时间,狗儿才啃着一块骨头挤进了门。

"娘那×,俺早就看出来恁是一肚子坏水,还狗吃青苗装羊的不轻,信不信俺这枪子能打死恁?"

"信。"牛紫龙点点头。

"是么,恁再有文化能吃住枪子吗?不中吧!恁那文化能当衣服穿还是能当饭吃呀?不中吧!恁要那球文化干啥?有啥用处呢?只能生活在别人给您编的瞎话里,用别人教给恁的观念看这个世道,听别人的话当枪使,最终落到今日的地步,何苦呢?"

牛紫龙点点头,答道:"照恁这么说那还是没文化,文化的作用只是叫人向善,教人跟随自己的心灵走,寻找自己力所能及的人生目标,使恁的生命有些意义。"

"球!咱们这儿,当官风流发财生男孩,就是终极的追求,恁看俺,买了个官就发财,发了财再买官,再发财再买官,恁不眼红吗?不想跟俺学几招吗?"

牛紫龙摇摇头,叹道:"想必俺生性愚笨,恐怕学不了。"

"恁就把咋参加那个共党的事说说就中了。"狗儿瞪着两只小眼,眸子里飘荡着不耐烦。

"这恁得去找证据。"

"俺去哪儿找证据,俺要能找到啥球证据俺也参加了。"

"这恐怕办不成，像恁这材料国民党怕也不会要。"

"咦——恁咋知道的?"

"像恁这名人，除了恁爹，没人敢要，因为没法退货，谁都不敢要。"

"这世界真是有眼无珠，有眼无珠呀！他们为啥不要俺？"

牛紫龙苦笑着摇摇头，道："这还不明白？太孬孙！"

狗儿低头琢磨了半天，慢慢悟出这文化人还真说对了，可打人不打脸，揭人不揭短，他怎么敢骂人呢？于是，站起身三下五除二就把牛紫龙打晕过去了。

第二天牛紫龙便高烧不止，一连半个多月烧得迷迷糊糊，警方请县里医生去看都说快不行了，要么通知家人准备后事，要么赶快保外就医吧。警方不得已通知了学校，由学校出面从开封请来个教会的洋大夫开了几包西药，服了下去，没几天烧就退了。

第二次审问安排在他退烧后的第二天，主审官换成了王易知，地点换到了监狱的行刑室。

"听说这几天你睡得挺香，是不是觉得没露出什么破绽？"王易知早早地等在了行刑室，听到有人进来，头也没抬，顾自摊开桌上的纸和笔问了一句，算是开场白。

牛紫龙看了看这间专门对犯人的行刑房间，正中间摆着一张桌子和椅子，与之相对的是一张十分坚固粗壮的长条凳，以及各种刑具和铁链，地面上铺着一层厚厚的炉渣，四周墙上贴着新黄纸。自从入狱以来，他几乎每天都能听到从这间屋里传出去的惨叫声，每次审讯后打手们还会把现场打扫干净，并把新铺炉渣、新贴墙纸都列入他们的工作程序，完成的十分用心，还真是粗中有细。他盘算着今儿无论如何不能让他们再打腹部，眼前这位县长大人会用什么刑呢？

"但凡是人，就会有良知，只要没做亏心事都能睡安稳觉，俺也相信国民政府不至于没有证据就草菅人命。"牛紫龙四下看看，身边除一张专门用刑的凳外，没有坐的地方。

"良知？良知是什么？"

"这个概念是有些宽泛，现实的解释应当是对自由、平等、博爱、民主、科学等新思想的追求就是人的良知。"

"你觉得当下中国用得着这么多新思想吗？即便有了这么多新思想，总不能把它们搞成迷信吧?"

"当然,天下百姓会用他们的智慧去分辨是非,信仰本身也是一个质疑分辨的过程。只要在科学证明这种思想确有不合理的地方之前,信仰总有它的合理性,没有追求就谈不上质疑分辨。"

"好了,信仰就谈到这儿吧!"王易知不耐烦地挥挥手,"你犯的是刑事重罪,还是交代你犯罪的事实吧!"

"这是俺要问恁的问题呀,恁们把俺抓起来还让俺自证有罪,这不是……"

"好吧,现在我们有足够的证据证明你与警局刘局长被杀案、颜府颜潜齐被杀案有直接牵连,至少是幕后指使。"王易知摊开一张写好的证据材料,乜了牛紫龙一眼,接着说,"证据都在这上面,你认罪说明你态度好,不认罪我们也有人证物证,还用我一条条说吗?"

牛紫龙转身就走。

"站住!"王易知站起身重重地捶了一下桌子,大声道,"现在已经查明最近县里几起凶杀案系共党嫌疑犯吴志翔所为,吴志翔背后的主使就是你!"

牛紫龙从王易知前后矛盾的问话中听出来,王易知的所谓证据,基本上都是猜测推理,实质性的证据他还拿不出来。

他慢慢转回身,摇摇头说:"俺认识吴志翔不假,不光他,壮丁队教导连的人俺都认识。说县里这几起凶杀案是吴志翔所为,恁有啥证据?俺提醒恁吴志翔是壮丁队的不假,恁是壮丁队的总队长,是专门负责俺这个中队工作的,吴志翔参加壮丁队填写的表格还有恁的签名呢!"

王易知认定牛紫龙是共党,他也知道,认定的依据就是他的直觉。本来想诈唬一番,没准能发现点破绽,没想到这家伙还真是茅坑里的石头,又臭又硬。

"你不要总把自己放在正义的一边,以为外面有几个人声援你,你就能正义、能进步,总有一天政府会拿出证据来证明你的嘴脸!"

牛紫龙哈哈一笑,说:"不用证明俺的嘴脸,政府只要稍微公正点,俺就得不到别人的同情了,没有证据先抓人,政府哪来的公信呢?"

"好!好!"王易知恼羞成怒,站起身收拾着桌上东西说,"你嘴硬那就吊起来吧,啥时候想通啥时候再放下来。"说完转身出了大牢行刑室。

监狱牢房。

坐大牢的人最关心的是个人的前途未卜,于是监狱犯人最常见的活动就是业余模拟的"法庭"审判活动。业余法庭是古今中外囚犯们自娱自乐的保留节目,一般是每天晚饭后,犯人们按照"法庭"开庭的样子进行模拟断案,凡是在牢里呆过的人,不少都成了法律方面的专家。

牛紫龙有文化,当过师范学校总务主任、壮丁队中队长,入狱之前就小有名声。被抓入狱后,一些狱友听说他还能沾上"政治"的边,虽说弄不清他究竟是不是共党,不过言行举止显然是在九流之外。所以,入大牢第二天就被同监室的人推举为"法庭"总长,其余的狱友一分为二,一半人担任了打手、陪审员、法官,开庭审讯另一半人,审完后再把角色对换过来。

牛紫龙初当"总长",观摩两天,认为不妥,建议加一个"最后陈述"环节,让每个嫌犯"倒倒苦水"。谁知如此一来,业余法庭竟开成了诉苦大会,"业余法庭"反倒成了审判对象。

原来在押犯人多是因私挖官堤、偷伐茔树、私造枪械、索扰图赖、越城犯夜、硫磺私硝、擅宰耕牛等类罪名被捕入狱,这些多是皇权时代遗留下来的罪名,认定标准本身就模棱两可,而这一时期司法实践仍沿继清朝审判旧习,除省里要求的四类重罪,即土匪(含共匪)、贩毒、贪污、政治叛变需报押省城宣判外,其余的一律由本县法庭判决,县长定夺。从真实情况来看,只要是被抓进来的人,法院总要找个罪名给套上,法律基本就是橡皮筋,虽然漏洞无比大,但要想套谁,自然是头大撑大点,头小放松点,反正以县长的意志为准,使得大多数狱友都把量刑审决的希望放在县长一念之差的好心情上,根本没有自己申辩和代辩的机会。牛紫龙这一改进如同开闸放水,人人怨声载道,就连业余法庭的"法官"、"打手"也是痛哭流涕,哀声连连。一半人审理完后,大伙要求牛紫龙作个小结,牛紫龙推脱不过,只得捡些共性的问题,谈些看法给大家以启发。

"如果从恁们一个个孤立的具体的行为来看,套上大清刑律和民国政府的法律似乎也没啥不妥。"

牛紫龙打算先从观念上"去罪化"开始,找出造成他们行动的一些必然原因。"但假设恁们的生活环境让恁无路可走,那恁们干的那些事也就没啥对错可言,它只是恁们生存下去的必要条件,与是非道义没什么关系。毕竟人道主义是最高的行为法则。"

"所以啊,首先,从大清到民国法律表述的罪名不合理,啥叫越城犯夜?啥叫索扰图赖？啥叫擅宰耕牛？啥叫私挖官堤？概念不清往往让人只能往坏处想，如土棍流氓、老鸹土鸡，罪名往往是人们的身份或职业，怹们不得已而为之，这样就不是哪个人的事了，而是制度出了毛病。其次，即便有这些事，杂事多，而不是杂念多，只能说怹们一时想不明白，不能说怹们人是坏的。"这番话牛紫龙是躺在床上说的，讲过后大牢里一片寂静，过了很久才有人开始低声哽咽，继之参与"倒苦水"的人越来越多，扮演"法官"、"打手"的囚犯也争相要求过堂。其实，再凶狠的人内心里一样有着一个潜在的司法系统，只有经过这个司法系统的审判才是人内心安宁的真正原因。

　　大牢里有个年纪最小，坐牢时间最长的"小油条"，从模样上看只是个半大孩子，小个儿瘦脸，略微凸出的大眼睛忧郁而又呆滞，自己剪的头发豁豁丫丫，还专门在右鬓角留下了长长的一绺发毛。他常年穿一身成年人的衣裤，一举一动都晃晃荡荡。他自报大名叫张剩，只因自小父亲跟白朗义军一去不回，母亲苦熬了几年也一病不起，早早撒手人寰了，只剩下他一人，他便自命名叫张剩。张剩自幼过着串亲讨饭的生活，吃百家饭，穿百家衣。父母在他脑子里没多少印象，可父母亲身上那种好勇任侠的性情还是不折不扣地遗传了下来。

　　七八岁时他曾给一个说书的瞎子当过一段童佣，用根竹竿拉着瞎子走村串户去过不少地方。据说瞎子年轻时参加科举屡试不第，读书时白天顶着阳光，夜晚伴着黄灯，内急攻心，竟至双目染病失明，只得放弃状元的美梦。但他失明以后听力超群，记忆力更堪神奇，如《水浒全传》《岳飞全传》《三国志》《薛仁贵征东》之类的大部头演义他不光能讲，还能加进许多爱恨情仇、公平正义的评说，深受附近百姓好评。外出说书往往是此地还没说完，彼处已备好香案。遗憾的是，那瞎子收下张剩不久，又害了喉症，卧床三月余，话不能说，米亦难进，师傅睡床上，张剩睡床下，白天张剩市井乞讨，夜里给瞎子喂饭擦身，如此尽心还是没留住师傅的性命。

　　瞎子死后张剩大哭一场，按照师傅的指点将尸骨埋进深山。

　　经此磨难，张剩性情大变，不再相信什么因果报应的宿命，而是相信了更古朴的"以血还血"、"以牙还牙"的江湖义气，痛苦和死亡必须公平分摊。他开始到处帮人打架，其实更多的是替人挨打，很快成长为一个专职打架斗殴的混混。不过张剩行侠仗义的标准也很简单，就是谁吃亏，谁弱势，谁的人少，他就站在谁一边,许多时候是不请自到,只要听到,或看到谁失败了,他就义无反顾,挺身而出。因此,他长年累月都是鼻青脸肿,三天两头还要头上冒冒血。

恃强凌弱于社会而言是再正常不过了,可一旦张剩把别人打了,自然便会引起一番骚动,犯上作乱是非他莫属了。

他十一岁那年,县城西街有一个混混二黑,比张剩大七八岁,是商户们养的打手,吃里爬外,身高体胖,张剩踮着脚还没二黑的肩膀高。可偏偏二黑是个欺软怕硬、攀强凌弱的人,所以两人每次相遇张剩都逃不过一顿暴打。

这天,二黑带一帮混混打上门来,二话没说便一手揪着张剩的臂膀,一手掂着腿,抡起转了一圈,哈哈笑着,猛一松手将张剩扔出丈余,结结实实地摔了个嘴啃泥,摔得张剩满鼻子满嘴都是血,半天爬不起来。再看那二黑双手抱膀,在张剩身旁又踢又笑,绕来转去,一群市井土棍也是欢呼雀跃。

一阵天旋地转之后,张剩故意装作抽搐状,试着活动了一下四肢,感觉还能活动,暗自扭头见二黑那双如同扇子状的大脚,踹了自己几下后,"呱嗒呱嗒"地向一个下坡走去,张剩运足气力,腾空而起,双手五指合拢从身后照着二黑双耳击去,只听得"砰"的一声闷响,打得二黑一个趔趄,摇头不止。

这一招江湖人称"双风贯耳",打架斗狠一般不用,只因用得不好误伤要害部位,自己也全部暴露,可能让对方伤了自己。

张剩击罢在空中一个转身,右腿狠狠踹了二黑一脚,落地后拔腿就跑。

只见二黑一个后仰坐在了地上,世界突然一片死寂,接着便是"吱吱"的天外之音,随着这般悦耳的声音,他的双耳涌出了鲜红的血流。他大张着嘴,摇着头,口水也不自禁流了出来。他失忆了,弄不明白自己怎么会在这儿,他望着四周目瞪口呆的市井兄弟,本能地咧嘴笑开了,只是面部肌肉一动带来两耳一阵钻心的疼痛,他仰头向后倒去,刺眼的阳光飘然而过,瞬间变成了无数闪闪的金星,他很快便坠入到无尽的黑暗中,像婴儿熟睡般昏了过去。

打狗欺主,这还了得!西街商户们不干了,纠集百人追到护城河边将张剩捕将起来,五花大绑捆到官府,这么个屁孩斗殴打架竟把护街的打手打惨了,这不等于打了主人们的狗吗?也不看看狗的主人是谁?是可忍孰不可忍呀!

警局当然义不容辞,当即把张剩收监问罪,只是几次找来二黑抬验伤痕,二黑只会"吃吃"傻笑,并无诉讼的只言半语,变得与谁都很友善,失去了打手的意义,如此奇特的伤残就连警方也闻所未闻。侦讯人员经多次审问,讯问证人,勘验详案,依据衙门历来就是有理没钱莫进来的惯例,竟把二黑定为了忠义护主的侠士;而张剩不过是个流浪儿,别说打官司,连填饱肚子都难,最后定个讹诈滋闹、违悖殴尊的罪名,关进了大牢,刑期不定,直到改好为止。如此,张剩便在县监狱里一晃就是四年。

张剩人入监狱,名声却留在外面,自然有一番不同于官方的说法。说他不畏强暴,任侠好义,其名同样被传得神乎其神。在监狱里,他年龄小,资格老,不满十五岁,已有蹲大牢四年的资历,渐渐地也争得一些行动自由。平时可以在监狱院内牢房之间转悠,碰到牢头心情好时还可上街面上遛遛弯,街面上的混混还时不时能捎些衣物、馒头、烟头之类的东西"孝敬"他,日子也算过得去。

1936年,河南夏秋连旱,入冬后,首先在县监狱里引发了食物短缺的恐慌,接二连三饿死了十几个人,犯人们每天都唆使张剩到外面找些吃的。

这天,人们终于等来新年的头场雪,一大早,张剩又被狱友们喊了起来,无论如何要让他给大伙找些衣物被褥之类的回来。张剩看着众人哆嗦着挤在一起,个个饥寒交迫的样子,也破例地撑着狱警叫大爷,总算放他出了门。

同日。

王易知旧县衙后院办公室。

两个警员拍打着身上的雪,匆忙推门走进王易知的办公室,见丁二正一把鼻涕一把泪地喃喃不休地骂着。王易知阴沉着脸,坐在办公桌后,手里把玩着一把古铜镜,见有人进来,直了直腰,顺手把古镜放在了抽屉里,先叹了口气,问:"都招了吗?"

两位警员点了点头,大声禀报道:

"犯人吴志翔,17岁,本县上和镇人,县师范二年级辍学,据其自称,书店凶杀案、南大街凶杀案、颜府凶杀案,及这次丁府丁公子被杀案,皆他一人所为,与任何人没有关系。其供述杀人动机是为模范小学校长牛惠达、旺乡农会会员,以及月桂镇凶杀案死难的人报仇。该犯被捕时身上搜出德国造二十响驳壳枪1支,子弹26发。经验证,该枪弹与他供认凶杀案现场的弹壳属同一型号、同一批次的产品。"说完双手递上拟定的招解。

"这个挨千刀的小地棍,一派胡言,一派胡言!"丁二上前几步,手舞足蹈、口水四溅地大喊道,"俺家狗儿老实本分,熟记圣贤,尊老爱幼,平时大门不出二门不迈,一心只记得为官府效力,几次行动都是恁王县长的亲自命令,只因俺忠勇顽强,抓捕共党嫌犯与他们结下了梁子,恁们可要为俺……呜呜呜。"说着丁二竟坐到地上老泪纵横号啕大哭起来。

王易知急忙上前搀扶,看到丁二就地打滚,一副无赖耍横好笑的样子,按捺不住直想笑,又不得不作出尊老敬贤,悲天悯人的表情,忙给旁边的警员丢了个眼色,两人用力把丁二抬到了椅子上。

原来吴志翔自刺杀颜潜齐后,便在城南张桥隐藏了起来,躲避风声。不久,听到牛紫龙被捕的消息,便和张道成合计着如何救牛紫龙出狱,情急之下两人都没什么好主意,只得让张道成去省城、许昌等找王永祥,吴志翔独自进县城摸情况。

吴志翔借来张道成家的驴车,又从地窖里挖些红薯、萝卜之类的瓜菜,戴个马虎帽,略加装扮便进了城。可惜转悠几天,并没有打听到牛紫龙的确切情况,只听说已经关进了县里的大牢,什么罪名一直没有定议审转。

吴志翔进城后,牛紫龙的消息没打听到多少,却听到了不少丁家狗儿的事,越想越生气,便把眼睛盯在了丁府狗儿身上。

一连几天,他蹲守在丁府门外,发现丁二常常是上午出门办事,下午回府。狗儿是下午出去遛弯,要么晚饭时回来,要么夜不归宿。两人出门必带三四个家丁跟随,前呼后拥少有下手的机会。唯一可乘之机是狗儿回家前总要到街拐角的驴肉馆要些驴板肠和油火烧,当时并不拿走,定要店里重新做一份趁热送去。而这时,丁府上下,包括家丁都到偏房吃饭了,开门接饼的往往是狗儿本人。

瞅出这个机会后,吴志翔一夜无眠,反复掂量这事,最后决定谁也不说,为民除害。

这天傍晚,吴志翔拎着几个萝卜、白菜在街口摆下地摊,远远地望见狗儿带几个家丁走到了街角,冲着驴肉馆喊了一声:"还照往常的数给俺弄一份送来!"喊完,便一摇三晃地回府去了。

吴志翔听得真切,慌忙收拾完地摊上的瓜菜,往驴车上一撂,把车赶到正街一家店前拴好,从车里翻出马虎帽、要饭袋和一根打狗棍,返身回到街角蹲了下来。

一会儿工夫,驴肉馆堂倌提着红漆饭盒走了出来,刚拐进街角便被趴在街边的叫花子吴志翔用打狗棍绊倒了,饭盒里的驴肉板肠和热腾腾的油火烧滚落一地。

堂倌起身正欲发作,一只手被那要饭花子拉住了,"叮当"一声两块银元落到了堂倌掌心。那要饭花子"嘿嘿"笑两声,眼睛一眯,道:"还不赶快重做一份,这些就算施舍给俺了。"

不等堂倌看清要饭的长啥样,那人早已抓起地上的驴肉和火烧放在了嘴里,不得已堂倌只得返身折回店里。

吴志翔狼吞虎咽地把火烧塞进嘴里,提起打狗棍大步蹬上丁府门前的台阶,"咚咚咚"拍打几下门铛,又翻身趴在台阶下,从门槛的缝隙中看到了一双四平八稳的黑缎绒面的圆头鞋慢悠悠地朝门口走来。于是又起身再次登上了青石台阶,刚刚站稳,听得"吱扭"一声大门拉开的同时,吴志翔把枪顶在了狗儿的胸前。

狗儿抬头见吴志翔正大嚼着油火烧,一怔,问:"恁敢吃俺的火烧?"

吴志翔忙不迭地点着头,"砰"的一枪击中了狗儿的左胸。

狗儿又是一怔,道:"恁真把俺的火烧吃……"

吴志翔压低嗓门轻声道:"俺掏钱买的!"接着又照胸前补了一枪。

"恁说说这个挨千刀的小地棍他临死还污蔑俺,可不能一枪毙了他,这……太便宜他了,恁们要不敢,俺就抓他全家,还有他背后的共党!"丁二瞪眼喘了会儿气,又突然跳将起来冲着王易知喊了起来。

王易知好不容易挤出少许笑脸,不慌不忙地对丁二说:"这个犯人肯定是要偿命的嘛!恁也看到了上报的勘验详案我已经批拟了送省审核死刑的意见,恁先回府歇息就是了。"

王易知挥手让警员强行把丁二架出了门,丁二拖着双腿边走边回头喊道:"俺狗儿可是为民国政府捐躯的呀!俺们义无反顾,英勇献身,恁们要为俺们做主呀!"

王易知重重地关上门,把丁二杀猪般的号叫关在外面,顾自在屋里踱起步来。

一名警员把拟定的口供招解笔录和搜到的枪支放在桌上,小心翼翼道:"吴志翔狡诈多变,这份口供真真假假,他是要把这所有案子都扛下来,这么结案不再审审吗?"

"唉,聪明难,糊涂难,聪明不了糊涂了,人犯自己都招了你操什么心?他把所有凶杀案都认了我们正好销案,世间的事过去就过去,你非要不让它过去,它也会让你过不去。"

王易知走到窗前,望着满院的飘雪,泛出的却是另一番滋味。

县衙后院只有两排对门带回廊的平房,平房之间种着翠松和腊梅,院的尽头是个圆形的小门,一条砖铺的甬道通向县衙大堂。据说这个小院是咸丰年间一位湖南籍的县令为接家眷所盖,盖好后县令一病不起,他本人没顾得上住一天就过世了。自此凡来上任的县令、县长没一个人愿意光顾,王县长上任后,省府连续下文成立了几个新机构,把原来的县衙占得满满的,他只得带头搬进了这个僻静独立的小院。小院虽然年代久远,但青砖厚墙的建筑则十分典雅。

"我怕收了秧忘了瓜,不利用这个机会一网打尽会给今后留下……"那警员再次提醒道。

"怎么?"王易知转身拉把椅子拉到火炉旁,长出一口气,道,"这类土豪强绅就是任何朝代、任何政府都无法容他,他们做的那些事连杆匪都不如,容了他们丧失民心,如此简单的道理还不懂?共党就是靠打土豪才得人心的,有了人心就能成气候,这样你对付的就不是几个杆匪的问题,而是一股思潮和势力。"

"这么看,一个月前抓起来的牛紫龙就办不成土匪杀人犯,只能按共党嫌疑。"

"啥共党嫌疑?共党嫌疑是报省重案,定下来共党嫌疑就必须查清上线、下线、组织成员、联络方式、暴动计划、武器纲领等,这些你们警局能办得了吗?现在县里各学校都在酝酿闹事,你不等于谁瞌睡给谁个枕头吗?"

王易知转身从办公桌抽屉里拿出一份报纸递给那警官,接着道:"上个月,蒋总统在洛阳住了一个多月,这不刚去西安没几天张学良、杨虎城就发生了兵变,政府已经跟共产党谈上了,你还在这儿捅马蜂窝,也不看看形势!听清楚了,最早提出抓他的是颜家老大,他一口咬定颜老二是牛紫龙杀的,现在真凶现身且供认不讳,抓了牛紫龙一个月,也没见有啥新发现,不如就此结案吧。"

"那您的意思是……"那警官试着问了一句。

"再等几天,要真是找不到牛紫龙犯事的证据,安不下罪名,干脆放人。"王易知摆手示意警员们退下,起身踱到了窗前。

是晚。

县衙内监狱。

天黑透后,张剩才回到监狱,带回来几个破麻袋兜着麸皮刨花之类的东西,进门还给大家分了几个烟头、馍头,跳上土炕,枕着一对破鞋,问道:

"恁们猜猜最近出了啥大事?"

"听说蒋总统让人抓了。"

"不对。"

"那就是王易知县长又被杀了。"

"不对,比这些事都大,大到全县当官当差的都可以安安稳稳睡几天大头觉,猜不着吧?咱县最厉害的枪手被抓了,恁们猜猜是哪一帮的?共党帮!那人叫吴志翔,可厉害……"

牛紫龙突然坐起,一把抓住张剩,凑近他的耳朵说:"恁见人了?外面是怎么传的?"

张剩摇摇头说:"俺没见,前天抓他回来时,在城里游过街,不少人都见啦,装在一个铁笼里,手脚还捆得结结实实,听说那枪手会飞檐走壁七十二变,手里有七八条人命。县警局局长厉害吧?碰到那人枪还没掏出来就一命呜呼了。还有颜府三掌柜三打一同时开枪,结果颜府老三跟家丁死了一对半,那枪手毫发无损。"

张剩见众狱友围了上来,越发神侃开来。

"几天前,那人又变成了一个仙姑,一口仙气吹得丁家狗儿自个儿走到门口,恁猜咋?"张剩故意朝四周瞅瞅,瞪着眼道,"砰的一枪,正中心脏,老老实实到门口领死来了。"

张剩故作神秘地问:"恁们猜猜咋抓住他的?"未等众人回答,他得意洋洋地提高嗓门说,"不知道吧,从南门到东大街原来是俺吃这一块的,俺被收监后,俺的两个兄弟毛三毛四帮俺先看着。两个月前,十字街来了一个相面的,看人总要眯着眼,自称'半瞎大师'。以后,人们多方打听才知道此人姓董,汝州人,学问了得,江湖爆名'董哲学',此人坐街相面是姜太公钓鱼,钩子离水三尺,坐钓的不是鱼和虾,专收各路英雄,结交三教九流,啥僧道地师、娼优吏卒,啥义鸟庸医、强盗响马,反正人家有的是钱,如若再不拜服,人家后面有的是真家伙伺候。

俺那俩兄弟也投到了半瞎麾下,归他节制,平时半瞎从不找事,一旦有事恁必把半瞎的话当圣旨,不弄个明明白白半瞎非得玩死他。"

张剩摆出一副说书人的样子,"啪"的一拍大腿,接着道,"话说这半瞎成了全县最大的'地保',恁就是丢根针他也能找回来。丢只鸡,恁只要在他相面桌上写个鸡字,什么颜色,多大个,鸡会自个回到家。即便哪家烧鸡铺把那鸡给宰了,他也能在锅里给恁指出来是哪一只。"

张剩见狱友听得入神,调门更大了。

"再说那吴姓大侠不知施了啥法术,让丁府公子领了两枪,丁家上下还当谁家孩子玩爆竹呢,并不在意,直到迟迟不见狗儿回屋,到门口一看,丁公子早就凉透了,急忙报警局封了四门,那大侠早就遁出城外。正当局子一筹莫展之际,谁能想到半瞎显了回神通,不等警局的人找,人家主动找到局子,从正街放开一辆驴车,驴车拉着团丁警员,一口气跑到城南张桥,驴车进村熟门熟路连狗都不咬,半夜里把那大侠给抓了。"

张剩望了望狱友,故作老成地叹道:"真是山外有山,人外有人哪。再说这大侠落网后也真有种,送去过堂先是没头没脸地挨了一顿抽,人家笑着跟审讯官说:'俺这一身连骨头带肉都是恁的,恁们随便打,只要给俺留条命就行了。'这班打手也不客气,噼里啪啦一顿暴打,让大侠交代,恁猜人家说啥?'不用审了,凡是最近被枪杀的都是俺杀的,俺就是要给被冤杀的好人报仇,俗话说,路不平众人踩,俺气不过,也不用人指使,凭着良心杀人,这些话给恁们撂这儿,打死俺也就恁多。'说罢人家再也没说一句话。"

"大侠在警局被拷问了一夜,本打算要送到大牢里,谁知打手们用力过重,从大梁上放下来人已经……"

"死了?"一个狱友问。

"真死了?"众人围上来问。

张剩摇摇头。

"听说气若游丝,剩半口气了。"

"后来呢?"

"后来俺就回来了。"

牛紫龙靠在黑黢黢的墙边,望着摇摇曳曳的灯光,五个手指都抓出了血。

中国人民在这次战争中是首先站起来同侵略者战斗的。

——《罗斯福选集》

我们也忘不了中国人民在七年多的长时间里,怎样顶住了日本人野蛮进攻和亚洲大陆广大地区牵制住大量敌军。

——《罗斯福选集》

第十六章

1936年12月12日,爆发了对时局影响深远的西安事变,张学良、杨虎城率部兵谏扣押了蒋介石等人,要求停止内战,一致对外。中止了国民党政府一贯坚持的"攘外必先安内"的政策,确定把对日战争准备放在各项工作的首位。

西安事变和平解决后,国民党当局一面与中共谈判,"停止内战一致抗日";一面加紧了对南方共产党红军游击区的"清剿"。

河南的南阳桐柏山区被划入了"清剿"的区域。

1937年初,中共北方局决定恢复成立中共河南省委工作委员会,开始着手恢复建立各地的党组织。与此同时,日本各种间谍机构根据日本对华战略方向的调整,开始向华北、华中地区的渗透。1937年1月,郑州警察局破获了日本人山口和汉奸赵龙田等人在郑设立的特务机关,缴获了大量秘密文件,接着又在新乡破获了汉奸密谋的暴动案,抓获被日满委任的总指挥、师旅长十三人。

牛紫龙在被关押四十五天后,于1937年初获释出狱,第二天就到了开封。

入夜。

开封第四巷。

街道上,车水马龙,万家灯火。

牛紫龙坐在人力车上,张道成紧紧地跟在车旁慢跑着,拐进了一条深深的小巷,小巷勉强能过两辆人力车,路两边全是青砖青瓦红灯红门的小院。行不久便在一座书有赵家灯笼的小院门前停了下来。

开封第四巷是出了名的妓院一条街,一到傍晚便群莺乱舞。当时整个开封市妓院比较集中的地方只有两条街,一条是会馆胡同,集中的是些档次较低的妓院,一条就是第四巷,大部分当红的妓女以书寓之名,行妓院之实。

妓女,是人类社会最古老的职业之一,古今中外概莫能外。由于人类社会男女之间体力智力的差别,自从人类由母系社会进入到父系氏族后,男人便把女人当做私人财产的一部分。特别是在奴隶社会里,一些生活无着,又处于奴隶地位的女子被迫走上了逼良为娼的卖身生涯,成为了商业化的一种社会职业。伴随着人类社会的发展,妓女又成了男尊女卑思想的产物,过着水深火热的日子,用青春和泪水去博取男人们的欢笑,是社会底层受欺凌压迫的一群人。

开封为中国历史六朝古都,早在北宋年间,妓业就十分繁荣,史书记载,开封城中"诸酒店必有厅院,廊坊掩映,排列小阁子,吊窗花灯,各垂帘幕,命妓歌笑,各得稳便"。当时妓业交纳花捐税还是国家财政收入的一部分,领取工商执照后,妓女们还成立了妓业公会维权组织,是社会的九流之一。那时候的小姐集舞蹈、歌唱、书法绘画、器乐、诗赋文学文艺于一身,中国文学很大程度上是妓女们传承下来的。北宋年间的名妓李师师,甚至勾得大宋皇帝宋徽宗打地道与她幸会。更因李师师结交了梁山好汉浪子燕青和著名花间词人周邦彦,成为了影响北宋政治进程的人物,可曾了得!明朝"客寓妓女"进入到旅店业,出现了专门的倡客店。清朝赌博业兴盛,娼妓又成了吸引赌客的诱饵,窝娼聚赌风靡一时。

妓女,在中国历史的官方称谓作倡伎、倡优,以后又演绎为娼妓,文人墨客称之"风月之人"、"烟花女子";民间干脆就叫"半掩门",或直呼为"婊子"。其工作的场所官称"妓馆"、"书寓",与"驿馆"、"宾馆"等同属于服务行业,又叫"妓业"或"娼业"。文人则呼之"青楼"、"烟花巷"、"勾栏院",一般俚语说"窑子",嫖娼就是"逛窑子"。

妓女商业化以后,从行业经营方式上大致可以分五种类型:

一、独资经营。俗称"柜上姑娘",一般为鸨头,寅宾馆老板等乘灾年饥荒,或谁家遇上天灾人祸,收养几个七八岁女孩,年幼时可以当丫头佣人,平时调教学些吹拉弹唱。及长便让卖"清官盘",十三四岁开始接客,终身成了老鸨的摇钱树。

二、个体经营。又称"自由姑娘"、"独门",这类妓女下水的原因多种多样。从业后独自撑门立户,待客卖身,遇有机会便可赎身从良,这类经营户一般地位较高,嫖客们对她们自然也会好些。

三、股份制经营。也就是俗称的"搭伙儿"。几个大户将外面买的姑娘送进妓院,或是主动找上门的女子借住老板老鸨的店面,共同经营。分成比例一般按"四二四"方法,即老板老鸨和妓女得四,伙友占二。当然,被卖进妓院的姑娘所得的钱要交给大户事主。这类经营方式一般都有较大的门面,从业人员也较多。

四、多种经营。与旅馆业、餐饮业、赌坊、澡堂等一起经营。俚语"窝娼"、"色娼"、"色养",这类妓女卖身的形式多种多样,年龄较大,大多没有执业牌照,三天打鱼两天晒网,哪能吃饱饭,哪有地方住就到哪儿。由于她们身份不明,姿色平平,所受的敲诈压迫也最严厉。

五、"租赁"经营。又叫"暗娼"、"流莺"。这类妓女多是家遭不幸,或人祸天灾,父母、丈夫吸食毒品,或告借无门,不得已暂时卖身渡过难关。她们或是按月按年租给妓院老鸨,或是自愿押身给某些事主,换得银两以救燃眉之急。由于这类人情急卖身,并无多少技艺,许多又是面黄色衰,姿色平常,只能低价销售,备受欺凌虐待。

妓业的存在是由多种社会经济原因造成的,从实际情况来看,应当承认大多数从业人员属于生活所迫,不得已而为之。当然也不能完全排除有个别是主动从业的现象。不管从业人员出于什么动机,妓业内对妓女的欺压敲诈,乃至摧残打骂是普遍存在的。

1927年,冯玉祥第二次主豫,一声令下将开封的妓院全部关门,妓业公会解散,妓女收监改良,让她们结婚找婆家,同时被取消的还有人力车、赌博场等不少行业。一时间开封城的确清静过一阵子。

一天,冯玉祥身穿士兵服装回省政府,走到门口见众多百姓正拉闲话,便主动上前搭讪。问冯玉祥推出的新政是否得人心,冯玉祥怎么样?

谁知上来一群老大娘,异口同声说:"可孬孙!冯玉祥可孬孙!"

冯玉祥办得都是好事,咋孬孙了?

咋不孬孙呀?一位老婆婆上来给他算了一笔账:一个人力车夫歇业,一家五口没饭吃;一个妓女歇业,"鳌头",也就是老板,"鳌腿"也就是茶房,或叫"大茶壶",老鸨干娘,以及妓女家属都没饭吃,餐饮业、旅店业生意大受影响。新政再好恁多人没饭吃,你说孬孙不孬孙?

冯玉祥起身进了省政府大门。

妓业存在有一定的社会经济基础。社会发展至今还没有达到人们可以自愿自由发展的程度,消除妓业的条件尚不具备,无法用道德代替政策。同时,人们对妓权是否就是人权一部分始终争论不休。对于自愿从业人员去罪化、去道德化更是众说纷纭。

中原大战后，冯玉祥去职，开封的妓业复旧。1935年2月，开封市官方公布了一个数字，全市领取正规妓院执照的妓院四十二家，注册妓女近二百五十人，至于其他暗娼流莺和没有执照的无法统计。

"哎呀，可把恁等来了。"樊存诚大步走下台阶，扶着牛紫龙下了人力车，关切地问道，"还咯血？"

牛紫龙摇摇头，笑答道："不碍事，没完全长好。"

两人相视大笑，樊存诚扔掉手中的烟，挥手示意说："请，恁这是大难不死必有后福呀！"

拾级进门，牛紫龙见一个穿一身大红绣花绸棉旗袍的女子迎了出来，那女子长挑身材，瓜子型脸，明眸皓齿，妖艳动人，抿嘴一笑，脸上还现出两个浅浅的酒窝。她行礼后，转身撩起正堂屋的棉帘，将牛紫龙让进客厅。

堂屋中间烧着一盆炭火，两边放着几把红木长椅，椅上有绛紫色棉垫，正面有四扇贝雕红木屏风，分别嵌刻着桃花、荷花、石榴和梅花。屏风后是一张双人合用的红木烟床，堂屋不大，装饰却也紧凑雅致。

牛紫龙扫了一眼房间里的陈设，用询问的眼光望了一眼樊存诚，问："这位是……该怎么称呼？"

樊存诚仰头哈哈一笑，对那女子说："看看，刘姥姥进大观园了吧，没见过这阵势吧？"他一把拉过那女子揽在腰间介绍道，"菊红，怎么样，俊吧？俺的红颜知己。"他指了指牛紫龙，对那女子说，"俺常说的牛紫龙，可是出了名的才子。"

牛紫龙慌忙施礼，被樊存诚笑着拦了下来，说："恁别误会，她不是恁嫂子，但是比恁嫂子还重要，这是工作！"

菊红也笑道："听说大哥坐了大牢，樊存诚茶饭不思，夜不安寐，他常念叨你是个才子，是个好人，只是政见不同。"

"说那些弄啥。"樊存诚挥挥手让菊红下去烧水泡茶，把张道成让到偏房歇息。

樊存诚拉着牛紫龙对面而坐，牛紫龙见他穿了一身紫红色绸面镶白边的棉睡袍，下面穿着白色棉绒睡裤，蹬一双深蓝绒拖鞋。坐后他把牛紫龙的手放在他两手之间揉着，很认真地端详着牛紫龙。樊存诚仍旧留着长发，微微有些发胖，长期吸烟使他嘴唇略显发乌，凸显的两眼则更加沉毅。

牛紫龙穿件灰棉长衫，围着一条土黄色粗毛绒围巾，一双胖胖的黑布棉鞋，漆了半腰的桐油,人比往常瘦弱,剃光的头上刚刚长出短发。苍白的脸,只有那一双大眼睛尚留有不少血色。

二人见面交谈了一阵樊钟秀部队一些老人的归宿,对于涉及政治观点的敏感话题二人都有意避开。

牛紫龙琢磨着如何把这件事说清楚,事先他也打听过樊存诚的情况和能量,还没开口就被樊存诚打住了。

"恁这几年的情况不用说了,俺想恁再坏也坏不到哪儿去,至于俺这些年的事,恁恐怕也有所耳闻。1934 年军统豫站搬到开封,开始招兵买马,俺就入了伙,对外说在保安司令部就职,实际在东华门上班。"

牛紫龙见樊存诚还挺坦诚,打算以实相告,说:"这俺都知道,俺就是冲恁有这点能耐来的,这件事还非求恁不可。恁知道俺确实无处可求才求到恁门下。俺有个学生是杀了人,说句良心话,他杀的人死三五回都不亏。"牛紫龙顿了顿,稳定下自己的情绪,又道,"他现在被判了死刑,兄弟俺是横竖都要救他的,所以求恁帮忙,只要能放他一条生路,恁尽管开条件。"

樊存诚仰头哈哈一笑,之后突然神色肃穆地说:"咱们以前共事多年,彼此心照不宣,只是情谊归情谊,政治归政治,俺介绍恁参加组织,俺自然能把人救出来。"

牛紫龙一愣,万万没想到他会提这么个条件,一时确难以答复,低头望着砖砌的地面,思考着用什么理由让樊存诚换个条件,可一时又想不起他当前最需要啥。

樊存诚站起身从旁边桌子上拿起一根烟,点燃后狠狠地吸了一口,叹了口气说:"关门挤屁——真巧!老天爷是非要把咱们这一代人扔到战乱年代,时危见节,国内战争还没结束,中日之战已在所难免了,恁跟俺以往理念不同,可携手抗战总会一致吧。自去年西安张学良扣押总裁后,国共两党已经开始了谈判。俺拉恁参加军统组织只是为了抗战,除此之外的事恁可以不干。"

牛紫龙环视了一周,调侃道:"像恁这么工作吗?"

樊存诚略显羞赧地笑笑说:"那当然不会,恁不适合像俺这么工作,别看恁才高八斗,学富五车,恁在这方面还真不如俺。实话告诉恁,三教九流中放它几个闲棋冷子,这主意是俺想出来的,泡在烟花巷里俺还真见识了,别看这里都是沦落风尘之人,同样可以动员她们爱国,灌输救国信念为我所用。恁可别小瞧她们,大多数情况比站街警察还管用,就拿菊红说吧,她初中毕业,平时串串门打听点事,恁就是派十个八个人跑断腿也不一定能弄来。"

牛紫龙心中有事,无心了解樊存诚干的是啥,打断他兴致正浓的话题,问道:"咱们还是合计合计怎么营救吴志翔吧,此事迫在眉睫啊。"

"那就看恁了。"樊存诚变得异常严肃,补充道,"俺想来想去,最近有件事恁最合适,这件事办成了,恁那学生自然会有将功折罪的机会。"

牛紫龙问:"什么事?"

"坐监狱呀!"樊存诚又仰头哈哈一笑。

1931年,蒋介石在南方组建了"中央军校特别研究班",1932年,国民党军委会正式成立军统局,任命蒋介石的同乡戴笠为局长,之后又相继在全国各地建立了分支组织。是年,派回河南组建军统豫站的是戴笠黄埔军校的同学,修武人刘艺舟,最早在河南成立了军统通讯组,公开身份是军事杂志社记者,开始发展成员,组建机构,招兵买马。

1934年,军统局在开封成立了河南工作站,站本部设在开封东华街七号,仍由刘艺舟任站长,河南固始人刘暨为副站长。军统河南站成立之初属秘密性质特务机构,按军统内部规定,工作人员不准暴露身份,需要公开活动的多以河南省保安司令部谍报员的面目出现,工作人员均持有谍报员的身份证件。1935年,军统与半公开的情报组织复兴社合并,活动逐渐增多,"东华门"渐为人所知,成了开封市民、学校师生提之凛然畏惧的代名词。

1937年春,国共合作联合抗日的局面形成,军统局下达给外勤人员新年度任务仍然是坚持攘外安内的老三条:一是继续侦查中共在各地的组织及活动情况;二是秘密侦查日本浪人及汉奸分子的活动情况,做好随时逮捕的准备;三是调查地方武装及其首领的情况,包括归顺政府的民团组织和未归顺政府的土匪、枪会等,掌握为首人员的思想动向,设法建立一定的联系,如结拜、会盟等,并将最主要骨干分子的姓名,手下人员数量,枪支弹药数量以及在当地的号召力等,一并列表具报。

根据军统局下达的新任务,河南站从1937年初招进一批高学历、有实战经验,在地方有一定影响的人员加入了进来,牛紫龙就是在这种背景下被介绍加入组织的,但他从进入军统开始就被放在了专门对日工作的行动队。

次日晨。

郑州警察局监狱。

牛紫龙被抬进郑州监狱特殊牢房时口鼻还都流着血,仍旧穿着那身灰棉长衫,胸肋重新打了带血的绷带,有意把个礼帽口朝上放在床边。

郑州警察局监狱特殊牢房是一间半潜式大房,房内隔成了十间牢房,其中六间房关进了山口特务案中被捕的浪人,每人一间,一桌一凳一灯,其余四间关着十几个中国人,其中有三个山口特务组同案犯。

牛紫龙被抬进了居中的一间。按照任务方案,牛紫龙被抬进牢房后,要绝食几天,几天里,他只是躺在床上昏昏欲睡。挨到第五天,同房的狱友利用放风的时间,请日本药房坐诊的浪人田间诊治了一番牛紫龙被打断的肋骨。

田间认真察看了一番,转身对同来浪人说:"两根肋骨骨折,可能为钝器所伤,没有更好的医疗办法,只能静养加营养。"

一浪人道:"狱方不供应膳食应当也是一种惩罚?"

"显而易见,饥饿也是一种审讯方法。"又一浪人接答道。

"你认为可以提供帮助吗?"一浪人问。

"当然,他已经很虚弱了,再推迟帮助恐怕就……"田间一边走出牢房一边说。

果然,中午牛紫龙的床边就端上来了鸡汤。牛紫龙勉强坐起身,喝了几口便满头大汗,意识也从饥饿引起的昏昏沉沉中逐渐清醒了过来。他环视了一番屋里的狱友,尽管混在其中山口组的同案犯他还对不上号,但从穿戴上已能看出与其他人的区别。

给他端来鸡汤的是一个高个儿大眼、黑瘦脸、有几根稀稀疏疏络腮胡子的人,此人见牛紫龙两眼有了点精神,便龇牙一笑,并排四颗哨牙上有一道明显的氟痕,看年纪四十出头,他上身套着号服,里面穿着一身黑缎棉长袍,黑绒棉鞋,一看就知道是山口组的同案犯。

他哈腰欠身算是施过了礼,问:"大兄弟想必是江湖豪杰,不知在……"

牛紫龙欠身坐了起来,右手屈大拇指和食指,左手屈大拇指,做了个"三老四少"的拱手礼。

"贵姓?"忽地从络腮胡身后闪过白白胖胖的一个中年人,小个儿,光头,疏眉,肉泡凸眼,圆鼻,厚嘴唇,下巴中间留一撮胡子。他嘻嘻笑着挤上前来问了一句。

"姓潘。"按事先了解的情况,牛紫龙事先得知山口组同案犯中可能有青帮的人,便借着青帮身份进了监狱。

"出门潘,在家潘?"

"出门潘。"牛紫龙知道类似这样的"盘道"路数很多,稍不留意就会露出破绽。他表面上若无其事,内心却十分紧张。

"老大在哪儿进的家?贵前人为何?烧的哪炉香?"那光头瞪着眼很认真地提了一连串的问题。

青帮,最早是活动在南方航运船队里的民间组织,并没有太多政治色彩,到了明末清初,众多反清失败的明朝遗臣遗民躲进青帮队伍借以栖身,并逐渐把青帮改造成了一个帮规严密的半秘密组织。改造后的青帮组织借鉴传统文化忠孝礼仪为主要帮义帮规,拜师为父,收徒为子,套用家庭父父子子的伦理道德作为维系组织的纽带,故而江湖上又称"父子帮"。青帮开山鼻祖为翁、钱、潘三位师爷,因翁、钱两人在世时没有开山收徒,以后入青帮的人统一认潘祖师爷为开山前辈,只要入会一律自认姓潘,并以老大自称,只是供奉的牌位仍有翁、钱两位师爷。

郑州是旱码头,自清末开埠以来,吸引了上海等地经商务工的人员纷至沓来,其中有不少青帮门徒随转内地发展。先后入郑的有兴武六帮、嘉白帮、杭三邦和兴武四帮等四个船帮组织,除了兴武六帮师傅邱现荣是上海闸北理门公所大当家,属青帮二十一代"大"字辈的外,其余三个船帮师傅都是二十二代"通"字辈的本地人。

青帮之所以在郑州盛行一时,主要原因是民国初年时局不稳,地面不静,兵去匪来,人心惶惶,社会各方面的人都想找个靠山护身,入得帮会谋生办事也能图个互相照应。四个船帮在开山收徒初期多以中下层生意人、商店店员乃至火车站起御夫、纱厂、打包厂的工头为主。1934年青帮势力开始向军政商界中上层人士渗透,专署各机关、各县区长,平汉、陇海铁路的段长,各大饭店、旅店的经理以及保安司令部、警察局的要员也纷纷加入到了青帮组织中,使青帮迅速发展成了一个鱼龙混杂、投机钻营,相互之间又巧取豪夺、争风兴浪的大杂烩组织。

青帮入郑初期,进山门入帮会还是有一套严格章程的,入帮须先由引进师介绍,拜一个本命师为徒,然后有传道师教授帮会规矩礼仪,再择吉日祭祖师爷,点烛焚香举行正式入帮仪式,如是一应礼仪完后方发给炉香证书,算是正式成了青帮的一员。青帮炉香证书上记有引进师、本命师、传道师的姓名、住址、加入船帮的旗号等,遇有"盘道"①时三个师父的大名均要用帮会行话——报清。

"他老人家姓程,上长下河,引进师姓丁,上子下霖,转道师姓陈,上步下洲,念三辈。"答完牛紫龙欠身欲起,接道,"给恁过礼。"

"可不敢,俺也姓潘,是念四学字辈,老人家姓孙,上瀛下洲,杭三帮的,该俺给你见礼才是。"

"家礼不用见,香堂口再见吧。"牛紫龙到此打住"盘道",显出一副力不从心的疲惫样,担心他们再盘下去自己就很难应付了。

那人跪下磕了个头,起身后又招手把站在床边的两位狱友叫到床前,先从自己开始介绍,逐一把真实姓名身份报了出来:"俺姓赵,贱名本亮,河北沧州人。"说着指指大眼,"他姓梁,贱称子成,江湖有名的'大眼'就是他。"接着又拉来一个满脸横肉的小眼青年,说,"这表弟也姓赵,贱名书成,和大眼都是周口镇人,俺仨不在礼了。"

牛紫龙欠起身拱手,算是施了江湖见面礼,做出一副很江湖的做派,说:"在下姓郑,名成武,洛阳人,跑陇海铁路吃山货贩运,这次失手因夹带点白货,得罪了几个小人落难到此,还望地面上的老少爷们多帮衬。"

"你一来俺就看出你不是一般人物,没想到跟俺们是一个沟里翻的船。"大眼梁子成抽了几下嘴角,止不住眨巴着眼说,"这儿可是重刑犯监狱,能从这儿走出去的人不多,从你腰上的伤看,你犯的事轻不了……"

牛紫龙一副不屑的样子挥挥手,很自信地说:"不劳各位兄弟费心,就是开封死囚大牢俺也是三进三出了,重情义,养人气,恁能看多远,恁就能办多大事,俺在这儿,外面自然有人替俺操心。"

这人也就是怪,你越说不用帮忙,别人就越想帮忙。

"要不俺托帮里人找找郑州警备司令部的人?"

"不用。"牛紫龙摇摇头,道,"俺犯的事没有省政府和保安司令部的人发话,

---

① 青帮黑话,即互相审问对方身份的暗语。

郑州地面上找谁都没用。俺已经出了大血去蹚这条路了。"

众人相视无言,无不露出羡慕的神色。

"敢问各位仁兄贤弟,恁们进来可曾与外面通过音讯?需要俺尽力的地方只管吩咐就成。"牛紫龙有意礼尚往来、现还现报地问了一句。

"岂敢岂敢!一家人不说两家话,俺们弟兄的案子涉及中日邦交,外面钱队长他们正在打通关节,过不了几天俺们就能出去。"大眼梁子成炫耀道。

牛紫龙做出一副赞许的样子点点头。

农历三月十三。

郏县县城十字街。

这天,郏县城南庙会,大半个县城的人都去赶集备春了。临近午饭时,县邮局来了两个警员,心急火燎地找到局长胡存林,递上了一封标有县政府字样的信笺。

胡局长展开见是县长王易知让他即刻押送县党部存在邮局的大洋五百元送至县政府,称有急事用。

胡局长未及多想,看了看站在面前的警员,一个似乎有点脸熟,另一个小个儿瘦脸,肤色较黑,一副娃娃相,大眼圆鼻,厚厚的嘴唇,穿着一身显然过大的警服,头戴的大檐帽也是晃晃荡荡。便顺口问了一句:"恁也是警局的?"

"是,长官。"那警员挺胸收腹,双腿一并,很响亮地答了一声,透出少许喜庆的神色。

胡局长让人找来一个厚布包,点清大洋,让两位警员抬着出了邮局的大门。

出大门,穿过一段胡同便是南北大街,县衙就坐落在南北大街的十字街口。

那天,阳光格外明媚,微风中飘荡着新春泥土的芳香,路边的槐树吐露新绿,一派万物更新的气象。

胡同里只有寥寥几个行人,个个还匆匆忙忙。胡局长回头看了一眼跟在身后的两个警员,用手摸了摸别在中山装左胸处的国民党徽章,把皮包夹在腋下,摘下眼镜用手绢擦了几下,边走边问:"恁们警察局的人怎么干起县党部的事啦?"

那个一脸娃娃相的警员又是双腿一并,回答道:"是,长官!"

"咋又'是,长官'啦,俺问恁为啥派恁们来拿县党部的存款。"

"是,长官!"那警员又是双腿一并,大声回答一声。

胡局长正欲发火,突然,从叉口胡同里跑出一群嬉戏要饭的小叫花子,其中一个个头稍大、披着长发的孩子,跑到几个人面前,乘胡局长不备,猛地把他的皮包抢在怀里,沿着胡同撒腿就跑。

胡局长迷瞪片刻,意识到自己的皮包被偷了,大喊一声:"快抓贼!"

这时,那娃娃脸的警员把布袋交给另一个警员,拉着胡局长就追了过去。

那帮小叫花子跑跑停停,这边娃娃脸警员显然十分卖力,三两步就跑到了胡局长前面,一面跑一面喊:"跑球啊! 给俺站住!"

几个毛贼似乎也意识到了问题的严重性,步子逐渐慢了下来。眼看快撵上了,其中一个乞丐回头做个鬼脸,率领众人拐进了一条青石板铺就的背街。那娃娃脸警员回头看了看紧紧跟在身后的胡局长,猛地抱头往地上一蹲,胡局长还没反应过来咋回事,止步不及,狠狠地从那警员背上翻了过去,栽得满鼻子满嘴都是血,眼镜也不知道落到了何方。等他哎呦呦地坐起身时,模模糊糊见那警员在前方不远处滑稽地做了一个敬礼的动作,大喊一声:"是,长官!"顺手从身后要饭孩子手里接过皮包扔了过来,转身领着那群要饭的孩子一哄而散。

"啊,他们是一伙的!"

胡局长望着越来越模糊的一团黑影,猛地意识到县党部那笔五百多元的存款,慌忙起身抓起皮包,连眼镜都没顾上找就向南北大街跑去。他眼前越来越模糊了,重影的景物一晃而过,留在眼里的只有那警员的娃娃脸。他又气又悔,还有些委屈,禁不住切齿骂了一句:这帮七孙!

他跌跌撞撞跑到被抢包的地方,四望早已没了警员的身影,只有三三两两围着他嬉戏的路人。他倒抽了一口冷气,揪发捶胸顿足,唾沫星四溅地咒骂了一通。转身一看四周依然是模模糊糊一片人影,仿佛正在看着一个落入陷阱的野兽。他长吼一声,感到一阵天旋地转。这时他才想起报案,情急之中他又想起那张取款条也让那俩警员收回去了。

三天后。

郑州警局监狱审讯室。

"哈哈哈,"樊存诚仰头大笑了几声,掂了掂那袋银元,啧啧嘴道,"可惜恁多钱呀,还得给他们。"

牛紫龙仍然穿着囚服,半躺在审讯室的长条凳上,问站在一旁的张道成:"胡局长的皮包还给他啦?"

"姚三一手递给他了。"张道成很认真地回答道。

樊存诚把烟叼在嘴上,从布袋里掏出一个银元用大拇指和食指捏在中间放在嘴前猛吹口气,急忙送到耳边听了听,重重地吐出口烟气,又把银元揣进了袋里,说:"吴志翔的事沉,这些钱俺怕不够,好吧,暂时搁这儿吧,说说恁这边的事吧。"

牛紫龙很吃力地坐起身,说:"自从日本大使出面'道歉',山口被放以后,剩下的日本浪人知道他们迟早能出去,正在谋划他们撤离后的工作。他们经营多年的毒品销售网络肯定不会放弃,从这些天观察的情况看,他们最关心的是他们走后这个网络可以委托给谁代管,同样他们对俺这个'毒贩'的进货和销售渠道也格外关心,截至昨天傍晚,他们一直在开黑会,俺想这几天就会有结果。"

他顿了顿,咽了口水,接着道:"不管他们选谁,只要盯着杭三帮和郑州侦缉队的钱队长准能咬住他们。"

樊存诚狠狠地呷了几口烟,说道:"这事站里已经安排好了,现在怕的是这帮人立功心切,打草惊蛇。"

"俺看这条线不宜过早收网,应有长期经营的准备,一旦失去了这个渠道,以后再要找到他们就难了。"

樊存诚把一根烟用力在桌面上磕了磕,拔下嘴上的烟头接在了那根烟上,说:"俺看恁也不用回去了,现有的情报就够了。"

"不行,"牛紫龙摇摇头。"这几个日本浪人在这儿开药店六年,卖多少药丸挣多少钱,对他们来说仅仅是盈利的很小一部分,真正的收益就是销售网络的这帮人,这个网络对他们太重要,对咱们正所谓留得青山在,不怕没柴烧,更是奇货可居,不把其中情况摸清太可惜,这个险还是值得冒的。"

"好!"樊存诚似乎来了精神,说,"把他们的来路变成咱们的去路,这盘棋就走活了。"

牛紫龙点点头,继续道:"俺同监那三个杭三帮的人都不是日本人托付管理这个网络的人,这仨人今后能不能跟日本人联系尚不清楚,但留下来比办了他们用处多,即便把日本人放走后,也要把俺和这些人再关一段时间,澄清水才能看清楚鱼藏在哪儿。"

樊存诚专注地听着,点着头。

牛紫龙站起身,说:"好了,送俺回大牢。"

樊存诚长出一口气,招手示意张道成来到面前说:"恁照他鼻子上给两巴掌。"

张道成一愣,笑笑说:"他是俺叔呢,俺打自己吧?"

樊存诚两眼一瞪说:"叫恁打就打,把鼻子打出血就行,千万别把鼻梁打骨折了!"

牛紫龙也朝张道成点点头,指了指自己的鼻子说:"照这儿打。"

张道成像磨刀似的把右手在衣襟上蹭了几下,还对着手掌哈了口气,"啪"的一掌打在了牛紫龙脸上,顿时血如泉涌流满了号衣。

牛紫龙仰起头大口大口地喘着粗气,用手摸了摸鼻梁,说:"好小子,恁真够狠哪,手比熊掌都重。"

张道成很委屈地端详着自己的手。

1937 年 4 月,经南京国民政府批准,郑州市警察局作出了将日本浪人志贺秀二、田中教夫、山口勇男等人驱逐出境的司法判决,就在他们到达天津等候回国之际,他们苦心经营的网络联系人先后在郑州和河北磁县被杀,失去了遥控操纵整个网络的中介,重创了日本华北特务机关。为此,志贺秀二等人受到了总部的斥责,一怒之下,志贺秀二在天津切腹自杀。

5 月,中共中央在延安召开苏区代表会议,河南工委书记刘子久和鄂豫边省委书记周骏鸣代表河南党组织出席了会议,会议期间,中央决定重建河南省委,任命朱理治为省委筹备组组长。

当月,牛紫龙被任命为军统豫站行动队队长,授中校军衔。

6 月,郏县吴志翔共匪杀人案被省政府发回重审,理由是年龄未满十八岁,转押至开封少年监狱,不久又转回郏县监狱。

7 月 7 日,日本军队策划制造了"卢沟桥事变",悍然发动了蓄谋已久的对华侵略战争。

这年夏天,河南已是多季未雨,三季失收,灾情波及全省几十个县,各地纷请赈济,更可怕的是黑热病沿黄河流行开来,据不完全统计,患病人数超过三十万。

进入 8 月,郑州、开封等地又忽降大雨,竟至连绵两月有余,省城周围一片泽国,房屋倒塌十分之六。

伴随着滔滔滚滚的洪水,灾民队伍也如潮涌,再加上河南大批院校、机关、企业开始西迁,陇海路沿线到处是背井离乡、风餐露宿、扶老携幼、呼亲唤友的人群,哭声喊声夜以继日,疾病死亡不绝于途,其情其景惨不忍睹。

9月,蒋介石电令全国所有县长必须守土抗战,不得后退。河南省国民政府也下发通令,要求"人不离省,枪不离乡",全部转入战时体制。

抗战爆发后,河南各地纷纷成立抗日组织,后援会、敌后援会、歌咏队、话剧团、文艺座谈会等,各类组织如雨后春笋般纷纷成立,各种报刊也争相分发,在整体动员的形势下,一场青年人才的争夺也悄无声息地开展起来。

9月某天。

郏县旧县衙后院。

牛紫龙把一张进步学生的名单夹在食指和中指之间,随同樊存诚一起走进县长办公的小院,遇到特意在门外等候的中共代表王永祥。

"缘分哪!咱们虽说不是一股道上跑的车,靠的还是一个站。"樊存诚拉着王永祥的手上下打量着。

王永祥穿着一身崭新的灰布军装,打着绑腿,斜挎着驳壳枪,与前几年相比黑瘦不少,却显得十分精神干练。

"那要看这两趟车的终点站在哪了。"王永祥笑答道,也打量一番樊存诚,"恁这是哪一部分?怎么看来看去不像是国军?"

樊存诚穿一身标准的黄绿色洋布军服,足下是黑亮黑亮的长筒马靴,胸前装饰着省保安司令部的上校徽章。

"是不是国军恐怕无关紧要吧,只要抗日就行。"樊存诚两眼一瞪接着调侃道,"哎哟,俄差点忘了,在学校时恁就会喊口号,啥口号时髦恁就喊啥。"

牛紫龙上前一步握住王永祥的手,乘机把纸条塞到了王永祥手里,和解劝说道:"樊大哥是刀子嘴豆腐心,他姑且说之,恁姑且听之。"

牛紫龙穿一身黑色中山装,同样在胸前别着青天白日国民党徽章,王永祥故作惊讶道:"哎呀,士别三日当刮目相见,恁这是哪一部分?"

"现在社会上司令、军长多如牛毛,正规、杂牌真假难辨,应上刚才恁的那句话,只要抗日就行,至于他是哪一部分恁大可不必操心了。"樊存诚抢上一步回答道,说罢顾自带头进了县衙后小院。

王易知铁青着脸,咬着下嘴唇,看见三人并不答话,只是做了一个请的手势,把人请进了办公室。

抗战爆发后国民政府调整部分地方官员,王易知属于留任的县长,同时兼任县民团团总一职。他穿一身青黄色的军装和一双漂亮的长筒皮靴,只是神态十分沮丧,看上去一副忧心忡忡的样子,额上很有序地排列着三道皱纹,两眼茫然失神,脸上浮出许多虚肿,眼睛罩着一圈黑影。

"欢迎欢迎,国难当头,摒弃前嫌,兄弟阋于墙,外御其侮,过去的恩怨是非只当一风吹了吧,从今往后团结抗日才有出路。既然你们回到桑梓,还望能为桑梓抗战救灾作些贡献。"王县长一边说一边分别拉拉三人的手,"各位对敝县政府工作有什么意见和建议尽管说。坐、坐、坐。"

众人围着一个长方形桌刚一落座,王永祥开门见山道:"根据国民政府与我党鄂、豫省委的协议,允许民众自发建立抗日组织,我们考虑将县里一些抗日武装进行改编,成立统一的抗日民众组织,不知县政府能否给以帮助?"

王易知挤出一脸愁笑,答道:"据我所知,国民政府只同意贵党原在确、泌、桐、信、罗五县武装改编成地方抗日武装,县地方政府有责任承认其合法地位,适当供给粮款。而本县原来就没有贵党的组织、贵党武装,自然不存在改编问题。更重要的是建立地方抗日武装是政府抗战守土的职责,没有必要节外生枝,另起炉灶,你所说的抗日武装现在何处,是何方民众的组织,这些我都不清楚,让本县如何支持?"

王永祥并不理会,再次提出要求:"长期以来,国民党地方政府多是站在豪强劣绅一边,与当地百姓积怨已深,若要动员群众投入抗战自然不能再用原有的统治办法,抗战要求一个能善待群众的政府,自觉组织起来,并能团结带领群众的政党,最大限度地发挥我们进行抗战的巨大潜力。我党真心抗日,能广泛发动群众,对抗日作出更大贡献,既然不让建立独立的抗日武装,可否允许我们成立抗战宣讲团,县政府总不至于禁止吧?!"

樊存诚仰头哈哈一笑,说:"贵党难道都不能换换花样,不久前贵党组织的几个文艺剧团,说是到基层宣传抗日,演着演着就跑到贵党部队去了,这跟组织独立武装有什么两样?"

"这就是恁的狭隘了,现在是国共联合抗战时期,同是抗日的政党,抗日的队伍,群众愿意参加哪个都行,他们认为谁真心抗日就加入谁的队伍,有什么不妥呢?!"王永祥站起身反驳道。

"好了,好了,大家都是为了抗战,本县支持你们宣传抗日,允许你合法活动。"王易知表态算是同意了王永祥的要求。

"好,咱们后会有期。"

王永祥整了整军服,向王易知致礼后,又冲着樊存诚、牛紫龙一笑,转身走出了县长办公室。

王易知送走王永祥仍旧是哭丧着脸,问道:"那就再谈谈你们的要求吧。"

樊存诚扭头看了牛紫龙一眼,开口说:"要求很简单,让恁从监狱里放几个人。"说罢,向牛紫龙丢了个眼色。

王县长喃喃道:"国共合作抗日,国难当头,囚犯请缨,要说释放囚犯也在情理之中,冤家宜解不宜结……"

牛紫龙双手把一张拟好的名单递了过去。

王易知黑着脸,扫了一眼那张名单,问:"这几个人我得了解一下情况,估计问题不大,可吴志翔犯的是死罪,省政府免了他的死罪,可死者家属誓不罢休,已再次起诉,吴志翔恐怕要暂缓释放。"

"球!"樊存诚忍不住掏出根烟,点燃后狠狠地吸了一口,那烟一下燃烧了四分之一,浓浓的烟雾从他嘴里喷了出来。"这又应了刚才王永祥说的那句话,政府不能总帮着豪强劣绅说话,他杀的人,民愤太大,百姓没一个不叫好的。"

牛紫龙也乘机提醒道:"冤有头,债有主,最早开了杀戒的不是他,而是被他杀了的人,追根溯源是从旺乡惨案开始的,政府不愿主持公道才把他逼上了以牙还牙的路……"

王易知摆摆手,不耐烦道:"国难当头,以前的事别再论说了,这样吧,不管你们用什么办法,只要给县里提供四十杆长枪、十杆短枪、两挺机枪加一千块大洋,你们一手交枪,我这儿就立马放人。"

樊存诚哎哟了一声,大大咧咧道:"这不是两个排的装备吗?!县长大人真是阎王爷不嫌鬼瘦。"

牛紫龙沉思片刻,说:"那好,俺们会尽快送枪提人。"

王易知忽地站起身,冷冷地说:"还有一个条件,吴志翔释放后不能再在县里出现,如若出现,政府将再次发通缉令。"

"恁湖性①。"樊存诚站起身把烟叼在嘴上,双手撩了撩中分的长发,两眼一瞪说,"就按王县长的话办吧。"

王易知也不客气,反讥说:"这也是各得其所,你们既然如此看重一个人才,显然没必要把此人用在敝县这种小地方,定会用到抗日最前线,这样我对上对下都好交代。"

说着,他大步走到门旁挥手做了一个请的手势,显然是要送客了。

1937年8月,军统豫站在临汝、鲁山、宝丰、郏县一带考核招收行动队员55人,其中包括一批被国民政府通缉和正在服刑的囚犯,如张道成、姚三、张剩等人都先后参加行动队。

1937年11月,日军108师团打到了河南安阳。

抗战之初,国民党军单纯采用正面防御作战,"固守不退,对战坚拒,誓死不屈",为固守一城一池浴血奋战,在一定程度上消耗了日军的有生力量,为沿海工业西迁赢得了时间,到年底,短短五个月时间国军便伤亡三十万人,上海、太原相继失守。

面对完全不同的战争模式,引起了方方面面的争论。这个仗怎么打?适用什么战略战术?牛紫龙被总部和豫站急招到豫北,领受了战场勘察调研任务,前后一个月时间,转了六七个交战的场地,从观察的情况看,日军采取的是被称之为"高效作战"的方法,突出个人战技能和战场上的协同配合,用同等火器发射水平衡量可以给对手造成的伤害,这应当是侵华日军在战争初期的作战特点。火器发射只代表作战能力,不代表作战效率,日军尤其讲究作战效率和协作配合。除此之外,日军还强调作战意志,有着独特的生死观,认为死在战场是种荣耀,杀人是为人超度,战死皆可成佛,在日本人的生死观中既没有西方世界基督教"十诫"之类的信条,也没有佛教因果报应之类的约束,日本人认为生前作孽与死后轮回没有任何关系,良心纯属子虚乌有,因此,他们日本军人不会因为杀人放火丧尽天良而有灵魂不安,把战死视作最高境界的荣誉。

牛紫龙从郑州渡过黄河到安阳、新乡,把收集到前线官兵对日军作战的认

---

① 地方方言,很牛的意思。

识进行了汇总,又对抗战爆发后各方面对抗战战略战术的研究论述,及交战以来国民革命军的检讨进行了整理,结合实地考察情况写出一份带有建议的前线勘察报告,主要观点:一是在敌我装备、士兵体质、后勤供应、训练差别悬殊,且敌又占空中优势的情况,以阵地战正面防御作为御敌主要手段得不偿失,必须改变;二是根据各级军政人员守土有责原则,死守不退就必须学会就地游击战;三是应抓紧举办游击训练班。

开封东华街七号。

军统豫站新任站长岳烛远取下眼镜,扫了一眼站在对面的副站长李慕林、军统派任郑州警察局刑警队长崔方坪,最后把目光落在了军统豫站行动队长牛紫龙脸上,抖了抖那份勘察报告,说:"我们的游击战与共党提出的游击战应当有所区别,不然的话贸然提出别人还以为咱们是抄袭共党的套路。"

牛紫龙在前线观察多日,对双方的作战能力和特点研究多时,他想不起来游击战还能再搞出个区别共党的模式,只得不作回答。

岳烛远又问:"你这里写的是的前线亲历亲闻吗?"

牛紫龙郑重点点头,回答道:"的确如此。"

抗战初期,日军常常是孤军深入,远距离穿插,长途奔袭,人吃马喂,缺少正常的后勤供应渠道,走到哪儿抢到哪儿,从战略上看很是狂放。

日本陆军最早是按德国陆军模式组建的,自成军以来,从不放弃一个动武打仗的机会,在历次作战经验基础上发展起了一套日军独特的战略战术、军事思想和军事作战体系,并在实战中反复实验,十分有效。历史上日军曾打败过一向以剽悍作战扬名欧亚的俄罗斯陆海军,甚至还打败过他的老师德国军队。

日军作战最大的特点是单兵乃至师团一级作战能力十分突出,强调精神上"神勇"顽强,把尊神、爱国、忠君结合起来,有着种族主义近乎疯狂的狂热残酷,这种心理,往往能变成士兵的一种"死狂"。

日军无论进攻还是防守都非常注意实效,常常会用铁链把士兵拴在阵地上,直到打死再换上一个。再加上重型装备的优势和空中支援,每个人每个作战单位按规定的协同作战动作,能够迅速形成了一台完整高效的杀人机器。

反观我军除了士兵朴实勇敢、坚毅耐劳之外,其他战技训练水平较低,兵源素质、体质、文化程度都不高,整体装备陈旧,缺少必要的应对日军重型武器的装备,更谈不上空中支援和掩护,尤其是军队中、下级军官知识、能力、精神与职务很不相称,不改变战法,这仗就很难打下去。

牛紫龙向前迈出半步答道:"自去年七月中日开战以来,各方面对战和有不同的建议和对策,主和、主战,还有主张不和、不战,乃至以谈代战者均提出了多种思路,国共两党都主张战,共党主张以游击战为主,或许目的在游而不击,保存发展实力。国军则是'以游击战配合正规战,目的是积小胜为大胜,以空间换时间',用意旨在持久抗战,实现总裁提出的守土有责、寸土不让的原则。这一新战略是不久前国民政府军委会在太原失守检讨会上提出来的新方针。虽说国共两党都提出了游击作战,但对如何开展游击战目前双方还都没有成熟的经验,谁先总结整理出来就是谁的。"

岳烛远点点头,对其他人说:"今后情报工作除了一般单项内容的情报外,更要根据时局特点注意定期、不定期地搞些研究性综合情报上报,从程序上也要改进,我看可以设情报编审,专门进行整理综合分析归纳,同时为了提高时效,避免丢失,外勤单位的重要情报在上报站部的同时,允许直接报送总部一份,是否妥当你们可以议一下,情报编审人选遴选也可以先考虑一下,安排谁比较合适?"

众人相互观望,都没说话。

岳烛远是个心机深远、圆滑投机的军统官僚,无论对上对下都采取一种模糊亲近的姿态,到什么山上唱什么歌,见什么人说什么话,以至于在许多基本问题上连他自己都不知道自己的主张是啥。他一向自称是黄埔六期毕业,隐隐约约暗含着与军统戴老板的同窗之谊。然而,众多的黄埔嫡系却不认识这位学友,六期不假,只是武汉分校的六期生,与广州黄埔六期根本不是师出一门。还有他的原籍,一会儿山东,一会儿河南,他自己都说了几个版本。岳烛远之所以能做到少将站长一级,与他的模糊处事态度有着密切关系,对人对事从来是清楚不糊涂,在军统用人环境里可谓如鱼得水。

据说,岳烛远在南京上高中时就加入了中共党组织,以后鬼使神差地又加入了戴笠的特务处,所以凡是沾点共党边的提法他都特别敏感。他深知在军统混饭其实就是当好主子的狗,让咬谁咬谁,这嗅觉自然要敏感才行。

他中等个儿,瘦脸猴腮,一双骨碌碌的凸眼仿佛不停地拨拉的算盘珠,瞅见谁都情不自禁算计一番。

"好吧,此事大家回去考虑,再说说今天的议题吧。"岳烛远见无人发言,转变话题问,"自去年豫站搬到郑州后,站部及各组基本配置到位,行动队招收的新人也训练几个月了,究竟达到什么程度?能不能马上派上用场?"

众人又把目光转向牛紫龙。

牛紫龙再次上前半步,回答道:"个人战技术训练已经全部完成,包括密码写信、单边联系、跟踪与反跟踪、秘密行动也已完成。现在正在进行的是爆破、密取、格斗等科目的训练和协同训练。"

"那就赶快调往开封实地训练,边熟悉地理环境边训练,重点要放在开封市和周围。"

"是,俺今晚就办。"牛紫龙答道。

军统豫站自"七七"卢沟桥事变后,队伍迅速壮大,站本部也迁到了郑州,并在全省各市地及周边接壤地方设了工作组,如菏泽、内乡、道口等等,每个组编制7到15人不等,还配了电台,设台长、译电员各1名。其他站本部内勤人员,如文书、交通、会计加起来总数已达450人之多,其中行动队人员就占了将近四分之一。

岳烛远仍然面无表情地对牛紫龙说:"行动队实地训练你就不用去了,你的任务是先到随军组,我看这件事还是你合适,具体任务由崔方坪队长给你介绍。"

崔方坪点点头。他个子不高,披着斜分的长发,脑袋格外硕大,方脸鹰眼,钩鼻大嘴,面色蜡黄,整个嘴脸似乎与身体的比例不太适合,鼻子嘴巴都有点向左歪。他穿一身黑色警服,胸前还挂着亮闪闪的怀表。

他上前半步,乜了牛紫龙一眼,交代说:"根据总部命令,河南豫站增设随军组,主要了解日军动向及各类情报搜集,掌握我军和共党军队的各种情况,日军情报包括作战的战术特点、进攻防守事态分析,我军和友军情报包括各部队思想状况,作战实际效能等等,所有第一手情报都要同时报送总部一份。"

岳烛远插话道:"人员嘛,你从行动队里挑,我看不用多,四五个人为宜,带一部电台,随指定部队一起行动,也可奉命单独行动。只是每到一个部队都要有份报告,其他人还真没这把刷子,我们几个商量还是辛苦你。"

牛紫龙知道这差事没人愿意干,不过却是自己求之不得的机会。

"是。"牛紫龙回答道。

"根据命令你先去豫西,今晚就走,装备经费一会儿派人给你送过去,你先去挑人吧。"

次日。

牛紫龙带人匆匆赶到洛阳九十一军军部时已是黄昏时分,恰巧在门口碰上军长郜子举从门里大步出来,牛紫龙退后、让道、敬礼后,郜子举拉着牛紫龙的手说:"上午才让俺看到随军组的名单,俺咋想咋觉得牛紫龙这个名字有点晃眼,猜着就是恁。恁先凑合着在这儿扒口饭,俺去一六六师任务说明会坐会儿,这老蒋连俺都不相信,俺还是黄埔教官!这不,说换师长马上下文,还是他老蒋的侍卫副官。"

郜子举,河南鲁山人,保定陆军军官学校毕业,1924年到黄埔学校任第一期团队长,后任少校战术教官。1925年被派任到建国豫军任参谋长,牛紫龙在建国豫军时一直随总部活动,认识郜子举。

1930年蒋冯阎中原大战前,樊钟秀召集部下所有的黄埔军校的教官、学生开会,他一上台子就说:"俺不为难恁们,现在部队要跟恁们黄埔军校的校长打仗了,恁们是师生之谊,不能让恁们做不义之事,恁们可以自动离开,每人按职务高低发五百到一千块的安家费,恁们走吧!"

郜子举刚刚回到鲁山老家,中原大战便以冯阎失败而告结束,郜子举便收拢起樊钟秀旧部,被改编为新编第五军,郜子举任军长。抗战爆发后郜子举又被任命为洛阳警备司令,兼任第九十一军军长。

郜子举向以"严格、严谨、严肃"著称,有"三严军长"的雅号,平时不苟言笑,办事大胆心细,擅长带兵,由于当过黄埔军校的战术教官,尤擅制定战役战术方案。

郜子举四下扫了一眼,凑前一步又对牛紫龙悄声道:"临阵换将兵家大忌,新师长刚上任一个多月,兵不知将,将不知兵,连个任务说明会都开不下来。"说着他重重地从鼻孔里出了长气,拍了拍牛紫龙的肩膀匆匆出了军部的大门。

当晚,牛紫龙并没等到郜子举,便连夜出城赶到孟津,上井寨九九二团团部。

孟津县上井寨。

一连两天,九九二团各部都在紧张地做渡河作战准备,营团干部都在师部开会,直到渡河作战的前两天才回到所属部队。

国民革命军九十一军,是国民政府行政院军政部于1938年2月新组建的乙种军编制,下辖第一六六和第四十五两个师,外加一个补充团。其中一六六师的师长、副师长突然在渡河作战前换了新人,新任师长马励武,黄埔一期生,此前任蒋介石的侍从副官。该师是军长郜子举的基本队伍,大部分中下级军官是他在建国豫军时带出来,士兵也多是鲁山县及周边地区招录的子弟兵。此次奉命渡河作战自然是新任师长带领,而新师长对所属营级单位指挥员还没有对上号,使得众多中下级军官怨声载道。

渡河作战前一天,九九二团召开连队长任务说明会,团长传达完整体作战任务规划后,会场一片寂静。

"都明白了吗?"团长环视一周问。

很显然这是个以卵击石的计划,且不说对方是日军精锐,号称"铁军"的第十四师团酒井支队,单兵技战术以及各兵种配合协调,武器装备等远远优于中国军队,从目前掌握的情报来看,人数也不少于渡河作战的中国军队。从战役指挥上讲一个攻一个守,最忌兵力分散,贪多求大,中国军队同时攻击济源、博爱、孟县等多个目标,根本没有考虑临近日军的增援合围,只要稍微有点兵学常识的人都能看出其中致命的疏漏,这究竟摆样子还是找打仗呀?!

"任务俺们领了,能不能在攻击目标顺序上改动改动?"不知谁在会场后面嘀咕了一句,会场顿时议论开了。

九九二团参谋长秦长治从口袋里掏出块手绢,摘下眼镜擦拭一番,大声道:"这次渡河作战的时间、地域、任务目标,参战部队等上级都已经确定,不可更改。"

"那还说明个球呀!"突然,二营刘正操营长站了起来,大声道,"敌强我弱,又不得不战的情况下,能不能在打法上让俺们有点自主权?"

坐在前面的副旅长王翔宇问:"打法上如何改?怎么个自主法?"

刘正操营长环顾了一下四周,道:"常言道水无常形,兵无常势,眼下我军渡河作战,日寇以逸待劳,若要不吃亏不外乎避敌之长击其所短,出其不意各个击破,特别是近战夜战。"

"还有应该把敌军情报搞清楚,布防重点、武器装备等,知己知彼,百战不殆,能不能缓攻几日?派几个弟兄混进城来个里应外合?"八连长宋鸿儒也站起来帮腔道。

"去年,日军之所以一路打到黄河,主要是逢战必有战车开路,战车上的火炮比咱所有轻重机枪都打得远,咱们渡河作战能不能把咱们师里的战防炮连运过河去?哪怕运过去一门炮也行。"九连长吕长渠也站了起来。

"好了好了,师里的战防炮咱能说了算?"参谋长秦长治摇了摇手,望了望坐在一边的团长、副旅长,叹了口气说,"不瞒弟兄们说,这些建议俺们在师部都提了,可新来的马师长说俺们是杆匪流寇的战法,根本上不到大台面。他坚持正规作战的路数,看来这回只能硬拼了。"

会场一片寂静,一阵阵浓浓的烟雾慢慢升腾着,很长时间以后,秦长治才说:"要是没啥,大家都回去准备吧。"

"信球蛋,信球蛋!这指挥真信球!"

牛紫龙陪同刘正操营长到八连检查战前准备,进八连驻村头一个小院就听见几个战士在发牢骚。

"立正!"一个眼尖的战士抬头看见几个军官进门,马上起立喊了一声。

小院里三十多个战士齐刷刷地在原地站了起来。

刘营长蹙眉黑脸问了一句:"排长呢?"

一个足有两米多高的大个子班长敬礼后道:"报告营长,排长出去买窝窝了。"

那大个说话有些呜呜啦啦含糊不清,牛紫龙抬头见那大个光头瘦脸,浓眉凤眼,鼻子挺长,嘴唇厚厚,美中不足的是唇角处塌了一块。他穿着一身显然有些紧身的军装,袖口和裤腿还有自缝接长的线痕。

"恁是——"牛紫龙仰头问。

"报告!五班长朱金山。"

"这可是老兵,过去也在咱们建国豫军干过,后来参加了冯玉祥的部队,去年还参加过淞沪会战。"刘正操代朱班长介绍一番。

朱金山站在一边木讷地笑着。

牛紫龙接着问:"发的干粮不够吃?"

朱金山双腿一并,大声答道:"是!只发三天馍干,满共才三斤六两,俺吃不饱。"

刘正操突然脸一黑，问道："刚才恁们说信球蛋说的谁呀？"

满屋无语，一个瘦瘦小小的战士挤上前来怯怯地答道："报告！信球蛋是俺说的，俺是说宋襄公泓水之战呢！"

"嗯？"刘正操瞪大眼睛望着那战士问，"恁叫啥？眼前这一仗与宋襄公泓水之战有可比性吗？"

"报告！俺叫张红旗，二营八连特等兵，这次渡河之战跟泓水之战形势、条件、打法没可比性，就是思路一样。"

"嗯？"刘正操点点头说，"有道理，不是泓水之战，但有宋襄公，恁上过学？"

"是，长官，师范毕业。"

"家庭条件不错呀，咱们营能读到师范的没几个。"刘正操打量着张红旗的背包行装。

"报告长官，家庭条件一般，俺也只是陪读，就连当兵也是顶着人家的名额。"张红旗回答后窃笑着伸了伸舌头。

刘正操拍了一下张红旗的肩膀说："这次渡河作战恁可以不去。"接着转身大声道，"咱们营凡是上过师范、上过大学的，这次渡河作战就不用去了，大家同意吗？"

"同意！"众人齐声回答道。

"通知各连执行吧。"说完刘正操转身出了房间。

牛紫龙三步两步追了过去，问道："俺们今晚提前过河，把情况摸摸怎么样？"

刘正操转身盯着牛紫龙说："就是摸到新情况能改变计划吗？恁也别过河了，俺们真的回不来了，将帅不才坑死三军，恁没必要陪着俺们，恁只要能把俺们弟兄抗日的事写到报告里就行了，这么办也算对得住大伙儿了，恁留下来比过河意义更大。"

牛紫龙望着刘正操大步远去，渐渐消失在暮色苍茫之中。

1938年4月10日清晨，国民革命军第九十一军一六六师约三千人从孟津北渡黄河，过河后分兵三路攻取济源、博爱、孟县。当天下午九九一团、九九二团各一部对济源城发动了攻击。

济源守城的日军酒井支队三千多人，比中国攻城的部队人数还多，中国军队只得临时改变四面围攻的办法,由九九一团一营从南门正面进攻,二营从北城强势偷袭。

战斗打响后,南面九九一团一营强攻的部队组织了多次爆破,参加人员全部牺牲。

北城的偷袭分三路进行,经过一番激战后,二营八连成功登城,其余七、九两连所架云梯均被日军炮火打断,无法接续,退了下来。

守攻的日军一面组织力量围攻进城的八连,一面打开东、西、南三门,在十数辆战车的掩护下,反攻合围北门的国军。同时,驻守沁阳的日军也登车向济源增援,天黑前,各路日军陆续进入攻击阵地,逼着二营在城外的部队不得不退到马店、留庄一带。

攻入城内的八连一路冲杀占领城里中宫庙,却被四面合围的日军团团围住,昼夜强攻,枪声炮声、惨叫声、喊杀声时断时续,此起彼伏,一直喊叫了四天三夜。

4月14日黄昏,随着几声巨响,中宫庙南北高墙同时被炸塌,夕阳在残垣断壁之间铺下一片血红,中宫庙内从大门、大殿到两边厢房,后院阁楼横七竖八地躺满了八连战士的尸体,除个别重伤员还在呻吟外,天地间一点声响都没了。

尘埃落尽后,日军爬上了房顶,对着众多的尸体噼噼啪啪地一阵乱枪,还不时向厢房里扔进几颗手雷,火光闪后便传出闷响的爆炸声。

"咋弄?"朱金山扭头问背靠背的张红旗,此时他俩满脸烟灰,和四周砖墙地面一个颜色,衣服上到处是烧过的窟窿。张红旗伏下身从门槛下面的缝里向外张望一番,贴着朱金山的耳朵说:"放孬孙们进院,越多越好,咱们只能跟他们拼刀子啦。"

朱金山坦然一笑,说:"营长说不让恁来,恁非要来,这回好了,咱俩一块上路,到阴曹地府恁还能帮俺写几封家书。"

"中,咋捎回来呀?"

朱金山咧嘴笑笑,说:"哎呀,还捎啥?家里也没人识字。俺这辈子最大的遗憾就是辛辛苦苦做了一夜美梦,早上醒来全不记得了,俺要识字就好了,把梦里把美事都记下来。"

这时一个日本兵把枪伸进门来,张红旗一个箭步上前,夺过长枪,朱金山顺势一刀捅进那人的胸膛,只听得"咔嚓"一声骨折响,那日本兵连喊叫一声的机会都没有便毙命了。

朱金山推着日本兵的尸体冲出了大殿，刚刚占领院子的几十个日本兵见此情景全都傻了眼，惊悚片刻后，呜呜啦啦地疯喊着一哄而上。朱金山在前抢着一把铡草的大刀，张红旗在后端着刚刚抢到手的大盖枪，两人刀劈枪挑一路向正门杀去，留下身后一路血光。

此时，朱金山和张红旗左冲右突，各自默默地数着数。涌上来的日本军人面对两个面目全非、破衣烂衫的中国士兵，开始还敢近前比划两下，一会儿见凡是冲上去的日本士兵非死即伤，不是掉脑袋就是少胳膊掉腿，纷纷号叫着败下阵来，顿时不知所措起来。

这边两人杀得兴起，突然听得"砰砰"两枪，朱金山猛然回头，见张红旗和一个日本兵同时中弹。说时迟，那时快，朱金山跨上一步接住了将要倒地的张红旗，大声问："几个？"

张红旗张嘴吐出了一口鲜血，扬起右手把拇指食指和中指捏在一起。

"中，"朱金山把张红旗放到地上，抓过他的枪向日本兵群里投去，哈哈大笑，大声道，"兄弟走好，哥再给恁添一个。"话声未落那枪刺就扎在了一个日本兵的肚子上。

见此情景，一个自恃剑道了得的日军大队长在两个日本兵的护卫下，号叫着冲了上来，朱金山连跳几步躲过三人的连环扑杀，双臂一抖，"哗啦啦"地摇动着大刀上的铁环，做出击杀姿势，见那个日军队长双手按刀做了个防御动作。这边朱金山又突然向左一摇肩膀，右手拖刀从下向上斜抢了过去，刹那间，日军队长的军刀连带两个小臂翻滚着飞上了半空。那队长和两个护卫顿时惊恐万状，刚欲转身逃跑，就被朱金山抢上两步一刀一命，连劈三人，个个声响全无。

"哈哈，有种来呀！"朱金山大叫一声，声音久久回荡在庙宇半空。

他听到了密集的枪声，身体几处传来火辣辣的刺痛。他怒目圆睁，眼前却是一片血光，四周慢慢变得十分安静，渐渐地他好像听到了部队的熄灯号响，悠扬缓慢，连长、营长和众弟兄都在对他笑，他也愧赧地笑笑，喃喃道："俺砍了十三个，要是十六个就凑一斤了。"

第二天，日军酒井支队、西可联队才敢打扫战场，在城内一共收敛到中国部队官兵尸体136具，日军按照中国传统给予了土葬，并在墓上立一长方形木碑，上书："支那军无名勇士之墓——大日本皇军昭和十四年立。"

是役，一六六师一共阵亡八百余人，其中有军长郜子举家乡鲁山县籍官兵712人，阵亡人员中有团长一人，营、连长十几人，多是从建国豫军起跟随郜子举的老部下，他们忠勇善战，一向被郜子举军长依为左肩右臂，却牺牲在了一个新任师长的纸上谈兵和主观臆断上。

此战后，郜子举列举了马励武多项指挥失误的事实，上报国民党军委会免去了马励武的师长职务，由此也给自己埋下了祸根。

……今日红军在决战问题上不起任何决定作用,而有一种自己的拿手好戏,在这种拿手戏中一定能起决定作用,这就是真正独立自主的山地游击战(不是运动战)。要实行这样的方针,就要战略上有有力部队处于敌之翼侧,就要以创造根据地发动群众为主,就要分散兵力,而不是以集中打仗为主。集中打仗则不能做群众工作,做群众工作则不能集中打仗,二者不能并举。然而,只有分散做群众工作,才是决定地制胜敌人、援助友军的唯一无二的办法,集中打仗在目前是毫无结果可言的。目前情况与过去国内战争根本不同,不能回想过去的味道,还要在目前照样再做。

——毛泽东《关于实行独立自主的山地游击战方针》

第十七章

徐州会战后,中日双方谋划下一步的战略有着惊人的相似之处,双方都把眼睛盯在了武汉。

日方停止了侵华日军回国轮休,还急匆匆地从国内调四十万军队来华,拨付预算32.5亿日元,把下一步攻占目标确定为拿下武汉,打算把蒋介石的国民政府逐出中原,尽力将国民政府降格为地方政府。为此,日本参谋总部精心策划了利用中原地形便于机械化部队穿插迂回的条件快速推进合围,大量围歼中国军队的方案,在中原削弱武汉的战略防御力量后,一鼓作气拿下武汉。依据这一指导方针,日军集中了十二个师团共一百万人,采取远距离穿插方案,首先从包抄第五战区所属部队开始,打响了武汉会战。

中国国民政府军委会从各战区抽调大批有生力量,沿陇海线阶梯配备进行防御,一方面掩护第五战区李宗仁部西撤,一方面寻找机会消灭日军的有生力量。

蒋介石为组织武汉会战,飞抵郑州坐镇指挥,把最有进取精神的第一战区一兵团司令薛岳调到河南任前敌总指挥;同时调来了大量的嫡系部队,希望打出点面子,跟李宗仁等杂牌部队比试比试。

薛岳原名薛仰岳,后改名为薛岳,据说是因崇敬岳飞而得名。薛岳早年从军并没有多少战功可言,然而在第五次围剿红军中崭露头角。后来红军长征,薛岳追了一路,红军到了陕北后,薛岳则被调到了贵州。

抗战爆发后,薛岳多次电呈蒋介石,请缨出征。获准后,他先后参加了淞沪会战和挺进苏浙皖敌后作战,5月11日又被匆忙调到豫东,5月14日便接受了兰封会战的指挥一职。

薛岳其实一直在寻找机会围歼日军一个师团,杀杀日军的气焰。恰好这时日军第十四师团从范县渡过黄河攻占了兰封,并向西连陷罗王寨、三义寨、曲兴镇一带,薛岳指挥十二个师的中国军队迅速包围上去,一连厮杀几天都未能攻下日军三角结构防御阵地。

眼看聚歼无望,蒋介石在离郑前曾下死命令,要求各部务必收复兰封、罗王寨等地。各部也给所属下达了"不留一兵一卒合力攻击"的命令,确定采取"水泄"战术,定于5月31日拂晓发动最后攻击。

5月31日晨。

兰封前线。

牛紫龙从七十八师四六三团团部出来时天已破晓,团部驻扎地是一座地主的大院,指挥所就设在这家地主的正房里。战前会上一屋子人吸烟,整个会场笼罩在一片淡青色的烟雾之中,使他一夜头昏脑涨,不得不出门透透气。

他知道这种攻击无论怎么推演都难奏效,从他这几天的观察,日军十四师团是日军甲种师团,不仅装备有一百多辆坦克、七八十门大炮,在武器装备上远远优于中国军队,更要命的是参加合围日军的中国军队大多数是紧急从后方临时抽调来的,多数部队为了赶时间都把重武装丢在了车站或营房,整个部队都没有对付坦克的战防炮,对于排列在残垣寨边的日军坦克,几乎是束手无策。日军各兵种、各部之间配合协调默契,作战技术精湛,每个参战人员就像是这台杀人机器的一部分,运转灵活,虽然只占据几个普通的寨子,但互为犄角,尤其是平原地带基本没有射击死角。对付这样的防御,除了包围消耗日军外,其他办法都是得不偿失。

让人揪心的是,昨天得到消息,由徐州沿陇海线西进的日军此时已经攻下商丘,蒋介石放在东面阻击的嫡系——桂永清的第二十七军和黄杰的第八军,自作主张变更部署,实际是拔腿跑了。日军紧追其后,一路奔杀而来,反有将一战区部队合围在开封、兰封的危险,打乱了薛岳的整个部署。

牛紫龙把情报通过四六三团的电台发出后,忍着头痛推开了一间有通铺的厢房,喊醒张道成等人,推出自行车向开封骑去。

开封城自5月中旬开始撤退,各工厂、机关单位、学校、银行、文化文艺团体等几乎所有的单位已陆续撤出,秩序井然。政府为帮助撤退,专门出台了优惠办法,凡需要动迁机器设备、办公设备的可向政府预先申请,由政府安排车辆帮助后撤且概不收费;居民退后方者乘车也不收费。经过半个多月的搬迁,整个开封人口已迁走近半。根据撤退计划,最后撤退的是邮局和税警,预计5月31日下午六点前全部撤走。

4月下旬以来,日本飞机开始每天造访开封,少则一两次,多则八九次,每次来必将狂轰滥炸一番,但造成的损失很是轻微,不少炸弹落到了城东葡萄园和城西的沙岗,只有两次落到了相国寺、无量庵及馆驿街等民房里,并没有影响城市居民的撤离。出人预料的是,5月29日日军飞机很准确地炸毁了开封车站全部四股道,车站方面去电省政府,省政府把调查被炸的任务交给了军统豫站。而军统豫站又把政府的命令转给了牛紫龙的随军小组,要他们务必在5月31日前查清情况。

牛紫龙带队进城后,一面命令手下找地方架好电台,一面叫上张道成骑车向车站骑去。

"还不走呀?"空空荡荡的十字街上只有一个税警掂着警棒在转悠。

牛紫龙把自行车停好,递上一支烟,问:"值班到几点?"说着又掏出证件让他看。

"眼瞅着就下岗了,俺是最后一班岗。"

那税警高高的个子,三十来岁,茶蛋色的黑脸,单眼皮小眼睛闪动着几分狡黠,鼻子和嘴都挺有棱角。他穿一身黑色税警服装,打着灰布绑腿,脚下穿双显然有些晃落的皮鞋。也许是多日没休息的缘故,那人满脸胡子拉碴,两个眼圈也是乌黑乌黑的。

他凑近牛紫龙的证件看了看,慌忙并腿敬了个礼,说:"咦——这时候还能见上恁大的官,有幸有幸。"

没等牛紫龙还礼,他马上说道:"长官不瞒你说,俺这是最后一班岗,从昨天早上六点到今儿下午六点,中间俺只合了会儿眼,可你看这街上连个人影都没了。这时候天长,俺估摸着再转上几圈就差不多了,明儿整个开封就没中国警察了。"

牛紫龙四处打量一番,问:"恁咋不撤?"

"家有老人卧床有病,要撤也得等家里事办利落再说。警署里的人大多都撤了,临走给俺丢下二十块钱,说实话,钱不钱不使啥劲,俺琢磨着有警察上岗就能证明咱们政府还在。这不,这十几天岗各衙门、各单位的人次序井然都撤个蛋了,没出一点差错,俺也接到通知说站到今儿下午为止。俺听这炮声也是越来越近了,这房顶上、路面上也噼里啪啦落了不少枪子,看来明天是真不用上岗了。"

牛紫龙掏出火柴帮那税警点上烟,问:"这几天没啥情况?"

第十七章

"昨天在曹门抓了一个奸细,是群众送来的,说是日本飞机一来这家伙就上到房顶上,也不知道干些啥,群众从他兜里搜出个小镜子和一个蓝布包,别的也没啥东西。"

那税警边说边从口袋里掏出一个圆形的多棱镜和蓝布包,递给牛紫龙,接着说:"送署里吧,没人。大家说毙了算了,可俺不敢做主,再咋打那人只管干号,啥也不说,没法,只好绑结实关到曹门东头一间空屋里。"

牛紫龙接过镜子和布包审视一番,翻开布包后里面溢出了一股淡淡的大烟香味,他把这些东西递给站在一旁的张道成,推车临走时又问了一句:"恁是哪个署的?贵姓?"

"俺是南区分署的,大名陈静修,外号四黑,这一片的人都知道。日本人来了,俺肯定不干这一行了。你见过日本人没?原来这开封城里有日本人开的西药店,那经理逢人就笑,说日语怕人听不懂,还专门用汉语写了几十张纸,有对不起,有谢谢你,还有麻烦你啦,诸如此类。看样子不像坏蛋,谁知道这老日的军队恁孬孙。"

牛紫龙扬扬手,说:"俺们先去办事,咱们后会有期。"说罢跨上车向车站骑去。

牛紫龙赶到开封车站时,车站已是空空荡荡,所有机车全部西去,就连枕木和铁轨也都拆卸装车运走了。他们来到遭受日机轰炸的地方,围着现场绕了几圈仍旧一无所获,灵机一动爬上车站月台顶上向西边望去,发现不远处民房的围墙上似乎有什么东西反光,慌忙跑去一看,见是一面多棱镜,取下交给张道成收好,又急急忙忙骑车向曹门赶去。

牛紫龙、张道成赶到曹门,来到了四黑子说的那座空院,进门迎面便是座废弃的祠堂,两边各有数间厢房。他俩一连踹开了几个房间,屋里除了几张空桌椅外什么都没有,最后在一间耳房的角落里发现了一个萎缩的人影。

牛紫龙走近前,见那人浑身泥汗,看样子才二十岁出头,上身光着膀子,下面赤着脚,只剩下一条短裤,还被撕扯成了条状。他被五花大绑着,嘴里还塞着一根木橛。见有人来,那人一脸惊恐,瞪着满是血丝的大眼,一头乱发上沾着蛛网草根,嘴里还呜哩哇啦说着什么。

"兔孙大胆,敢吃俺们这一路,拉出曹门崩了。"牛紫龙提着枪,狠狠地踹了那青年两脚。

"老大,费那事干球,俺在这儿把他捏死算了。"张道成说罢,把枪往腰里一别,伸手抓住那人的脖子,用力一捏,那人两眼眸子直往上翻,被捆在一起的双腿剧烈地踢腾着。

牛紫龙弯腰从那人嘴里用力拉出木橛,挥手示意张道成松开手。

那人大口大口地喘着气,忽地号啕大哭起来,鼻涕一把泪一把地诉道:"老大开恩呀,俺草民一个咋敢断恁的财路,抢恁的饭碗?俺可是上有老下有小,捏死俺对恁如同踩死个蚂蚁,拍死个臭虫,可对草民一家就是掀掉房上的大梁呀!"

"你个龟孙!卖大烟不捡地方,跑到俺的地盘上找死啊?"牛紫龙说着掏出手枪,"啪"的一声扳开机头,晃悠着指在那人的左胸上。

"老大,你是卖大烟的?误会了,误会了,俺可不卖大烟。"那人顿时收敛了哭像,一本正经地说,"俺销的是红丸!咱们干的一样活,吃的不一路!"

牛紫龙扬手就是一巴掌,刹那间,那人脸上出现了清晰红肿的五个指头印。牛紫龙怒道:"放屁!这兵荒马乱的哪来的红丸?还不是顶着日本人红丸的牌子卖俺的大烟?"

那人的嘴角流出了一股殷红的鲜血,他晃了晃脑袋,把眼睛一瞪,说:"老大,实话告诉你,卖红丸、大烟只是十倍的利,俺现在干的可是百倍千倍的利。如果恁鼠目寸光现在就杀了俺,如果恁想继续卖大烟的生意立马放了俺,俗话说,山不转水转,多个朋友多条路,也许恁走麦城的时候能记得俺。"

"放你妈的屁!"张道成在一旁骂了一句,伸手又捏在了那青年的脖子上。

牛紫龙吐那人脸上一口唾沫,狠声道:"俺走麦城?恁走啥?警察厅想抓俺恁多年,为抓俺还专门成立了一个侦缉队,怎么样?俺连根汗毛都没掉,这地盘还是俺的,他们搬不走吧,俺还在这儿!"

那人用力站起身,猛一仰头,不屑地说:"恁也不想想,这块地盘马上就是日本人的天下了,不跟日本人合作,这地盘可搬不走,恁还是乖乖地走吧!"

牛紫龙收起枪,心想,这家伙果真是日本奸细,他是为迎接日军来搞策反呢,还是专门来搞破坏的?放长线钓大鱼,得先让他咬住鱼钩再说。

"俺一见恁们就知道跟俺吃的是一路饭,老大在'礼'俺也在,老大姓潘,俺也姓潘。"

牛紫龙故作诧异,问道:"贵前人是……"

那人起身扫了一眼张道成,凑近牛紫龙的耳边嘀咕了几句。

听完,牛紫龙收起了枪,示意张道成给他松绑,大声道:"大水冲了龙王庙,恁说的不就是郑州西关王都堂日本富源商店的掌柜吗?他跟俺一起坐过牢。"略加思索后,问道,"山口、志贺他们不是都回国了吗?"

那人低声道:"实话告诉恁,半个月前有两个日本人找到俺师父,俺师父对俺说,今后不用再做红丸生意了,说那生意只是十倍的利,今后俺们做的事,就是百倍的利,具体啥事老人家没有说。"

那人望了望还在犹豫不决的牛紫龙,又急忙道:"俺老家就在陈留,本姓程,名千,在家行六,人称俺程小六,祖上经营过药材。跟日本打过交道,懂几句日本话,粗通交往的礼数,所以师父让俺来这儿办件大事,就是把那几个玻璃镜放在铁路两边,没想到被人逮了个正着。恁要能放俺一马,今后有用到大侄的地方,俺一定效犬马之劳。"

"恁师父还在原来的地方?"牛紫龙漫不经心地问了一句,从张道成手里接过一个白布小褂帮程小六穿在身上。

程小六乜了张道成一眼,凑近牛紫龙耳边说:"还住在原来日本人富源店旁边的救火院里。"接着稍一迟疑,又道,"那两个日本人也在。"

牛紫龙点点头说:"好!往后俺真要是趟到恁这条路上,就用帮里暗语联系,你可要君子一言,驷马难追。"

程小六慌忙跪下施礼,牛紫龙将他拉起身后,强忍下开枪杀人的冲动,特意摆出一副江湖老大的做派,挥手示意让张道成把他送出了曹门。

当天晚上牛紫龙给站部发报:汴城一片黑暗,店全关门,学校停课,机关撤尽,工厂十不余三,留城无法规避者多已避居红十字会、佛教会、天主堂、福音堂等处,稍能活动者相率出城躲避,隐匿郊外,露宿不归。现望城内,街无行人,户无灯火,曹门、宋门火光连天,流弹行空,爆炸声、炮声不绝于耳。傍晚截获的情报显示,攻击开封的日军系新增的远山和酒井两个师团,规模不应少于八万人。开封城内外所有部队都已接到撤出命令,守开封,不战于开封。目前只在城东尚留有少数骑兵部队。请示我组明日行动安排。

当天深夜,牛紫龙接到命令:沿黄河大堤西撤,遇有情况及时具报。

牛紫龙带人登堤返郑,行至赵口才被通知此行的主要任务是及时上报黄河决口进度。

决口黄河,以水代兵、阻击倭寇的方案酝酿已久,只是国民政府和军事当局决策的一个备用方案,早在抗日战争前就有德国军事专家提出过。徐州会战后,日军一路西进,这一方案再次被摆了出来,此时,部署在徐州至郑州间的六十万部队和五战区李宗仁部数十万人都拥挤在陇海线上。敌人攻下徐州后,出动第十三师团占领永城;第十四师团从鲁西占领了黄河旧城渡口,强渡黄河,在民权内黄附近切断了陇海铁路,并攻占兰封;而沿济宁南下的第十六师团也到达安徽砀山,炸毁了陇海铁路。日军在分段截断陇海路的同时,派出机械化部队沿陇海线向豫东追击。

兰封会战就是在这虎口拔牙的事态下展开的,第一战区和第三战区部分兵力,以及驻扎在陕西的胡宗南第一军都被召到了兰封一带围攻敌十四师团。然而,日军第十四师团是日华北方面军的主力,只有两万多人,装备有几百辆坦克、装甲车、卡车、火炮牵引车,在数十万中国军队围攻下虽损失惨重,却没有被打垮。又偏偏在千钧一发之际,防守商丘的中国军队还未与日军交火便放弃了商丘,打乱了中国军队由东向西包抄日军的计划,为日军第十六师团开进豫东敞开了门户,与占领兰封的日军第十四师团遥相呼应,形成了集结西进的态势。同时,占据豫北、鲁西的日军也摆出大跨度穿插的架势渡过了黄河,一旦东西两路日军打到平汉线,则势必将中国数十万大军分割合围在平汉线以东的广大平原地区。而此时,无论是从徐州撤出的部队,还是从各地抽调来参加兰封会战的部队,早已人困马乏,正漫山遍野地向平汉线涌来,相比日军的机械化部队显然力不从心,如若让日军切断京广线,后果不堪设想。

5月下旬以来,国民党军委会多次谋划阻敌方案,多人先后提出抛埋柳枝改道黄河,使其向南泛滥阻敌,以及利用黄河"桃汛"在拆冲处决口,让黄河寻故道直奔徐州,造成泛滥,使敌机械化部队失其效能等建议。

6月6日,日军攻陷河南省会开封,7日占中牟,8日已打到郑州东白沙镇,日军第十四师团骑兵联队主力也进至平汉线,并炸毁了郑州以南的铁路,直接威胁平原重镇郑州。

从地理上看,郑州不保,南到武汉,西至西安,都将岌岌可危。当时,陇海线是中国接受德国、苏联军援的主要交通线,若此线中断,整个西南、西北半壁江山都将为之动摇。

局势越危,决堤的呼声越高,此时基层一线作战部队指挥官也纷纷成文电请,呼吁"破釜沉舟、决河陆沉倭寇"。

6月1日,中国政府在武汉召开最高军事会议,决定将滞留在豫东的国民革命军各部向豫西山区作战略转进,同时决开黄河,造成大区域泛滥,阻敌西进。

当天下午,程潜召见黄委会河南修防处陈慰儒传达决堤命令,遭到了陈慰儒的反对。当晚,蒋介石直接打电话指示程潜:"要打破一切顾虑,坚决去干,克竟全功。"

一天后,程潜再次召见陈慰儒,传达决堤命令,并当即答复由他指派部队上堤决口。接着,他直接把决堤黄河的任务下达至商震的第二十集团军新八师。商震在思考很久后表示服从,但提出了一个问题,今后部队怎么办?蒋介石得到商震的答复后,通过林蔚转告商震,决口后部队马上调往江西。

1938年6月9日上午8时,随着几声隆隆的巨响,花园口决堤成功。但据在决口处观察的哨兵报告,"起始流速甚小",决口宽仅有四米。次日,阴云滚滚,暴雨倾盆,竟日不停,满河洪水夺堤而下,用更高的势头扑向千里平川。

当时正是中原百姓收麦的季节,黄河水突然降临,人们猝不及防,收成毁于一旦,大水来时房倒屋塌,哀号连天。据《豫省灾况纪实》记:"泛区居民因事前毫无闻之,猝不及防,堤防骤误,洪流踵至,财物田庐,悉付流水。当时澎湃动地,呼号震天,其悲骇惨痛之状,实有未忍溯想。间有攀树登屋,浮木乘舟,以侥幸不死,因而尽保余生,大都缺衣乏粮,魂荡魄惊。其辗转外徙者,又以饥馁煎迫,疾病侵夺,往往横尸道路,填委沟壑,为数不知几几。幸而勉能逃出,得达彼岸,亦皆九死一生,艰苦备历,不为溺鬼,尽成流民……因之卖儿鬻女,卒缠号哭,难舍难分,更是司空见惯,而人市之价日跌,求售之数愈伙,于是寂寥泛区,荒凉惨苦,几疑非复人寰矣!"

不过,这篇《豫省灾况纪实》是后人补记的。

黄河决口后,大部分经贾鲁河入颍河下泄淮河,小部分沿涡河到安徽入淮河,黄淮合流后又涌入洪泽湖,形成了一个四百公里长、十至五十公里宽不等的黄泛区。据当时国民政府救灾委员会粗略统计,此次黄河决口,豫、皖、苏三省44个县受灾,过水面积达2.9万平方公里,受灾人口1200多万,其中近400万人流离失所,死亡人数成了一个永远的谜。

黄河决堤后,五战区的主力随同其他部队全部退居平汉铁路一线,与西进的日军隔着一个机械化部队难以跨越的人造屏障。

紧接着国民政府发动宣传攻势，声称是日军飞机炸毁了黄河大堤，而日本人也一口咬定是国民党自己扒开了黄河大堤。在双方相互指责陷入论战之时，出现了一个意想不到的结果，据《申报》（香港版）1938年8月15日刊文载：由于河南自古民风强悍，人民体魄平均都很强壮，吃苦耐劳，一向受到征兵部队欢迎。黄河决口后，河南省壮丁的征调除了国家依法征调着外，还有各部自行派人招募，截至上月底（1938年7月），据统计至少征调40万人。

1938年6月10日午时。

大雨滂沱，黑云压顶，牛紫龙率随军组沿着河堤向西绕道邙山返回郑州，望见整河的洪流涌向南岸，滚动出大大小小的漩涡，滔滔东去，下游则是茫茫一片，河堤上下早已空无一人。

牛紫龙抹了一把满脸的水珠，觉得热滚滚的，不知道流下的是雨水还是泪珠。他挥了挥手，让其他人先下了土岗，独自一人蹲在地上一阵呕吐，吐出来的全是苦水，他这才想起了他们自出开封后，已经三四天没吃一顿饱饭了。他仰头向天任凭风吹雨打，心绪却比这滚动的浊浪还要凶猛，不知是天意还是神明，恰恰在这枯水季节落下了满河的洪水。它能改变什么呢？也许谁也说不清，能够说清的是它一定会让历史刻骨铭心，功过是非也只能留待后人评说了。

1938年6月6日清晨，天空飘着细细密密的小雨，晨曦朦胧中，最后一名撤出开封的中国军人是一位骑着白马的连长，马蹄有节奏地敲击着石铺砖砌的地面，从曹门径直出了西门。

寂静持续不到半个小时，大队的日军蜂拥而入，精于计算的日本军队显然在占领开封前就经过了策划分工，从曹、宋两门涌入的日本兵分为两部分：一部分为追击部队，沿着东西大街直出西门；一部分为占领部队，人手一份开封市明细地图，上面标明了日军各单位占据的街道名称和驻守区域，详细注明了区域内的机关、学校、兵营、商店名称，甚至连商店出售何种物品也记载甚细。日军就像分工井然的蚁群，迅速蔓延到了全市的大街小巷。

最初，日军进城，凡是机关学校及公共场所等没人的地方一概不入，一来怕里面埋有地雷，二来也知道里面没什么"油水"。对重要商户，日军各部早已安排有专门人员去"征发给养"；一般士兵专拣有人的家户进驻。此前日军各部已经下达了攻下开封轮休三周的命令,所以日军进城便有到了免费超市的感觉,刚一住下就开始了抢掠活动,首轮抢掠多是取些火柴、洋灯、烟卷、鸡蛋之类的东西,这帮走了那帮来,如同休闲购物一般,直到把吃的用的拿完为止。别看这些日本兵个子矮小且黝黑健壮,其实个个心机深沉,搜查金银细软、字画古玩很是在行。进屋大致一看就能悟出事主贵重物品藏在何处,上房揭瓦、阴沟里挖洞都有一套办法。就是抢劫来吃的东西,也必先让华人先吃几口,哪怕是杯水也要让华人先喝。

最初几天,日军并没有大肆抢劫,他们不是不抢,而是抢来东西无法兑现,又不易携带,故而只能忍痛割爱。几天之后,有一帮朝鲜人跟随日军来到开封,抢占了徐府街安华旅馆,开始了坐地收赃的买卖。这帮人究竟是做啥生意的谁也说不清,反正是有啥要啥,还派人跟随日军到各家看"货",提供咨询服务,如同搬家公司一样,逐门逐户挨家收购,定价皮裘一件一元,单夹棉衣每包一元,被褥每条一元,钟表、古玩、字画、高档家具视其高下完美价格面议,只是设定最高限价每块(件)不得超过五元。如此一来,日军出赃有路,于是乎,日军各部便开始了大肆掠夺,开封大小商店、居宅住户的细软、衣被、家具等几乎全都被洗劫一空。

明面上的东西抢完后,日军又开始四处查找华人藏匿起来的各类物品,不管是已经撤走的住家,还是仍然留在城里的住户,一旦发现谁家有可卖的物件,马上呼朋唤友,开着汽车来拉东西,如是这般掘地三尺把开封城翻了个遍。

经过这么几轮抢劫后,开封的住户基本上都是家徒四壁,而日军的掠夺又进入了一个连哄带骗的新阶段。

这时,实在找不到什么东西的日本兵进到各家各户后,见家有老人、老妇不再像狼见绵羊状,突然改口叫"义父"、"义母"了,表面上装出一副恭顺的样子,说几句好话借机敲诈老人的钱财,或是把从别处抢掠来的东西安顿于此。这还不算,每至天晚,便向"义父"、"义母"索要"莫司梅"①,若户主不答应或是回答办不成,立马翻脸不认人,拿枪托就砸,还横加凌辱。

据说,日军入城前曾集众开会,有部队长训话要严明纪律,结果士兵哗然,无论如何不答应不抢不淫。最终还是法不责众,只得放任自由。

---

① 日语汉译音,意为女人或妇女。

日军进城之初，全城无论老少，凡是女人都躲进了英美教会、福音堂、红十字会、佛教会、天主堂等避难处，日军士兵发现全城女人甚少，四处打听，才知道都进了避难所，于是成群结队屡屡光临，时不时地还有拉取之势，只是当着不少洋人的面，终未把那事办得太显眼。七八天后时局稍定，皮条客也纷纷浮上街面，利用财物诱使暗娼陆续开门，日军兽欲这才渐得宣泄，良家妇女危险稍得缓解。

更让人哭笑不得的是，最早一批进城的日军抢掠三周以后，全城居民财物被洗劫一空，好不容易等到该部日军开拔之日，日军指挥机关竟派人到各家各户结房租！每晚每人按三分洋元计，各家还必须开出收据并盖章或按手印！经过这帮龟孙多天的折腾，一家人只落得徒墙四壁还得不到一块银元，如此东亚共荣，真乃有苦难言！

日军进城前，曾为占领开封专门成立了宣抚班，所谓"宣抚"，其实就是管治地方的意思。进城后，就连日本人都感到"宣抚"两字离题太远，索性正名为特务机关，附设于军部。日军第一任驻汴特务机关长矢野大佐为成立特务机关，让日军把全城市民赶到了龙亭后的演武场，胡溜八扯了一通，云：

"这次中日发生事变，全是中国党政府做出种种抗日行动所致，所以日本出兵是为吊民伐罪而来。原来本应亲善提携之中日两国，不幸而发生此次事变，卒至日军渡过大黄河而南，姑不论其为可喜可悲，开封特务机关遂焉产生。"如此文理不通的瞎掰连翻译都汗颜，胡扯得太远。

"本人受命为机关长得临兹土，谨将特务机关之任务，向诸君一告。查特务机关乃为统制指导所辖境内之政治、经济、治安、产业各部门而设，故凡华方机关均当善体斯旨。……日本此次出兵之真义，亦在打倒与日本绝不相容之国民党与赤化中国之共产党，而对于可亲之中华百姓，而亲爱之、提携之，犹恐不及之。至关于政治、经济、治安、产业及其他部门之详细办法，则有日本与诸君接近之辅佐官随时指导，故不赘及。"

啰唆了半天这才说白了，日本军方是啥都要管，至于怎么管，反正都是特务手段！你们去想吧！

除日军的特务机关外，最早随日军进城的还有华人招抚使王道和日军进城之前就潜入开封的伪二军军长宋之万，这俩人接受的任务是组建伪政权和伪军队。

王道，山东琅玡人，清末翰苑名士王垿之子，是名副其实的大清官二代。王垿曾为河南学差，在开封多有故交亲朋。照理说，王道出身名家，至少应当知书达理,不去干这为人不齿之事。然王道非常人所能比,自小就孬得无形,无所事事,好吃懒做,及长闯荡南北,尽干些非法勾当。刘峙主豫时,王道从山东来豫贩毒,被绥靖公署拘押,幸得其父托人说情才得释放。"七七"事变后,王道攀炎附势,勾结上了日本人,为日军前驱,领得伪号招抚使,很是招摇风光了一把。日军每陷一城,即由王道出面组织亲善组织,进而成立伪政府机关。

此人原本志大才疏,却偏偏相信"龙生龙,凤生凤,老鼠生来会打洞"的歪理,自视伟奇,只是在中国怀才不遇,好在来了日本人,也只有日本人才能实现他以天下为己任的抱负,便主动当了汉奸,不管是不是一个爹,反正有奶就是娘。

宋之万,河南获嘉人,早年厕身军界,曾在张钫部任运输司令,后赋闲在家,与王道有旧交。日军打到河北时,王道招宋出山合作,许以伪二军军长一职,令其化装潜入开封为内应,收编溃军,立起门户,成就一番事业。谁知开封一战中国军队悉数而退,没有剩下可收编之溃军,让宋之万白忙乎了几个月。待日军进城多日后,他依然是形单影只,徒有军长名号,终日独坐在"司令部"里着急无聊。

日军特务机关成立后,宋之万跑去与王道合计,不能就此罢休,要再在日本人面前露一手。两人议定后,一面贴出招安告示,一面大造舆论声势。先是在开封南门升起两个巨大气球,每个球上挂一条幅,白布黑字书"吊民伐罪"、"东亚共荣",并通知全城所有商户住家必须在门上贴出红笺,概书"欢迎代总司令"字样。全城人一时犯了迷糊,谁都弄不明白该代总司令是何人。开始人们还打听打听驻汴日军代总司令是谁,驻军一会儿通知说是土肥,一会儿又说是野村一郎,以后人们便懒得再问了,反正分不清是人还是动物,即便是人,一听名就知道不是啥好人。除此之外,各街口门市前还必须陈列茶桌,供应茶点,以示顺民。

那告示更是胡扯瞎掰没边,但见启云:关于本署招抚事项,如有真知灼见,请即尽量指陈,无不开诚接受,惟当次大难之后,优莠潜滋,啸聚愈多,蹂躏所及闾间丘墟,若不亟图设法,何以苏民困而维治安?本署职责攸关,希望我河南各界人士,如有负责介绍诚意拥护新政府之华北部队、华北将领,地方武装民众或游击队等请愿投诚者,请派代表来署接洽,自当优予收编,免为皇军之累,兼除良民之害。掬诚布告,状乞亮察。

怪不得王道父亲当过学差,这俩孬孙比日本人瞎掰的水平高,竟然扯出了文言文忽悠百姓。月余,根据日本人的要求,众多汉奸粉墨登场,先后成立了维持会、开封商会和伪公安局。这些日伪组织成立后办的第一件事,就是办良民证,由维持会通知各街长,限期迭送居民清册,并交手续费二分五厘,集体办理良民证,不对个人。公告谕:开封市民良莠不齐,此次清查确属善民者,均应发给良民证,由本会代为印刷,以凭核发云云。

良民证系一白布条,七寸长,三寸宽,上书姓名、年岁、籍贯、住址等并加盖维持会印。发给本人以后,不论男女老少一律佩带右襟之上,使望之一目了然,无论在家、外出,还是乘车、购粮,无一不查良民证,就是洗澡也得带着。

良民证颁发后,日军突然在全城搞了次大搜捕,凡未佩带良民证者一律拘罚。当天,被日军所拘之人成排地长跪在路边,候有成数汇总解送,至于去了哪里,再也无人知晓。

经过如此这般折腾,日本人总算摸清开封城的底数,大白天举目望去路断人稀,把开封市东亚共荣成了开封集镇。沦陷前开封居民计有195524人,日军进城时仅剩75211人,至七月发良民证时连周围村庄在内也仅有95820人。

发完良民证后,日伪军警又出台了所谓的办事八条,约等于大清朝的保甲连坐制度,书于各个路口显著位置和通衢壁上。八条办事制度,大致规定有:

凡住居开封者必须领取良民证;外逃人员归来或居民外迁者,必须24小时内报街长,更换有关证件;不报或迟报,居民和街长同受处罚;各住户不准收留闲杂人等;外来人不准留宿,必要留宿须先报街长,街长转报区所备案方可;如隐匿不报街长住户同受处罚;街长和各住户必须时刻留心往来人等,察觉情形可疑者即时报区所备查,见疑不报者同罪;各住户之同院者亦须相互监视,如遇一家情形可疑,其余各家须报街长、转报区所,知情不举或隐匿不报,一旦查出奸伪,街长和相关住户同时受罚、同院连坐;各街须组织救火队,费用自捐公布昭信;各街须多设太平缸,水须勤加更换,至少五日换水一次;每街每日必须清除街道,各住户厨房厕所必须清洁捕蝇,各街须恢复路灯,费用由街长自筹,同时公示昭信云云。

除了这些社会面上的控制措施外,日军还把生产经营纳入战争轨道,颁布了统制物品的经营牌照制度、军需品征集制度、献铁献铜献木制度、商店限时营业不得关门制度和夜巡防查制度等,最重要的是金融货币制度。

日军侵华每占一城一地,首先更改的是币制,以告示宣布过去银元、法币必须立即换成如下纸币:

第一种,日军"军用票"。"军用票"是日军正规部队的饷金,系日本大藏省所印,相当于"银联"发行,对各币均能兑现。第二种,朝鲜银行钞票。大抵日人、朝人入中国都携为川资,但不久便被日本人禁用。第三种,伪满银行的钞票。

日军公告了更改币制兑换原则,并没有公布以上三种纸币价值多少,似乎实行的是一种自由浮动的货币政策,市民兑换时,全由买家说了算。不久,日军的"军需票"在市场上便独高一切,主要原因是这些满街溜达的日军士兵给不给"军需票"都照样"买东西"。市场的规律当然是物以稀为贵,市面上"军需票"少了,价格自然见涨。更主要的是日军抓人、放人、罚款均需"军需票"才能办理,更显示了它不可替代的作用。

7月初,开封市面上忽然传出日人撤退的消息,一时间军、鲜、满票大恐,到了无人问津的地步。谁知,这场风波竟是日本人自个儿玩的一个小小的"金融危机",利用贬值之机回购了不少如同废纸般的钞票,玩得全城百姓家家户户都到了破产的地步。

更可恨的是,日本实行的所谓中日亲善制度,目的是要求中国人向日本人降优,却莫名其妙地用了个"亲善"一词,真真正正是对文明的一种瞎掰。该制度的规定五花八门,仅向日军城门岗哨致敬就有好几条规定,如脱帽、鞠躬、笑脸、不准嘴里叼烟、不准大笑和冷笑,待日军士兵点头后方能进门等。不脱帽被刺刀戳破头皮,没笑脸而吃嘴巴,未待日军点头就起身被枪托砸断腿的,不可胜数。有时候,日军士兵坐在城门前闭目养神,等待进城的国人鞠躬赔笑站了一片,那日本兵或是想家或是烦躁,死活就是不睁眼,国人只得哈腰站着,酷暑严寒,腰酸腿疼,谁也不敢挪动一步。

"亲善"活动的另一出恶作剧就是组织所谓的"迎送"活动,日军上下好摆花架子,鼓捣些面子工程。于是凡是部队进出,要人来汴,特务机关都要令维持会组织迎送。来人不论什么"阶级",也不知道该人来汴干啥,迎到机场,或迎到城外,送一律组钱在郊外。不论风雨炎暑、白天黑夜,开封百姓须一律排队道左,一会儿江边部队长,一会儿岛上部队长,孬孙们还偏偏喜欢到开封玩,整得市民们三天两头去迎送。

凡有迎送活动,伪机关全体人员、各住家户、各商店均按门牌按字号出一人参加,找不到人须出资雇觅。可怜的是,参加送往迎来的国人还必须做出一副欢天喜地的模样,有谁表情稍不自然立即就会被巡查人员迎面一掌,再试者仍不灿然,继之将左右开弓,如此反复,直打得那人"满脸喜庆"为止。

当然，日本人嘴上说"亲善"，并不妨碍他们杀人，从日军进城的第一天起，就会无缘无故杀人。

日军开进开封第一天，一名老汉牵头驴在街上走，被一日本兵看见，当即宣布将驴征为军用，老汉听不懂日语，驴更不愿意跟日本兵走，略一愣怔，"砰"就是一枪，老汉被当场打死在了路边；一个三轮车夫拉着一名日本兵在街上跑得正欢，只听得那大兵呜哩哇啦叫了几声，三轮车夫不知道是该拐弯还是该停下，刚一回头，"砰"又是一枪，车夫被打死了；一户人家房顶上不知何时被人抛上一件中国军队的上衣，家人大恐，找来梯子刚要拿下，"砰"又是一枪，人从房顶滚落下来就断了气。

这期间，侵华日军士兵的枪法个个精准，击中目标非胸即头，都是一枪毙命。

日军占领开封一周后，满街公开杀人的事少了，分批隐蔽杀人成了一项定期的"工作"。日军驻开封的部队，不管大小单位都被赋予了抓人捕人的权力，有了抓人权力没有抓人标准，大凡看着谁不顺眼便可逮捕。有男女同行被捕的，有言辞不恭被抓的，有站立不直被抓的，有行走姿态不爽被抓的，还有一男人只因穿了一只红鞋，便因身着"奇装异服"被捕了。更可悲的是，日本兵往往见到比他们个儿高、长得英俊点的就要抓起来，究竟人家犯了啥罪他们自己也说不清。

小日本小日本，不是因为他们个子矮而呼之的称谓，而是因为日军中普遍存在的小人狭隘的心态才有这个名号。

日军各单位抓到可疑人员后，一律交由宪兵队审问，宪兵队讯问全靠翻译，翻译是否能将被捕人的原话说清楚，多数情况下得看他的心情如何，对不认识或未上供的囚犯，审问时翻译往往是漫不经心略译数语，本来就是无关紧要的事，胡扯个罪名让宪兵据以定案了事，所以进宪兵队的人几乎都是死刑，相隔三五天宪兵队必有二三十人要拉出去枪毙。待决犯人被推上汽车，眼睛蒙着白布，倒卧车上，盖以芦席，开到北门几里外的荒野，就地掘一巨坑，将这些无辜百姓拉下车后即用刀剖腹，掷进大坑，不管死与没死，还叫不叫，一律用土填实，连个尸骨都不让家人见。重要犯人则需在宪兵队里杀死埋之，埋人的地方就在宪兵队操场，埋后再由宪兵们操练跑步踩实。队内大院埋满之后，就向四周扩地，拆平周围百姓住所院落，夷为操场。所以宪兵队隔不几天就会把周围强拆一番，为大批杀人做好准备。